KB053924

박경리 중단편선

불신시대

책임 편집 · 강지희

문학평론가, 한신대학교 문예창작학과 교수. 2008년 『조선일보』 신춘문예를 통해 비평을 발표하기 시작했다.

한국문학전집 48

불신시대

박경리 중단편선

초판 1쇄 발행 2021년 5월 5일
초판 2쇄 발행 2022년 10월 5일

지 은 이 박경리
책임 편집 강지희
펴 낸 이 이광호
주 간 이근혜
편 집 최지인 이민희 조은혜 박선우 방원경
펴 낸 곳 ㈜문학과지성사
등록번호 제1993-000098호

주 소 04034 서울 마포구 잔다리로7길 18(서교동 377-20)
전 화 02)338-7224
팩 스 02)323-4180(편집) 02)338-7221(영업)
전자우편 moonji@moonji.com
홈페이지 www.moonji.com

ISBN 978-89-320-3845-2 04810
ISBN 978-89-320-1552-1(세트)

박경리 중단편선

불신시대

강지희 책임 편집

문학과지성사 한국문학전집 48

| 차례 |

| 일러두기 |

1. 이 책에 실린 작품은 박경리가 1955년부터 2003년까지 발표한 작품 중에서 선정한 7편의 중단편소설이다. 본문 텍스트는 최초 발표본을 저본으로 삼고, 박경리 전집본(지식산업사)을 참고하여 확정했다. 각 작품의 정확한 출처는 주에 명기되어 있다.
2. 이 책의 표기는 1988년 문교부 고시 '한글 맞춤법'에 따르는 것을 원칙으로 했다. 현대의 독자에게 의미를 전달하기 어렵다고 생각되는 이전 표기법은 현대어로 바꾸었고 문장부호 등도 현대 표기로 통일했다. 그러나 당시 일본어나 방언이 다수 사용된 작품의 특성을 살리고 독자에게 원작의 분위기를 전달하는 데 도움이 된다고 생각되는 표현은 가급적 원문대로 표기하고 필요한 경우 주석을 통해 그 의미를 설명했다.
3. 원본의 한자는 가능하면 한글로 바꾸었으며, 작품 이해를 위해 필요한 경우에는 괄호 안에 한자를 넣었다.
4. 외래어 표기는 1986년 문교부 고시 '외래어 표기법'에 따르는 것을 원칙으로 했다. 그러나 작품 고유의 분위기를 전달하기 위해 필요하다고 생각되는 경우는 가급적 원문을 그대로 살리고자 했다.

계산

회인(會仁)은 간단한 몸차림을 마쳤다. 검은 목도리를 목에다 아무렇게나 둘둘 말았다. 그러고는 책상 서랍 속에서 봉한 봉투 한 장과 백 환권 몇 장을 꺼낸다. 그것을 오버 호주머니 속에 집어 넣고 대문간을 나섰다. 토끼 눈알 같은 붉은 전등이 달린 파출소 앞까지 와서 그는 허리를 굽히며 시계를 들여다본다. 5시 40분이다. 동대문까지 가려면 아무래도 10분은 걸릴 거라고 생각하며 그는 부지런히 발을 떼어놓는다.

회인은 지금 서울역으로 가는 길이다. 오늘 8시발 부산행 열차로 내려가게 된 정아(貞兒)와 7시에 만나자고 어제 약속을 한 때문이다. 정아는 며칠 전 대구에서 올라왔다. 물론 딴 볼일도 있었겠지만 무엇보다도 회인의 의사를 타진해보자는 것이 그가 올라온 중요한 목적이었다. 의사 타진이란 것은 회인의 약혼자였던 경구(京九)에 대한 그의 감정을 가리키는 말이다. 그러나 그거는 그거고 회인에게 있어 정아는 반갑고 알뜰한 친구였다.

그러기에 춥고 이른 새벽 아니라 야밤중이라도 정아를 배웅해야 하는 것이 회인의 처지였다.

동대문이 보인다. 지붕 경사가 묵화처럼 가까워진다. 게딱지만한 전차표 매점이 동대문 돌벽에 찰싹 달라붙어 있다. 회인이 누가 청승맞게 추운 새벽부터 표를 팔랴 생각은 하면서도, 행여 싶어서 그 앞에까지 가보기는 했으나 창구는 꽉 닫혀 있었다. 영천행 전차가 한 대 지나갔다. 회인은 후들후들 떨면서 다음 전차를 기다린다.

가등이 희미하게 아스팔트길을 비추고 아침과 새벽이 얽힌 하늘에는 별들이 물먹은 듯이 아슴푸레하다. 길 건너편에서 전차 선로를 횡단하며 두 청년이 회인이 서 있는 곳으로 걸어온다. 그들도 전차를 탈 참인지 회인의 옆에 와서 멈춘다. 가등이 비스듬히 그들을 비춰주고 있다. 한 청년은 거무튀튀하고 두툼한 입술에다 얼굴에는 여드름이 엉망이고, 몹시 육중해 보이는데도 잇달아 턱을 달달거리는 품이 경망스럽게 보인다. 그 낡아빠진 가죽잠바의 모습이 어째 건달처럼도 보인다. 그는 북쪽 사투리로 부산히 지껄인다. 한 청년은 한 팔에 보따리를, 또 한 팔에는 가방을 들었는데 후줄근한 고학생 같은 차림이다. 얼굴은 허옇지만 몹시 생활에 쪼들린 사람처럼 청년다운 패기가 조금도 없다. 그러나 이러한 사람에게 공통적으로 느껴지는 양순함이 그에게도 있었다. 그는 걱정스럽게,

"차표 못 사믄 어짜노."

회인에게는 귀 익은 사투리다. 회인의 귀는 자신도 모르게 그곳으로 기울어진다. 고향 냄새가 짙은 체취처럼 뭉클 가슴에 밴다. 그들은 아마도 방학이 되어 고향으로 돌아가는 지방 학생들인 모양이다.

"어 걱정 말어."

"만일 그 사람이 없으믄 큰일 났째?"

"앗 참 일요일이다. 그 사람 비번이겠는걸 어떻거나…… 됐어 됐어 바로 집이 가까우니까."

이로써 회인은 그 부산히 떠드는 학생이 다른 학생의 기차표를 사 주러 나가는 거라고 짐작이 갔다. 그러나 어쩐지 회인은 그 건달같이 떠들썩한 학생이 미덥지가 못했다. 암만해도 보따리 꾸러미를 힘없이 들고 서 있는 저 시골 학생이 차표를 사지 못하고 기차를 놓칠 것만 같아서 괜히 마음이 조마조마했다.

덜커덕, 전차가 눈앞에 멈춘다. 이태원 입구다. 학생들이 올랐다. 회인도 뒤따랐다.

"전차표 팔지 않는데요 돈으로 받으시지요."

회인은 10환짜리 두 장을 손 위에 놓았다. 차장이 아무 말 없이 성큼 받으려고 막 손을 내밀 적에 다급한 구둣발 소리와 함께,

"표 여기 있습니다."

시골 학생이 오렌지 빛깔 나는 전차표 한 장을 차장 손 위에다 잽싸게 놓는다. 차장은 약간 얼떨떨해하더니 그 자식 꽤 친절하군 하는 듯한 눈초리로 힐끗 학생의 얼굴을 흘겨보더니 찡찡 종을 친다.

"고맙습니다. 이거 받으세요."

회인은 내밀었던 돈이 주체스러워[1] 학생에게 도로 불쑥 내밀었다. 이러한 짓이 자못 실례가 되리라는 생각에 회인 자신도 모르게 말씨가 거칠어졌다. 돈을 받지 않을 것도 뻔한 일이거니와 또 돈을 준다는 것만 하더라도 상대방의 친절을 무시한 인색하고 매몰스러운 짓이다. 그렇지만 회인으로서는 생전 처음 보는 사람이니 사고파는 차가운 거래 형식을 취하는 수밖에 없었다. 그러나 퉁명스럽게 한 자기의 말이 회인의 귀에도 언짢게 들려서 또 한 번 당황하지 않을 수 없었다.

"아아니 그만두세요. 괜찮습니다."

시골 학생은 서울 말씨로 다듬어 대꾸하면서 도리어 얼굴을 붉혔다. 회인은 하는 수 없이 그들과 얼마간의 사이를 두고 자리에 앉아버렸다.

전차는 참말로 구렁이처럼 꾸물거리며 움직이기 시작한다. 손님이 세 사람뿐인 넓은 전차 안에는 공기가 이내 얼어서 돌돌 말릴 것만 같이 차다. 달달거리는 유리창 밖에는 어두움이 무슨 검은 포장처럼 펄러덕거린다. 회인의 눈이 창유리에 마주 보이는 자기 얼굴과 부딪혔다. 그는 얼른 딴 곳으로 시선을 옮겼다. 학생들도 잠자코 말이 없다. 회인은 무어라고 더 감사의 표시를 해야 할 터인데 그대로 돈을 집어넣고 앉아 있는 것이 여간 답답한 일이 아니었다. 새삼스럽게 또 고맙다고 말을 끄집어낼 수도 없고, 그렇다고 아주 시치미를 딱 떼고 무심하게 유리창 밖에만 한눈을 팔자니 신경은 그 대수롭지도 않은 전차표 한 장에 돌돌 말려서 눈앞에서 빙글빙글 돈다. 눈이 다시 유리창으로 간다. 우울한 눈이 회인을 노려본다. 넌지시 고개를 돌려버린다. 그때 문득 그래 차표를 사 주자, 성 씨에게 부탁하면 문제 있을라구, 하는 생각이 들었다.

회인이 다니는 회사와 특별한 관계가 있는 성 씨란 사람에게 부탁하면 기차표 사기는 그리 어려운 것이 아니었다. 정아 것만 하더라도 자기가 어저께 부탁해두지 않았는가. 회인은 때마침 떠오른 이 생광스러운[2] 생각을 아끼기나 하듯이 고개를 수그려 발등을 바라본다. 그러나 어떻게 선선히 그들에게 이 친절을 전할 것인가, 역시 어색하다. 여유 있고 의젓한 언어가 굴러 나오지 못하는 자기 자신이 안타깝기도 하다. 회인이는 속으로 혀를 차며 누가 표를 사 달라느냐고, 자기가 난처히 여기고 있는 데 대하여 짜증을 부려본다. 그러나 역시 마음이 후련해질 리가 없다. 회인은 경우와 꼭 같았던 요 며칠 전의 일이 머리에 떠올랐다.

어느 사람을 좀 기다리느라고 다방 '흑묘(黑猫)'에 갔을 때의 일이다. 저녁 6시쯤 되는 다방 안에는 빈자리라고는 거의 없을 정도로 사람들이 득실거렸다. 평소 그러한 곳의 출입이 잦지 않은 회인은 들어서자마자 그만 먼저 기가 질려버렸다. 익살꾸러기 남학생들에게 둘러싸인 여학생처럼 그는 어쩔 줄을 모르고 당황해버렸다. 자기 딴에는 침착하려고 무던히도 애를 썼으나 양 볼이 달아올랐다. 겨우 한 군데밖에 없는 빈자리에 그는 하는 수 없이 어떤 낯선 남자와 마주 앉아버렸다. 그냥 나가 밖에서 기다릴까도 생각해봤으나 출입구가 두 군데 있고 도로 나가기도 어색하다.

그리고 숙련된 '레지'의 눈살이 뒤통수에 간지러울 것 같다. 그대로 그 숨 막히는 미지인(未知人)과의 대면을 계속하는 수밖에 별 신통한 궁리도 떠오르지 않는다. 그러나 그 납덩이처럼 무거운 분위기에는 아주 숨통을 딱 막아버린 셈 치고 있으면 되지만 곤란한 건 시선의 둘 곳이다. '테이블'이나 벽만 노려볼 수도 없고, 더군다나 마주 앉은 사람을 바라볼 수는 없었다. 그래서 기다리는 사람이나 빨리 왔으면 하는 마음과 또 시선이 머물기에도 자연스러운 위치이기에 출입하는 왼편 문을 바라보고 있었다. 그러나 사람이 들어올 적마다 놀란 토끼처럼 눈이 껑충 뛰는 것이 차차 창피스러워졌다. 그러자니 시선은 또 불안스러운 혼란을 일으키고 꽃병으로 풍경화로 벽으로 전전(轉轉)한다. 마음은 한층 산란해지고 손은 까닭 없이 책보만 만져댄다. 때마침 신문 파는 아이가 지나기에,

"얘 신문 한 장."

급히 회인이 말을 걸었다. 아이는 들은 체 만 체 그만 나가버린다. 입에 침이 마르고 하여 겨우 한마디 한 것이 입속말이 되고 말았던 모양이다. 회인은 마주 앉은 사람에게 무안한 생각이 들었다. 얼마 동안을 그러고 앉아 있으니 또 신문 파는 아이가 지나려고 한다. 그는 큰 소리로,

"신문 주어요."

"어느 걸 드려요."

"『서울신문』."

"어느 것요?"

“『서울신문』 말이야.”

그러고는 호주머니 속에서 백 환권을 하나 꺼내어 테이블 위에다 놓았다. 마주 앉은 남자가 이때 슬쩍 『동아일보』를 한 장 집어 들고 호주머니를 뒤적거린다. 10환짜리가 석 장 손에 딸려 나온다. 남자는 다시 호주머니를 뒤적거리더니 천 환짜리 속에 끼인 10환짜리 한 장을 뽑아서 신문 파는 아이에게 주었다. 아이는 일행인 줄만 알고 테이블 위에 놓인 백 환권은 그냥 둔 채 나가버렸다. 회인은 처음 보는 그 사람이 무엇 때문에 자기가 산 신문값까지 치렀는지 도무지 모를 일이었다. 그리고 고맙습니다, 하는 간단한 그 말 한마디가 목구멍에 걸려서 나오지 않았다. 그래서, 그는 현재 위치를 지속할 양으로 신문에만 눈을 깔았다. 그러나 글자가 눈에 들어올 리 없다. 회인은 왜 자의적(恣意的) 혜택을 남에게 베푸느냐고, 상대방의 호의에 반발하듯이 나직이 마음속으로 뇌인다. 신문지 한 장으로써 번거로운 낯선 사람과의 대면을 격리(隔離)시키고 신경을 쉬게 하려던 계획은 그리하여 수포로 돌아가고 마음은 한층 침울해졌다. 그때 회인이가 기다리고 있던 사람이 문간에서 손짓하는 것이 보였다. 회인이는 종내 한마디, 말도 없이 신문도 돈도 둔 채 나와버렸던 것이다.

“저 어디로 가십니까, 부산 방면이에요?”

가까스로 이 사이에서 밀어내듯이 한 회인의 말이다.

“아니 여수 갑니다. 호남선이지요.”

투박한 군대 장갑을 끌어당기면서 그들은 거의 동시에 대답을

한다. 회인이 한참 머뭇거리다가,

"저 만일 표를 못 사시게 되면 제가 사 드릴까요?"

"네 부탁하겠습니다. 사실 수 있겠습니까?"

"확실한 건 모르겠습니다만 사게 될 거예요."

회인은 겨우 안심이 된 것처럼 창밖으로 눈을 돌리며 깍지 낀 손을 슬그머니 풀어 호주머니에 찔렀다. 손끝에 빠삭한 봉투가 만져진다. 돈 만 환이 든 봉투다. 어머니가 앓으신다는 정아의 전갈을 받고, 갚을 궁리도 똑똑히 서지 않는 1할 5부 변의 돈을 낸 것이다. 크리스마스 전날 가난한 아버지가 남의 것을 훔치는 심리처럼 대뜸 앞뒤를 가리지 않고 빌린 돈이다. 그는 어머니가 앓는다는 사실과 그러한 위태로운 빚을 냈다는 사실, 그 두 현실을 모두 부정해버리듯이 눈을 감는다. 온갖 괴로움을 냉소로 바라보게 된 요즈음의 회인에게도 어머니에 대한 괴로움만은 냉소로 처리되지 않았다. 어머니가 고생을 하고 계신다는 것, 회인으로 인한 심로[3]에 늙어간다는 것, 그것은 그에게 견디기 어려운 심한 공포였다. 모든 괴로움을 냉소로 받아칠 수 있는 정신적 대비(對備)도 어머니에 한해서만은 무력했다. 그는 애써 그 괴로움에서 도피하려고 들었다. 항상 어머니를 머리 밖으로 몰아내려고 했다. 이때도 그는 학생들의 대화를 어렴풋이 들으며 생각을 딴 곳으로 옮기고 있었다. 전자가 정신적 가중(加重)이라면 후자는 정신적 가감(加減)의 과정에 있는 것이다.

정아가 오늘 아침 떠남으로써 경구와의 모든 일은 완전히 청산되고 말 것이다. 회인에게 있어서는 새삼 서러울 것도 괴로울 것도 없는 벌써 1년 전의 일이지만 경구에게 명확한 답변을 주는 것은 이번이 처음이고, 또 마지막이다. 경구가, 연애를 거친 회인과의 약혼을, 어느 좌석에서 후회 비슷하게 말한 사실은 회인을 둘러싼 사람들에게 너무나 유명한 일이다. 회인이 한마디 말도 없이 그 번거로운 이야기들을 뿌리치기나 하듯이 고향을 떠나온 뒤 벌써 1년이 지났다. 경구는 편지로 혹은 어머니를 움직여서 회인의 마음을 돌리려고 했으나 회인은 굳이 침묵을 깨뜨리려고 하지 않았다. 결벽한 그가 경구의 말을 용서하지 않았지만 또 그에 대한 애정 문제는 쉽사리 처리되지 않는 것이 그로 하여금 완강한 침묵을 초래케 한 것이다. 그러면 어젯밤 정아에게 확실한 거절의 뜻을 표명한 것은 그에 대한 정리가 끝난 때문인가? 회인은 경구에 대한 정신 정리가 되었다고도 안 되었다고도 할 수 없었다. 다만 감정적으로 그와의 화해가 절대로 불가능하다는 것만 무엇보다 확실하다고 생각했던 것이다.

전차는 서울역에 닿았다. 회인은 학생들과 같이 대합실로 들어갔다. 그는 정아를 찾으며 사방을 두리번거렸다. 아직 그는 나오지 않은 모양이다. 회인은 학생을 돌아보며,

"그럼 여기서 기다리세요. 알아보고 곧 오겠습니다."

회인은 종종걸음으로 달려간다. 사무실에서는 벌써 어제부터 돈을 주어 부탁해놓았던 터라 성 씨가 별로 놀라지 않고 회인을 맞았다. 회인은 조급히,

"성 씨 여수행 차표 지금 살 수 있을까요?"

"살 수 있지요."

"그럼 그것두 한 장 사 주세요. 친척이 갑자기 가는데요."

거짓말을 했다. 회인이 황급히 대합실로 올라왔다. 같이 오던 이북 학생은 없고 시골 학생만 할 일 없이 벽에 붙은 광고를 쳐다보고 서 있다.

"된답니다. 저하구 가시지요."

"이거 공연히 참 죄송스럽습니다."

그는 별 군말 없이 회인을 따라 사무실로 내려갔다.

학생이 성 씨에게 돈을 주고 난 다음 회인에게 그럼 대합실에서 기다리겠노라 하고 나간 뒤 회인은 혼자 스팀이 들어와서 훈훈한 사무실에 앉아 있었다. 얼었던 몸이 일시에 풀려서 노곤해진다. 마음에도 봄날처럼 따스한 것이 흐르는 듯하다. 그것은 양(羊)처럼 어질어지는 부드러움이었다. 그러나 그것은 한순간에 지나지 못했다. 결코 그에게 아늑한 시간이 오래 머물지는 못했다. 어머니의 병, 경구와의 결정적 결별, 생활력에서 오는 괴로움, 그러한 것이 가시처럼 마음속에 도사린다. 그는 책상머리를 짚은 손을 물끄러미 바라본다. 곱게 닦아진 고운 손톱이다. 사무실의 시계가 꼭 7시를 가리킨다. 하얀 벽으로 둘러싸인 실내에는 최대한 축수의 조명(照明)이 벽에 반사하여 연한 옥색을 감각하리만치 밝다. 풍경화 하나 없는 빈 벽, 그 벽 구석에 초록색에다 흰 글을 새긴 완장(腕章) 하나가 어느 꽃 이파리처럼 걸려 있고, 여름 대낮 선로 옆에 노다지로 쌓아둔 빤질빤질한 석탄을 연상시키는 검은 국원복이 너절하게 매달려 있다. 못 견디게 애조를 띤 기적이 멀리서 미명(未明)을 타고 온다. 회인은 자신도 모르게 차가운 책상 위에 머리를 틀어박듯이 엎드린다. 울음을 참는 자세다. 그는 눈 감은 어두운 공간에 마구 굴러가는 녹슬은 동상 같은 것을 느낀다. 과아앙 광, 소리를 지르며 그 소리가 벽에 부딪혀 울리고, 그 울림이 또 부딪혀 울리고, 울림의 울림이 또 울리고, 무한정한 공허가 그의 머릿속에 깃을 편다. 회인은 머리를 잘래잘래 흔들고 괴로운 듯이 얼굴을 찌푸리며 머리를 든다. 멀리서 또 기적이 운다. 회인은 어젯밤 정아와의 마지막 대화가 자꾸 떠오른다. 그는 슬픈 자기를 외면하듯이 두 손으로 얼굴을 꼭 싼다. 눈물이 콧등 위에 징하니 쏟아진다. 아득한 바다를 향해 언제나 혼자 높이 서 있다는 서양 어느 항구의 여신상(女神像)처럼 영원한 고독 속에 불쑥 솟은 자신의 입상이 눈물 속에 사라진다.

정아는 회인을 보고 경구에 대한 처사를 서릿발보다 냉혹하다고 했다. 그때 회인은 정아 얼굴을 뚫어지게 보았다. 강한 광채가 번득이는, 이상히도 열띤 눈이었다.

"그래 너는 사실만 가지고 따지는구나. 나를 냉혹하다고 생각하니? 그래도 좋다. 사실 지금까지 난 경구 씨에 대한 내 처사가 옳았고, 그른 걸 생각해본 적이 없었어. 내 감정이 모든 것을 포기한 그것뿐이야."

"회인아 넌 너무 철없다. 넌 뭐라 해두 경구 씨 같은 사람 그리 흔하지 않아요. 난 어디까지나 현실적이야. 그까짓 말 몇 마디 가지구 그럴 것 없잖어? 더군다나 그가 지금 얼마나 고민하고 있는가를 생각할 때."

회인은 정아의 말을 바삐 가로막으며,

"그래 그래 네가 할려는 말은 귀에 딱지가 앉겠다. 아까도 넌 진정으로 사랑한다면 그 사소한 몇 마디 말을 용서 못 하는 것이 우습다고 했지? 그 한 번 저지른 말 이외는 아무런 배신 행위가 없다고? 그래 그건 사실이야, 그렇지만 난 너의 말을 뒤집어 이야기할게. 가령 여기 바람잡이 남편이 있다고 하자. 그는 여러 여자 친구를 갖고서도 의연히 그의 아내에게 나는 당신을 가장 사랑한다고 했다 하자. 그리구 또 한편은 극히 품행이 단정한 남자가 주위에 조작(造作)된 압력에 못 이겨 단지 자기만을 옹호하려는 이기심에서 그의 연인을 상(傷)해서 말했다고 하자. 여기서 행하여진 이 두 가지 사실의 양(量)이 질(質)을 능가하겠니? 그 사실이 크고 적은 것만으로 이 결말을 나에게만 책임 지운다면 너는 계량기처럼 수학적인 여자라고 할 수밖에 없구나, 연애는 그러한 공식으로 성립되는 것도 해소되는 것도 아니야. 하기야 인간의 머리통이 그렇게 유물적으로만 되었다면야 좋겠다마는……"

신랄한 조롱을 품은 대답이다. 정아는 얼굴이 빨개지더니

"제발 그 실현성 없는 이상주의론은 집어치워요. 약하고 추한 것에 밤낮 외면만 했다가는…… 참 비겁한 짓이야. 너는 언제까지나 정신적인 것만 가지구 치드는데 어디 세상이 그렇던? 어디든지 더러운 건 굴러 있어요. 난 사는 이상 그런 것도 긍정하련다. 그리 까다롭게 굴 필요가 뭐 있니, 넌 유물적 머리통이니 뭐니 하지만 난 그걸 생활적이라 생각한다. 눈앞에 보이지 않는 것까지 애써 파 들어갈 건 뭐 있니? 감정은 늘 현실의 피해자야 피

해자.”

“그럼 감정을 죽임으로써 현실의 피해자보다 더 큰 피해자가 될 적엔 넌 어떡할 테야.”

회인이 날카롭게 노려보며 다잡는다. 초롱초롱한 눈이다.

“너는 감정 감정 하고 그 감정이 아주 잘못이나 저지른 것처럼 생각하는 모양인데, 난 그 감정이 장난이 아닌 이상 정확한 처리를 했으리라고 믿는다. 그러기에 뒤에 오는 것에도 충분히 책임지며 후회하는 일이 없으리라 생각한다. 풀어지지 않는 매듭을 안고 상대방을 괴롭히고 나를 괴롭히는 결혼을 나는 하고 싶지 않다. 그리구 네가 말하는 이성(理性) 운운은 상대방을, 그리구 나를 속이는 허위를 강요하는 이외 아무것도 아니다. 그건 이성이기보다 생활에 있어서 하나의 실리적 수단에 지나지 못해, 넌 아까도 이상주의니, 인생을 긍정하려면 더러운 것도 용납하라 했지? 너처럼 인간 사회가 허위와 이기 그것이 본질이라면 연애란 자연적으로 소멸될 거야, 다만 여러 가지 조건이 첨부된 결혼이란 계약서만 필요하겠지, 사실 현실이 그것뿐이라면 난 이상주의자도, 아무것도 아닌 무위(無爲)의 생존자이구나, 금력과 권세를 쟁취하는 의욕이 없는, 아니 능력이 없는 인간이니까, 그것뿐이다. 경구 씨와 연애 과정이 사라졌다면 결별(訣別)하는 그것뿐이다.”

정아는 할 말 없다는 듯이 앉아만 있다. 쾌활하기가 오월의 바다 같은 정아는 낙천가이며 단순하다. 그는 경구를 동정도 했지만 무엇보다도 회인의 행복을 먼저 생각했던 것이다. 그는 회인의 마음을 돌리려고 뜻하지 않은 인생론까지 내놓았으나 그의 이론과는 정반대로 본디 눈물 많고 웃음 많은 감정가이다. 거기 비하면 회인은 차라리 냉돌 같은 여자인지도 모른다. 감정을 표명않는 잔잔한 고요 속에, 한 치도 접근을 불허하는 무서운 감정의 불길이, 노한 바다처럼 휩쓰는 것을 그는 용히 제지하고, 항시 차가운 미소가 입가에 감돌았다. 그러나 오늘 밤 따라, 그는 정아에게 무엇이고 닥치는 대로 이야기하고 싶었다. 그가 내일이면 떠난다는 것, 자기만이 몸서리치는 고독에 혼자 남는다는 것, 그리고 단순함이 그렇게도 고울 수 있었던 정아 앞이라 그는 어린것처럼 종알거렸던 것이다.

"지나간 일은 괴로웠다. 참말이지…… 그 이상한 말이 떠돌 때 정아야 난 고스란히 입을 다물고 있었어. 네가 이렇게 오기 전까지도 나는 그렇게 입을 다물며 왔다. 하고픈 말이야 많았지. 목구멍으로 북받쳐 오르는 말이. 그 말들을 나는 모진 가시처럼 삼켜버렸다. 그때 나는 참말 내 자신이 믿기지 않았고, 몹시 위태로웠다. 자칫하면 발부리 밑의 구렁텅이로 굴러떨어질 것만 같았다. 만일 그때, 내가 뭐라고 지껄였다면 그것은 얼토당토않은 말이었을 것이고 나를 시기하던 사람이 승리에 어엿해진 앞에서 참말로 주책없이 울음보를 터뜨렸을 것이다."

회인의 얼굴에는 쓰디쓴 웃음이 떠오른다. 그는, 이 순간에도 몹시 괴로워지는지 화로 앞에 불씨를 모으고 있던 손이 가느다랗게 떨린다. 그는 약간 음성을 높이며 말을 잇는다.

"이제 난 위태롭지는 않다. 지금에 와서 네가 그때에 한 말을 지나치게 오해했다고 나를 책한들 누가 또다시 그를 믿게 되며, 그것은 거짓말이었다, 마음에도 없는 말이었다 한들 누가 구원되겠니? 거짓말이라면 그건 참 슬픈 마술사다. 거짓말이 구경꾼의 갈채를 받게 마련인 그의 직업은 얼마나 슬픈 희극이냐? 또 그 말이 진실이었다면 경구 씨는 어처구니가 없을 정도로 예의를 모르는 무식한 사람이다. 그이의 감성은 어쩌면 그리도 무디냐? 먼저 알아야 할 나에게는 이렇다 말 한마디 없이, 그뿐이냐 깨끗하다 못해 신성하다고까지 한 자신의 애정을 주장한 편지가 우리 주위에 파문을 일으킨 그 애정의 부정 공개와 때를 같이하여 나에게 날아왔다는 건 실로 수수께끼다. 행여 지나치게 섬세했던 탓으로, 한 불행한 여자에게 타격을 덜기 위하여 한 짓인지는 모르겠다마는…… 소위 아름다운 거짓말이랄까 그 편지는, 그러나 그러한 마음씨는 결코 나의 적에게 먼저 말해질 수는 없을 거야. 그래 결국 그 사람은 섬세하지도 훌륭하지도 못했단 말이야, 만일 지금 그러한 구지레한 감정을 갖고서 우리의 과거를 신성한 연애니 뭐니 하고 지껄인다면 난 그의 뺨을 갈겨줄 테다!"

소곤소곤 이야기하던 회인은 어느새 자기 자신도 억제할 수 없는 격정에 휩쓸린다. 얼굴이 새빨개지며 자학적으로 입술을 깨문다. 정아는 무엇인지 알지 못할 중량이 가슴 위에 내려오는 것을 느낀다. 정아 자신이 매서운 질타의 채찍을 받는 것 같은 착각까지도 일어났다. 무덤 같은 긴 침묵이다. 정아는 그 침묵을 양팔로 휘저어버리듯이,

"그래 네 마음도 알겠다. 그렇지만 경구 씨는 그렇게 나쁜 사람

일까?"

혼자 생각하듯이 말하더니 깊이 부정한다.

"아니야, 그런 사람 아니야 회인아 너 참말 그리 생각하니? 너무 그가 비참해, 옛날처럼은 되지 않드래두."

"난 경구 씨의 박약한 주관성과 허영을 경멸한다. 나에게는 지금 그 값싼 감상에다 그도 거짓말투성이인 눈물을 쏟고 싶은 마음은 하나도 없다."

열띤 얼굴을 식히듯이 나직이 말하였으나 그의 어조는 단호했다.

회인이 등진 창밖에 겨울밤이 희물그레하게 떠돈다. 정아는 왜 그런지 회인의 날씬한 허리를 언니처럼 꼭 껴안아주고 싶은 충동을 느낀다. 깎은 듯이 흰 이마, 여자로서는 드물게 수려한 이마, 그 이마 위에 쏟아진 앞머리를 쓸어올려도 주고 싶은 마음, 그 애틋한 마음속에는 경구의 초췌한 모습과 어두운 눈이 먼 구름 같은 비극은 아닌 것만 같았다. 도리어 지금 눈앞에 완강히 거부하고 의연한 여왕처럼 보이는 한 여인이 그지없이 측은하고 패잔자(敗殘者)처럼 슬프게만 보였다.

교만무례하게 눈꼬리를 추키던 회인은 차차 양순한 짐승처럼 기가 죽어가고 깊이 모를 호수 같은 눈동자에는 고독한 자의 슬픔이 가득히 고인다. 회인은 정아를 슬그머니 바라보고 피시시 웃는다. 동글동글한 눈물방울이 푹 솟을 것만 같은 웃음이다.

"미스터 리는 내 아닌 여자와 결혼하는 게 좋아."

혼잣말처럼 중얼거린다. 완전히 객관으로 돌아왔다는 자기 표

시인지, 자기가 터뜨린 슬픔을 '캄프라치'[4] 하기 위함인지— 그러나 허공을 바라보는 얼굴에서 슬픔이 가시려고는 하지 않았다.

통통통…… 층계를 내려오는 발소리가 고요한 사무실 속으로 흘러 들어온다. 회인이 번쩍 머리를 쳐들었다. 항시 같은 표정이 그에게 돌아왔다. 잔잔한 얼굴이다. 성 씨가 머리를 쓱쓱 긁으며 들어온다. 회인이는 잠자코 차표를 받아 들고는, 히죽이 웃는다. 고맙다는 말이 여간해서 잘 나오질 않는 회인에게 있어서는 히죽이 웃어버리는 것이 그가 매양 하는 인사법이다.

회인이는 바쁘게 뛰다시피 하며 계단을 올라간다. 정아가 기다리고 섰는 것 같아서 마음이 설렌다. 그가 계단을 거의 다 올라왔을 무렵에 문득 무슨 생각이 난 사람처럼 주춤하고 서버린다. 성 씨가 학생의 기차표를 사고 난 거스름돈 70환을 주지 않았다는 생각이다. 회인은 요새 사회의 버릇을 모르는 바 아니지만 몹시 불쾌했다. 그는 할 수 없다는 듯이 오바 호주머니에 부스스 손을 넣는다.

"앗!"

날카로운 소리다. 비명에 가까운 소리다. 돈이 없어졌다. 봉투에 넣은 돈이다. 그는 암만해도 믿어지지 않는 듯이 한쪽 남은 호주머니를 들췄다. 없다. 전차표를 샀어야 할 20환이 있을 뿐이다. 회인이는 하도 기가 막혀 멍하고 선 채 20환을 들여다보았으나 눈앞에는 아무것도 보이지 않았다. 그는 무의식적으로 다시 호주머니를 만져본다. 정아에게 기차 안에서 요기될 거나 사 주려니

하고 넣었던 8백 환도 고스란히 없어졌다. 그는 생각을 잃어버린 사람처럼 한참 동안을 그러고 서 있었다. 푸른 신호등이 꿈결같이 멀다. 그는 터덕터덕 걷기 시작한다. 대합실의 무거운 문을 몸으로 밀며 들어선다. 풀리어 늘어진 검은 목도리가 회인의 등허리에 너줄하게 흔들린다. 그는 힘없이 시선을 옮기며 정아를 찾는다. 정아의 그린색 오버는 아직도 보이지 않는다. 반가운 듯이 그의 앞으로 달려오는 시골 학생의 덜렁거리는 흰 보따리만이 희미하게 눈앞에 어른거린다. 회인은 손안에서 꾸기적거린 돈 20환과 여수행 차표를 아무 말 없이 그 앞에 내놓았다. 분명히 70환을 그에게 주어야 할 터인데 이제는 그러한 생각까지도 잊어버린 채 다만 멍청히 서 있는 것이었다. 학생은 회인의 손에서 차표만 집어 들고 좀 의아한 표정으로 회인의 얼굴을 슬며시 쳐다본다. 그래도 회인은 말없이 돈도 빨리 집으라는 듯이 손을 편 그 자세로 서 있다. 학생은 학생대로 돈을 집으려고 하지 않고 딴생각을 하는 모양인지 우물쭈물한다. 모자 쓰지 않은 숱한 머리를 더펄거리며[5] 아까의 이북 학생이 이쪽으로 걸어온다.

"자네 차표는 어찌된 거요? 오늘은 아주 거저 먹긴데, 문제없어, 김 군도 이제 막 와서 산 걸! 괜히 새벽부터 서둘렀지."

힐끗 회인에게 곁눈질을 한다. 무엇 비리쩍하게[6] 여자에게 부탁할 것까지 없었던 것을, 하는 투다. 새벽부터 나온 자기의 공(功)을 건방지게 가로챘다는 반감인 모양이다. 그 말을 듣자 회인이는 잠들었던 기능에 의식이 되살아온 것처럼 눈앞에 또렷또렷 얼굴들이 어른거리고 가슴을 파헤치고 싶은 아픔이 뭉클 만져진다.

그는 그대로 자리에 주저앉고만 싶었다. 아무라도 그리 쉽사리 살 수 있었던 표를 아주 귀한 것이나 구하여 주듯이 서둘고, 그로 인하여 호주머니에 든 돈 생각도 잊어버렸던 것이…… 그뿐인가 거스름돈까지 집어삼켜버린 사기꾼처럼 지금 그들 앞에 서 있지 않은가?

경부선보다 먼저 발차하는 호남선은 벌써 개찰이 시작되었다. 시골 학생은 무엇인지 말하고 싶어 하는 표정을 남긴 채 그러나 공손히 인사만 하고, 이북 학생과 더불어 개찰구로 발을 옮긴다. 이북 학생이 시골 학생 가까이 몸을 기울이며 뭐라고 얘기한다. 시골 학생이 나지막하게 대답은 하는 것 같다.

"이 자식 바가지 썼군! 하핫! 표 야미꾼이야 야미꾼[7] 하핫!"

회인은 분명히 들었다. 회인이는 아무것도 보지 말고 송아지처럼 소리를 질러 울고 싶었다. 높은 돔〔圓天井〕에 늘어진 샹들리에가 아물아물 시야에서 멀어진다. 그는 홱 돌아섰다. 눈물이 주르르 목도리에 떨어진다.

"아이 참!"

누구에게도 풀어볼 수 없는 울화를 다시 들이삼키듯이 창백한 얼굴을 목도리 속에 파묻는다. 그러고는 기차표를 꽉 쥐어본다. 그러면서도 아직도 나타나지 않는 정아를 까마득하게 잊고 있는 것이다. 발차 전의 군중들 고함소리, 이곳저곳에서 떠다미는 사람의 물결, 그 속을 헤치며 쓰러질 듯이 회인은 발을 끌기 시작한다. 대합실 밖으로 나왔다. 싸늘한 바람이 뺨을 친다.

자동차 문을 기세 좋게 척! 닫으며 트렁크를 든 정아가 역전 광장에 내려선다. 그는 걸어오는 회인을 재빨리 보고는 먼저 웃음을 던진다. 손을 친다. 그래도 회인의 눈에는 그것이 보이지 않았다. 그는 발을 끌듯이 걷는다. 어디로 갈 목적도, 걷고 있다는 의식도 없이 걷는다.

흑흑백백

장(張) 교장은 양돼지처럼 굵고 기름진 목을 졸라맨 넥타이가 다소 답답한 모양인지 손으로 칼라를 누르며 목을 좌우로 돌린다. 나이답지 않게 넥타이의 빛깔이 너무 붉다. 소금을 뿌린 듯이 희끗희끗한 머리칼은 곱게 손질되어 있고, 젊어 보이게 차리기는 했으나 오십은 훨씬 넘었을 게다. 그는 묵직한 회중시계를 꺼낸다. 꼭 3시 반이다. 탁자 위의 요리가 식은 지도 벌써 오래되었는데 황금순(黃琴順)은 아직도 돌아오는 기색이 없다.

장 교장과 오래간만에 이러한 밀회를 갖게 된 황금순은 옛날 장 교장이 가르친 제자였고 현재는 어느 관리의 부인이다. 뿐만 아니라 장 교장이 경영하는 모 여중의 자모이기도 한 사람이다. 그런 처지에 있는 그들이 이러한 밀회를 수차 거듭하게 되는 것도 늘그막에 마지막으로 한번 타오르는 정열이라고 간단히 본다면 그만이겠으나 그러나 장 교장으로서는 이렇게 감쪽같이 저질렀던 전과(前科)가 한두 번이 아니었던 것으로 미루어 볼 때 이번도 역시 하나의 불장난에 불과한 것이다.

장 교장은 잔뜩 물오른 장미 줄거리처럼 싱싱한 황금순을 넌지시 바라보며 오래간만의 밀회를 즐기려는 판인데 요리가 들어오자마자 금순은 얼굴빛이 파래지며 일어서는 것이었다. 장 교장으로부터 융통받은 30만 환짜리 수표가 없어졌다는 것이다. 여기에 오는 길에 들른 양품점에 가봐야겠고 만일 거기에 떨어져 있지 않으면 은행까지 가야겠다는 것이다. 장 교장으로서는 같이 따라나갈 처지가 못 되므로 그저 궁둥이를 들었다 놓았다 하며 그냥 앉아 있을 수밖에 없던 것이 조금 전의 일이다.

그는 또다시 회중시계를 꺼낸다.

3시 45분이다. 어쩌면 5분이라는 시간이 이처럼 긴가 그렇게 마음속으로 뇌이니 딱한 생각도 들고 자기 자신이 우습게도 생각된다. 그는 이러한 불안스럽고 지루한 기분을 돌리려는 듯이 시계를 속주머니에 도로 넣고 궐련을 하나 꺼내어 문다.

장 교장에게 있어서 30만 환이라는 돈은 그다지 어려운 돈이 아니다. 하물며 금순에게 일단 주었고 그 때문에 모종의 효용이 발생한 이후인 이상 그처럼 깊이 심로할 필요는 없는 것이다. 그러나 무엇인지 지저분하게 마음속에 남는 것은 수표 분실 광고가 신문지상에 나고 따라서 발행인의 이름도 동시에 나열된다는 일이다. 확실히 재미롭지 못한 일이다. 장 교장은 담배 연기를 뻑뻑 뿜으며, 뭐 그까짓 일을, 하고 마음을 고쳐먹는다. 설사 이러한 사소한 일이 꼬리가 되어 밟힌다손 치더라도 수족처럼 움직이고 있는 현 군이 재치 있게 처리해줄 것을 장 교장은 믿고 있었다.

장 교장은 가래침을 꽉 뱉는다. 이런 사소한 일에 겁을 내고 있는 자기 자신에 화가 났던 것이다.

장 교장은 내내 좀도둑처럼 조금씩 헐어 먹어오던 학교 경영비를 요새 와서 좀 크게 구멍을 뚫었다. 그 후부터 사실은 그에게 좀 신경과민증이 생긴 것이다. 비대한 몸은 장사치처럼 뱃심깨나 있어 보였으나 역시 수십 년간을 교육자라는 직에 종사해왔기 때문에 자기도 모르는 사이에 소심해졌고 그러므로 용의주도한 편을 택하는 것이었다. 차근차근히 쌓아 올린 현재의 지위 그것은 그에게 있어서 절대적인 것이다. 그러나 위선과 탐욕 그리고 기름이 낀 향락은 이미 그에게 있어서 하나의 타성이 되어버렸다. 이러한 그에게 있어서는 다만 어디까지 기만해나가는가가 문제다. 그러기에 경리를 보고 있는 현이라는 모사꾼이 필요하게 되는 것이기도 했다.

장 교장은 문득 현 선생의 부탁과 반 이상 승낙이 된 것으로 되어 있는 교사 채용 문제가 생각난다. 모레, 그러니까 월요일날 만나보겠노라고 약속하기를 참 잘했다고도 생각한다. 어쨌든 현에게는 은혜를 베풀어둘 필요가 있다. 언제든지 그로 하여금 혼자서 사건을 안고 넘어져주도록 의리로서 얽어매두어야 한다. 사실상 그럴 수도 있는 사람이니까, 원체 재치도 비상하거니와 사람됨도 착실하고 신의가 깊으니…… 장 교장은 자기 류로 현 선생의 인격을 규정짓고 동시에 일종의 자신을 얻은 것처럼 마른기침을 한번 하고 나서 재떨이에 담뱃재를 떨어뜨린다. 이때 장 교장

귀에 울음소리가 들려왔다. 옆방에서 새어 나오는 여자의 울음소리다. 장 교장은 안심과 더불어 이상한 호기심에 자기도 모르는 사이에 그 비대한 몸을 벽 가까이로 옮기고 있었다.

어지간히 억누르느라고 무척 애를 쓰는 듯한 울음소리다. 장 교장이 황금순과 이야기하면서 요리를 들었다면 들리지 않았을 게다. 얼마간을 들릴락 말락하게 그러나 오장을 뒤집는 듯한 울음이 계속되더니 겨우 진정된 여자의 목소리가 가만가만히 들려온다.

"어떻게 해요, 어떡하실 작정이에요."

"어떡하기는 뭘 어떻게 해."

도무지 귀찮고 골치가 아프다는 기분을 노골적으로 표시한 남자의 굵은 목소리다.

"날이 갈수록…… 아이 참 난 그만 죽어버릴까 보다."

몸을 철썩 던지는 기척이 들리더니 한동안 침묵이 흐른다.

"집안 식구가 눈치챌까 봐 겁이 나 죽겠어요. 집에 들어가는 게 마치 지옥으로 가는 것 같은걸요. 참말 이 이상 더 견딜 수가 없어요. 빨리 죽으라든지 살라든지 말이라도 좀 하세요, 네."

여자는 또 울기 시작한다.

"쉬이 결혼할 수 없는 형편인 걸 난들 어떻게 해, 병원에라도 가는 수밖에 별 재간 있나…… 비용은 될 수 있는 대로 좀 마련해 볼 테니까."

여자의 울음소리는 좀 높아진다. 여기가 중국 요릿집이라는 것을 일시 잊고 한낱 격정에 사로잡히는 모양이다. 남자가 당황한 듯이 여자를 달래기 시작한다.

장 교장은 졸라맨 넥타이를 잡고 목을 좌우로 돌린 후 회중시계를 꺼낸다. 4시 5분이다. 암만해도 수표를 잃어버리고 은행까지 간 모양이라고 생각한다. 그는 부스스 담배를 재떨이에 놓고 일어서서 외투를 입는다.

문을 드르륵 열었다. 그러자 옆의 방에서도 문이 열린다. 30 남짓한 남자의 길쭉한 얼굴과 장 교장의 얼굴이 마주친다. 피차가 서로 당황하며 고개를 돌려버린다. 서로가 아무런 면식도 없는 사람끼리면서 거의 즉각적으로 행한 동작이었다. 남자는 엎드려 구두를 신으면서 중절모의 모자 앞을 쑥 앞으로 내린다. 여자는 다람쥐처럼 민첩한 동작으로 남자보다 앞서 나간다.

거리에 나왔다.

장 교장은 다소 안심을 하며 몇 걸음 앞을 걷고 있는 두 남녀를 바라본다. 호리호리한 여자의 뒷모습이 퍽 인상적이다. 라글란 소매의 외투를 입은 둥그스름한 어깨가 이리저리로 휘청거리는 것 같다. 장 교장은 차차 우울해졌다. 황금순이 수표를 잃어버린 까닭도 있지만 머지않아 출장 간 남편이 돌아올 것과 임신한 금순에 대한 남편의 무서운 추궁—이런 것을 생각했기 때문이다. 장 교장은 무료할 때나 혹은 답답할 때에 하는 하나의 버릇으로 또 넥타이를 누르고 목을 빼어 좌우로 돌리며 입맛을 다신다.

빨리 관계를 끊어버려야 하겠는데 여전히 미련이 남는 것은 황금순이 아직 젊고 너무 고운 탓이다.

혜숙(惠淑)은 뼈가 오그라지도록 두 정강이를 모았다. 그리고 어깨 밑으로 미끄러진 이불깃을 어깨 위까지 끌어올리고서 부지런히 뜨개질을 계속한다.

일기라도 청명한 날이면 손바닥만큼의 넓이를 가진 마루나마 햇살이 제법 두꺼워서 좋았건만 오늘은 날씨마저 웬일인지 흐리고 게다가 바람까지 심술 사납게 생철 지붕을 두들기고 있다.

혜숙의 친정어머니가 손녀 경이를 데리고 그의 동생네 집에 내려간 것은 경이가 방학한 다음 날이었다. 개학한 지가 벌써 4, 5일도 넘었는데 아직 소식이 없다. 구걸을 하러 내려간 그들의 소식이 여태껏 없다는 것은 혜숙으로서 가슴 아픈 일이었다. 아마도 청을 거절당한 어머니는 어린것을 데리고 한겨울이나마 입치레하자는 심산인지도 모른다. 그래서 바느질가지나 해주고 있는 모양이라고 혜숙은 헤아린다. 그렇지 않으면 동생에게 한 오라기의 동정이라도 일어나기를 기다리며 조카며느리 등살에 끼어 부엌일까지 돌보고 있는지도…… 혜숙은 자기도 모르는 사이에 눈물이 핑 돈다.

6·25 때 집을 불사르고 남편이 무참히 폭사한 후 어느덧 5년이라는 세월이 지나갔다. 부산으로 어디로 무진한 고생이 가로지른 피난살이가 휴전과 더불어 끝이 났다. 겨우 쥐꼬리만큼의 월급자리를 환도한 서울에서 얻을 수 있었던 것이 재작년 여름의 일이다. 판자벽에 썩은 함석지붕 밑의 방 한 칸을 얻어 이럭저럭 경이와 어머니의 세 식구 살림이 꾸려져나갔다. 하루살이처럼 위태롭고 서글픈 생활이었다. 그러나 그런 불안전한 생활 기반마저 두

달 전에 아주 잃어버리고 말았다. 실직을 한 것이다. 혜숙은 이렇게 궁해져도 도무지 기질만은 옛날과 같이 변하지 않는다. 아니꼽고 더러우면 팩하니 침 뱉고 돌아서버린다. 이러한 성질은 가난한 그를 더욱 가난하게 하였다. 이번에 직장을 그만둔 원인도 역시 그의 결백성 때문이다. 추근추근하게 구는 배때기에 기름이 끼인 상부 사람이 더럽고, 또한 향락의 대상으로 보인 것이 분하고 원통하다는 데서 사표를 내던졌던 것이다. 그렇다고 해서 어린 딸이 있고 늙은 어머니가 계시고 남편과 사별한 후 무진한 고생살이를 해온 혜숙이 세상 모르는 온상의 꽃은 아니다. 그가 사표를 냈을 때는 이미 그의 마음속에 한 계산이 익어가고 있었다. 근근이 살아가는 중에서도 매달 얼마만큼씩 떼어서 계를 넣어온 것이 며칠 후면 찾게 되는 것이다. 20만 환이란 금액이 그다지 큰 것은 아니었지만 그래도 그에게 있어서는 상당한 거액이다. 그는 그 돈으로 조그마한 구멍가게를 낼 작정이었다. 그 가게는 어머니에게 맡겨두고 간혹 돌보기나 하면 입치레가 되리라는 계산이었고 혜숙대로 좀 자기의 성미에 알맞는 교육계에 직장을 구해볼 심산이었다. 그러나 그의 계획은 송두리째 뒤집히고 말았다. 세상살이가 공식처럼 순조롭지 못함이 일쑤다. 하물며 모든 것이 불안전한 현실에 있어서는 말할 나위도 없는 일이다. 계주가 돈을 가로채고 5만 환밖에 내놓지 않은 것이다. 차일피일하는 중에 어느덧 5만 환을 잘라먹고 말았다. 실직을 한 그녀로서는 할 수 없는 노릇이었다.

겨울은 찬 서리를 밟고 불기 없는 냉돌방과 가난한 주머니 속에

준열한 표정으로 들어앉는 것이었다.

바람이 분다. 생철지붕 위에 모래 구르는 소리가 쨍그락 난다. 판자벽에 여며둔 무청 시래기가 후르르륵 날리곤 한다.

혜숙은 뜨개바늘을 뽑아서 머리를 가볍게 긁는다. 다시 바늘에 실을 감는다. 얼마만큼 그는 뜨개질을 계속하다가 일감을 무릎 위에다 놓고 두 손을 모아 호— 입김을 불어 넣는다. 그렇게 언 손끝을 입김으로 녹이면서 벽에 걸린 달력을 물끄러미 바라본다. 그는 약간 놀란 듯이 일어서서 방을 치우기 시작한다. 그러고 난 다음 밖으로 나가서 뒤꼍에 얼마간 남아 있는 장작개비를 안고 부엌으로 들어간다.

일요일이다.

일요일이면 올 사람이 있었다. 영민(英敏)은 꼭 올 것이고 현 선생은 올는지 확실치는 못하다. 영민은 혜숙이 다니던 회사의 동료지만 사실은 동생같이 친밀한 사이였다. 그는 일요일이면 꼭꼭 다녀간다. 현 선생은 죽은 남편의 친구다. 어느 여중의 경리를 본다고 했다. 가끔 계란 꾸러미를 사 들고 들르는 일이 있었다. 일전에 왔을 때 혜숙은 생각다 못해 취직을 부탁해보았다.

혜숙은 아궁이에다 불을 지피면서 멍하니 불을 바라본다. 어머니와 경이 생각이 가슴에 사무쳐온다. 조카며느리 등살에 끼어 부엌일까지 돌보고 있을지도 모르는 후줄근한 어머니의 모습이 떠오른다. 늘 겁먹은 병아리처럼 오돌오돌 떨고 있을 경이 얼굴이 떠오른다. 딴 아이들과 어울리지 않고 할머니 치마꼬리만 잡고 다니겠지, 너무 청승스럽다고 이모님에게 성화를 받는지도 몰라 어머니가 살그머니 밀어버리면 그 큰 눈에서 눈물이 뚝뚝 떨어질 거야, 그렇게 혼자 중얼거리는 혜숙의 귓전에 어떡하면 좋으냐, 한결같은 어머니의 넋두리가 들려온다. 멍든 가슴팍을 팍팍 눌러 다지는 듯한 절망의 소리를 혜숙은 어머니가 가신 뒤에도 매일매일 듣는 것이었다. 캄캄한 벼랑 아래로 굴러떨어지는 것만 같았다. 혜숙은 무서운 환각에서 고개를 들고 다시 바람 소리에 귀를 기울인다. 꼭 약속한 것도 아닌 현 선생의 취직 알선에 집요하게 매달리는 심사가 서글프다.

혜숙은 장작 부스러기를 주워서 톡톡 분질러본다. 언제부터 울지 않게 되었는지 혼자 중얼댄다. 자신이 더욱 처참했다. 혜숙은 그러면서도 어느 사인지도 모르게 글쎄요, 알아보겠습니다, 요즘은 어디 쉬워야지요, 하던 현 선생의 대답 속에서 어느 정도의 가능성을 모색하려는 듯이 현 선생의 음성과 표정을 세밀히 분석하고 있는 것이다. 일요일이면 가끔 계란 꾸러미를 사 들고 어떻게 사시느냐고 들여다보러 오는 현 선생인데 그런 부탁을 한 때문에—사실상 그것은 어려운 일이었으니까—오지 않을지도 모른다. 혜숙은 취직 가능에 대한 최악의 경우를 마지막에 설정해두고 하나 남은 장작개비를 아궁이 속에 던진다. 그는 치마를 털며 일어섰다. 마치 지금까지의 생각을 일단 털어버리기나 하듯이……

방에 들어온 그는 다시 뜨개바늘을 손에 든다. 그러고는 게적지근하게[1] 마음속에 남는 또 하나의 일을 생각한다. 취직의 문제는 그렇게 최악의 경우를 생각해두었다. 남은 한 가지 일은 영민과 바꾼 외투의 문제다. 오늘은 영민이 오면 세상없어도 외투를 바꾸겠다고 마음속으로 굳이 작정한다. 한 가지 짐이라도 벗어버리면 훨씬 마음이 홀가분해질 것만 같았다.

그러니까 작년 가을의 일이다. 영민과 외투를 맞추러 나갔을 때 영민은 별로 서슴지 않고 밤색을 택했다. 그러나 혜숙은 몹시 망설이지 않을 수 없었다. 돈이 충분치 못한 때문이다. 몇 번이나 천을 만져보고 들춰본 끝에 영민이의 것보다 만 환이 싸다는 이유로 그린색을 결정하고 말았다. 빛깔이 좀 화려하다 해서 값이 싼 모양인데 천은 영민이 것보다 못하지는 않았다. 외투가 다 된 후 혜숙은 또 망설이는 것이었다. 나이를 생각하니 역시 화려한 것이 걱정이다. 그러나 영민은 혜숙이 것을 입어보더니 천으로 볼 때보다 해놓고 보니 아주 멋이 있다고 하며 탐을 내는 것이었다. 그래서 둘이 서로 합의하여 바꾼 것이다. 혜숙이 곗돈을 찾게 되면 영민에게 만 환을 돌려주기로 약속도 되어 있었다. 그러나 그 약속을 이행하기는커녕 도리어 영민의 신세를 지게끔 혜숙은 실직이 되고 말았다. 혜숙으로서는 외투를 도로 바꾸는 수밖에 별 신통한 궁리가 없었다. 그래서 영민이 올 적마다 혜숙은 그 말을 입 밖에 내지 않을 수 없었다. 그럴 적마다 영민은 뭐가 그리 바쁘냐구 말을 가로막곤 했다.

12시경이나 되어 영민이 왔다. 혜숙보다 나이 서너 살 아래인 영민은 윤곽이 서구 사람처럼 뚜렷했다. 그리고 명쾌한 목소리가 그의 전체를 더욱 선명하게 보여준다.

영민은 빽을 방바닥에다 집어 던지고 다리를 옆으로 내밀며 털썩 주저앉는다. 그러고 아무 말도 없이 멍하니 혜숙을 쳐다본다. 무엇을 골똘히 생각하는 것 같기도 하고 아주 자기 자신을 잃어버린 것 같기도 하다. 그러한 영민의 괴로움을 혜숙이 모르는 바는 아니었다. 영민에게 태호라는 애인이 있는 것을 알고 있었고 그 태호라는 사람이 좀 경박하다는 것도, 그러나 원체 영민이 이지적인 것을 알고 있기 때문에 깊이 염려하지는 않았다.

영민은 혼잣말처럼

"이냥 죽어버릴까 보다."

"죽기는 또 왜?"

"언니 난 어떻게 살아야 옳을지 모르겠어."

영민은 발작처럼 이유를 밝히지도 않은 채 울음을 터뜨리고 만다. 혜숙은 얼굴을 양손으로 가리고 상반신을 좌우로 흔들면서 울고 있는 영민한테 이상하게도 여자의 체취를 느낀다. 마치 여태까지 영민이 여자인 것을 느끼지 못한 것처럼. 그와 동시에 그는 그들 연애의 심화(深化)와 더불어 어쩔 수 없는 파탄에 빠진 것도 손에 쥐어지듯이 느껴지는 것이었다.

영민은 눈물을 씻으며,

"난 참말 내가 여자인 것을 이제 알았어요."

"……"

"아마 태호 씨하고는 헤어지게 될 거예요."

괴로움에 처해본 자만이 가질 수 있는 조용한 체념이 어구(語句) 속에 서려 있는 것이 애처롭다. 나이 스물셋인데 그는 인생의 가장 큰 쓰라림을 알아버린 모양이다.

"설마 그럴 리가 있을라구."

혜숙은 크게 뜬 눈으로 영민을 바라보며 그저 둘 사이에 이상하게 흐르는 공간을 메워줄 양으로 뇌어버린 말이다. 자기 자신의 말이 허공에 뜬 것처럼 공소(空疎)[2]한 것을 의식하면서 혜숙은 혜숙대로의 눈물을 주르륵 쏟는 것이었다.

한참 동안 앉았다가 영민이 일어선다.

"언니 또 오겠어, 오늘은 이만 갈래요."

혜숙은 벌떡 일어서서 외투를 입은 영민을 가로막는다. 그는 잠깐 무엇을 생각하더니,

"참 내, 내 이야기 좀 들어봐요."

혜숙은 얼른 영민의 뒤로 돌아가서 외투를 벗기기 시작한다. 영민은 의아스러운 표정으로,

"왜 이러세요, 아이 참, 또 그놈의 돈 때문에 그러는군…… 언제면 어떻구 아주 못 주면 또 어때요."

"아니야 돈을 돌려줄 희망이 아주 없어졌어. 그리구 난 외투를 볼 적마다 마음이 무거워서 견딜 수가 없어 그러는 거야, 아무 말 말고."

혜숙은 영민의 등을 두들기며 납득해주길 원하듯이 히죽이 웃어 보인다. 영민은 파리해진 얼굴로 혜숙을 바라보더니 서글픈 듯이 따라 웃는다. 그러고는 꼭두각시처럼 혜숙이 입혀주는 외투 소매에 팔을 낀다.

"이제 됐어."

혜숙은 외투를 입은 영민의 등을 가볍게 두들기며 그의 앞으로

돌아온다. 영민은 물끄러미 허공을 바라보고 섰다. 이윽고 그는 정신을 가다듬듯이 외투 깃을 세운 다음 마루로 나와 신발을 신으려고 한다.

"얘 마후라를 둘러."

혜숙이 방바닥에 놓인 마후라를 집어 든다.

"관두세요, 그 외투에 맞춰 산 거니까요."

영민은 혜숙이 신발을 신기도 전에 거리로 휙 나가버린다. 마후라를 손에 든 혜숙은 불안한 표정으로 그의 뒷모습을 바라본다.

"저게 죽지나 않을까?"

중얼거린다.

영민이 간 다음 한참 동안 이상한 불안 속에 혜숙은 방바닥 한복판에 쪼그린 채 앉아 있었다. 그러나 심하게 몰아치는 바람 소리는 또 한 가지의 불안을 일으키는 것이었다. 현 선생이 오지 않는 것이다.

저녁때가 지나고 밖이 어둑어둑해졌다. 새로운 절망이 좁은 방안에 가득히 차고 혜숙의 몸뚱어리는 시시각각 화석으로 변하여가는 것만 같았다. 때때로 커다란 벼랑이 시꺼멓게 눈앞에 가로지르곤 했다. 그럴 적마다 혜숙은 고개를 흔들며 천장을 쳐다본다.

거리에 면한 들창이 바람에 건들건들 흔들린다. 혜숙은 벌떡 일어서서 들창문을 열고 어둠 속에 사람의 흔적을 보려는 듯이 노려본다. 여전히 바람 소리뿐이다. 그는 나무토막처럼 자리에 쓰러졌다. 얼마만의 시간이 흘렀는지 모른다. 문이 흔들린다. 혜숙은 숨을 죽인다.

"경이 어머니."

현 선생님이다.

혜숙은 온몸에 전율을 느끼며 뛰어나간다.

달리는 구름 속에 달빛이 희미하다.

혜숙은 너무나 다급하게 날뛴 자신의 행동이 새삼스럽게 슬퍼진다. 그는 얼굴 위에 흘러내린 머리칼을 일없이 쓸어버리며 현 선생 앞에 허리를 굽히는 것이었다.

촛불이 기름진 현 선생 얼굴을 붉게 비추는 방에 서로 마주 앉으면서 혜숙은 다만 상대방에서 말이 나오기를 기다리는 것이었다. 말에 어느 류(流)의 무게를 주려는 듯이 그렇게 침묵을 지키는 현 선생의 태도가 혜숙은 싫었다. 오늘 저녁도 그 수(手)를 쓰나 보다 혜숙은 그렇게 생각하니 자기 자신이 제단에 오른 망아지처럼 가엾게 생각되었다.

재떨이에 담배를 눌러 끈 현 선생이 겨우 입을 연다.

"좀 어떨까 생각했습니다만 형편을 보니 대단히 급한 것 같고 해서 내가 있는 학교에 말을 해봤지요. 마침 가사과 선생이 결혼하고 자리가 하나 비어 있었어요. 교장 의향을 타진해보니 8할가량 가능해요. 내 청이면 대개 들어주게 돼 있으니까."

혜숙의 얼굴이 환해진다. 몇 번이나 입을 주뼛거리며 감사의 말을 하려고 했으나 현 선생은 침착하게 시선을 딴 곳에 둔 채 말을 계속한다.

"내일 학교에 나오세요. 교장이 만나보자구 했으니 10시 반쯤 나오십시오."

그러고는 고개를 들어 혜숙을 바라본다. 교묘하게 감추어졌던 감정이 차츰 노출되고 있었다. 혜숙은 죄지은 사람처럼 그것을 피하는 수밖에 없었다.

"죄송스럽습니다. 이런 걱정까지 끼쳐서……"

혜숙은 계면쩍게 고개를 숙인다. 현 선생은 그러는 혜숙을 바라만 보았을 뿐 별다른 말은 하지 않는다.

"생전에는 그렇게 친구도 많더니만."

혜숙은 감정의 연막을 치는 동시에 친구의 아내였다는 자신의 입장을 밝히는 의미에서 그런 말을 슬그머니 해보는 것이다. 현 선생의 얼굴에는 약간 표정이 인다. 그러나 그것은 일순간이었다. 평정한 표정으로 돌아간 현 선생 얼굴에는 다시 이상한 웃음이 감돈다. 치욕과 패배의 감정이 혜숙의 부드러운 귓전까지 붉게 물들이는 것이었다. 현 선생의 웃음은 혜숙의 연막 전술에 대한 조소였기 때문이다.

양복바지를 털며 일어서는 현 선생은,

"아 참 교장에게는 형편 애기를 대강 했습니다. 그리고 내 사촌 누이라고 말해두었지요. 그렇게 아시고 묻거든 조심하세요."

혜숙은 아랫입술을 물며 "네" 하고 대답했다.

현 선생이 돌아간 뒤 혜숙은 물을 떠다가 머리칼을 축이면서 클립을 말기 시작했다. 파마기가 없어진 머리가 단정치 못한 것 같아서 내일이 염려되었다. 그는 머리를 말던 손을 멈추고 또 하나의 걱정 때문에 표정이 흐려진다. 현 선생의 빤히 쳐다보던 눈초리가 괴로워 저절로 짜증과 불안이 치미는 것이었다. 그러나 이번만은 어떻게든 배짱을 부려야 한다고 다짐을 두며 클립을 다시 말기 시작한다. 그러다가 그는 또다시 손을 멈추고 난처한 듯이 얼굴을 찌푸린다. 오늘 영민과 바꾼 외투 생각을 한 때문이다. 너무 화려해서 큰 탈 났다고 생각한 것이다. 이럴 줄 알았다면 교장을 만난 다음 바꿀 걸…… 새로운 걱정거리다. 내일의 면담이 얼마나 혜숙에게 있어서 중대한가를 생각할 때 우울해지지 않을 수가 없었다. 하지만 할 수 없는 일이었다. 머리를 다시 말기 시작한다. 머리를 다 만 다음 혜숙은 아라비아인의 터번처럼 흰 수건으로 머리를 동여매었다. 잠을 자야지 하고는 깔아둔 자리에 들어간다. 잠자리가 편찮아서 이리저리 베개 위에 얹은 머리를 돌리다가 눈을 감는다. 그는 경건한 마음으로 안타깝게 기도하는 것이다. 취직이 되는 길몽을 나에게 주시라는 가엾은 기도인 것이다. 그러나 어둠 속에서 빤히 쳐다보던, 뜻을 품은 현 선생의 눈알이 여러 곳에서 혜숙을 쏘아보는 것이었다.

장 교장은 회전의자에서 빙글빙글 돌다가 일어선다. 기지개를 켜고 난 다음 뚜벅뚜벅 유리창 가로 걸어간다. 수업 중이라서 교정에는 아무도 없고 어젯밤 거센 바람이 모래를 쓸어 붙인 때문인지 유난히도 교정은 말끔해 보인다. 바람이 자고 고요해진 나뭇가지에는 겨울 햇빛이 제법 따사롭다. 장 교장은 또 한 번 팔을 뒤로 제치며 기지개를 켠다. 그러고 난 다음 이번에는 코밑 수염을

꼬아 비틀기 시작한다. 그는 오래전부터 복안[3]이던 고등학교 학급 증설 문제의 추진에 관한 절차와 방법을 재검토해본다. 재래 학급에는 되도록 타교생을 흡수해야 할 것이고 증설된 학급에는 본 중학교 학생들에게 충당시키는 방책이 원활해지기만 하면 외관상으로나 실질적으로도 만족할 만한 일이다. 그것을 골몰히 생각하고 있는 장 교장 귀에 요란하게 전화벨이 울린다.

"여보세요, 누구시지요, 아, 그래 응, 응, 마침 잘됐군. 뭐?"

장 교장은 잔뜩 이맛살을 찌푸리며 고개를 끄덕인다. 황금순에게서 온 전화다. 수표는 마침 찾아가기 전에 연락이 되었으니 안심하라는 말이다. 그러나 의논할 일이 있으니 그런 기회를 꼭 만들어달라는 것이었다.

"그래 모레 4시 거기서 만나기로 하지."

장 교장은 의논할 것이 무엇인가를 알기 때문에 귀찮은 생각이 들었다. 그래서 날짜와 시각을 지정해두고 전화를 끊어버리려고 하는데 황금순이 매달리다시피 하는 말이,

"그이가 왔어요."

하고는 전화를 끊어버린다. 물론 그이라는 사람은 그의 남편을 말한다.

장 교장은 몹시 불쾌했다. 그러나 난폭하게 수화기를 놓았을 적에는 불쾌하기보다 오히려 불안스러워졌다. 남편이 돌아온 오늘, 일의 처리는 두말할 것도 없이 초미[4]의 문제였다. 그러나 그런 문제를 생각하지 않으면 아니되는 자신이 두려워졌다. 그는 책상 앞을 한 바퀴 돌고 나서 도로 창가로 걸어가서 교정을 바라보는데

막 교문 안으로 들어오는 한 여성이 눈에 뜨인다. 그 여성은 똑바로 사무실로 향해 걸어온다. 그린색 외투에다 회색과 노란색으로 가로지른 대담한 마후라를 목에 감고 있었다. 멀리서도 선명하게 눈에 뜨인다. 장 교장은 고개를 갸웃거리며, 다가오고 있는 여성을 응시하는 것이었다. 똑똑하게 얼굴이 보이지는 않았지만 윤곽도 또렷하고 살결이 몹시 희다. 여성이 현관 앞까지 왔을 때 장 교장은 아아 하며 작게 소리친다. 그 여성이 현관 앞에 가까워지자 장 교장이 서 있는 위치에서는 그의 옆모습이 보인 까닭이다. 장 교장은 그 옆모습에서 문득 깨우쳐지는 기억이 있었던 것이다. 분명히 저 외투에 저 마후라는 그저께 그 중국 요릿집에서 울다가 나오던 여자의 인상적인 복장 그것에 틀림이 없다. 장 교장은 그 여성이 어째서 학교에 오는가 그것은 생각해보지도 않고 혼자서 속으로 실로 게딱지만 한 장안이로군, 세상이란 넓고도 좁은 거야, 하며 쓰게 웃는다. 그는 버릇의 하나인 넥타이를 잡고 목을 돌리면서 회전의자에 돌아와 몸을 던지듯이 앉는다. 그러고는 마치 누구에게 화풀이라도 하듯 책상 위의 서류를 뒤적거리더니 도장을 팡팡 찍어대는 것이다. 이때 문밖에서 노크 소리가 조심스럽게 들려온다. 장 교장이 고개를 들어본다. 한결같이 신중한 일종의 무게를 주려는 듯한 표정의 현 선생이 들어온다. 장 교장은 선량한 아버지처럼 미소를 띠며 그를 바라본다. 현 선생은 손바닥을 맞잡으며,

"저 저번에 말씀 올린 제 누이가 지금 왔습니다. 바쁘시지 않으면……"

"아아 참 그랬지 까마득히 잊고 있었네, 뭐 별일 없고. 안내하시요."

현 선생은 한번 굽신 절을 하고 나서 밖으로 나간다. 얼마 후에 그는 혜숙을 데리고 교장실로 들어온다. 장 교장은 놀라지 않을 수가 없었다. 바로 조금 전에 교정을 걸어오던 그 눈 익은 복장의 여성이 아닌가. 장 교장은 너무나 뜻밖의 일이었으므로 잠시 동안 어리둥절한 표정을 짓는다. 그러나 혜숙의 침착하고 얌전한 태도에 접하자 장 교장은 참 엉큼스러운 계집이란 생각이 불시에 들었다. 그는 혜숙을 힐난하는 듯한 눈초리로 아래위로 훑어본다. 그러한 사나운 눈초리가 혜숙의 복부에 가서 머물자 장 교장의 얼굴에는 차가운 경멸의 빛이 퍼져간다. 혜숙은 사정없이 아래위로 훑어보는 장 교장의 체모 없는 눈이 몹시 불쾌했다. 그와 동시에 의복을 벗고 그의 앞에 선 것 같은 수치감이 일종의 분노로서 그의 얼굴을 붉게 물들이는 것이었다. 혜숙은 단정하게 교장을 쳐다보던 눈을 할 수 없이 무릎 위에 얹은 손으로 떨어뜨리고 만다.

"현 선생에게 사정 이야기는 들었습니다. 오늘은 이만 돌아가시오, 현 선생을 통해서 기별하리다."

장 교장은 퉁명스럽게 말을 잘라버린다. 혜숙은 직감적으로 일이 틀린 것을 느꼈다. 깊은 절망이 한동안 그를 멍하게 만든다. 견디기 어려운 괴로움이 가슴을 억누르는 것이었다. 그는 마지막의 애원을 한번 시도하듯이 장 교장의 얼굴을 쳐다본다. 그러나 장 교장의 냉소는 눈 속뿐만 아니라 입언저리까지 퍼져가고 있다. 이러한 어쩔 수 없는 분위기에 더 견디어나갈 수 없음을 느낀 혜숙은 마치 기계인형(機械人形)처럼 벌떡 의자에서 일어선다.

교장실 밖에서 풀이 죽은 혜숙을 의아스럽게 바라보던 현 선생은 혜숙을 잠시 동안 기다리라 일러두고 교장실 문을 두들긴다.

장 교장은 얼굴을 수그린 채 눈만 치뜨고 현 선생을 본다. 그러고는 언짢은 얼굴로,

"자네 누이라는 지금 온 미망인 말이요, 좀 감독이 불충분해. 내 눈이 장님이 아닌 이상 틀림없이 그 과부는 바람이 났어요, 미안하지만 현 선생 청은 거절이요."

현 선생은 양손을 꽉 누르며 부빈다. 아무런 대답도 없다. 얼굴이 좀 창백해졌을 뿐이다.

책상 위의 전화가 요란스럽게 울린다. 장 교장은 천천히 수화기를 든다.

암흑시대

비가 구질구질 내리고 있었다.

벌써 10여 일로 접어든 장마 때문에 순영(淳英)이네 가겟방의 구들장 밑에는 빗물이 괴어 있었다. 부서져서 나자빠진 굴뚝으로 빗물이 새어들기도 했지만 그보다 흙탕물이 길거리를 마치 시냇물처럼 굽이쳐 흘러가는데 그 수량이 차츰 넘쳐서 순영이네 가게 문턱에 밀려들면 곧 부엌의 연탄 아궁이로 쏟아져 내려가는 까닭이다. 그래서 방에는 습기가 차고 곰팡이 냄새가 날 지경이었다. 뿐만 아니라 구제품 상자 같은 데다가 헌옷가지를 넣어놓고 지내는 순영이네 형편에는 이리 비가 끊일 사이 없이 내리게 되면 빨랫거리가 모여서 방 안은 자연히 어지러워지는 것이었다. 순영이네 가게 앞에는 H 방향으로 뻗은 꽤 넓은 가로(街路)가 있었다. 이 가로에는 하수도가 막혔는지 또는 애당초부터 하수도가 없었는지 알 수는 없지만 아무튼 빗방울이 굵어지기만 하면 길은 이내 물바다가 되어버리는 것이었다. 이렇게 여름이면 말썽이 많아지는 길인 데다가 더군다나 십자로의 그 한 모퉁이에 자리 잡고 있기 때문에 순영이네 가게가 침수의 액(厄)을 당하게 되는 것은 당연한 일이다. 가게에는 과자 나부랭이, 과실 그리고 약간의 술병이 진열되어 있었다. 이렇게 빈약한 가게에서 다섯 식구가 뜯어먹고 살아야 한다는 것은 좀 서글픈 이야기다.

순영이는 문학을 공부하고 있는 여자였다. 그리고 열 살 난 계집애, 여덟 살 된 사내아이, 이 두 남매와 늙은 어머니를 부양할 의무를 지닌 극히 불우한 처지의 여자이기도 했다. 순영이는 전쟁 때문에 남편을 잃었다. 그리고 일체의 가산도 날려버렸던 것이다. 전쟁 속에서 방황하던 목숨이 전진을 털고 삶의 자리에 마주 섰을 때 순영이 앞에는 핍박한 생활이 들이닥쳐 있었다. 가난과 굶주림 그리고 자기를 잃지 않으려는 몸부림, 이러한 극단과 극단의 사이에서 순영이는 모든 것에 대한 자신의 항거 정신을 보았다. 그러나 인간 본연의 낭만을 버리지 못하는 곳에서 순영이는 문학에 자신을 의지한 것이다.

거리에는 비가 좀 뜸해진 모양이었다. 얼마 전에 쏟아지는 비 때문에 물난리를 겪고 난 순영이는 아직도 마르지 않은 머리칼을 매만지며 밖을 바라다보고 서 있었다. 순영의 옆에는 말라붙은 젖꼭지가 비에 젖은 모시 적삼 속에 그대로 드러나 있는 순영이의 어머니가 팔짱을 끼고 사과 궤짝 위에 우두커니 앉아 있었다. 순영이는 머리를 쓸어 넘기며 우울한 얼굴로 방으로 들어간다. 습기 때문에 발바닥이 쩍쩍 들러붙는 어둠침침한 방의 아랫목에서는 아이들이 여름방학 책 속의 그림에다 색칠을 하고 있었다. 나이를 표준해본다면 퍽 작은 아이들이다. 그 작은 등허리가 두 마리의 거북이처럼 동그랗게 굽어져 있었다. 순영이는 그러한 아이들을 아무 생각 없이 바라보는 것이다.

잿빛으로 뒤덮여 있던 하늘에는 조각보 모양으로 간간이 푸른 하늘이 나타나기 시작한다.

아이들을 물끄러미 바라보고 섰는 순영이의 얼굴이 방 안의 어둠 속에서 피어난다. 그 파르스름한 얼굴이 조각보 모양으로 잿빛과 푸른빛의 하늘이 비쳐 있는 작은 창으로 옮겨진다. 한동안을 그러고 섰던 순영은 무슨 생각이 난 듯이 아이들을 향하여,

"참! 명혜야 너 명수 데리고 할아버지댁에 가려므나, 응? 엄마는 일을 좀 해야겠는데."

아이들에게 말을 하면서도 순영이는 궁리에 잠긴다.

바위틈에 솟은 하얀 버섯처럼 얼굴을 갸우뚱하게 쳐들고 순영이의 말을 듣고 있던 아이들은 책을 주섬주섬 모아서 책가방 속에다 집어넣는다.

"갔다 올게요. 어머니!"

아이들은 종다리처럼 높은 목청으로 소리 지르며 나가버린다.

할아버지댁은 시장 가까운 곳에 있었다. 그러나 할아버지댁이라고 하지만 실상은 순영이와 같은 고향에서 온 C대학의 학생이 자취를 하기 위하여 빌린 방을 말하는 것이다. 할아버지라는 사람은 순영의 죽은 아버지하고 사촌 간이며 순영이에게는 당숙뻘이 된다. 그 할아버지는 골치 아픈 소송 문제 때문에 시골서 서울

로 왔다 갔다 하는데 요즘에 와서는 벌써 여러 달째 서울에 머물러 있었다. 그날 그날을 마치 하루살이처럼 불안스럽게 보내고 있는 순영이네 집에 그 할아버지는 신세를 지고 있는 것이다.

옛날에 그 아저씨댁으로부터 적지 않은 은혜를 입은 바 있는 집안 관계상 순영이나 그의 어머니는 아무리 어려워도 그를 거절 못할 형편이었다.

그러나 식사만은 어떻게 먹는 대로 해주었지만 거처할 방이 없어 난처했는데 마침 공교롭게 이웃에다 고향 학생이 방을 빌리게 되어 그 방을 같이 쓰기로 했던 것이다. 요즈막에 와서는 방학이 되어 학생도 시골로 내려가고 순영의 아저씨는 혼자 한가로웠다.

아이들이 나간 뒤 순영은 책상 위에 널려 있는 원고지, 책 같은 것을 대강 치우고 가게에서 사과 궤짝을 하나 방으로 끌어 넣는다.

팔짱을 끼고 사과 궤짝 위에 우두커니 앉아 있던 어머니는 다만 멍하니 순영이 하는 일을 바라보고 있다가,

"풀을 끓여야지."

어머니의 목소리는 시무룩했다.

순영이는 시무룩한 어머니의 마음을 알고 있었기 때문에 도리어 억압적인 목소리로 어머니를 묵살한 채,

"순자야! 순자야!"

심부름하는 계집아이를 부른다. 순자는 말이 부엌아이지 고락을 같이해온 순영이네 집에서는 친식구나 다름없다. 고지식하게 생긴 순자가 걸레를 손에 든 채 순영을 쳐다보았을 때 순영은 차

츰 걷어지는 푸른 하늘에다 눈을 팔면서,

"벽에 바르는 종이 말이야, 예쁜 걸 골라서 다섯 장만 사와, 응."

순영은 그렇게 말하고 방으로 들어가버린다.

"뭐 할라고 그 야단인고. 신문지나 가지고 바르면 되지, 돈도 없는데 아이 세상 귀찮다. 내사 몰라."

순영이 예기했던 것처럼 어머니는 한참 동안을 투덜거리더니 순자에게 돈을 주는 기색이었다. 벌써 며칠 전부터 사과 궤짝을 하나 발라서 옷을 넣어야겠다고 순영은 벼르고 있던 것을 오늘은 해치울 작정인 것이다. 순영은 방에서 땀을 흘리며 풀이 끓는 것을 기다리고 있었다.

어머니는 풀을 잘못 쑤어서 요전번에 버린 일이 있다 하면서 순자에게 맡기지 않고 손수 풀을 끓이는데 그동안에도 영 잔소리를 그만두지 않았다.

"그 잘난 방에 신문지로 바르면 어떨라고, 돈도 없는데…… 벽지로 발랐다고 사과 궤짝에 별 모양이 나나? 참!"

풀을 휘휘 저으며 다시,

"아이구 세상만사가 다 귀찮다. 이게 사는 거가 죽으라는 거지……"

방에 앉았는 순영이의 가슴은 답답할 뿐이다.

허용된 환경 속에서 가능한 한 깨끗하고 정돈된 생활을 하는 것이 좋지 않느냐고 순영은 그렇게 말하고 싶었으나 다만 마음속으로 삼켜버리고 말았다. 아무리 말을 해보아도 통할 리가 없는 어머니였기 때문이다.

어머니는 소싯적부터 남편과 이별하고 고독한 속에서 외동딸인 순영을 믿고 살아왔다. 그러나 경제적인 면으로는 비교적 부유하고 안정된 속에서 생활했으나 전쟁 때문에 그 안정이 불시에 허물리어 방황하게 되니 누구보다도 옛 생활에 대한 향수가 강하고 현재에 대하여는 다만 저주가 있을 뿐이었다.

겨우 끓인 풀과 순자가 사 가지고 온 종이로 궤짝을 바르기 시작한다.

순영이 궤짝을 절반이나 발랐을 무렵이었다. 언제 왔는지 높은 목청으로 명혜가 지껄이고 있었다.

"할머니, 할아버지가 말이에요, 모두 영양이 부족해서 병이 들겠대요. 명수가 어저께 오줌 싼 것두 기운이 없어서 그런 거래요."

"남의 걱정일랑 그만두고 자기 걱정이나 하라지."

어머니의 말소리에는 가시가 돋쳐 있었다. 어려운 살림인 것을 뻔히 알면서 신세를 지고 있는 사촌시동생에 대하여 어머니의 감정이 좋지 못한 때문이다.

"병이 나면 약값이 더 든대요."

"앗다, 누가 먹기 싫어 안 먹는 사람이 있던? 병나면 속절없이 죽는 판이지……"

"그래서 할아버지가 그것을 먹으라고 해요."

"흥, 그래도 옛날에는 기름이 졌던 속이라 어지간히들 고기 생각을 잊지 못하는군."

어머니의 핀잔이었다.

방에서 그런 대화를 듣고 있는 순영은 아이들에게 어른들의 감정을 발산시키고 있는 어머니의 말이 심히 못마땅했지만 그대로 입을 다물어버리는 수밖에 없었다. 명혜의 목소리로 좁은 가게가 쟁알쟁알 흔들리는 것 같더니 얼마 후에 조용해진다. 가버린 모양이다. 순영이는 풀칠을 하다 말고 풀이 묻은 손가락을 우두커니 들여다본다.

산다는 것이 아득한 벌판처럼 가슴에 밀려오는 것이었다. 언제까지 이런 생활이 계속될 것인가. 순영이 다시 풀비를 손에 들었을 때 어머니는 신문지에 싼 것을 들고 방문턱을 올라서는 것이었다.

"뭐예요?"

순영이는 신문지에 싼 뭉치를 힐끗 쳐다보면서 물었다.

"저 집에서 고기를 사 보냈단다."

순영이는 풀비에다 풀을 묻히면서 옛날에는 기름이 졌던 속이라 어지간히 고기 생각을 잊지 못한다는 어머니의 아까 말을 생각한다. 과연 아저씨는 옛날에 썩 잘살았던 사람이다. 그리고 50을 바라보게 된 생애 동안 한 번도 이마에 땀 흘리어 빵을 마련해본 일이 없는 그는 남의 어려운 사정도 이해할 줄 모른다. 무엇보다도 그러한 점을 나타내는 것에는 어떠한 역경 속에서도 변함이 없는 그의 식도락(食道樂)이다. 밥상에 고기와 술이 없으면 그의 안색은 완연히 어두워진다. 순영은 명석한 편에 속하는 두뇌와 어느 정도의 교육도 있는 아저씨를 결코 소홀히 생각지는 않았지만 그의 지식 나열벽(羅列癖)과 어쩔 수 없는 식도락의 생리를 볼 적에 불쾌한 감을 금할 수가 없었다. 하물며 어머니의 입장에서 밥도 굶을 처지에 무슨 고기냐 하는 생각은 너무나 당연하다.

그러나 순영은 아저씨가 아이에게 고기를 사서 보낸 것까지 그의 식도락이 한 짓이라고 생각하지는 않았다. 바로 지난달 시골에 있는 아주머니가 겨우 주선해 보내노라 하면서 인편에다 부쳐 온 돈 5천 환과 오늘 아침에도 보낸 돈과 옷은 잘 받았는가 순영이에게는 뭐라고 할 말이 없고 그저 미안할 뿐이라는 사연의 편지를 받았으므로 아저씨의 모처럼의 성의를 순영만은 불순하게 생각하고 싶지 않았다.

방을 거쳐서 부엌으로 들어가는 어머니의 뒷모습을 바라보는 순영의 눈이 멍청하다. 아직도 마르지 않은 모시적삼과 치맛말기 사이에 드러난 어머니의 허리가 몹시 야윈 것이 별나게 눈에 띄었기 때문이다. 그러고 보면 솔방울처럼 뭉쳐서 꽂은 은비녀가 빠질 지경으로 적어진 모발에는 희뜩희뜩한 흰빛이 뚜렷하게 서려 있다. 순영은 풀 묻은 손을 가만히 쳐다본다.

언제까지 이렇게 살 것인지. 다시 곰곰이 생각에 잠긴다. 이렇게 살지 않기 위한 방법을 생각하는 것이다. 그러나 마지막에 낙찰이 되는 곳은 몸뚱어리를 파는 도리밖에 없었다. 그러나 그것이 불가능하다는 생각보다 몸뚱어리를 팔아야 하는 데 필요한 방법이 더 막연했다. 순영은 눈에 눈물이 고인 채 다시 풀비를 잡고 마지막 한 장 남은 종이에다 풀칠을 한다. 가게의 물건이 눈에 띄게 줄어가는 것에 눈을 가릴 도리는 없다. 막다른 골목이 오는 것이다. 어머니는 부엌에서 방으로 들어오면서 또 잔소리다.

"대궐 같은 집도 살림도 사람도 잃고 살면서 무슨 청승으로 잘나 빠진 사과 궤짝을 그렇게 공들여 바르고 있니. 이애 가소롭다. 그만두어라."

"……"

"고기고 뭐고 다 귀찮다. 얌체머리 없이…… 이 늙은것이 무슨 죄를 지었길래…… 아이구 그만 오늘 밤이라도 자는 잠에……"

"그만하세요! 죽고 싶은 마음이야 매일반이지요. 누구는 살고 싶은가요."

순영이 소리를 질렀다.

자그마치 25년 동안 하루에 한 번씩은 해온 어머니의 넋두리다.

일을 다 마친 순영은 몹시 더웠다. 그래서 세수를 하고 머리를 빗어 넘겨서 묶고 가게에 나가서 앉았다. 어머니는 사과 궤짝에 앉아서 버선을 깁고 있었다. 길거리에는 아침에 시냇물처럼 흘러가던 흙탕물이 어느새 다 빠져버리고, 뼈다귀처럼 앙상해진 길바닥에는 어느 곳에서 떠밀려 왔는지 구두짝이랑 썩은 나무판자들이 널려 있고 그 위에 쨍쨍 햇빛이 비친다. 뭉뭉한 더운 바람이 불어온다. 순영은 부채질을 하면서 장마가 아직 끝나지 않았다는 것을 느낀다. 구들장 밑에 괸 빗물과 방 안의 습기를 생각하면 순영은 우울하지 않을 수가 없었다. 쨍쨍한 햇빛의 초점이 맞은편에 있는 여관의 창가로 옮겨간다. 일모(日暮)의 시각이 가까워지는 모양이다.

이때 거리를 바라다보고 있던 순영의 눈에 쏜살같이 뛰어오는 명혜가 보였다.

명혜는 가게에 들어서자마자,

"어머니 명수가 다쳤어요."

버선을 깁고 있던 어머니와 순영이 동시에 일어서면서 소리친다.

"어떻게!"

"넘어졌어요. 이마가 터졌어요."

넘어졌다는 말에 순영이의 얼굴에는 핏기가 돌아온다.

치맛말기를 고쳐 여미고 어머니는 갈 준비를 하면서,

"어쩌다가 넘어졌노? 정말로 내가 애가 타서 못 살겠구나."

"할아버지하고 산에 놀러가서 그랬어요."

"뭐? 산으로?"

반문하는 순영이를 가로질러 어머니가,

"미끄러운 산에는 뭐 할라고 갔을까? 지지리도 우릴 못살게 구네."

어머니는 아저씨에게 단단한 화풀이를 할 모양으로 표정이 험악했다.

어머니하고 같이 나간 명혜가 얼마 있다가 돌아왔다. 병원으로 갔다는 것이다. 돌아온 명혜의 말인즉 하도 심심하여 종로 구경을 가자고 할아버지에게 졸랐더니 그럼 뒷산에 가자고 해서 갔더라는 것이다. 캬라멜을 사 가지고 가서 한참 놀다가 내려오는 길에 명수가 할아버지 손을 놓고 뛰려다가 그만 넘어졌다는 것이다. 순영은 짜증을 내며 아이를 기다리고 있었다. 그러나 이미 돌아왔어야 할 시간이 되었는데도 명수는 오지 않는다. 순영은 이상한 불안을 느낀다. 자기 자신이 가지 않았던 일이 몹시 후회스러웠다. 그러나 기다려보는 수밖에 없었다. 상당히 오랜 시간이 지난 후였다.

"아이구 어떡허니 명수가 나를 몰라볼 정도로……"

가게에 들어오기 전부터 어머니의 울음소리. 순영은 시야 앞에 하얀 구름이 뒤덮여오는 것을 느꼈다.

"S부속병원에 갔는데 수술을 해야 한단다. 이 일을 어떡허니……"

어머니는 울먹울먹 옷을 뒤적거리더니 돈 2만 환 뭉치와 명수의 옷을 끄집어낸다. 2만 환은 어머니에게 있어서 그야말로 최후의 보루였다.

순영은 명수의 옷을 보았을 때 또 한 번 눈앞에 하아얀 구름이 뒤덮여오는 것을 느꼈다.

명수의 옷과 이불을 싼 보따리를 들고 순영과 그의 어머니는 자동차에 올랐다.

"아이구 어떡허니, 우리 명수를…… 나를 못 알아보다니……"

어머니는 안타깝게 발을 구른다. 파아랗게 얼굴이 질린 순영의 보따리를 잡은 손이 와들와들 떨고 있었다.

S부속병원 앞에서 내린 그들은 명수가 든 외과실(外科室)로 찾아갔다.

명수는 이마에 붕대를 감고 잠이 들어 있었다.

고무 시트를 깐 침대 위에는 피가 흥건히 고여 있고 사마귀가 두 개 난 손과 발에는 모래가 묻어 있었다.

순영은 모래를 쓸어주며 아이를 내려다본다.

순영의 뒤에 따라 들어온 어머니는 이불 보따리를 마룻바닥에 내동댕이치고 아이 옆으로 달려오더니 잠들은 아이를 안을 듯이 팔을 벌린다.

순영이 어머니의 팔을 잡아 제치고 아이의 얼굴을 살폈다. 환자에 대한 조심성보다 자기 자신의 감정에만 날뛰는 어머니를 순영은 다시 밀어내다시피 하며 걸상 위에 앉혀두고 자신은 어지러워지는 머리를 꼭 눌러잡는다.

아이는 혼수상태에 빠져 있었다.

순영은 머리를 눌러 잡은 채 사각 난 진찰실이 빙빙 돌아가는 것을 느꼈고 그 속에서 어머니는 발을 싹싹 부비고 있었다.

순영이 머리에서 손을 놓았다.

아이는 여전히 혼수상태에 빠져 있었다. 진찰실 한가운데 우뚝 놓인 높은 침대 위에 아이는 누워 있는 것이다. 그러자 순영은 일순간 어머니와 자기가 오기 전까지 이 진찰실에는 아무도 없었던 것을 깨달았다.

순영의 푸른 눈이 충혈됐다. 얼굴에도 열이 모인다.

의사는 물론이거니와 간호원 한 사람 지켜주지 않는 빈방에서 만일 아이가 몸부림이라도 쳐서 저 높은 침대에서 떨어졌다면 어떻게 되겠는가.

순영의 이마에는 땀이 바싹 솟았다. 동시에 그림자조차 나타나지 않는 아저씨의 얼굴을 발기발기 찢어주고 싶은 증오 때문에 순영의 얼굴은 다시 샛노랗게 변하는 것이었다.

그러나 얼마 후에 검게 얼굴이 타고 넋이 빠진 것 같은 아저씨가 진찰실에 나타났을 때 순영은 잠든 아이의 발밑에 엎드려 울고 있었다.

"순영아 걱정하지 마라. 전뇌가 좀 상했다고 하는데 몇 바늘 꿰매면 괜찮다고 한다."

순영이는 그대로 엎드린 채 울고 있었다. 아무리 위로의 말을 해도 일견(一見)해서 아이의 상처가 심상치 않은 것을 속일 수는 없었다.

그러자 흰 가운을 입은 실습생인지 또는 조수인지 모르지만 젊은 사람 둘이 들어왔다.

순영이는 울다가 고개를 들었다.

그들은 극히 사무적으로 아이를 한번 들여다보더니 그중의 한 사람이 말하기를,

"피를 사 와야 할 거요. 혈압이 낮아서 수술 도중에 죽으면 안 되니까."

순영은 가슴을 치는 어머니를 피하여 다시 아이의 발밑에 엎드리고 말았다.

엎드려서 눈을 감은 어둠 속에 새빨간 피의 바다가 펼쳐진다. 그 속에 AB라는 피의 형이 새겨진다. 분명히 순영은 AB형이었다.

순영은 다시 고개를 들었다. 바로 옆에 아저씨가 장승같이 서 있었다.

"사 오든지 제 피를 뽑든지 간에 아이의 혈액검사를 해야잖

아요."

순영이는 날카롭게 쏘아붙인다.

아저씨는 그 긴 팔을 허우적거리며 밖으로 나간다. 그러나 간호원이 기다리라고 한다면서 도로 돌아왔다.

얼마 동안 무위하게 시간이 흘러갔다.

창밖이 어둑어둑해간다. 벌써 아이가 병원에 와서 여러 시간이 지났는데 조수인지 실습생인지 모를 청년 두 사람이 다녀간 이외 아무런 연락도 없었다. 누가 지시를 내리고 있는지 누가 지시를 받고 움직이는지 명령계통조차 확연치 못했다.

넓고 큰 병원 안에는 마치 이방(異邦)의 지역처럼 진찰실에 환자와 그의 가족을 남겨둔 채 고요한 어둠만 사방에 스며들고 있었다.

"어떻게 되는 거예요."

장승처럼 옆에 서 있는 아저씨에게 순영이 또다시 쏘아붙인다.

아저씨는 그 긴 팔을 허우적거리며 말없이 밖으로 나간다. 그러더니 간호원을 데리고 왔다.

간호원이 아이의 손등에서 피를 뽑을 때 아이는 얼굴을 찌푸리며 약한 목소리를 내어 울었다. 그러나 손등에서 주사기를 빼자 아이는 도로 혼수상태에 빠지고 말았다.

간호원을 따라 아저씨가 나간 뒤 두 사람의 인부가 이동 침대를 끌고 진찰실로 들어왔다. 수술실로 아이를 운반한다는 것이다.

혼수상태에 빠져 있는 아이를 잠깐 동안 구경하듯이 보고 섰던 인부들은 초조한 가족들의 마음과는 상관없이 극히 기계적으로 아이를 이동 침대에다 옮기기 시작한다. 그 태도는 다리가 하나 부서진 책상이나 고장이 난 무슨 물건을 다루듯이 아주 소홀한 취급이었다.

침대로 옮겨졌을 때 아이는 역시 아까 모양으로 얼굴을 찌푸리며 약한 목소리를 내며 울었다.

긴 낭하를—순영에게는 한없이 긴 낭하였다—순영의 모녀는 담요와 이불 보따리를 안고 인부가 밀고 가는 침대의 뒤를 따라간다.

어떻게 어떻게 꾸부러져서 또 긴 낭하로 나간다.

순영은 낭하의 모퉁이를 돌 적마다 오렌지빛 전등이 양쪽 흰 벽에 희끄무레한 빛을 던져주고 있는 것을 느꼈고, 밀고 가는 침대의 수레바퀴가 돌아가는 소리는 아무것도 없이 비어버린 순영이의 머릿속에 선로처럼 두 줄기의 자국을 남겨주는 것 같았다.

수술실 앞에까지 왔다.

수술실 앞에 있는 걸상 위에 누워 있던 간호원 한 사람이 일어나서 수술실의 문을 활짝 열었다. 수술실 옆에 있는 소독실에서는 증기가 뭉뭉하니 순영의 얼굴에 끼쳤다.

순영이 아이를 따라 수술실 안으로 발을 디밀었다.

"들어오지 마세요!"

간호원은 소리를 지르면서 순영의 어깨를 험악하게 떠밀고 수술실의 문을 닫아버리는 것이었다.

순영은 한동안 손을 맞잡고 우두커니 서 있었다. 아무것도 눈앞에 보이지 않았다.

순영이 겨우 마음을 가라앉히고 걸상에 다시 앉아버린 간호원 곁으로 간다. 아까 순영을 밀어내던 키가 큰 간호원 앞에서 순영은 공손히 허리를 꾸부린다.

"저, 생명은 위험하지 않겠지요."

순영은 마치 생살권을 장악한 여신처럼 키가 큰 여자를 우러러본다.

"뇌수술인데 왜 위험치 않겠어요."

순영의 빰을 후려치듯이 던지는 말이었다.

순영은 그 이상 물어볼 용기를 잃고 말았다. 순영은 다시 한번 그 키 큰 여자에게 애원이라도 해보고 싶었으나 그의 비위를 상하게 할까 봐 그대로 물러서고 말았다.

간호원이 앉은 걸상과 맞은편에 놓인 걸상으로 와서 순영이 앉는다.

보따리를 들고 섰던 어머니가 슬그머니 순영의 옆에 와서 앉으며 고개를 떨어뜨리고 있는 순영의 흰 목덜미를 가엾게 바라본다.

"의사 선생님이 괜찮을 거라고 했어. 수술만 하면 된다고……"

그 말이 조금도 위로가 되지 않는다는 것을 알면서 하는 소리였다.

그렇게 말하면서 코를 훌쩍이는 어머니를 키 큰 간호원이 냉소적인 표정으로 흘끗 곁눈질을 한다.

그의 옆에는 좀 나이 어린 간호원이 한 사람 서 있었다. 키 큰 여자는 그 어린 간호원에게,

"학생! 환자 옆에 가 있으세요."

냉랭하게 명령을 한다. 간호학생이었던 모양이다. 그 간호학생은 순영 옆을 지나가면서,

"너무 걱정 마세요."

나지막하게 속삭이더니 수술실로 사라져버린다.

순영의 마음속에는 그 말로 해서 따뜻한 물이 흐른다. 불쌍한 명수를 잘 보살펴주겠지. 그러나 순영은 이내 가슴이 답답해졌다. 그는 다시 한번 몸을 일으켜 키 큰 여자 앞으로 갔다.

"피를 사 와야 수술이 시작되지요."

키 큰 여자는 싸늘한 눈으로 순영을 빤히 쳐다보며,

"물론 피가 있어야지요. 밖에 사러 가랍디까?"

"네."

"여기에도 있는데……"

"그렇지만 형이……"

"O형이 있는걸요. 아무에게나 넣을 수 있는 형이거든요."

키 큰 여자는 그렇게 내키지 않는 대답을 하더니 늘어지게 기지개를 한번 켜고 수술실로 들어간다.

'도대체 무엇을 하고 있을까? 혈액의 검사조차 아직 못 했단 말인가. 공연히 생사람 잡겠네.'

순영이 누구에겐지도 모르게 중얼거린다. 아이는 분명히 생사람은 아니다.

겨우 긴 낭하 저쪽에서 아저씨가 나타났다.

혈액은 B형이라 했다.

순영은

"병원에도 피가 있다는데……"

"아니 믿을 수 없다고 그래 역시 우리가 직접 사다 주는 것이 안전하다고 지금 누가 그러는군."

아저씨는 돈을 가지고 나갔다.

아이가 병원에 온 후 무려 여섯 시간이 경과한 뒤였다.

한없이 긴 시간이 흘렀다. 그래도 낭하 저쪽에서 오는 사람은 번번이 도중에서 다른 병실로 들어가버리고 만다.

수술실에서 키 큰 여자가 밖을 내다보면서 아직 피가 오지 않았느냐고 묻는다. 순영이 벌떡 자리에서 일어섰다.

"병원에 있는 피로 시작해주세요."

그러는 순영의 팔을 어머니가 잡는다.

"아가 돈이 모자라면……"

순영이는 어머니를 살그머니 꼬집어주면서 간호원이 들으라는 듯이 큰 소리로,

"언니 집에서 가져오면 돼요."

공연한 말이었다.

어머니는 의아스럽게 순영을 쳐다보다가 그의 강한 시선을 느끼자 우물쭈물 입을 닫아버린다.

"기왕 사러 갔으니 모자라는 경우에는 병원의 것을 쓰지요."

키 큰 여자는 문을 탕 닫아버리는 것이었다.

"어머니는 왜 돈이 없는 눈치를 보이는 거예요. 어머니의 가락지, 비녀는 두었다 무엇에 쓰는 거예요. 팔면 되지 않아요."

주책없는 말을 흘려버린 어머니의 얼굴을 증오의 감정으로 응시하며 순영은 나직이 울부짖었다.

남편 없이 혼자 살아온 어머니의 어쩔 수 없이 굳어진 경제적 관념. 이런 절박한 순간에 이르기까지 고지식하게 나타내고 마는 것이 순영으로서는 슬펐다.

순영은 눈물을 닦고 다시 낭하 저쪽에다 눈을 박았다.

어머니가 지닌 가락지와 비녀는 옛날의 생활이 남겨준 유일의 물건이다. 어머니는 항상 그것만은 팔아먹지 않는다고 했다.

현금 2만 환 이외 또 하나의 마지막 보루(堡壘)가 남아 있는 셈이다.

낭하를 지켜보고 앉아 있는 순영 옆에 언제 왔는지 아까 진찰실로 왔던 실습생인지 조수인지 모를 젊은 사나이 둘이 와 있었다.

그들은 키 큰 간호원과 시시덕거리며 마루에 발로 원을 그리고 있었다. 그리하여 그들은 잡담과 농담으로 시간을 유유히 보내고 있는 것이다.

산부인과는 수지가 맞는다는 둥, 그 수지 맞춘 돈으로 동창회에 나갔다는 둥, 참으로 말이 많다. 그리고 이따금 영어를 말 사이에 끼움으로써 충분히 경박한 냄새를 피운다.

참다못해 순영이는,

"병원에 있는 피로 수술을 시작해주세요. 네 선생님."

되풀이 호소를 한다.

"있다 모자라면 병원의 것을 쓰지요. 가만히 계세요."

키 큰 여자는 짜증 비슷하게 말하고 그들의 화제로 돌아간다.

순영은 우두커니 그들 앞을 떠나지 않고 서 있었다. 깔깔거리고 웃던 사나이는 그렇게 서 있는 순영을 보자 웃음을 거두고 도대체 무엇이냐 하는 투의 표정으로 쳐다본다.

"저 피를, 병원의 것을 쓰고 수술을 시작했으면 좋겠어요."

"병원에 무슨 피가 있어요. 피는 없답니다."

냉담하게 말하는 사나이의 옆구리를 키 큰 간호원이 쿡 찌른다. 도무지 무슨 암호인지 순영으로서는 알 수가 없었다. 주체할 수 없는 불안이 일 뿐이었다.

젊은 두 사나이가 가고 난 뒤, 키 큰 간호원은 아까보다 좀 누그러진 표정으로 순영이를 쳐다보며,

"저 말이지요, 지금 뇌수술에 좋은 약을 오늘 밤 수술을 담당할 선생님이 가지고 계시는데 그것을 쓰겠으니 그쯤 알아두세요. 약방에는 없는 약이니까, 그리고 이것은 개인 거래입니다."

순영이는 꼭두각시처럼 고개를 끄덕인다.

그러자 낭하 저쪽이 어수선했다.

순영이는 아저씨가 피를 사 가지고 오는 것인 줄로 알고 눈이 번쩍 뜨여서 일어섰다. 그러나 이번에도 순영이를 실망시키고 말았다. 수술을 받을 환자가 그의 가족들과 오는 것이었다.

명수가 들어간 수술실 옆에 있는 수술실로 새로 온 환자가 들어가고 걸상은 그의 가족들에 의하여 점령되었다.

위급한 수술이 아닌 모양으로 가족들은 모두 늠름한 표정이었다.

순영은 그 이상 앉아서 기다릴 수가 없었다.

밖으로 나와버렸다.

정원의 밤바람은 순영의 마음을 더 미치게 했다.

병원의 현관 앞에는 이따금 자동차가 오기도 했으나 그 어느 차에서도 아저씨는 내리지 않았다.

"혈액은행에도 없고 백인제병원에도……"

정원에 서 있는 순영의 귀에 그런 말이 들려왔다. 순영이 나자빠질 듯이 그런 말이 들려오는 현관으로 뛰어갔다.

군복을 입은 운전수가 백지장처럼 허여멀쑥한 얼굴에 눈만 푹 박힌 순영의 얼굴을 보자,

"애기 어머니세요?"

순영이 고개를 끄덕인다.

"아까 남자 어른이 제 자동차를 타고 갔는데 혈액은행과 백인제병원에는 B형과 O형이 없었어요. 그래서 수도경찰병원에 갔는데 거기에는 계원이 없군요. 그래서 전화 연락을 해두고 남자 어른은 지금 거기서 기다리고 계십니다."

순영이 콘크리트 바닥에 털썩 주저앉고 말았다.

"아가, 순영아! 어디로 갔니? 아이구 어찌할꼬."

어머니는 갑자기 눈이 멀어진 사람처럼 사방을 더듬는 것 같은 모습으로 걸어 나온다.

"세상에 이 큰 병원에 피가 없다니 우리 명수는 어찌할꼬."

어머니는 손을 싹싹 비빈다.

"아가, 순영아 네 피라도 뽑아라."

순영은 외면을 해버린다.

"아이구 네 피라두 뽑아라!"

어머니는 울부짖는다.

"형이 달라요."

순영이 외면을 한 채 대답한다.

"그럼 어디 갔어. 명혜 피라도 뽑자."

어머니는 눈앞에 없는 명혜를 찾아 사방을 두리번거린다. 물론 명혜는 집에 있었다. 그리고 언제인가 학교에서 혈액검사를 했을 적에 명혜도 AB형이었던 것을 순영은 기억하고 있다. 그러나 설사 그렇지 않다 치더라도 병아리 새끼처럼 하늘하늘한 명혜의 몸에서 한 방울의 핀들 어찌 뽑을 수 있을 것인가.

"아이구 어찌할꼬."

어머니는 자기 자신의 가슴을 친다.

걸핏하면 자리에 눕는 어머니다. 오랫동안 벼르고 별러서 돈을 만 환 가지고 일제(日製) 프라스마를 사러 갔다가 5천 환이 모자라서 못 사고 돌아선 일이 있는 어머니였다.

어머니는 가슴을 치다가

"아이구 어찌할꼬."

아까 나올 때처럼 어둠 속을 헤매듯이 더듬거리며 긴 낭하로 사라져간다.

얼마 동안이 지났는지 모른다. 아저씨는 도무지 돌아오지 않았다.

어둠 속에 나뭇잎들이 흔들리고 있었다.

다급한 발소리가 현관 안에서 들려온다.

"아이 엄마! 아이 엄마!"

누가 소리친다.

"빨리 수술실로 오시오."

순영에게는 그 목소리만이 들려왔다.

순영은 아무것도 의식할 수가 없었다. 자기 자신이 지금 달음박질을 치고 있는지 걷고 있는 것인지조차 분별할 수가 없었다.

그러한 순영 앞에 수술복을 입고 흰 수술모를 쓴 의사가 한 사람 불쑥 나타났다. 순영은 어디로 온 것인지 정신이 아득했다.

"당신이 아이의 보호자요?"

"네."

"자 들어와보시오."

그곳은 바로 수술실 앞이었던 것이다.

간호원이 무엇을 밟는다고 순영이의 팔을 잡아끌었으나, 순영은 자기 발뿌리가 보이지 않았다.

의사는 갈라 젖힌 명수의 두상을 손가락질하고 있었다.

"보시오. 자아. 안이 엉망이요."

그 말이 떨어지기가 무섭게 순영을 간호원은 수술실 밖으로 밀어내고 문을 닫아버리는 것이었다.

불그레한 물체가 눈앞을 일순간 스쳤을 뿐, 그것은 마치 눈을 감았을 때 눈앞에 벌어지는 몽롱한 환상과도 같은 그러한 것이었다.

언제 어떻게 수술이 시작되었는가. 피도 없이. 순영이 몽유병자(夢遊病者)처럼 중얼거리고 서 있었다. 어머니가 없어진 것도 모르고 서 있었다. 어디인지도 모르고 서 있었다.

명수의 울음소리가 들려온다.

순영이는 머리를 부여안는다. 울음소리를 피하여 낭하를 이리저리 뛈박질을 한다. 그러나 명수의 울음소리는 여전히 들려온다.

걸상에 앉아 있던 다른 수술환자의 가족인 여자 한 사람이

"대단한 게로군. 가족에게 보이는 걸 보니."

순영은 여전히 뜀박질을 하고 있었다. 수술실 뒤로 뛰어가도 옆으로 뛰어가도 명수의 울음소리는 여전히 순영에게 따라왔다.

순영은 지하실(地下室)로 내려가는 계단을 보자 한꺼번에 세 계단을 뛰어내렸다.

명수의 울음소리가 어렴풋이 멀어진다.

순영이 벽에다 자기 자신의 머리를 부딪쳤다. 머리칼을 쥐어뜯었다.

"순영아! 아가!"

낭하에서 순영을 찾고 있는 어머니의 목소리가 들려온다.

순영은 벽에 머리를 처박은 채 귀를 기울이다가 그 목소리가 가까워지자 머리를 쓰다듬고 계단을 밟는다.

어머니는 약을 사러 갔다 왔노라고 했다.

순영이 어머니의 얼굴을 피한 채,

"수술이 시작되었어요."

어머니는 알고 있었던 모양으로 대답이 없었다.

명수의 울음소리는 들리지 않았다.

수술실의 문이 열린다.

수술실의 환한 불빛이 건너편의 걸상까지 뻗더니 키 큰 간호원의 상반신이 밖으로 넘어다본다. 순영의 눈이 얼어붙은 것처럼 여자의 얼굴에 응시되어 있었다.

"할머니 지금 사 온 약 말예요. 열 개만 더 사 오세요."

어머니의 땅땅하고 적은 몸이 굴러가듯이 빠르게 낭하 저쪽으로 사라지는 것을 순영은 바라보다가 창가로 간다.

창밖의 어둠 속에는 아무것도 보이지 않았다. 커다란 어둠의 덩어리, 그 덩어리 속에 뛰어들어 한 오라기도 남기지 않고 용해되어버린 자기의 육신을 순영은 전신으로 느낀다.

수술실 안은 고요했다.

다른 수술환자의 가족들이 창가에 선 순영을 숨어 보며 나지막하게 수근거리고 있었다.

어머니가 약병들을 안고 돌아오는 것을 본 순영은 어머니가 오는 방향과는 반대되는 낭하로 해서 밖으로 나왔다.

짐승 같은 발악이 전신에 느껴진 때문이다.

그러나 정원의 수풀 속에 쓰러졌을 때 순영은,

"살려주세요. 살려주세요."

그렇게 수없이 지껄이고 있었다.

어둠은 불가사의한 힘처럼 절벽처럼 쓰러진 순영을 둘러쌀 뿐 순영에게는 헤쳐볼 아무런 길도 보이지 않았다.

후덥지근한 바람이 불어왔다. 비를 청하는 바람이다.

평복을 입은 비번(非番)의 간호학생들이 휘파람을 불며 지나간다.

그들, 죽음의 입회자에게는 발랄한 청춘과 어둠의 감미로움이 있을 뿐이다.

순영은 아까 단숨에 뛰어내려오던 구릉(丘陵)을 지은 길을 다시 되돌아가려고 일어섰다.

그 길이 태산만 같이 아득했다. 병원의 현관 앞에까지 왔을 때였다.

"순영아."

기진맥진한 아저씨가 상자를 하나 들고 뛰어오면서 부르는 것이었다.

현관의 희미한 불빛을 받고 돌아서는 순영은 양손으로 얼굴을 쌌다. 손가락 사이로 눈물이 떨어진다.

노여움도 미움도 이제는 사라지고 절망만이 남는다.

"우지 말아, 이제 괜찮다."

"괜찮은 게 뭡니까. 가망 없어요."

순영이 흐느끼면서 대답하는 것이었다.

간호원에게 사 가지고 온 피를 전했을 때는 거의 10시가 가까운 시각이었다.

아저씨는 걸상에 털썩 주저앉아서 땀을 닦고 있었다. 입술이 바싹 타고 눈이 허옇게 풀어져 있었다.

초로기(初老期)에 든 그는 심신 양면으로 받은 충격 때문에 숨이 차서 헐떡이고 있는 것이다.

그렇게 헐떡이고 있는 아저씨를 딱하게 바라보고 있던 다른 수술환자의 가족인 중늙은이 사나이가 말을 건다.

"이제 피를 사 오셨습니까?"

"네에."

"어디서 사셨지요?"

"수도경찰병원엘 갔는데 마침 계원이 없더군요. 그래서 사방으로 찾아다니다가 겨우 이제사……"

숨이 찬 아저씨는 일단 말을 끊더니 다시,

"참 노형 세상이 이래서 안 되겠습니다. 이거 이러다가 큰일 나겠어요. 사람이 죽을 판인데 피가 없고 정말 없어서 없다 하는지 있고 없다 하는지 도무지 온……"

중늙은이 사나이는 고개를 끄덕이면서,

"그거 댁에서는 경험이 없어서 그래요. 우리도 오늘로 일곱 병째 피를 사 왔는데 처음에는 혈액은행에 가봤습죠. 그랬더니 번번이 없다고 그러는구려. 그래서 슬그머니 교섭을 했지요. 직원들 호주머니 속에 천 환도 넣어주고, 담배도 사서 넣어주고 그래 사 왔지요. 그랬더니 내일 몫이니 뭐니 하고 주더군. 댁도 처음부터 그랬으면 고생하지 않고 빨리 사 가지고 오는 걸 그랬구려."

아저씨는 연신 땀을 닦으며 큰일 나겠다는 말을 되풀이한다.

수술실 문이 다시 열린다.

모두의 시선이 그리로 몰린다. 아까 너무 걱정을 하지 말라고 하던 간호학생이 심부름으로 나온 모양이다.

넋이 나간 사람처럼 중얼중얼하고 있던 아저씨는 벌떡 일어나더니 그 간호학생의 뒤를 급히 따라 나간다.

수술의 경과를 물어볼 의도인 것이다.

긴 팔을 허우적거리며 간호학생을 따라가던 아저씨는 낭하가 굽어지는 곳에서 그 간호학생을 잡고 뭐라고 이야기를 주고받고 하더니 얼굴이 창백해져서 돌아왔다.

아저씨는 웅크리고 앉았 있는 어머니와 순영이를 피하듯이 고개를 푹 수그리며 피 묻은 쓰봉[1] 위에 양팔을 집고 있었다. 어머니는 무서운 액신(厄神)처럼 아저씨에게서 고개를 돌리고 있었다.

침묵이 흐른다. 숨소리조차 죽이는 듯, 벽에 비친 그림자만이 이따금 흔들리고 있었다.

"지금 몇 시지요?"

다른 수술환자의 가족인 여자가 중늙은이 사나이에게 묻는 말이었다.

"11시 20분인가……"

사나이는 시계를 들여다보며 대답했다.

그 말이 떨어지자 어머니는 일어나서 낭하 한구석으로 가더니 순영에게 오라고 손짓했다. 순영이 잠자코 어머니 옆으로 다가갔다.

"아가, 넌 집에 가야겠다. 아이들만 둔 집에 무슨 일이 생길지 모르겠고, 또 비녀, 가락지를 내일 아침에 올 적에 가져와야 팔아서 치료비로 하지 않겠니."

어머니의 말이 떨어지기도 전에 순영은 마치 도망이라도 치듯이 뛰어나가는 것이었다.

순영 자신도 알 수 없는 행동이었다.

밖으로 나온 순영은 터벅터벅 걸으면서,

"살려주세요. 살려주세요."

수없이 중얼거리며 양손을 깍지 끼고 머리 위에 올렸다가 내렸다가 하며 하늘을 우러러보는 것이었다.

입원 환자의 가족들, 그리고 비번인 간호원들이 늦은 시간인데도 불구하고 군데군데 모여 앉아서 바람을 쏘이고 있다가 순영이의 이상한 몸짓을 우습게 바라본다.

"순영아!"

순영은 여전히 중얼거리며 팔을 올렸다 내렸다 하며 걷고 있었다.

"순영아!"

순영이 물끄러미 돌아서며 따라오는 아저씨를 바라본다.

"뭐라고 말해야 좋을지…… 진정해라. 내가, 내가 죄가 많아서……"

아저씨의 목소리는 떨렸다.

"그 애는 명수는……"

순영이 말을 하다 말고 다시 물끄러미 아저씨를 바라본다. 그러더니 눈에 증오의 빛이 이글이글 돋아나기 시작한다.

"죽어요, 그 애는 아저씨가 죽인 거예요!"

"제발 그런 소리 하지 말어. 돈이 온 것이 원수로구나, 호주머니 속에 돈만 없어도 아이를 데리고 나가지는 않았을 거야."

"그 애는 죽어요, 나는 그것을 보는 것이 무서워서 미리 달아나는 거예요."

"내가, 내가 죽어야 한다."

순영은 울면서 명수 대신 아저씨가 그만 죽어주었으면 그렇게 생각되는 것이었다.

순영이 병원 앞에서 마지막으로 떠나는 합승을 잡아탔다.

병원의 철문을 등지고 가로수 옆에 선 아저씨는 넋이 빠진 사람처럼 합승이 가버린 뒤에도 멍하니 그대로 서 있었다.

밤은 한없이 길었다.

판자벽을 뚫고 만든 창문을 열어본 것이 벌써 열 번이 넘는데 날은 새지 않았다.

간간이 질주하는 자동차의 음향이 집을 뒤흔들곤 한다.

고통에 찬 하룻밤이 밝아왔다.

순영은 첫 전차를 탔다. 전차는 새벽의 가로를 달리고 있는 것이 아니라 기어가고 있는 것이라고 순영은 생각했다. 그만치 순영의 마음은 일각이 천추만 같았다.

순영이는 아무도 없는 빈 전찻간에서 머리를 짚었다.

지금쯤 명수는 입원실에 누워 있을 거야, 설마 우리가 무슨 죄를 지었다고, 괜찮겠지. 무서운 순간은 이미 다 지나가버렸어. 그 애는 몹시 목이 마를 거야. 파인쥬스를 갖다주어야지. 그리고 병실에 꽃도 꽂아주고, 그림책도 읽어주고, 노래도 불러주고—순영이는 불길한 생각이 끼어들 틈을 주지 않기 위하여 그러한 말을 마음속으로 뇌까리고 있었다.

순영이 전차에서 내렸다.

복마전[2] 같은 붉은 병원 건물에는 청자색 아침빛이 서려 있었다.

순영이 수부(受付)[3] 앞에 섰다. 순영의 목에서는 말이 나오지 않았다.

수부의 영감은 순영의 눈을 피한다. 그 영감의 얼굴이 꿈결처럼 멀고 멀다.

"어젯밤에 수술한 아이의 입원실이 어디죠?"

영감은 대답이 없었다. 순영의 눈에는 드디어 그 영감의 얼굴이 보이지 않게 되었다.

"입원실 말입니다."

순영이는 부들부들 떨었다.

눈을 내리깐 수부 영감은

"죽었을걸요."

"……?"

"시체실에 있는지…… 물어보지요."

순영이의 발뿌리의 마룻장이 솟구쳐 올라와서 순영의 목을 꽉 졸라맨다.

그래도 순영은 쓰러지지 않았다. 울음소리도 내지 않았다.

나무토막이 걸어가듯이 순영은 수부 영감이 가는 데로 뚜벅뚜벅 따라가고 있었다.

입원실 앞에서는 아침을 끓이느라고 낭하에서 숯불을 피우고 있었다.

순영이 옆을 지나가던 어젯밤의 간호학생이 순영이의 팔을 잡는다.

“울지 마세요. 정신을 차리세요.”

순영이 그의 손을 뿌리친다.

순영은 울지 않았다. 나무토막이 가듯이 그저 뚜벅뚜벅 걷고 있을 뿐이었다.

긴 낭하를, 또 긴 낭하를, 별관(別館)을, 그리고 뜰로 얼마 동안을 걸었는지 모른다. 몽롱한 순영의 의식의 세계에 돌팔매처럼 어머니의 곡소리가 들리는 것이었다.

높다란 시체대 위 명수는 담요를 뒤집어쓰고 누워 있었다.

어머니는 콘크리트 바닥을 뒹굴고 있었다. 아저씨는 시체대를 짚고 엎드려 있었다.

순영이는 담요를 들쳤다.

짐승 같은 울부짖음이 순영이의 모가지 속에서 끓었다.

아이는 하얀 붕대로 얼굴을 싸서 아무것도 보이지 않았다. 팔과 다리에도 붕대가 감겨져 있고 그리고 굽어지지 않게 붕대로 꼭 묶여져 있었다.

순영이 아이를 안으려고 했다. 그러나 아이는 순영의 팔에 안겨지지 않았다. 이미 죽음의 경직이 온 것이다.

순영이 뒹굴고 있는 어머니를 별안간 안았다.

어머니의 통곡과 순영의 흐느낌, 그 속에서 순영은 진정 소멸되어가는 자기의 육신을 느꼈고 다만 영혼만이 차가운 사방의 벽을 치며 울고 있는 것을 느꼈다.

아저씨는 한 덩어리가 된 순영의 모녀를 뜯어말린다.

"내 원수야! 내 원수야!"

목이 쉰 어머니의 목소리가 시체실 벽에 윙! 윙! 울린다.

"무엇 때문에 내 집에 왔습디까! 무엇 때문에 내 집에 왔습디까! 무슨 대천지원수가 졌습디까!"

신이 오른 무녀처럼 어머니는 몸을 흔든다.

"우리 명수 목숨 끊을라고 왔습디까! 진작 갔으면 이런 일은 없었지. 아이구 내 자식 살려주!"

아저씨는 시체실 밖으로 뛰어나가고 말았다.

순영이 다시 담요를 젖혔다.

그러나 명수의 얼굴은 보이지 않았다. 순영이 똑바로 굳어버린 아이의 허리 위에 얼굴을 처박으며 쓰러진다.

얼마 동안이 지난 후 순영은 시체실 옆에 있는 다다미방에서 눈을 떴다. 어머니는 여전히 콘크리트 바닥을 치며 넋두리를 하고 있었다.

"기왕에 죽을 아이면 왜 수술을 한다 말고. 사지에다 칼질을 해서 두 번 죽음을 왜 시킨다 말고. 팔의 살도 떼고 다리의 살도 떼고 송아지처럼 죽인단 말가! 아이고 불쌍해라 내 자식아! 내 자식아!"

순영은 누운 채 천장만 바라보고 있었다.

"명수야, 우리 아가야! 정신이 멀쩡해서 할머니, 할아버지 하고, 아이스크림 사 달라고 하더니 왜 죽었단 말고……"

순영이 눈을 감아버렸다. 순영은 달아난 어머니였다. 숨지는 것을 보는 게 무서워서 달아나버린 어머니였다.

"더러운 개 같은 놈들아! 수술을 하는데 술 처먹고 주정은 웬일고, 천금 같은 내 자식 송아지처럼 칼질해놓고 세상에 사이다 처먹고 할 짓 다하고 수술인가 놀음인가 이따위 병원을 그냥 둔다 말가 사람 죽이는 병원, 불을 질러 없애버리지 아이구!"

순영이 누웠던 자리에서 벌떡 일어나 앉았다.

눈이 번쩍번쩍 빛나더니 도로 쓰러진다.

콘크리트 바닥을 치고 울고 있던 어머니는 놀래서 뛰어와 순영을 안아 일으킨다.

한동안 미친 듯이 날뛰던 어머니는 기별을 해야 한다고 집으로 가버리고 순영 혼자 남게 되었다.

순영은 담요를 걷었다.

아이의 손을 만져본다. 손가락이 오그라진 채다. 순영이 아이의 손가락을 펴서 자기의 두 손으로 꼭 눌러본다. 손 위의 사마귀에는 붉은 약이 묻어 있었다.

머리를 만졌다. 눈도 코도 그 맑고 예쁘던 입술도 보이지 않았다.

순영의 이러한 행동을 밖에서 들어온 아저씨가 보고 있다가 참다못해 순영의 어깨를 잡았다.

순영의 전신이 잉어처럼 뛰었다.

"불길해. 나가주세요."

아저씨는 다시 밖으로 나가고 말았다.

순영은 아이에게 담요를 덮어주고 창가로 갔다.

창밖에는 이슬을 받은 풀잎이 파아랬다. 명수는 사방에 서 있었다. 수풀 속에도 우두커니 서 있었다. 나뭇가지 사이에도 놀란 듯이 눈이 휘둥그레져서 순영을 바라보고 서 있었다. 잡풀을 꺾으며 순영을 보고 방긋이 웃는다. 매미채를 들고 울상이 되어 순영을 본다. 순영은 이곳저곳 눈이 가는 곳마다 서 있는 아이를 안으려고 팔을 뻗쳤다. 팔을 뻗치면서 아이의 이름을 수없이 부른다.

아이는 방에 들어와서 우뚝 선다. 순영이 그렇게 섰는 아이를 잡으려고 일어서서 뛴다. 그러다가는 자리에 쓰러진다.

다시 일어났다. 아이는 여전히 눈앞에 서 있었다. 순영이는 그것을 잡으려고 또 뛰었다. 다시 쓰러진다. 쓰러지면서 허공에 팔을 내둘렀다.

"명수야! 너 게 있거라 매미채는 누가 사 주었니."

매미채를 사 달라고 조르던 명수였었다.

"명수야 너 게 있거라! 아앗 가지 말어. 가지 말고 섰거라!"

순영이 아이의 환영을 쫓아 팔을 휘두르며 다다미방을 헤맨다.

밖에 나갔던 아저씨는 순영이 무슨 짓을 할 것인지 불안스러워서 살며시 살피다가 이러한 광란 상태에 빠져 있는 순영을 보자 놀라서 뛰어온다.

"아이구 이거 참 큰일 나겠구나. 아가 순영아 정신 차려라."

순영이 자리에 머리를 처박고 자기의 숨소리를 듣는다.

암흑이다. 무한히 뻗어가는 암흑이 있을 뿐이다. 순영은 도로 일어나서 창가로 갔다.

어느새 이슬비가 내리고 있었다.

아이는 비를 맞고 빗속에 우두커니 서 있었다.

그때 철조망 너머 보이는 가로(街路)에는 차와 버스가 달리고 있었다.

어머니의 기별을 받은 순영의 동무들이 몇 명 병원으로 달려왔다. 젖먹이 아이를 업은 옆집 아주머니도 눈에 손수건을 가져가면서 시체실로 들어왔다. 천주교 신자인 육촌 언니만은 울고불고 하는 속에서 조용히 기도를 올리고 있었다.

순영은 끈적끈적한 땀이 밴 손들이 자기의 손을 잡고 울어주는 속에서 진정 명수의 죽음이 꿈이 아니었다는 것을 깨닫는다.

기도를 마친 순영의 육촌 언니는 순영의 흐트러진 머리를 쓸어 넘겨주면서,

"울지 말어, 순영아 이 허무한 세상에서 죄 안 지고 갔으니 그 애는 천사가 될 거야."

"정말 정말로 천당이 있었음 좋겠어요. 불쌍한 명수!"

순영이 다시 얼굴을 묻었다.

"영혼을 위하여 울면 못쓴다."

침착한 어조로 말을 하면서 언니는 아저씨에게 손짓을 한다. 언니는 아저씨와 같이 방 한구석으로 가더니 장사(葬事)에 관한 의논을 하기 시작한다.

"저 모양 같아서는 옷을 입힐 수 없겠는데……"

"베로 쌀까요?"

"그럽시다. 중동아세아 사람들 모양으로 명주로 감는 것이 좋겠

습니다."

아저씨의 의견이었다.

식도락과 더불어 어쩔 수 없는 지식 나열벽이 이러한 절박한 순간에 이르기까지 발휘되고 만다. 순영은 중동아시아 사람의 풍습론을 들으니 아저씨에 대한 경멸과 증오감이 북받쳐 올라왔다.

아이는 화장을 하기로 결정이 되었다. 순영이 처음 반대를 했지만 결국 동의하는 수밖에 도리가 없었다.

장사에 따르는 비용과 수술비 모두 일체를 동무들이 주선해서 지출이 되었다.

그리하여 장사를 하기 위한 준비와 출관(出棺)을 하기 위한 병원 측과의 교섭 때문에 모두 밖에 나가버리고 젖먹이 아이를 업고 온 옆집 아주머니만 순영의 모녀 옆에 남아서 그들을 위로하고 있었다.

부슬비는 어느새 그치고 햇볕이 쨍쨍 쬐기 시작한다.

벚나무 가지에서는 매미가 울고 있었다.

순영은 쨍쨍하게 쬐고 있는 여름 햇볕을 받고 시체실 옆에 정신없이 누워 있었다.

병원과 아주 동떨어진 시체실의 주위에는 울창한 나무의 짙은 그늘과 고요한 대낮이 깃들어 있었다.

어머니의 푸념은 끝이 없었다. 무엇 때문에 죽을 아이에게 수술을 해서 그렇게 무참하게 죽였느냐 하는 것이 그의 푸념의 골자였다.

볕이 들지 않은 구석에다 젖먹이 아이를 겨우 재워놓고 파리를 쫓아주던 옆집 아주머니가 일어서서 어머니 곁으로 온다. 그는 얼굴이 부어서 벌겋게 된 어머니에게 부채질을 해주면서,

"어디 사람이 살아도 산 것 같아요? 죽지 못해 사는 게지."

옆집 아주머니는 부채 바람을 어머니에게 보내면서 어머니 푸념에 맞장구를 친다.

"글쎄 요새 세상엔 병원이고 의사고 다 못 믿어요. 재작년 글쎄 우리 큰아이가 자동차에 치었을 때 무료 병원엘 갔는데 참 형편없더군요. 미군 차에 치었기 때문에 그리로 갔었지요. 그러나 가만히 꼴을 보니 그냥 두었다가는 아이를 놓칠 것 같아서 담당한 의사하고 간호부에게 와이로[4]를 썼지 뭐예요. 그랬더니 하루 두 차례씩 상처를 보아주더군요. 그러지 않는 환자는 수술만 했지 그냥 내버려두지 않소. 더군다나 여름이라 수술한 자리에 구데기가 득실득실 끓고 그야말로 없는 놈에게는 병원이라기보다 생지옥이지 뭡니까."

이때였다. 괴상한 소리가 들려왔다.

"키일! 키일! 킬!"

누웠던 순영이와 어머니가 동시에 뛰어가서 아이를 덮어두었던 담요를 젖혔다.

그러나 아이는 빳빳하게 굳어진 채 아무런 소리도 나지 않았다.

옆집 아주머니가 눕혀놓은 젖먹이 아이의 감기가 들어서 코가 먹은 숨소리였던 것이다.

명수는 벌써 손톱이 자줏빛으로 변하여가고 있었다.

순영은 밖으로 나오고 말았다.

나뭇가지를 휘어잡고 순영은 전차가 으르릉거리는 언덕 아래의 거리를 내려다보았다.

철조망에다 몸을 부딪쳐서 피가 주르르 흐르는 광경이 눈앞에 지나간다.

순영이 돌아앉았다.

시체실 유리창 위에 나무 그림자가 너울너울 춤을 추고 있었다.

병원의 본관이 보이지 않을 정도로 외떨어진 시체실의 작은 건물 주변에는 울창한 수목 사이에서 매미가 울고 있었다. 그 매미 소리는 순영의 두뇌 속에 있는 가느다란 선들을 낱낱이 건드려주는 듯 지겨운 것이었다.

시체실이 있는 작은 건물 둘레를 이룬 유리창 위에는 여전히 나무 그림자가 너울너울 춤을 추고 있었다.

어찌 보면 그 나무 그림자는 검은 마차 같았다. 어찌 보면 그것은 검은 옷을 입은 마부 같았다.

순영은 그것이 무엇인가 더 자세히 보려고 시선을 유리창에다 모았다.

어쩌면 저것은 명수를 천당에다 싣고 갈 마차인지도 모른다.

나무 그늘이 또 한 번 춤을 춘다. 그사이에 햇빛이 새어들면 유리창 위에는 황금빛 마차와 말갈기를 흔드는 금빛 말이 되었다.

그러나 그것은 명수의 재생을 바라는 부질없는 공상에 지나지 못했다.

마차도 마부도 없을뿐더러 명수는 아무 곳에도 존재하지 않았다.

순영은 잡풀을 휘어잡고 흐느껴 울었다. 울어도 울어도 명수는 아무 곳에도 있지 않았다.

순영 옆으로 동무의 남편이 모자를 벗어들고 지나간다.

매미가 우는데 매미채를 사 달라고 하던 명수는 아무 곳에도 있지 않았다.

해가 서산에 기울 무렵에 담요에 싼 조그마한 명수의 관이 영구차에 실리어 병원 뒷문으로 나갔다.

아이를 갖다버린 첫날 밤이 밝아왔다.

비가 내리고 있었다. 이슬비였다.

판자벽을 뚫고 만든 창밖에는 높은 벽돌 굴뚝이 있고 그 굴뚝 밑에 목사의 아름다운 집이 있고 뜰의 수목은 비를 맞고 있었다.

답답하고 어두운 방에서 바라볼 수 있는 시원한 풍경이다.

아주머니와 너의 슬픔의 백 분의 일이라도 가시어지는 날 나는 명수의 상복을 벗겠다. 그런 간단한 내용의 쪽지를 두고 아저씨는 간단 말도 없이 가버렸다.

순영은 그렇게 어머니의 원망 원망 끝에 가버린 아저씨에 대하여 언짢은 생각이 들기도 했지만 장사 때 그 중동아시아 사람 운운하던 때와 마찬가지로 상복을 벗겠다는 둥 하는 쪽지의 글이 이렇게 절박한 감정 앞에서는 도무지 허실(虛實)한 감을 줄 뿐이었다. 미안하다는 한마디 말보다 오히려 그 쪽지의 구절은 미려한 정신의 수사(修辭) 같아서 순영은 이상한 울분까지 느껴지는 것이었다.

푸른 나무를 바라보고 앉았던 순영이 가만히 손을 펴본다. 아무

것도 남겨진 것이 없다.

다시 고개를 들었다.

푸른 나무의 가지 끝에 명수는 오똑 앉아 있었다. 명수는 하나뿐만 아니었다. 가지마다 붉은 구제품 셔츠를 입고 앉아 있는 것이었다. 마치 가지에 맺은 붉은 열매 같았다.

그 붉은 셔츠 빛깔이 순영의 눈물 속에 번져나간다. 그 빛깔이 한군데 모여서 진홍빛이 된다. 드디어 순영의 시야에는 빨간 바다가 넘실거린다. 뺨으로 흐르는 눈물이 핏빛같이 느껴진다.

해가 지고 어둠이 왔다.

서울에 사는 사돈뻘 되는 김 청년이 명수가 죽은 기별을 받고 찾아왔다.

어머니하고 이야기를 주고받던 그 김 청년이 정색을 하고 순영이를 바라보며

"뇌수술을 그렇게 쉽게 하는 법이 있습니까? 그래 엑스레이를 찍어서 진단이나 확실히 했던가요?"

"엑스레이요?"

반문하는 순영의 목소리는 분명히 넋이 빠진 것이었다.

"엑스레이를 찍어보고 수술이 가능하면 시작하는 것이 순서가 아니겠어요. 그래 엑스레이를 찍고 살 가망이 없으면 수술은 포기해야지요."

순영이는 자리에서 벌떡 일어선다.

"엑스레이가 다 뭡니까. 아아 참 엑스레이가 있었지……"

혼란 상태에 빠진 순영은 주저앉다가 또다시 일어선다. 김 청년

은 침통한 얼굴로,

"뇌수술을 하는데 엑스레이도 찍지 않고 하는 법이 어디 있습니까. 이것은 단연코 협잡이요."

"아이구 그러게 말이지 그 도둑놈들이……"

어머니는 방바닥을 친다.

"그래 생명에 관계되는 대수술을 하면서 엑스레이도 찍지 않고 진단조차 확연치 못했군요."

"……"

"그럼 사부인께 수술 전에 생명이 위험하니 그래도 수술을 하겠느냐고 병원 측에서 말이 있었습니까?"

"아니 무슨 말이 아무 말도 없었소."

김 청년은 한숨을 짓고 담배를 꺼내 물면서,

"가족이 입회하지 않았고, 생명에 대한 위임장도 없는 그 수술실 안에 생긴 일을 누가 증명하겠소."

"……"

"가령 치명적인 중상이었다면 수술을 할 필요가 없는 것이고 수술을 하는 이상 생명이 보장되어야 하는 것인데…… 그러나 여기서 다만 문제되는 것은 왜 엑스레이도 찍어보지 않고 쉽게 덤벼든 수술이 아이를 죽게 했는가……"

김 청년은 빨던 담배를 가게에다 내던지며 손수건을 꺼내어 땀을 닦는다.

"정말 죽을 상처를 받았다면 그 아이에게 칼질을 할 필요는 없는 것이고 아이에게 평화로운 죽음을 주는 것이 의사의 의무가 아니겠어요. 괘씸한 놈들."

종잇장처럼 마치 석상처럼 앉았던 순영은

"김 선생 돌아가주세요. 못 견디겠어요."

순영은 자리에 엎드리고 말았다.

대한민국의 최고의 권위와 최대의 규모를 가진 부속병원에는 그럼 피가 없듯이 약이 없듯이 그럼 엑스레이도 없었더란 말인가.

"엑스레이가 있었다!"

순영이는 다시 벌떡 일어섰다.

밤중이었다.

순영이의 머리맡에 붕대를 감은 명수가, 눈도 코도 입도 보이지 않는 명수가 앉아 있었다.

순영이는 벌떡 일어나려고 했다. 그러나 순영이의 팔과 다리는 지독한 마비 상태에 빠져 있었다.

수족이 싸늘하게 식어간다.

괴로운 몸부림을 몇 번이나 치다가 겨우 순영은 어둠 속에 일어나 앉았다.

명수는 그림자처럼 없어지고 다만 순영이 눈앞에는 헤쳐볼 수 없는 어둠만 꽉 차 있었다.

순영이 양 무릎을 모으고 머리를 부여안으며 중얼거린다.

"엑스레이는 있었다. 엑스레이를 찍었더라면 아이는 숨 막히는 저 붕대를 감지 않아도 좋았을 거야, 팔과 다리를 마취도 하지 않고 살을 베내는 참혹한 짓도 하지 않았을 거야."

어둠과 냉기가 순영이의 몸을 감싸기 시작한다.

딱따기꾼[5]이 지나간다.

"딱! 딱! 딱!"

불신시대

9·28 수복 전야. 진영(眞英)의 남편은 폭사했다. 남편은 죽기 전에 경인도로(京仁道路)에서 본 인민군의 임종 이야기를 했다. 아직도 나이 어린 소년이었더라는 것이다. 그 소년병은 가로수 밑에 쓰러져 있었는데 폭풍으로 터져 나온 내장에 피비린내를 맡은 파리 떼들이 아귀처럼 덤벼들고 있더라는 것이다. 소년병은 물 한 모금만 달라고 애걸을 하면서도 꿈결처럼 어머니를 부르더라는 것이다. 그것을 본 행인 한 사람이 노상에 굴러 있는 수박 한 덩이를 돌로 짜개서 소년에게 주었더니 채 그것을 먹지도 못하고 숨이 지더라는 것이다.

남편은 마치 자기 죽음의 예고처럼 그런 이야기를 한 수 시간 후에 폭사하고 만 것이다.

남편을 잃은 진영은 1·4 후퇴 때 세 살 먹이 아이를 업고 친정어머니와 같이 제일 마지막에 서울을 떠났다. 그러나 안양(安養)에 이르기도 전에 중공군이 그들을 앞질렀고, 유엔군의 폭격 밑에 놓였다. 수없는 피난민이 얼음판에 거꾸러졌다. 피난 짐을 끌던 소는 굴레를 찬 채 뚝 밑으로 굴렀다. 피가 철철 흐르는 시체 옆에서 아이가 울고 있었다. 진영은 눈을 가리고 달아났던 것이다.

악몽과 같은 전쟁이 끝났다.

진영은 아들 문수(文秀)의 손을 잡고 황폐한 서울로 돌아왔다. 집터는 쑥대밭이 되어 축대조차 찾아볼 수 없었다. 진영은 잡초 속에 박힌 기왓장 밑에서 습기가 차서 너덜너덜해진 책 한 권을 집어 들었다. 『프랑스 문학의 전망』이라는 일본 책이었다. 이 책이 책장에 꽂혔을 때—순간 진영의 머릿속에 그러한 회상이 환각처럼 지났다. 진영은 무심한 아이의 눈동자를 멍하니 언제까지나 바라보고 있었다.

문수가 자라서 아홉 살이 된 초여름, 진영은 내장이 터져서 파리가 엉겨 붙은 소년병을 꿈에 보았다. 마치 죽음의 예고처럼 다음 날 문수는 죽어버린 것이다. 비가 내리는 밤이었었다.

일찍부터 홀로 되어 외동딸인 진영에게 의지하며 살아온 어머니는 "내가 죽을 거로" 하며 문지방에 머리를 부딪치는 것이었으나 진영은 허공만 바라보고 있었다.

아이는 앓다가 죽은 것이 아니었다. 길에서 넘어지고 병원에서 죽은 것이다. 그것뿐이라면 진영으로서는 전쟁이 빚어낸 하나의 악몽처럼 차차 잊어버릴 수 있는 일이었는지도 모른다. 그러나 그것이 아니었다. 의사의 무관심이 아이를 거의 생죽음시킨 것이다. 의사는 중대한 뇌수술을 엑스레이도 찍어보지 않고, 심지어는 약 준비도 없이 시작했던 것이다. 마취도 안 한 아이는 도수장(屠獸場) 속의 망아지처럼 죽어간 것이다. 그렇게 해서 아이를 갖다 버린 진영이었다.

바깥 거리 위에는 쏴아 하며 밤비가 내리고 있었다.

누워서 멀거니 천장을 바라보고 있는 진영의 눈동자가 이따금 불빛에 번득인다. 창백한 볼이 불그스름해진다. 폐결핵에서 오는 발열이다.

바깥의 빗소리가 줄기차온다.

아이가 죽은 지 겨우 한 달, 그러나 천년이나 된 듯한 긴 날이었다. 눈을 감은 진영의 귀에 조수(潮水)처럼 밀려오는 것은 수술실 속의 아이의 울음소리였다.

진영은 벌떡 자리에서 일어나 술병을 들이켠다. 잠이 오지 않을 때 마셔보라고 친구가 보내준 포도주였다.

이불 위에 엎드린 진영은 산울림처럼 멀어지는 수술실 속의 아이의 울음소리를 듣는 것이었다.

어떻게 어떻게 해서 잠이 든다. 꿈속에서 희미한 길을 마구 쏘다니며 아이를 찾아 헤매다가 붕대를 칭칭 감은, 눈도 코도 입도 보이지 않는 아이 모습에 진영은 소스라쳐 깬다. 흠씬 땀에 젖은 몸이 떨고 있었다.

별안간 무서움이 끼친다.

비가 멎은 새벽이 창가에서 서서히 방 안으로 스며들고 있었다.

허공을 보고 있던 진영은 왜 무서움을 느꼈는지 알 수가 없었다. 아이가 이미 유명(幽冥)의 혼령이기 때문인지도 모른다. 그렇다면 이렇게 서글픈 인간관계가 어디 있겠는가. 진영은 구역이 나올 정도로 자기 자신이 싫었다.

성당의 종소리가 멀리서 들려온다. 요다음 주일날에는 꼭 나를 성당에 데려다달라고 갈월동(葛月洞) 아주머니에게 부탁을 한 일이 생각난다. 바로 오늘이 그 주일날이다.

갈월동의 아주머니는 약속한 대로 8시가 못 되어서 왔다. 아주머니는 옛날에 죽은, 진영의 칠촌 아저씨의 마누라였다. 자식도 없는 그는 아주 독실한 천주교의 신자였으나 근래에 와서 계로 인하여 상당히 말썽을 빚었다. 진영이만 해도 바닥까지 긁은 돈으로 겨우겨우 넣어온 20만 환짜리 계를 소롯이[1] 포기하고 말았던 것이다. 그만치 계주를 한 아주머니의 사정이 급박했던 것이다.

매미 날개같이 손질을 한 모시옷을 입은 아주머니는 울고불고 하는 어머니를 위로하는데 아주머니가 말할 적에는 금으로 씌운 송곳니가 알른알른 보였다.

어머니는 아는 사람을 보기만 하면 손을 잡고 손자를 잃은 하소연을 했다. 진영은 그러는 어머니가 싫었지만 그러나 딸 하나를 믿고 산 그가 여러 가지 면으로 서러운 위치에 놓인 것은 사실이다.

"우시지 마세요, 형님. 산 사람 생각도 하셔야지. 진영의 마음이 오죽하겠어요. 이러지 마세요. 그리고 살아갈 길이나 생각합시다."

진영이 실직을 하고 있는 형편이라 살길도 막연하긴 했다.

아주머니가 갖가지 말로 어머니를 달래다가 풀어진 고름을 여

미며, (아주머니는 적삼에도 반드시 고름을 달았다)

"우리 어디 사는 대로 살아봅시다…… 그리고 나도 생각하고 있었어요, 형님 돈만큼은 돌려드릴려구, 원금만이라도요……"

어머니의 얼굴이 좀 밝아졌다. 진영은 잠자코 양말을 신고 있었다.

세 사람은 거리에 나왔다. 아침이라 가로수가 서늘했다.

본시 불교도인 어머니는 성당으로 가는 것을 꺼렸으나, 그러나 아무래도 좋았다. 의사는 항상 딸에게 있는 것이었으니까……

아주머니는 진영의 양산 밑으로 바싹 다가오면서 소곤거렸다.

"천주님이 계신 이상 우리는 불행하지 않다. 천주님이 너를 사랑하기 때문에 이런 기회를 주어 너를 부르신 거야. 모든 것이 다 허망한 인간 세상에 다만 천주님만이 빛이 된다."

신자이면 누구나 할 수 있는 꼭 같은 말을 아주머니는 했다.

진영은 땅을 내려다본 채,

"제가 구원을 받자고 가는 건 아니에요. 천당이 있어서 그곳에 문수가 놀고 있거니, 그렇게 생각하고 싶어서."

"그래, 천당 갔다. 그렇게 착한 아이가…… 아암 행복하게 꽃동산에서 놀고 있고말고."

연장자답게 위로하는 것이었으나 말투가 너무 어수룩했다.

"아무리 꽃동산이래도 그 애는 외로울 거예요. 엄마 생각이 날 거예요."

진영은 혼자 중얼거리며 하늘을 보았다. 너울처럼 엷은 구름이 가고 있었다.

"그런 소리 말고 영세나 받도록 준비해. 상배(相培)도 영세를 벌써 받았어."

아주머니의 목소리는 먼 지평선에서 울려오는 것 같았다. 진영은 기계적으로,

"그 무신론자가…… 영세를……?"

"그 애도 요즘 심경이 많이 변했어."

분냄새가 엷게 풍겨온다. 진영은 금니가 알른알른 보이는 아주머니의 입매를 물끄러미 쳐다본다.

상배는 아주머니댁에 하숙한 대학생이다. 지나간 봄에만 해도 그는,

"아주머니요. 예수가 물 위로 걸었다켓능기요. 하핫핫! 아마 예수는 왼발이 빠지기 전에 오른발을 올렸고 오른발이 빠지기 전에 왼발을 올렸던가배요. 하하핫……!"

그런 부산 사투리의 조롱이 자기 딴에는 아주 신통했던지 상배는 콧마루를 벌름거리며 웃었던 것이다. 진영이 그것을 생각하는 동안 아주머니는 손수건으로 땀을 닦으며,

"그 애도 우리 집에서 쉬이 옮기게 될 거야. 아버지가 사업 때문에 서울로 오신다니까…… 그래서 나도 그 애가 나가기 전에 영세받도록 할려구……"

부드러운 목소리였다.

그들이 성당 앞까지 왔을 때 은행나무에 자잘한 햇빛이 부서지고 있었다. 뜨락에는 연분홍빛 글라디올러스가 피어 있었는데 진영은 불교의 상징인 연화를 왜 그런지 연상했다. 그리고 엉뚱스

럽게 그 꽃들이 자아내는 서양과 동양의 거리를 생각해보는 것이었다. 막연한 생각이다. 그러나 다음 순간 진영은 얼떨떨하게 자기의 마음을 더듬었다. 문수를 위하여 신을 뵈러 온 마당에서 아무런 경건함도 없이 이렇게 냉정히 사물을 헤아리고 있었다는 것을, 그것을 다만 시각(視覺)에서 온 하나의 자연발상(自然發想)이라고만 할 수 있을 것인가, 그렇지 않다면 내 슬픔 속에 그만치 여유가 있었더라는 말인가, 진영은 문수에게 부끄러웠다. 미안했다.

진영은 땀에 젖고 분냄새가 풍겨오는 아주머니의 젖가슴을 무심히 바라보았다.

나무 그늘 아래 아이들이 모여 있었다. 그 옆에는 중년 남자 한 사람이 십자가, 성경책 같은 것을 노점처럼 벌여놓고 팔고 있었다. 진영은 어느 유역의 이방인인 양 그런 광경을 넘겨다보았다. 분위기에 싸이지 않는 마음속에는 쌀쌀한 바람이 일고 있었다.

진영은 성당 안으로 들어갔다. 아주머니는 신발을 책보에 싸면서,

"주로 아이들을 위한 미사 시간이 되어서 시끄러워. 다음엔 일찍 와요."

진영은 아주머니의 말보다 거추장스럽게 신발을 싸 들고 가는 신자들의 모습에 눈이 따라가는 것이었다. 진영은 문득 예수 사랑하려고 예배당에 갔더니 눈 감으라 하고서 신 도둑질하더라. 그런 야유에 찬 노래를 생각했다. 그러나 진영은 곧 형용할 수 없는 두려움을 느꼈다. 신전(神殿)에서 신을 모독하다니—그런 죄

의식에 쫓기며 진영은 아주머니의 뒤를 따랐다.

얼마 후에 미사는 시작되었다.

"가엾은 나의 아들 문수를 위하여 기도를 올리나이다. 진심으로…… 진실로 비나이다. 그 고통으로부터 놓이게 하시고, 어린 영혼에게 평화가 있기를……"

진영은 눈을 감고 그런 말을 중얼거렸다. 그러나 마음 한구석에 있는 헤살꾼[2]의 속삭임이 더 집요했다. 헤살꾼은 속삭인다. 문수는 죽어버린 것이다. 아주 영영 없어진 것이다. 진영은 눈앞이 캄캄해오는 것을 느낀다. 헤살꾼은 속삭인다. 칼끝으로 골을 짜개서 죽여버린 것이다. 무참하게 죽여버린 것이다.

진영은 눈앞에 시뻘건 불덩어리가 굴러가는 것을 본다. 헤살꾼은 자꾸만 속삭인다. 어둡고 침침한 명부(冥府)에서 압축한 듯한 목쉰 아이의 울음소리, 진영은 땀을 흘리며 눈을 떴다. 코앞에 닿은 어머니의 머리에서 땀내가 풍겨온다. 현기증을 느낀다. 신자들의 머리에 쓴 하얀 미사포가 시계와 의식을 하나로 표백시켜버리는 것이었다.

얼마가 지났는지 진영은 고개를 돌렸다. 구제품이 늘어선 듯한 성가대의 아이들이 눈앞에 나타났다. 아이들 각색의 음계가 합해진 성가는 바람을 못 마신 오르간의 잡음처럼 진영의 귓가에 울렸다. 이 속에서 무릎을 꿇고 앉아 있는 을씨년스러운 자기 자신의 모습, 진영은 그것이 얼마나 어설픈 위치인가를 깨닫는다.

진영은 다시 눈을 감았다. 그러나 자기 자신이 미웠다. 결코 자기라는 의식을 버리지 못하는 것이 미웠던 것이다. 진영은 어떻게 해서라도 객관적인 자기의식으로부터 벗어나고 싶었다. 진영은 잃어버린 낭만을 찾아보듯이 신과 문수의 죽음이 동렬의 신비라는 것, 그리고 아무도 신과 죽음을 비판할 수 없다는 것, 그것은 사실이라 생각했다.

진영이 처음 성당에 나가려고 결심했을 때, 그것(宗教)이 가공에 설정된 하나의 가정일지라도 다만 문수를 위한다는 명목만으로 자신이야 피에로도, 오뚜기도 될 수 있으리라 생각했던 것이다. 그러나 의식적인 맹목은 끝내 맹목일 수 없었다.

미사가 거의 끝날 무렵이었다. 진영은 긴 작대기에 헌금 주머니를 매단 잠자리채 같은 것이 가슴 앞으로 오는 것을 보았다. 아주머니가 성급하게 돈을 몇 닢 던졌을 때 잠자리채 같은 헌금 주머니는 슬그머니 뒷줄로 옮겨 가는 것이었다. 진영은 구경꾼 앞으로 돌아가는 풍각쟁이의 낡은 모자를 생각했다. 그런 생각을 계기로 하여 진영은 밖으로 나와버렸다.

진영은 나무 밑에 주저앉아서 나오는 어머니의 빨간 눈을 보았다. 문수 또래의 아이들이 신발을 신으며 나오는 것도 보았다.

여름 햇빛 아래 서 있는 성당이 가늘게 요동하고 있는 것같이 진영에게는 느껴졌다.

아침부터 진영은 마루 끝에 멍하니 앉아 있었다. 갑갑하게 그러지 말고 밖에라도 좀 나갔다 오라는 어머니의 말이 도리어 비위에 거슬려 진영은 이맛살을 찌푸리며 머리를 부여안는다.

갑갑한 때문만은 아니다. 진영은 일자리를 찾아 밖으로 나가야

하는 것이다.

진영은 머리를 부여안은 채 도대체 어디를 가야 하며, 누구에게 매달려 밥자리를 하나 달라고 하겠는가, 더군다나 폐까지 앓고 있는 내가……

진영은 문수를 생각했다. 살겠다고 버둥대는 어머니와 자기의 모습이 한없이 비루하게 느껴지는 것이었다.

마당에는 대낮 햇빛이 쨍쨍 쏟아지고 있었다. 그늘이 짧아진 쌍나무의 둘레로 잉잉거리고 다니던 파리 떼들이 진영의 얼굴 위에 몰린다. 어머니는 장독대 옆에서 빨래에 풀을 먹이고 있었다. 넓적한 해바라기 잎사귀 사이의 그 찌들은 옆얼굴을 바라보는 진영은 바다에 떠밀려 다니는 해파리〔腔腸動物〕를 생각했다. 그렇게 둔하면서도 산다는 본능만은 가진 것, 그저 산다는 것, 진영은 어머니에 대한 잔인한 그런 주시를 더 이상 계속할 수가 없었다. 진영은 성가시게 구는 파리를 쫓으며 마룻바닥에 드러눕는다.

하늘이 파랬다. 구름이 둥둥 떠내려가는 것이었다. 그러나 하늘이 갑자기 바다같이 느껴졌다. 구름은 바다 위로 둥둥 떠내려가는 해파리만 같았다. 진영이 자신이 누워서 하늘을 보는 것이 아니라 어쩌면 엎드려서 바다를 내려다보는지도 모른다는 착각이 든다.

해가 서쪽으로 좀 기울었다. 쌍나무의 그늘이 두서너 치나 늘어난 것 같다. 진영은 몸을 왼쪽으로 돌려서 마루 밑의 땅을 내려다보고 있었다.

문이 비걱 하더니 열린다. 땅을 보고 있던 진영의 눈에 우선 사람의 그림자가 먼저 들어왔다. 그림자를 따라 천천히 눈을 치떴을 때 그곳에 바랑을 짊어진 여승이 서 있었다. 초현실파의 그림같이 그림자를 밟고 선 여승의 소리 없는 기다란 모습.

드디어 합장을 하고 있던 여승이 입을 열었다.

"아씨!"

완전히 조화를 깨뜨린 소녀와도 같이 카랑카랑하게 울려오는 맑은 목소리다. 바랑에 휘인 어깨는 아무래도 40 고개일 터인데—여승은 부시시 일어나서 가만히 쳐다보고만 있는 진영의 형용할 수 없이 어두운 눈빛에 지친다.

마침 앞치마에 손을 닦으며 나오는 어머니를 본 여승은 잠시 숨을 돌이킨 듯이

"마나님?"

의연히 맑은 목소리다.

어머니는 마루 끝에 주저앉으며 긴 한숨을 쉰다.

"나도 잘살 적에는 부처님을 섬기고 절마다 불을 켰건만 무슨 소용이 있습디까. 공든 탑이 무너지지 않는다는 말도 헛말이더군……"

바야흐로 아이가 없어진 하소연이 시작되는 것이다. 판에 박은 듯한 푸념이 언제 그칠지 모르겠다. 눈을 끔벅거리며 말할 기회만 노리던 중이 드디어 어머니의 말허리를 꺾어버린다.

"……아이 딱하기도 해라. 그러게 말이유…… 그렇지만 시주하십사고 온 게 아니라…… 행여 쌀을 살려나 해서…… 아아주 무거워서요……"

그런 구슬픈 이야기보다 빨리 거래부터 하고 싶다는 표정이다. 진영은 값싼 동정까지도 인색해진 세상이 되었다는 생각을 했다. 동정을 바라는 어머니가 밉기보다 딱한 생각이 들었다.

아직도 말이 미진한 어머니는 좀 어리둥절한 얼굴이다.

"무거워서 어디 가져갈 수가 있어야지요. 좀 짐을 덜고 갈려구요."

여승은 마루 끝에 바랑을 내리며 의사를 거듭 표시한다. 그제사 중의 수작을 알아차린 어머니는 여태까지의 감정을 일단 수습하고 치맛말기를 추키며 재빨리 응수한다.

"우리도 되쌀을 팔아먹으니 기왕이면 사지요. 되나 후히 주세요."

중은 바랑을 끌러놓고 쌀을 되기 시작했다. 어머니는 몹시 쌀되가 야위다고 보채고 중은 됫박 위에다 쌀을 집어 얹는 어머니의 팔을 떠밀며 그러지 말라고 한다. 그러면서도 그럭저럭 거래는 끝난 모양이다.

셈을 마친 어머니는 인사로,

"스님이 계신 절은 어디지요?"

"네? 아아 네. 바로 학교 뒤에 있는 절이지요."

학교 뒤라면 쌀을 팔고 갈 정도로 먼 곳은 아니다.

중이 가고 난 뒤 어머니는 무슨 생각에 잠긴 듯이 우두커니 서 있었다.

"이애 진영아."

나직이 부른다. 진영은 대답 대신 어머니의 눈을 본다.

"문수를 그냥 둘라니 이리 가슴이 메인다. 이렇게 흔적 없이 두다니…… 절에 올려주자!"

어머니를 쳐다보고 있는 진영의 시선은 그대로 고정되어 있었다.

"절도 가깝고 신당이니 만만하고…… 세상에 너무 가엾어. 아무래도 혼백이 울면서 떠돌아다니는 것 같아 잠이 와야지."

진영은 고개를 돌려 장독대의 해바라기를 바라본다. 한참 만에,

"그렇게 합시다."

해바라기를 쳐다본 채 한 대답이다.

"그런데 왜 그리 중을 장사꾼 대접을 했어요? 아이를 부탁할 생각을 했으면서……"

진영의 시선은 여전히 해바라기에 있었다. 자기의 하는 말에는 별반 흥미를 느끼고 있는 것 같지가 않았다.

"아따, 별소릴 다 하네. 공은 공이고 사는 사지. 하기야 뭐 시주받은 쌀 팔고 가는 그게 진짜 중인가?"

진영은 그러는 어머니가 미웠다.

"그럼 왜 그런 중이 있는 절엔 갈려구 해요?"

"누가 중 보고 절에 가나? 부처님 보고 가지."

진영은 잠자코 옳은 말이라 생각했다. 그와 동시에 아주머니가 우선 쓰라고 돈 2만 환을 주면서 성당에 나가지 않는 진영을 나무라던 일이 생각났다. 이렇게 절에 갈 것을 동의하고 보니 왜 그런지 아주머니에 대하여 변절을 한 듯 미안하다. 그리고 돈만 하더라도 당연히 받을 돈을 받았건만 다른 사람들에게 베풀지 않았던

호의가 빚이 되는 듯싶었다. 그러나 진영의 종교가 오직 문수를 위한다는 명목뿐이라면 성당보다 절이 훨씬 표현적(表現的)이다. 적어도 돈만 낸다면 절에서는 문수를 위한 단독적인 행사도 해주기 마련이다.

진영은 자리에서 후딱 일어섰다.

해가 서산에 아주 기울었다. 거리로 나왔다. 진영은 약국에서 스트렙토 마이신 한 개를 사 들었다. 내내 다니던 Y병원에는 아무래도 가고 싶지 않았기 때문에 약을 산 것이다. 갈월동의 아주머니는 Y병원의 의사가 같은 신자이니 믿고 다니라고 했다. 그러나 여태까지 주사 분량인 한 병에서 겨우 3분의 1만 놓아주고 있었던 것을 알게 되었다. 그것을 안 이상 그 병원에 다시 갈 수는 없었다.

약병을 만지며 길 위에 한동안 서 있던 진영은 집 근처에 있는 S병원에 들어갔다. 이웃이기 때문에 의사와 안면쯤은 있었다. 그러나 S병원은 엉터리 병원이었다.

진영은 모든 것이 서툴러 보이는 갓 데려다 놓은 듯한 간호원을 불안스럽게 쳐다보며 약병을 내밀었다. 진찰도 하지 않고 주사만 맞으러 오는 손님을 의사는 언제나 냉대한다. 그래서 진영은 애시당초 의사를 보지도 않았다. 그러나 환자를 진찰하고 있던 의사가 뒤로 고개를 돌렸을 때 진영은 놀라지 않을 수가 없었다. 의사가 아니었다. 그나마도 근처에 사는 건달꾼이었던 것이다. 진짜 의사는 그때서야 서류 같은 것을 들고 안에서 분주히 나오더니 바쁘게 나가버리는 것이었다. 청진기를 든 건달꾼은 진영의 눈쌀

에 켕겼는지 우물쭈물 해치우더니 간호원에게,

"페니시링 2그람!"

하고 밖으로 슬그머니 사라진다.

페니실린이라면 병명을 몰라도 만병통치약으로 건달꾼은 알고 있었던 모양이다.

진영이 멍청히 섰는데 간호원은 소독도 안 한 손으로 아주 서툴게 마이신을 주사기에다 뽑고 있었다. 진영이 정신을 차렸을 때 주사기에 들어가고 있는 액체가 뿌옇게 보였다. 약이 채 녹기도 전에 주사기에다 뽑은 것이다. 진영은 더 참지 못했다.

"안 돼요. 녹기도 전에. 큰일 날려구!"

앙칼지게 소리치며 진영은 약병을 뺏어서 흔들었다.

페니실린을 맞으려고 기다리고 앉아 있는 낯빛이 노란 할머니가 주사기를 들고 엉거주춤하니 서 있는 간호원을 불안스럽게 보고 있다.

병원 문을 나섰다. 이미 밤이었다.

아까, "큰일 날려구" 하면서 약병을 빼앗던 자기의 모습이 어둠 속에 둥그렇게 그려진다. 참 목숨이란 끔찍이도 주체스럽고 귀중한 것이고—몇 번이나 죽기를 원했던 자기 자신이 아니었던가.

진영은 배꼽이 터지도록 밤하늘을 보고 웃고 싶었다. 그러나 그 웃음이 터지고 마는 순간부터 진영은 미치고 말리라는 공포 때문에 머리를 꼭 감쌌다. 사실상 내가 미쳤는지도 모른다. 모든 일은 미친 내 눈앞의 환각인지도 모른다. 지금은 밤이 아니고 대낮인지도 모른다.

진영은 머리를 꼭 감싼 채 집을 향하여 달음박질을 쳤다.

밀짚모자를 쓴 냉차장수가 뛰어가는 진영의 뒷모습을 넋 없이 바라본다.

달무리에 둘러싸인 달이 불그스름했다. 비라도 쏟아질 듯이 뭉뭉한[3] 더운 바람이 불어왔다.

진영의 어머니는 쌀을 팔러온 중이 가고 난 뒤 백중날을 기다렸다. 백중날은 죽은 사람의 시식(施食)을 하기 때문이다.

백중 전날에 어머니는 문수의 사진과 돈 2천 환을 가지고 절에 가서 미리 연락을 해두었다. 그래서 다음 날 아침에는 날이 훠번해지자 진영이도 과실 바구니를 들고 어머니를 따라 집을 나섰던 것이다.

B국민학교를 돌아 약간 비탈진 길을 올라서니 이내 절 안마당이 보였다. 백중맞이를 하느라고 한창 바쁜 절에는 동리 아낙네들이 와서 일을 거들고 있었다.

큼직한 몸집을 한 주지승이 어머니를 보고 반색한다.

"아이구 정성도 지극해라. 이렇게 일찍부터……"

어머니는 눈에 손수건부터 가져간다.

"시님. 우리 아이 천도 좀 잘 시켜주세요. 부탁입니다. 너무 가엾어서……"

콧물을 짠다. 어제저녁에 실컷 어머니의 시름을 들었을 주지승은 새삼스럽게 그 말이 탐탁해질 리가 없다. 주지승은 극히 사무적으로,

"그런데…… 첫째로 하잤다던 서장 부인이 아직두 안 오시니 어떡하나."

잠시 생각에 잠긴다.

무슨 서장인지 알 수는 없으나 이 절에 있어서 대단히 소중한 손님인 모양이다. 어머니는 비굴한 웃음을 띠우면서 주지승을 쳐다본다.

"시님. 그만 우리 아일 먼저 해주세요."

주지는 한동안 어머니를 보고 있더니,

"……그럼 댁부터 해드릴까……"

주지는 그렇게 작정하고 마침 지나가는 중을 부른다.

"아우님!"

아우님이라고 불리운 신중은 돌아본다. 얼굴이 쪼글쪼글 쪼그라진 그 여승은 아직도 팽팽한 주지에 비하여 훨씬 더 늙어 보인다. 게다가 표정마저 앙상하다.

"어제저녁에 2천 환 낸 분인데 아직 서장댁이 안 오시니 우선 하나라도 먼저 끝내지요."

주지의 말투는 상대방의 의견을 존중한 것이었다.

늙은 중은 대답 대신 진영 모녀를 훑어보더니 돈의 액수가 심에 차지 않은 듯 무뚝뚝하게 그냥 가버린다.

진영과 어머니는 법당 옆에 서로 등을 지고 우두커니 서 있었다.

바라다보이는 산마루에 막 해가 솟고 있었다. 그 영롱한 아침을 진영은 벽화(壁畫)처럼 감동 없이 대한다.

진영은 최저의 돈을 내고 첫째로 하겠다고 새벽부터 온 것이 얼마나 얌체머리 없는 짓이었던가를 생각한다.

젊은 중이 공양을 들고 온다.

"여보세요. 그 키 큰 시님은 안 계시나요?"

어머니는 쌀을 팔러 온 중을 두고 묻는 말이다.

"그이는 절에 잘 붙어 있지 않아요."

젊은 중은 간단히 대답하고 법당으로 들어간다.

곧 시식불공이 시작되었다. 진영은 늙은 중이 목탁을 두드리며 조는 듯한 염불을 시작하자 적잖게 실망했다. 몸집도 크고, 목소리도 우렁찬 주지승이 아니었던 것이 섭섭했던 것이다. 기왕이면 굿 잘하는 무당에게 부탁하고 싶은 그런 기분이었다.

중은 염불을 하면서 열심히 절을 하고 있는 어머니 옆에 멍청히 섰는 진영을 흘겨본다.

보라 빛깔의 원피스를 입은 진영의 허리는 말할 수 없이 가느다랗다. 핏기 없는 얼굴에는 눈만 검었다.

중은 여전히 마땅치가 않아 진영을 흘겨본다. 진영은 중의 눈길을 느낄 적마다 재촉을 당한 듯이 어색하게 엎드려 절을 했다. 진영은 중의 마음이 염불에 있지 않고 잿밥에 있다는 속담같이 지금 저 중의 마음도 염불에 있지 않고 절에 와서 예배를 하지 않는 자신의 태도에 있다는 것을 생각한다. 진영은 중과 무슨 대결이라도 한 듯이 점점 몸이 피로해지는 것이었다.

얼마 동안이 지난 것 같았다. 주지승이 씨근덕거리며 법당으로 쫓아왔다.

“아우님 빨리 하시요. 지금 막 서장댁이 오셨구려. 대강대강 하시요.”

주지는 법당 구석에 걸어둔 먹물들인 모시 장삼을 입으며 서두르는 것이었다. 늙은 중은 불전(佛前)에서 영전(靈前)으로 자리를 옮긴다. 제대로 불경 읽기나 끝마쳤는지 의심스러웠다. 아까 공양을 나르던 젊은 중이 이번에는 널따란 그릇을 들고 들어온다. 그는 진영의 모녀를 돌아다보며 영가(靈架) 앞으로 오라고 손짓한다.

진영은 문수의 사진이 놓인 앞에 가서 엎드렸다. 차가운 마룻바닥에 처음으로 뜨거운 눈물이 주체할 수 없을 정도로 쏟아지는 것이었다. 문수의 손길이 생생하게 마음속에 느껴진 것이다.

“문수야. 많이 많이 먹어라. 불쌍한 내 자식아!”

진영은 어머니의 목소리를 이처럼 슬프게 들은 적이 없었다. 어머니는 향을 꽂고 은행에서 갓 나온 듯한 빳빳한 10환짜리 스무장을 영전에 놓았다. 진영도 일어서서 향을 꽂았다. 그러고 돌아섰을 때 중이 목을 길게 뽑아가지고 영전에 놓인 돈을 기웃거리고 있는 모습을 보았다. 그 빳빳한 새 돈은 흡사 백 환권으로 보이는 것이었다. 진영은 송구스러운 생각에서 고개를 폭 수그리고 말았다.

그릇을 들고 온 젊은 중이 돈을 옆으로 밀어놓으면서 시무룩하게,

“영가 노자가 너무 적군요. 이 세상이나 저세상이나 그저 돈이 있어야지. 동무하고 쓰고 놀다가 돌아가지 않겠어요?”

진영은 머릿속에 피가 꽉 차오는 것을 느낀다. 돈을 그렇게밖에

준비하지 못한 어머니의 인색함을 심히 저주하는 마음이었던 것이다.

젊은 중은 들고 온 그릇에다 영가 앞에 차린 음식을 조금씩 덜어놓는다. 나물, 떡, 자반, 과실, 그렇게 차례차례 손이 간다. 마침 먹음직스러운 약과에 손이 닿자 별안간 목탁을 치던 중이,

"그건 그만두구려!"

바락 소리를 지른다. 젊은 중은 진영을 힐끗 보면서 총총히 바깥 시식돌[施食石]로 음식을 버리러 나가는 것이었다.

진영은 기가 막혔다. 처음부터 거래임에는 이의가 없었다. 그러나 이쯤 되면 어지간한 감정도 폭발하지 아니할 수 없었다. 진영은 양손으로 얼굴을 폭 쌌다. 울음이 터진 것이다. 누구에게도 향할 수 없는 역정을 그는 울음 속에다 내리 퍼부었다. 울음 속에 자기 목에 매달리던 문수의 손길이 느껴진다. 미칠 듯한 고독과 그리움이 치솟는 것이었다.

음식을 버리고 돌아온 젊은 중은 과실을 모으며,

"이걸 가져가셔야지. 보자기를……"

하며 어머니를 돌아본다. 진영은 새빨갛게 충혈된 눈으로 젊은 중을 노려보며,

"일없소. 그만두시요."

진영의 목소리는 악을 쓰는 것 같았다. 일을 다 마치고 법당 밖에 나온 늙은 중이,

"왜 가져온 걸 안 가져가슈."

쳐다보지도 않는 진영이 대신 어머니가,

"뭐 그걸……"

진영이 얼굴을 어머니는 숨어 본다. 늙은 중은 침을 꿀꺽 삼키며,

"댁 같으면 중이 먹고 살갔수."

진영의 눈이 번득였다.

"조반을 자셔야 할 텐데 너무 일러서 찬이 제대로 안 됐어요. 좀 기다리실까요."

젊은 중은 그런 말을 남기고 가버린다.

진영은 법당 축돌 위에 주저앉았다. "이 세상이나 저세상이나 그저 돈이 있어야지요" 하던 말이 되살아온다. 물론 처음부터 거래였다. 그렇다면 화폐의 액수에 따라 문수에 대한 추모의 정이 계산된단 말인가. 진영이 그러한 울분에 젖어 있을 때 말쑥하게 차려입은 그 서장의 부인인 듯싶은 젊은 여인이 주지중에게 인도되어 법당으로 들어가고 있었다. 잠시 후 불경 읽는 소리가 찌렁찌렁하게 밖으로 흘러나왔다. 잠들었던 부처님이 처음으로 일어나서 귀를 기울일 만한, 배 속에서 밀어낸 목소리였다. 진영은 빨딱 일어선다.

"어머니 그냥 갑시다."

밥을 얻어먹으러 절에 온 것은 분명히 아니다. 그냥 걸어가는 진영을 붙들지 못할 것을 아는 어머니는 뜰에서 서성거리고 있는 늙은 중에게,

"그만 갈랍니다, 시님."

"이크, 아침이나 잡수시지…… 갈려오?"

굳이 잡지는 않았다. 그는 절 문까지 전송을 하며,

"당신네들 같으면 중이 먹고 살갔수."

진영은 울화보다 어처구니가 없었다.

내리막길에서 잡초를 뽑으며 진영은 말없이 울었다. 여비도 떨어진 낯선 여관방에다 문수를 혼자 두고 가는 것만 같은 생각이 자꾸 드는 것이었다.

진영은 불덩어리 같은 이마를 짚는다.

한여름 내내 진영은 앓았다. 애당초 극히 경미하게 발생한 폐결핵이 전연 방치되었기 때문에 점점 악화되어갔던 것이다. 뿐만 아니라 다른 병까지 연속적으로 병발하는 것이었다. 찬물만 마셔도 배탈이 났다. 눈병이 나고 입이 부르트고 하기가 일쑤였다. 앓다 못해 귀까지 앓았다. 그리고 여러 해째 건드리지 않고 둔 충치가 일시에 쑤시어 밤낮을 가리지 않고 욱신거렸다.

진영은 진실로 하나의 육신이 해체되어가는 과정 속에서 몸서리치는 무서움을 느꼈다. 그것은 마치 쨍쨍하게 내려쬐는 햇볕 아래 늘어진 한 마리의 지렁이 같은 생명이었다.

이러한 육신과 더불어 정신도 해체되어가는 과정 속에 진영은 있었다.

밤마다 귓가에 울려오는 아이의 울음소리, 산이, 언덕이, 집이 무너지는 소리, 산산이 바스러진 유리 조각이 수없이 날아와서 얼굴 위에 박히는 환각, 눈을 감으면 내장이 터진 소년병의 얼굴이, 남편의 얼굴이, 아이의 얼굴이, 분홍빛, 노란빛, 파란빛, 마지막에는 시꺼먼 빛, 그런 빛깔로 차례차례 뒤덮여가면은 드디어 무한정한 공간이 안개처럼 진영의 주변을 꽉 싸는 것이었다.

소리와 감각과 색채, 이러한 순서로 진영의 신경은 궤도에서 무너져나갔다.

진영은 그 이상 견딜 수가 없어서 내버려두었던 몸을 끌고 H병원으로 갔다. 그러나 그곳에도 일주일이 멀다고 그만, 가는 것을 중지하고 말았던 것이다.

얼마 남지 않은 돈은 생활비에다 써야 한다는 이유도 있었다. 그러나 직접의 동기는 외국제 주사약의 빈 병들을 팔아버리는 장면을 본 때문이다.

Y병원에서는 주사약의 분량을 속였고 S병원은 엉터리였다. 그리고 H병원에서는 빈 약병을 팔았다.

진영은 간호원이 빈 병을 헤아리고 있을 때 짐작으로 가짜 주사약 생각을 했던 것이다. 그러나 H병원만이 빈 약병을 파는 것은 아니다. 또 그 빈 병만 하더라도 반드시 가짜 약병으로 사용된다고 말할 수도 없다. 잉크병으로 물감병으로 혹은 후춧가루병으로 흔히 이용되고 있다. 그렇지만 사실 거리에는 가짜 주사약이 범람하고 있는 것이다. 상인들은 태연히 그런 가짜를 진짜 속의 진짜라고 나팔 불었다. 진영은 그것을 생각하니 인술이라는 권위를 지닌 의사가 그런 상인들 따위 같아서 신뢰감이 사라지는 것이었다. 물론 아무리 대수롭지 않은 빈 병일지라도 그것은 전연 그 의사의 소유이며 처분의 자유는 그의 기본 권리에 속한다. 그래도 진영은 그의 기본적 권리보다 무수히, 마치 페스트처럼 눈에 보이지 않게 만연되어가는 가짜 주사약 생각만 하는 것이었다.

해바라기의 꽃이 씨앗을 안았다.

며칠 전에 아주머니가 원금만은 돌려주겠다던 약속대로 마지막 남은 만 환을 가지고 왔다. 이것으로 원금 10만 환은 다 받은 셈인데 조금씩 조금씩 보내준 돈은 지금 집에 한 푼도 남아 있지 않았다.

아주머니는 돈을 주고 난 다음 가려고 일어서면서 문수의 위패를 절에다 모신 데 대한 불만을 말했다. 그리고 왜 그런 우상을 숭배하느냐고 나무라는 것이었다. 진영은 어느 것이면 우상이 아니냐고 말하고 싶었으나, 곧 말하고 싶은 충동을 억눌러버리고 그저 멍멍히[4] 아주머니를 쳐다보았던 것이다. 자기 자신이 지닌 모순을 설명할 도리가 없어서 그랬던 것이다.

추석날이었다.

진영은 어머니가 절에 가는 것을 말리지 않았다. 도리어 정성 들여서 사다 놓은 실과를 바구니에 차곡차곡 넣어주었다. 배, 사과, 포도, 밤, 대추, 먹음직한 과자도 서너 가지 있었다.

어머니가 바구니를 들고 걸어가는 뒷모습을 문 앞에서 바라보고 섰던 진영은 "당신네 같으면 중이 먹고 살갔수" 하던 말이 문득 생각났다. 문수가 먹을 것을 중이 먹다니, 아깝다. 밉살스럽다. 그러나 진영은 다음 순간 부끄럼 때문에 얼굴이 붉어졌다. 이러한 파렴치한 생각을 내가 왜 했던고……

진영은 문을 걸고 뒷산으로 올라갔다. 울고 싶었고, 외치고 싶은 마음에서였다.

산에는 게딱지만 한 천막집이 군데군데 서 있었다. 들꽃 한 송이, 나무 한 뿌리 볼 수 없는 이곳에는 벌써 하나의 빈민굴이 형성되어 말이 산이지 이미 산은 아니었다.

짜짜하게 괴인 샘터에서 물을 긷는, 거미같이 가는 소녀의 팔, 천막집 속에서 내미는 누렇게 뜬 얼굴들—진영은 울고 싶고 외치고 싶은 마음에서 집을 나와 산으로 올라온 자기 자신이 여기서는 차라리 하나의 사치스러운 존재였다는 것을 깨달았다.

진영은 한참 올라와서 어느 커다란 바위에 가서 앉았다.

산등성이에서 바라다보이는 시가(市街)는 너절했다. 구릉을 이룬 곳마다 집들이 마치 진딧물 모양으로 다닥다닥 붙어 있었다. 그 속에는 절이 있고, 예배당이 있고 그리고 서양적인 것, 동양적인 것이 과도기처럼 있고, 조화를 깨뜨린 잡다한 생활이 그 속에 있었다.

이러한 도시 속에 꿈이 있다면 그것은 가로수라고나 할까? 보랏빛이 서린 먼 산을 스쳐가는 구름이라고나 할까.

진영은 얄팍한 턱을 괴인다.

꿀벌 떼처럼 도시의 소음이 귓가에 울려오는데 고급 승용차가 산장이 있는 고개로 미끄러져가고 있었다. 산등성이에서 그것을 보니 별것이 아닌 한 마리의 딱정벌레라는 생각이 든다. 꼬물꼬물 기어가는 딱정벌레라는……

진영은 새삼스레 사방을 두리번거렸다. 무의미하기 짝이 없는 충동들이다. 그래서 어쨌단 말인가, 진영은 이유 없이 자기를 다잡아보았다. 사실 그러했다. 그래서 어쨌단 말인가, 딱정벌레 같아서 어쨌단 말인가, 진딧물 같고, 가로수, 구름 그래서……

진영은 머리를 쓸어올린다.

모든 괴로움은 내 속에 있었다. 모든 모순도 내 속에 있었다. 신도, 문수도 손길도 내 속에 있었다.

그러나 그것은 아무 곳에도 실제 있지는 않았다. 나는 창녀처럼 절조 없이 두 신전에 참배했다. 그리고 제물과 돈을 바쳤다. 그러나 그것 역시 문수와 나의 중계를 부탁한 신에게 주는 수수료였는지도 모른다. 그 수수료는 실제에 있어서 중의 몇 끼의 끼니가 되었다. 결국 나는 나를 속이려고 했다. 문수는 아무 곳에도 있지 않았을 것이다.

진영은 이마 위에 흘러내리는 숱한 머리를 다시 쓸어올린다. 파르스름한 손이 투명할 지경이다.

신비라고, 예고라고, 꿈, 아니야 그것은 우연의 일치였지. 문수의 죽음, 그것은 두말할 것도 없이 인위적인 실수 아니었던가. 인간은 누구나 나이 들면 죽는다고? 물론 죽는 게지, 노쇠해서 죽는 거지…… 설령 아이가 그때 이미 죽을 목숨이었다고 치자, 그래도 그렇게 죽이고 싶지는 않았다. 도수장의 망아지처럼…… 사람을, 사람을 좀 미워해야겠다. 있는지도 없는지도 모르는 신을 왜 생각은 해. 아니 아까는 없다고 하고선…… 아니야 모르겠어. 사람을, 사람을 좀 미워해야겠다. 반항을 해야겠다. 모든 약탈적인 살인자를 저주해야겠다.

진영은 술이라도 마신 사나이처럼 두서도 없는 혼잣말을 언제까지나 중얼거리고 있었다.

진영의 해사한 얼굴에 그늘이 진다. 한없이 높은 가을 하늘에 구름이 지나가는 것이었다. 시가에는 마치 색종이〔色紙〕를 찢어 놓은 것같이 추석치레가 오가고 있었다.

진영의 열에 들뜬 눈이 그것을 쳐다보며 일어선다. 그에게는 반항 정신도 아무것도 없었다. 허황한 마음의 미로(迷路)가 끝없이 눈앞에 뻗어 있을 뿐이다.

진영은 버릇처럼 머리를 쓸어 올리며 산을 내려온다.

천막집에서 내미는 누렇게 뜬 얼굴들, 진영은 또다시 이곳에 있어서는 내 자신이 차라리 하나의 사치스러운 존재라는 아까의 뉘우침을 되풀이하는 것이었다.

음력 설이 임박해진 추운 날, 갈월동 아주머니가 목도리를 푹 뒤집어쓰고 찾아왔다. 웬일인지 몸가짐이 평소보다 좀 산란해 보였다.

"나 의논할 게 좀 있어서 왔는데…… 참 기가 막혀……"

"………?"

아주머니는 말을 꺼내기가 거북한 듯이 가만히 앉았다가,

"저, 저 말이야. 돈을 좀 빌려준 사람이 죽었구나 어떻게 하지?"

진영은 의심스럽게 아주머니를 쳐다본다.

"지난 오월에 가져간 돈을 이자 한 푼 못 받고 그만……"

진영의 변해가는 표정을 보고 아주머니는 입을 다물어버린다. 오월이면 진영이 곗돈을 찾을 달이다. 그리고 계가 끝나는 달이기도 했다. 그것뿐이 아니다. 벌써 몇 달 전부터 곗돈을 받으려고

몸이 달아서 다니던 사람이 몇 명 있었던 것이다.

"빌려준 돈이 얼마나 돼요."

진영은 처음으로 입을 열었다.

"50만 환이야."

진영은 속으로 놀랐다. 계를 해서 빚만 뒤집어쓴 줄 알았는데 그런 대금의 비밀 거래를 하고 있었다는 것은 무엇을 의미하는 것일까?

진영은 차갑게 아주머니를 쳐다본다.

아주머니는 눈물을 글썽거리며,

"자식도 남편도 없는 내겐 그것만이 남겨진 것이었어. 낸들 얼마나 돈을 떼였니. 설마 내가 잘되면 빚이야 갚고 살겠지만 그때 그 돈마저 내주게 되면 난 아주 영영 파멸이지."

진영은 어디 밑천 든 장사였더냐고 오금을 박아주고 싶었다.

아주머니는 한참 만에 눈물을 닦고 일의 경위를 설명하기 시작한다. 그 내용인즉 죽은 사람은 돈을 쓴 회사의 전무였으며 오월에 빌려간 50만 환의 이자라고는 한 푼도 받아본 일이 없었다는 것이다. 불안해진 아주머니는 전무에게 원금을 뽑아 달라고 졸랐으나 영 내놓지 않아서 생각다 못해 같은 신자에게 의논을 했더니 그의 남편인 김 씨가 일을 봐주겠노라 하기에 일을 맡겼다는 것이다. 그 김 씨란 사람이 수단이 비상하여 마침내 사장 명의로 된 약속어음을 받게 되고 그 며칠 후에 전무는 교통사고로 죽은 것이라 한다. 사장 명의로 된 약속어음을 받은 것은 무엇보다도 다행한 일이었으나 웬 까닭인지 김 씨란 사람이 약속어음을 도무지 주지 않고 무슨 협작을 하는지 알 수 없다는 것이다. 그렇다고 해서 그를 의심한다거나 비위를 거슬려놓는다면 돈 준 사람도 없는 지금, 여자인 내가 어떻게 사장이란 사람에게 받아낼 수도 없고, 이렇게 속이 탄다고 하면서 아주머니는 가슴을 치는 것이었다.

이야기를 다 들은 진영은,

"대관절 그 전무란 사람을 어떻게 알고서 그런 대금을 주었어요."

"저…… 저 애 그 상배 있잖아. 그 상배 아버지야."

"뭐예요? 영세받았다던 상배 학생 말이에요?"

아주머니는 얼굴이 빨개진다. 진영은 기가 딱 막혔다. 그러고 보니 사업 때문에 아버지가 서울로 오게 될 거라고 하던 말이 생각났다.

"감쪽같이 종교를 이용했군요."

아주머니는 진영의 눈길이 부신 듯이 눈을 내리깐다.

"글쎄 지금 생각하니 모두가 계획적이었어. 영세받은 것만 해도……"

"신용 보증으론 종교보다 더 실한 게 있어요?"

아주머니는 비꼬는 진영의 말에 풀이 죽는다. 진영은 풀이 죽는 아주머니로부터 눈을 돌렸다.

영세를 받았기 때문에 믿고 돈을 준 아주머니, 신자이기 때문에 믿고 일을 맡긴 아주머니, 단순했다고 할 수밖에 없다. 그런 생각을 하면서 진영은 다시 아주머니를 쳐다보았다. 그녀의 약점을 추궁할 마음은 이미 사라지고 없었다.

"그래서 어떡허실 작정이에요?"

"글쎄 말이다. 그래서 의논이지."

"제 생각 같아서는 김 씨가 일을 봐주되 어음은 아주머니가 가지시는 것이 좋을 것 같아요."

"그렇지만 어음을 찾아간다고 일을 안 봐주면?"

"그땐 벌써 그이에게 딴 야심이 있다고 봐야지요."

"그럼 김 씨가 안 봐줄 적에 네가 좀 협조해줄 수 없을까? 여자 혼자니 아무래도 호락호락해 보일 것 같아……"

아주머니의 말투는 애원이었다.

"글쎄……"

그런 일은 아주 딱 질색이었다. 그러나 진영은 약점을 안 뒤에 거절을 해버리는 것이 무슨 악마 취미 같아서 아무렇지도 않은 얼굴로,

"같이 저도 가지요."

그러자 아무것도 모르는 어머니가 점심을 차려 왔다. 점심을 먹으면서 아주머니는 한결 마음이 후련해졌는지 여러 가지 잡담을 꺼냈다.

"글쎄 돈이 있어도 문제야. 이젠 영 겁이 나서 남 줄 생각이 없어."

진영은 무표정하게 밥을 삼키고,

"아무 말씀 마시고 돈 찾거든 장사하세요. 체면이고 뭐고…… 저도 자본이나 장만해서 장사나 할래요."

"너야 뭐 취직하면 되지."

"취직이 뭐 그리 쉬운가요? 하다 안 되면 거리서 빵이라도 구워 팔아야지요."

"너야 공부 많이 했으니까 할려면 취직 못 할 것 없잖아. 난 정작 장사라도 해야겠어. 그러나 돈 벌기론 계가 제일이야. 힘 안 들고……"

아주머니는 숟갈을 놓고 성냥개비로 이빨을 쑤시면서 말하는 것이었다.

진영은 아무렴 그렇겠지 그런 배짱이면…… 하다 말고 아주머니의 눈을 들여다본다. 아무런 악(惡)의 그늘도 없는 맑은 눈이었다.

"아무튼 돈을 벌어야 해. 돈이 제일이야. 세상이 그런 걸……"

이번의 말투에는 어느 사인지 모르게 저지른 자신의 일에 대한 짜증과 반발 같은 것이 있었다.

"그럼. 옛날 속담 말마따나 자식을 앞세우고 가면 배가 고파도 돈을 지니고 가면 든든하다고 안 하던가!"

어머니의 맞장구다.

진영은 가벼운 현기증을 느낀다. 시야 속에서 그들의 얼굴을 지워버리듯이 얼른 고개를 돌린다.

"형님, 이래서 천당 가겠습니까? 돈, 돈 하다가 호호……"

아주머니는 까르르 웃으며 일어서서 장갑을 낀다.

진영은 그 웃음 속에서 또 불안과 그녀에 대한 반발을 느낀다. 진영은 고개를 들어 아주머니를 쳐다보았다. 역시 괴롭고 고독한 사람이고나……

아주머니가 가버린 뒤 진영은 자리에 쓰러졌다. 솜처럼 몸이 풀어진다.

진영은 방 속에 피운 구멍탄 스토브에서 가스가 분명히 지금 방에 새고 있는 것이라고 생각한다. 방 안에 가득히 가스가 차면 나는 죽어버리는 것이라고 생각한다.

어느새 진영은 괴로운 잠이 드는 것이었다.

내장이 터진 소년병이 꿈에 나타났다. 진영은 꿈을 깨려고 무척 애를 썼다.

"모레가 명절인데 절에도 돈 천 환이나 보내야겠는데……"

어렴풋이 들려오는 어머니의 말소리다. 진영은 몸을 들치며 눈을 떴다.

"귀신이나 사람이나 매한가진데…… 남들은 다 제 몫을 먹는데 우리 문수는 손가락을 물고 에미를 기다릴 거다."

잠이 완전히 깬 진영은 벌떡 자리에서 일어났다. 진영은 외투와 목도리를 안고 마루에 나와 그것을 몸에 감았다.

진영은 부엌에서 성냥 한 갑을 외투 주머니에 넣고 집을 나갔다.

오랫동안 마음속에서만 벼르던 일을 오늘이야말로 해치울 작정인 것이다.

진영은 눈이 사박사박 밟히면 비탈길을 걸어 올라간다. 진영은 고슴도치처럼 바싹 털이 솟은 자신을 느낀다.

목도리와 외투자락이 바람에 나부낀다. 그러면 잡나무 가지 위에 앉은 눈이 외투 깃에 날아내리는 것이었다.

진영은 절로 가는 것이다.

진영이 절 마당에 들어갔을 때 "당신네들 같으면 중이 먹구 살갔수" 하던 늙은 중이 막 승방에서 나오는 도중이었다. 절은 괴괴하니 다른 인기척은 없었다.

진영은 얼굴의 근육이 경련하는 것을 의식하며 중 옆으로 다가선다.

"저 말이지요 저희들이 이번에 시골로 가는데 아이 사진과 위패를 가지고 가고 싶어요."

고개를 푹 숙인 채 진영은 나지막하게 말한다. 허옇게 풀어진 눈으로 진영을 쳐다보던 중이 겨우 생각이 난 모양으로,

"이사를 하신다고요? 그럼 어떠우. 그냥 두구려, 명절에 우편으로라도 잊어버리지 않으면 되지."

진영은 숙인 고개를 발딱 세우더니 옆으로 홱 돌리며,

"참견할 것 없어요. 사진이나 빨리 주세요!"

쏘아붙인다. 중은 좀 어리둥절해하더니 무엇인지 모르게 중얼중얼 씨부렁거리며 법당으로 간다.

이윽고 중이 문수의 사진과 위패를 가지고 나오자 진영은 그것을 빼앗듯이 받아들고 인사말 한마디 없이 절 문밖으로 걸어 나간다.

화가 난 중은 진영의 뒷모습을 겨누어 보다가 중얼중얼 씨부렁거리며 뒷간으로 간다.

진영은 중에게 화를 낸 것이 아니었다. 다만 진영으로서는 빨리 사진을 받아 가지고 절 문밖으로 나가고 싶었던 것이다. 그래서

초조했던 것이다.

진영은 비탈길을 돌아 산으로 올라간다. 올라가면서 이리저리 기웃거린다. 어느 커다란 바위 뒤에 눈이 없는 마른 잔디 옆에 이르자 진영은 그 자리에 주저앉는다. 그리하여 문수의 사진과 위패를 놓고 물끄러미 한동안 내려다본다.

한참 만에 그는 호주머니 속에서 성냥을 꺼내어 사진에다 불을 그어댄다. 위패는 이내 살라졌다. 그러나 사진은 타다 말고 불꽃이 잦아진다. 진영은 호주머니 속에서 휴지를 꺼내어 타다 마는 사진 위에 찢어서 놓는다. 다시 불이 붙기 시작한다.

사진이 말끔히 타버렸다. 노르스름한 연기가 차차 가늘어진다.

진영은 연기가 바람에 날려 없어지는 것을 언제까지나 쳐다보고 있었다.

"내게는 다만 쓰라린 추억이 남아 있을 뿐이다. 무참히 죽어버린 추억이 남아 있을 뿐이다."

진영의 깎은 듯 고요한 얼굴 위에 두 줄기 눈물이 흘러내리고 있었다.

겨울 하늘은 매몰스럽게도 맑다. 잡목 가지에 얹힌 눈이 바람을 타고 진영의 외투 깃에 날아내리고 있었다.

"그렇지, 내게는 아직 생명이 남아 있었다. 항거할 수 있는 생명이."

진영은 중얼거리며 잡나무를 휘어잡고 눈 쌓인 언덕을 내려오는 것이다.

벽지

밤거리에 눈이 내린다.

명동(明洞) 어구에 있는 미모사 양장점의 여주인 혜인(惠仁)은 일을 하고 있었다. 푸른빛 울을 펴놓고 재단을 하고 있는 옆모습이 쓸쓸해 보인다.

여전히 거리에 눈이 내린다.

양장점 안에는 약간 앞으로 꾸부린 혜인의 둥그스름한 어깨 그림자가 맞은편 벽에 비쳐 있을 뿐, 아무도 없었다. 다만 구석진 곳에 마네킹 하나가 혜인의 등을 바라보고 서 있었다. 내일 저녁까지 꼭 해달라는 손님의 주문 때문에 혜인은 밤늦도록 일을 하는 것이다. 그러나 구태여 혜인 자신이 하지 않아도 다른 양재사가 할 수 있는 일이지만 혜인으로서는 일찍이 집에 들어갈 필요가 없었다. 한동안 열심히 가위질을 하고 있던 혜인은 일손을 멈추고 밖을 바라본다.

야위고 쓸쓸해 뵈는 얼굴에 막연한 빛이 지나간다.

창유리 밖을 바라보고 있던 혜인은 하품을 깨물며 천천히 팔을 들어 시계를 들여다본다. 10시 5분 전이다. 시계에다 손을 얹고 잠깐 생각하는 것 같더니 재단대(裁斷臺) 위에 늘어놓은 일감을 주섬주섬 개켜서 금고 속에다 집어넣는다. 그러고 외투를 입으며 집으로 돌아갈 채비를 차리는 것이었다. 바로 이 순간이었다. 날카로운 소리가 혜인의 심장을 꿰뚫을 듯이 울렸다. 혜인은 외투 깃을 세우려던 손을 그대로 번쩍 쳐들어 머리통을 누른다. 찬바람이 쌩! 하고 혜인의 뺨을 쳤다. 별안간 일어난 날카로운 소리는 양장점 출입문의 창유리가 깨어지는 소리였던 것이다. 혜인의 눈이 깨어진 창유리 쪽으로 쏠렸을 때 불빛에 반사된 유리 조각들은 콘크리트 바닥 위에 흐트러져 있었고 깨어진 창유리 밖에 무엇인지 어렴풋이 꿈틀거리고 있는 것을 볼 수가 있었다. 꿈틀거리고 있던 것이 꾸물꾸물 일어나기 시작한다.

혜인은 양미간을 잔뜩 찌푸리며 재봉사가 거처하고 있는 2층에 연결된 벨을 누른다.

유리창 밖에 쓰러진 것은 명동 거리에 흔히 있는 주정꾼이었다. 그러나 2층에서 재봉사가 미처 내려오기도 전에 넘어졌던 주정꾼이 깨어진 출입문을 밀고 양장점 안으로 성큼성큼 걸어 들어오는 것이었다. 키가 훌쩍 큰 사나이였다. 눈가루가 사나이의 외투자락에서 연방 콘크리트 바닥으로 떨어지면서 녹아버린다.

사나이는 모자를 벗어들고 약간 허리를 꾸부리며,

"대단히 죄송하게 되었습니다. 유리값을 변상해 드려야겠는데……"

가만히 쳐다보고 선 혜인의 얼굴에 술냄새가 풍겨오는 것이었으나 말씨는 어디까지 주정꾼답지 않게 정중했다. 사나이는 대답이 없는 혜인으로부터 시선을 돌리며 입맛을 다신다.

"거, 술을 좀 마시기는 했습니다만, 길이 어째 이상하게 됐드군요."

사나이는 양장점 앞의 길을 가리키기 위하여 몸을 빙글 돌리면서 얼굴에 불빛을 받는다. 안경이 눈부시게 번득인다. 혜인은 며칠 전에 한 하수도 공사 때문인지 뭔지는 모르지만 아무튼 양장점 앞의 길을 파헤쳤다가 도로 메우는 바람에 약간 지대가 높아진 것을 깨달았다. 그러나 그러한 깨달음보다 더 놀라운 발견에 혜인의 얼굴은 빳빳하게 굳어졌다. 불빛을 받고 선 사나이의 얼굴을 뚫어지게 바라보던 혜인은 겨우 마른 입술을 축이면서,

"김병구 선생 아니세요?"

가라앉은 목소리. 혜인은 가만히 주먹을 쥐어본다.

"누구시죠? 나 김병구입니다."

의아스럽게 반문하는 병구(秉玖) 입에서 또 술냄새가 풍겨온다. 혜인은 자근자근 씹어버리는 듯한 묘한 미소를 지으며,

"저, 강혜인이에요. 강숙인의 동생 혜인을 모르시겠어요?"

"강숙인!"

술기가 가신 듯 병구는 외쳤다.

혜인은 놀라움에 일그러지는 병구의 얼굴을 피하여 쥐었던 주먹을 펴고 재단대 위에 놓인 금고 열쇠를 아무 의미 없이 집어 들

었다.

그러자 2층에서 20세가량 되어 보이는 청년 한 사람이 내려오는 것이었다. 혜인은 금고 열쇠를 손가락 끝으로 돌리면서 청년을 향하여 상반신을 돌린다. 다리에 힘을 주었다.

"창유리가 깨어졌어. 오늘 밤은 덧문을 닫고 그냥 자도록 하고, 내일 아침에 갈아 끼워요."

자다가 일어났는지 청년은 깨어진 창유리와 우두커니 서 있는 병구를 어리둥절하게 번갈아보면서 엉거주춤 서버린다.

"그럼 나 갈 테니까 문을 닫고 저 유리 조각일랑 치워두어요."

혜인은 열쇠를 핸드백 속에다 집어넣고 병구를 건너다보았다.

"나가실까요?"

숄로 머리를 싸면서 나가는 혜인의 뒤를 병구는 말없이 따라 나간다. 청년은 이상하다는 뜻으로 고개를 갸웃거리더니 주저앉아서 유리 조각을 줍기 시작한다.

"차나 같이 했으면 좋겠는데 시간이 늦어서……"

혜인은 흘러내리는 숄을 고쳐 쓰며 말하는 것이었다.

밋밋한 가로수 옆에까지 온 병구는 지나가는 택시를 세우고 아무 말 없이 혜인을 쳐다본다. 외투깃을 세운 병구의 안경 속 눈이 혜인에게는 몹시 긴장한 것 같이 느껴졌다. 혜인은 눈을 털고 자동차에 올랐다. 병구도 같이 자동차를 탔다. 자동차를 탄 병구는 담배를 꺼내 물고 라이터를 찾으면서 처음으로,

"모셔다드리지요. 지금도 혜화동에 계십니까?"

혜인은 묻는 병구에게 대답을 주지 않고,

"팔판동으로 가세요."

운전사에게 명령했다.

침묵이 흐른다. 서로가 할 말이 없는 처지다.

혜인이 종로의 종각을 지났다고 생각했을 때 벌써 광화문의 가로등과 가로수가 자동차의 창유리 밖에서 연방 달아나고 있었다.

희미한 라이트 밑에 혜인의 얼굴이 잘게 흔들린다. 병구는 담배만 피우고 있었다.

중앙청의 건물을 지나 집으로 들어가는 골목 앞에서 혜인은 자동차에서 내렸다. 그동안에 눈은 멎어버렸고 높은 버드나무가 중앙청 뒷담을 따라 즐비하게 어둠 속에 솟아 있다.

"아버님께 안부 전해주십시오."

병구의 목소리는 여전히 낮았다.

"아버지도…… 가족도, 아무도 없습니다."

혜인은 핸드백을 비스듬히 안으며 남의 이야기처럼 무심한 표정을 짓고 있었다. 병구는 담배를 창밖에 던지고 혜인을 외면하며,

"아 그러세요."

이유를 굳이 알 필요가 없다는 듯 병구의 목소리는 평정했다.

"청파동으로 갑시다."

병구는 운전사에게 말했다. 차가 움직이기 시작하자 병구는 외면을 한 채 고개를 한 번 숙이는 것이었다. 자동차는 되돌아서 눈이 환한 길 저편으로 사라져버린다. 혜인은 핸드백을 안은 채 눈길 위에 눈사람처럼 언제까지나 서 있었다.

혜인이 병구를 처음 만난 것은 사변이 일어나기 1년 전의 일이었다. 병구는 혜인의 언니인 숙인(淑仁)의 애인이었다. 혜인과 숙인은 이복자매였다. 더 정확하게 말해서 혜인은 서출[1](庶出)이었던 것이다. 숙인의 아버지인 강상호(姜相浩) 씨가 일본에 유학하고 있었을 때, 역시 한국인 학생으로 전문학교에 다니고 있었던 영숙(英淑)이라는 여자를 알게 되어 연애 상태에 빠졌던 것이다. 그때 이미 처자가 있었던 강상호 씨는 불장난처럼 모든 것을 저지르고 말았다. 그리하여 혜인이 세상에 나오게 되었고 뒷감당에 당황한 남자의 부실(不實) 앞에 여자는 스스로 생명을 끊고 말았다. 숙인의 어머니인 윤(尹) 씨는 현철한 여자였다. 그러나 남편이 자라는 혜인의 눈동자 속에서 죽어버린 여자의 그림자를 찾으려고 하는 그러한 기색을 느낄 적마다 윤씨 부인은 혜인을 가로막아 서며 울었다. 윤씨 부인은 혜인으로 하여 이미 죽어버리고만 여자가 남편의 마음속에 언제까지나 살아 있는 것을 느꼈던 것이다. 이러한 부자연스러운 환경 속에서 혜인은 자랐다. 두 살 위인 숙인은 의과대학으로 갔고 혜인은 문학 서적을 탐독하는 소녀였지만 윤씨 부인이 선택해주는 대로 S대학의 가사과로 갔던 것이다. 혜인이 문학적 요소가 다분히 있는 성격인 데 비하여 숙인은 투철하게 논리적인 기질을 타고난 여자였다.

병구를 처음 만난 것은 혜인이 4학년이 된 봄이었다. 그리고 예과 2년을 거쳐 숙인도 본과 4학년으로서 역시 혜인과 같이 졸업반이었다. 정치과의 젊은 부교수로 있는 김병구를 언니로부터 소개를 받았을 때 그 지성적인 얼굴에서 혜인은 숙인과 통하는 뭔지 모르게 거칠은 것을 보았다. 그러나 무엇 때문이었던가, 그것은 잊어버렸지만 병구가 웃었을 때 혜인은 갑자기 가슴이 뭉클해지는 것을 느꼈다. 선량하고 차라리 소년같이 천진스러운 그러한 웃음이었다. 그 웃음이 얼굴 가득히 고일 적마다 혜인은 인간에 대한 사무치도록 슬픈 향수를 느꼈다. 그것은 혜인의 병구에 대한 사랑이었던 것이다. 혜인은 창가에 서서 한 남자를 두고 서로가 불행했던 부모들의 운명을 그대로 물려받은 것을 생각하고 떨었다. 혜인의 감정을 아는 사람은 아무도 없었다. 감정의 억제는 혜인의 숙명이었다.

1년이 지났다. 혜인은 학교를 나와 여학교에서 교편을 잡게 되었다. 숙인도 역시 졸업했고 인턴으로 대학병원에 남았다.

그러던 차에 사변이 일어났던 것이다. 사변이 나면서부터 숙인은 아주 철저한 코뮤니스트였다는 것이 드러나게 되었다. 그것은 놀라운 사실이었지만 혜인은 숙인의 성격으로는 그럴 수도 있는 일이라 생각했던 것이다. 철저한 코뮤니스트인 것을 나타내는 사건 중에서도 혜인은 영화(英華)의 일을 잊을 수 없다. 영화는 혜인하고 동갑인 고모의 딸이었다. 바로 이웃에 살았다. 그는 서양화를 전공했으며 사변이 나기 얼마 전에 서로 애정을 느끼던 사람과 결혼했다. 군무(軍務)에 종사하고 있었던 그의 남편은 사변이 일어나자 영화를 두고 못 떠난 채 낙오자가 되어 결국 공산군에 의하여 처형되고 만 것이다. 그때 혜인의 집에 와서 쓰러져 우는 영화를 숙인은 차갑게 내려다보았다.

"그것은 너무나 당연한 일이야."

사촌 동생에게 던진 말이었다. 혜인은 영화를 안아 일으키며 숙인을 노려보았던 것이다.

숙인의 맹활동이 시작되면서부터 이북에서 왔다는 박(朴)이라는 사나이가 그림자처럼 숙인을 따라다녔다. 이때 마침 병구는 사변에 앞서 사용(私用)으로 대구(大邱) 지방에 내려간 채 소식이 끊어져버렸다.

그리하여 9·28 수복 때 숙인은 이북으로 가고 말았다. 떠나기 직전이었다. 포 소리를 들으며 마루 끝에 걸터앉아 있는 혜인 옆에서 숙인은 구름을 바라보고 있었다. 그러다가 혜인의 어깨에 손을 얹고 혼잣말처럼,

"감상이었다고 그래, 하지만 진실이 아니었다고는 절대로 말 못해."

누구에게 그렇단 말인지 혜인은 너무 잘 알고 있었다.

"강숙인 동무, 빨리 나오시오."

박이란 사나이가 권총을 차고 초조하게 들어왔다. 눈에 핏발이 서 있었다. 숙인은 말없이 일어섰다.

"언니! 어딜 가요."

혜인은 자신도 모르게 앉았던 자리에서 발딱 일어서며 소리쳤다. 무엇인지 절박한 것이 가슴에 왔던 것이다.

"왜 그래, 나 지금 바빠."

몇 발 걸어 나가던 숙인이 도로 돌아섰다. 혜인을 바라본다. 혜인에게로 다가오는 것이었다.

"감상이었다고…… 그렇게 말하란 말이야."

혜인을 쳐다보고 움직이지 않던 눈동자가 파도처럼 흔들렸다. 다음 순간 숙인은 돌아서서 박이란 사나이의 팔을 잡았다. 해가 벌겋게 기우는 거리에는 살벌하고 삼엄한 발소리만 들려왔다.

혜인은 병구를 사랑하면서 박이라는 사나이와 맺어져 가버린 숙인을 생각할 때마다 소련의 붉은 여성 작가인 콜론타이의 소설 『삼대의 사랑』에 나오는 주인공들을 생각한다. 그 소설은 어머니와 딸, 그리고 손녀, 이렇게 세 여인이 러시아혁명의 과정을 배경으로 삼고 체험하는 사랑의 형태를 그린 것으로서 변모되어가는 사회 형태에 의한 각기의 연애관을 보여주는 작품이다.

혜인은 그 작품 속에 나오는 딸의 경우가 숙인의 경우와 비슷한 것이라 생각했다. 딸은 순수 상태의 사랑과 공동의 이념을 위한 동지적인 사랑을 동시에 두 남성에게 느낀다. 그 사랑의 양(量)이 전연 같은 곳에서 딸은 고민하는 것이다.

혜인은 6·25를 통하여 숙인이 얼마나 철저한 코뮤니스트인가를 보아왔다. 그러한 숙인이 자기와 배치되는 자유주의자인 병구를 사랑한 것과 박이라는 사나이하고 사실상 동지적인 한계를 스스로 넘어버린, 이러한 두 애정의 형태 그것이 『삼대의 사랑』 속 딸의 경우를 방불케 한 것이다. 혜인은 숙인이나 딸에게 낭만이 있었다고 생각한다. 그러나 『삼대의 사랑』에 나오는 손녀에 이르러서는 이미 낭만은 상실되고 생리적 행태로서 연애가 해석되며, 감정은 기계화(機械化)되어가는 것이다. 혜인은 숙인이 기계화되는 감정 세계로 가느냐 인간에 대한 향수가 깃든 세계로 오느냐를 생각해보는 것이었다. 왜 그런지 숙인은 인간에 대한 향수를 버리지 못하는 여자라고 혜인은 생각하고 싶었다.

공산군이 밀려가고 아득한 곳에서 포 소리가 들려오는데 폐허가 된 서울에 돌라온 병구는 코트 주머니에 양손을 찌르고 우두커니 뜰 아래 서 있었다. 병구 이마 위에는 머리카락이 어수선하게 바람에 흩어지고 있었다.

그날부터 병구는 혜인의 집에 다시 나타나지 않았다.

혜인의 집에서는 숙인을 잃었을 뿐만 아니라 항상 혜인에게 관대해지려고 괴로워하던 윤씨 부인과 역시 이복동생인 영인(英仁)은 국군이 입성하는 전야 포탄에 죽어버렸고, 그후 피난 간 부산에서 아버지인 강상호 씨는 뇌일혈로 세상을 떠났다. 혜인은 이러한 상실의 연속 속에서 생모의 자살로부터 이미 자기의 운명 속에 인내와 고독이 있는 것을 느꼈다. 혜인은 피난 간 부산에서 병구가 아주 술에 날이 샌다는 소문을 바람결에 들었다. 그러나 혜인은 눈이 빛났을 뿐 그를 찾지 아니했다.

사랑을 위한 어떠한 작은 능동적인 행위도 혜인은 자신의 의지로써 굳이 제지하고 세월을 살았다.

겨울이 지나고 봄이 왔다.

그동안 혜인은 병구의 소식을 모르고 지냈다. 한번은 찾아와주리라고 믿었던 혜인의 실망은 큰 것이었지만 그보다 찾아오지 못하는 병구의 마음이 그만치 숙인을 아직 잊지 않고 있는 것을 혜인은 느꼈다. 그것은 이중의 괴로움이었다. 그러던 것이 어느 날 뜻밖에 거리 위에서 병구를 보았다. 퇴근 시간의 혼잡을 이루고 있는 명동 한 모퉁이의 꺾어진 길 위였다. 몰려가는 사람들을 헤쳐가며 걸어오는 병구의 얼굴은 가면을 연상하리만치 무표정했다. 혜인은 그 순간 발길을 돌려 바로 옆에 있는 식료품 가게로 급히 들어가버렸다. 병구와 마주치기를 피한 고의적인 행동이었던 것이다.

혜인이 티를 한 통 사 가지고 밖에 나왔을 때 병구는 아무 곳에도 있지 않았다. 혜인은 간절하게 바라던 기회를 자기 스스로 포기하고 만 것이 슬펐다. 그러나 혜인은 앞으로도 그와 같이 마음과 상반된 행동을 하고 말 자기 자신을 알고 있었다.

화창한 날이었다. 끝없이 푸른 하늘에 떠 있는 애드벌룬을 혜인은 무심하게 바라보고 있었다. 옆에서는 양재사인 명자가 손님을 상대로 부지런히 지껄이고 있었다. 명자는 말이 없는 혜인에게 알맞는 조수다.

"봄에는요, 암만해도 빛깔이 산뜻해야 해요. 보세요. 얼마나 어울리는데……"

명자의 밝은 목소리를 귓전에 흘려버리며 혜인은 핸드백 속에서 봉투를 하나 꺼내어 뜯는다. 파리에 그림 공부를 하러 간 영화로부터 온 편지였다.

혜인이 읽어가는 편지에는 다음과 같은 구절이 있었다.

파리에서 얼마간 떨어진 곳에 부르고뉴 숲이 있어. 일요일이 되면 파리의 수백·수천 쌍의 남녀가 그 숲으로 놀러 온다고 해. 나도 저번에 한번 갔었지만 혼자가 돼서 좀 싱겁더군. 그래 자연히

네 생각을 했지. 그때 나는 우리처럼 사랑을 위한 인생의 낙오자에게는 다만 일을 위한 인생이 남아 있을 뿐이라고 생각했어. 너도 답답하게 그러구 있지 말고 파리에 오려무나. 너의 그 감각만 믿고 디자이너로서 족하다고 생각하지 말라는 이야기다.

편지에는 마지막으로 어머니 생각만 하면 가슴이 멘다는 말이 적혀져 있었다. 혜인은 우울하게 편지를 접는다. 얼굴빛이 투명하리만치 희고 맑다. 연보라에 흰 줄무늬가 진 드레스를 입은 모습은 청초했다.

혜인은 영화가 자신을 가리켜 사랑을 위한 인생의 낙오자란 말을 한 이유를 알 수 있었다. 그러나 '우리'라고 한 영화의 의도는 짐작하기 어려웠다. 혜인은 벌써 그러한 언질을 영화로부터 여러 번 받았다. 혜인으로서는 영화에게 병구에 대한 자기의 마음을 얘기한 적이 없었고, 또한 그것은 말하여질 일이 아니었다. 그러나 혜인은 그 언질에 대하여 해명을 구하거나 부정을 해본 일은 없었다. 어쩌면 영화만은 자기의 마음을 아는지도 모르겠다는 생각이 들었기 때문이다. 언제인가 영화는 혜인에게 말하는 것이었다.

"혜인은 그 자존심 때문에 연애 사업에 열중 못 할 거야."

말투는 농이였지만 눈은 심각했다.

"천만에 열등의식 때문에 연애를 못 하지."

혜인은 가볍게 받아넘겼다.

"혜인이. 너 연적(戀敵)이 밉지 않니? 그러나 미워한다는 것은 패배지, 그렇지?"

혜인은 가슴이 철렁했다. 연적이라 함은 분명히 숙인을 가리키는 말이었기 때문이다.

창유리에 비치는 하늘은 여전히 푸르다. 풍향(風向)을 따라갔는지 창유리에는 애드벌룬이 없었다. 명자는 손님을 상대로 여전히 지껄이고 있었다.

혜인은 핸드백을 들고 일어선다. 자기에게 고모뻘 되는 영화의 어머니를 찾아가기 위하여, 혜화동에 있는 고모를 만나보고 거리에 나왔을 때 사방은 어둑어둑했다.

어느 골목 모퉁이를 막 돌아나오자 희미한 불빛 속에 고깃간이 혜인의 시야 속에 들어왔다. 벌건 고기와 죽은 돼지가 걸려 있었다. 혜인에게 갑자기 형용할 수 없는 무서움이 등골에 쭉 끼친다. 분명히 그곳은 시체실이었다.

혜인은 혜화동 로터리까지 걸어 나왔다. 가로수 밑에 와서 그 나무에 몸을 기댄다.

죽어버린 사람들이 차례차례 눈앞을 지나갔다. 자동차, 버스도 무수히 지나갔다.

'저러한 끔찍한…… 생각해보면 끔찍한 일이 아닌가, 그 끔찍한 살육이 인간의 생리적 욕구를 합리화시킨 사회 풍습에 의하여 행하여지고 있다. 식인종이 식인하는 것과 뭐가 다르단 말인가. 풍습이 한 짓이지, 그래 풍습이면 연애 감정도 기계화되는 거야.'

혜인은 자기에 대한 심한 반역을 느꼈다. 느끼면서 병구와 숙인 그리고 자신을 생각한다. 문제는 무한대였다.

언제 어떻게 해서 차를 타고 왔는지 혜인은 그토록 무엇인지 알 수 없는 깊은 생각에 몰두하고 있었다.

혜인이 막 집으로 들어가는 골목에 발을 디밀었을 때였다. 뒤에서,

"강 선생."

나직이 부른다. 혜인은 머릿속이 아득해옴을 느꼈다. 병구의 목소리였다.

"실례가 되겠습니까?"

혜인은 겨우 돌아섰다.

"아니요."

"여기까지 온 김에 한번 들르고 싶어서."

병구의 목소리에는 술기가 풍겨 있었다.

"그래요? 그럼 가세요."

자그마한 양옥집에는 오래전부터 있던 할멈과 할멈의 딸이 혜인을 기다리고 있었다. 할멈은 병구를 보고 알은체를 하며 언짢아하는 표정을 지었다. 방으로 들어온 병구는 담배를 피워 물고,

"수녀원처럼 조용합니다."

재떨이 대신 접시를 하나 병구 앞에 밀어놓는 혜인의 눈에 모욕감 같은 것이 잠시 지나간다.

"혜화동의 집은 없어졌습니까?"

이야기의 실마리를 잡은 듯 묻는다.

"아니, 있습니다. 세를 주었지요. 집이 크고 또 그 집에서 여러 사람을 잃었기 때문에 싫어졌어요."

병구는 다른 이야기의 실마리를 또 찾아야 했다. 그 집에서 그도 숙인을 잃었다.

"이렇게 찾아왔지만 아무 할 얘기가 없어요. 있을 까닭이 있습니까? 하하핫……"

전연 엉뚱스러운 말이었다. 이야기의 실마리가 될 수는 없다.

혜인은 아무 놓인 것이 없는 방의 흰 벽이 사방에서 자기 쪽을 향하여 일시에 압도되어오는 것 같은 느낌이 들었다.

얼굴이 화끈 달아올랐다.

그만치 병구의 웃음소리는 허공에 뜬 이상한 음향이었던 것이다.

"운명이지요."

목에 걸린 목소리를 겨우 뽑은 혜인은 그 말이 아주 통속적인 신파조였다는 자각에서 두번째로 얼굴이 화끈 달았다.

"처가 있지요. 나도 결혼을 했답니다. 아이도 하나 있고, 불쌍한 여자지요. 처 말입니다."

"술 취한 말씀이군요."

혜인은 그런 말이 듣기가 싫었다.

병구는 접시에 담배를 떨면서,

"방이 살풍경합니다."

병구의 목소리는 여전히 허공에서 들려왔다. 하는 말마다 마음의 초점을 잃어버린 무의미한 것이다.

"사람이 살풍경하니까 아마 그런가 보지요. 차나 드세요."

할멈이 날라다 준 차를 권하면서 혜인은 그 자근자근 뭣을 씹어버리는 듯한 미소를 짓는다.

병구는 차를 마시면서도 담배를 놓지 않았다.

조용함이 아무 거리낌 없이 두 사람 사이를 흐른다.

병구는 담배를 비벼 끄면서 일어선다.

"이제 가봐야겠습니다."

따라 일어선 혜인과 병구의 눈이 부딪친다.

혜인은 순간 두려움이 자기 눈동자 속에 확 깔려지는 것을 느낀다. 모든 감정이 눈동자에 모여서 격렬하게 전율한다.

병구는 돌아서서 방문을 여는 것이었다.

혜인은 피로했다. 치열하게 타버린 후의 피로 같은 것을 느꼈다. 혜인은 순수한 자신 속에 멍청히 서 있는 것이었다.

병구가 현관문을 밀고 나갈 때 혜인은 두 번 다시 그를 쳐다보지 않았다. 잠자코 고개만 숙이는 것이었다.

개 짖는 소리가 멀리서 들려온다.

혜인은 목덜미에다 양손을 깍지 끼고 고개를 뒤로 젖히며 눈을 감는다.

병구가 집에 왔다 간 뒤 2주일이 지났다.

혜인은 저물기까지 양장점에서 일을 하고 있었다. 혜인은 일감에다 가위를 넣으려고 하는 순간 병구가 온다는 이상한 직감에서 고개를 쳐들었다. 혜인의 얼굴은 눈에 띄게 흥분되어 있었다. 과연 병구가 양장점에 막 들어서는 순간이었다. 혜인은 자신의 직감을 이상스럽게 생각했다. 그 후에도 병구는 저녁 늦게 손님이 뜸해질 무렵이면 양장점에 혜인을 찾아오곤 했는데 그럴 적마다 혜인의 직감은 번번이 들어맞곤 했었다. 병구가 오면 혜인은 하던 일을 두고 병구가 가자는 대로 다방으로 가서 차를 같이 마시는 것이었다. 다만 그것뿐이었다. 별다른 이야기가 있었던 것도 아니며 간혹 한다는 말은 으레 초점을 잃은 말들이었다.

초여름으로 접어들었다.

어느 토요일의 오후였다. 태양의 광선을 대하듯 어지러워지는 새빨간 천을 다루고 있던 혜인은 잠시 밖을 쳐다보았다. 양복 주머니에다 한 손을 찔러 담배를 꺼내면서 병구가 문을 미는 것이었다. 병구는 고개를 들고 일어서는 혜인을 향하여 소년과도 같은 그 웃음을 보낸다. 혜인은 병구가 지닌 분위기가 흐느껴질 정도로 자신에게 전하여 오는 것을 느낀다. 그러나 혜인의 눈에는 여전히 두려움이 있었다.

"오늘은 저녁이나 같이 하실까?"

혜인은 대답 대신 자리에 주저앉는다. 소년과 같은 웃음을 생각하는 것이다. 전에 병구는 숙인이에게 그렇게 웃었다. 눈앞이 캄캄해지고 현기증을 느끼는 것은 무슨 까닭일까.

혜인은 2층 공장에다 일감을 올려 보내고 병구를 따라 밖으로 나왔다.

식당에서 간단한 저녁을 마친 혜인은 병구가 가는 대로 거리로 나왔다. 자동차 사태가 난 길을 횡단할 때 병구는 혜인의 팔을 잡았다. 팔을 잡힌 채 가로수 옆에까지 온 혜인은 병구의 손에서 팔을 뽑았다. 귀밑 뒤가 소금을 뿌린 듯이 따끔따끔했다. Y백화점

앞에 온 병구는 혜인을 돌아다보며,

"좀 쉬었다 가십시다."

혜인은 가만히 있는 것으로 동의를 표시한다.

백화점의 지하실로 내려간 병구는 거기서부터 층계를 밟아 올라가기 시작한다. 다른 생각을 하고 있던 혜인은 무의식적으로 병구를 따라 층계를 밟았다. 그러나 혜인은 도중에서 걸음을 멈추었다. 다방에 가는 줄 알았던 혜인은 사정이 좀 달라진 것을 깨달았다. 엷은 불안이 인다. 도대체 어디를 가는 것일까? 옥상으로 가는 것일까? 밤인데…… 혜인은 불안을 느끼는 자신이 불순한 것 같아서 다시 병구 뒤를 따랐다. 시끄러운 소리가 들려왔다. 혜인은 처음으로 댄스홀에 병구가 자기를 데리고 가는 것을 알았다. 전혀 경험이 없는 장소다. 혜인은 당황했다. 그러나 이미 웨이터가 정중히 고개를 숙이며 핸드백을 받으려고 한다. 혜인은 자기도 모르게,

"나 싫어요!"

병구에게 춤을 못 춘다고 하려던 말이 그렇게 나오고 말았다. 병구는 당황해하는 혜인을 아무렇지도 않게 돌아다보며,

"괜찮아요. 구경이나 하시지."

어두컴컴한 홀 안에는 쌍쌍의 남녀가 음악을 따라 미끄러지고 있었다.

혜인은 처음 보는 그 광경에 눈앞이 아찔했다. 불쾌하기 짝이 없었다. 구석진 곳에 가서 병구는 혜인에게 앉기를 권하고 웨이터를 불러 마실 것을 청한다.

혜인은 흥분하고 어색해서,

“저리 춤을 추는 것이 뭐가 즐겁겠어요. 오히려 보기가 딱하군요. 고운 옷들이 마치 누더기 같군요.”

악의적으로 말하며 화를 낸다.

“즐겁지 않은 것은 강 선생 자신의 문제이지 남의 즐거움을 막을 도리야 없지 않아요.”

혜인은 머리통을 얻어맞은 것 같았다. 그것이 과연 옳은 말이었기 때문이다. 혜인은 왜 자신이 흥분했는가를 생각한다. 아무 말없이 이런 곳에 데리고 온 병구에 대한 노여움에서인가. 그 점도 있었을 것이다. 그러나 자신 속에 향락의 피를 느꼈기 때문인지도 모른다. 가만히 앉아 있는 혜인에게 병구는 아까의 어조가 강했던 것을 뉘우친 듯이 부드럽게 농조로 말을 한다.

“유행을 창조하는 화려한 직업을 갖고 계시면서 춤을 모르시다니……”

혜인은 언젠가 병구가 수녀원처럼 조용하다는 말을 했을 적에 느낀 모욕감이 가슴에 왔다.

“직업이 화려하다고 해서 감정까지 화려할 수가 있습니까?”

“강 선생은 왜 즐겁지 않소.”

병구는 안경 속에서 혜인의 눈을 뚫어지게 바라본다.

“김 선생님은 그럼 왜 즐겁지 않으세요.”

병구는 슬그머니 고개를 돌려 춤추는 광경을 바라본다. 바라보면서,

“옛날에 나는 춤을 더러 췄습니다. 그러나 요즘은 주로 이런 곳

에 와서 구경을 하지요. 그러고 있노라면 어지러운 일들을 잊어버리기도 하고……"

말을 끊은 병구는 혜인에게 코카콜라를 권하고 자신은 스카치를 마신다. 그리고 가만가만히 이야기를 시작한다.

초점을 잃었던 여태까지의 대화들의 실마리가 차츰 풀리는 듯했다.

혜인은 찬란한 조명 밑에 서로 안고 돌아가는 인간들의 모습과 그 요란스럽기 짝이 없는 지루박의 음악이 먼— 아주 먼 곳에서 일어나고 있는 일처럼 아득했다. 조용한 병구의 목소리만 폭풍처럼 마음을 흔들었다. 병구는 숙인의 얘기를 하고 있었다. 병구의 주량은 자꾸 늘어간다.

얼마나 지났는지 모른다. 장내가 갑자기 어수선해졌다고 느꼈을 때 향락에 취하였던 사람들은 돌아갈 채비를 차리고 있었다. 그리고 보니 어느새 음악 소리도 멎어 있었다.

"쓸데없는 옛이야기였습니다."

혜인은 미소를 지을 뿐이었다.

층계를 내려오는 혜인의 머릿속에는, 그때 나는 만나기로 하면 그 두 사람을 죽였을 것이요 하던 병구의 말이 가득 차 있었다. 혜인은 눈앞에 불빛들이 산산이 부서지는 바람에 층계를 헛디뎌 몸이 왼쪽으로 휘청거렸다. 병구는 재빨리 혜인의 팔을 잡았다. 혜인은 감사를 표하기 위하여 병구를 쳐다보았다. 그러나 혜인의 눈에는 병구의 얼굴이 보이지 않고 아까 양장점에서 매만지던 빨간 옷감이 펄럭거리고 있었다. 시원한 바람이 뺨에 느껴진다. 거리에 나온 모양이었다. 차를 탔을 때 혜인의 머리는 맑아왔다.

집으로 들어가는 골목 앞에서 먼저 자동차로부터 내린 병구는 혜인이 내리는 것을 보자 운전수에게 좀 기다리라는 말을 남겨두고 혜인을 집에까지 바래다주기 위하여 골목으로 걸어간다. 잠자코 혜인 옆에서 걷고 있던 병구는,

"나를 모른다는 고민을 아시겠소?"

불쑥 그런 말을 했다. 아무 연관도 없는 말이었다. 혜인은 그런 말을 헤아릴 겨를이 없었다. 서로의 말문은 닫혔다. 집 앞에까지 왔을 때, 사방은 어두웠다. 인사를 하려고 막 돌아서는 혜인을 병구는 별안간 안아버린다. 혜인 얼굴 위에 술냄새가 풍겨왔다. 입술이 입술을 누른다. 혜인은 아무 저항도 없이 팔을 늘이고 말았다. 병구가 혜인의 몸을 놓았을 때 머리를 쓸어 넘기는 혜인의 흰 이빨이 어둠 속에서 빛났다.

웃고 있는 것이다.

그러나 눈물이 그의 코허리를 적시고 있는 것은 보이지 않았다.

"강숙인의 대용품이군요."

가라앉은 목소리였다. 혜인은 아무렇지도 않게 돌아서서 현관의 벨을 누른다. 할멈이 문을 열었을 때 혜인은 정중하게 병구를 향하여 고개를 숙이고 문턱을 넘어 매몰차게 문을 닫아버리는 것이었다. 혜인은 따라오는 할멈을 손을 저어서 보내고 방문을 열었다. 사방의 흰 벽이 혜인에게 바싹 다가서는 것같이 느껴진다. 그대로 방바닥 위에 꼬꾸라졌다. 통곡에 가까운 울음이 그의 몸을 뒤흔드는 것이었다. 어떻게 해볼 수 없는 고독과 절망.

"아무래도 견딜 수 없다. 여기에서 살 수가 없다."

혜인은 중얼거리며 또다시 머리를 부여안고 격렬하게 우는 것이었다.

여기서 살 수 없다는 혜인의 생각은 어디로 떠나야겠다는 생각으로 변하여지는 것이었다. 혜인의 그러한 막연한 생각은 차츰 구체성을 띠기 시작했다. 여러 번 날아온 영화의 편지가 그러한 혜인의 심정에다 불을 지른 것도 사실이다. 다행히 아버지가 남겨두고 간 집이 있고, 양장점이 있으니 그러한 것들을 정리하고 보면 파리 같은 곳에 가서 자리가 잡히는 동안 돈 때문에 고생할 염려는 없는 것이다. 하여간 혜인은 병구가 없는 곳에 가고 싶었다.

병구는 그날 밤의 사건이 있은 후 오지 않았다. 혜인은 병구가 없는 곳으로 가리라 생각하면서도 밤마다 병구가 기다려졌다. 그러한 기다림 속에 있는 자기를 잊기 위하여 혜인은 밤늦도록 일을 했다. 일을 하면서 병구로 향하는 마음을 물리치면서, 떠나야 할 일에 대한 계획을 세워보는 것이었다. 혜인에게 병구로부터 편지가 온 것은 한 달이 거진 지난 후였다.

내가 취한 행동을 사과합니다. 나는 한 달 동안 내 정신 주변을 정리해보았습니다. 그러나 정직하게 말해서 나는 나를 모르겠다고 할 수밖에 없습니다. 나는 당신을 사랑한다고 말하고 싶습니다. 그러나 이미 바로 서지 못하고 있는 자신을 방황과 불신에서 거의 모든 것을 포기하다시피 한 현재 속에서 당신을 사랑한다는 신념을 얻는다는 것은 어려운 일이었습니다. 전쟁으로 하여 내가 몸을 담았던 세계는 허물어졌습니다. 나에게는 그것에 대체된 세계가 아직 없습니다. 숙인의 월북은 그 커다란 상실 속의 일부이었습니다. 나는 당신을 사랑한다고 말하고 싶습니다. 그러나 여전히 내 발밑에는 디뎌볼 발판이 없습니다. 이 불안한 현실 속에서 나는 사랑을 생각해야 한다는 것이 얼마나 피곤한 일인가를 생각합니다. 이 불안에 얽힌 당신에의 애정을 이야기하고 싶고 또한 용서를 빌고 싶습니다. 다방에서 6시까지 기다리겠습니다.

편지의 내용이었다.

혜인이 D다방에 나타났을 때 병구는 복잡한 표정으로 혜인을 바라보았다. 혜인은 자리에 앉으면서 병구를 쳐다보는 것이었다.

혜인은 테이블 위에 손을 깍지 끼고,

"불안한 애정의 이야기를 제가 들으러 온 것은 아니에요. 선생님을 용서해드리기 위하여 왔어요."

병구는 잠깐 동안 숨을 마시는 듯 혜인을 쳐다보다가,

"그렇습니까. 고맙다고 할까요?"

쓰게 웃는다. 그리고 거듭,

"내 불안한 애정의 이야기는 해서 안 됩니까?"

병구는 역시 쓰게 웃는다.

"선생님은 자기 자신을 모르겠다고 하셨는데 전 너무 자신을 잘 알고 있어요."

"그것은 부정을 의미하는 것입니까?"

혜인은 그 말에는 대답하지 않고,

"선생님은 현재의 이 상태 이외 무슨 방법이 있겠느냐고 생각하지는 않지요. 그렇다면 불안한 얘기는 하지 않는 것이 좋겠어요."

"방법이라니요?"

병구는 반문하며 신경질적으로 담배를 떨었다.

"이 상태로부터 조금이라도 전진할 수 있는 방법 말입니다. 서로의 애정을 부인하고 시인하는 것은 실제적인 문제보다는 어렵지 않겠지요."

병구는 그 이상 말할 수 없었던지 차를 마신다. 한참 후에 여담처럼,

"실제적인 문제 속에는 숙인의 존재도 포함된 것입니다. 저번날 밤에도 나는 숙인의 얘기를 혜인 씨에게 했습니다. 그것은 혜인 씨에게 향하는 내 마음을 확대해본 것입니다. 지금 나는 숙인이란 여자가 다른 남자를 따라간 것을 이해해요. 인간이 인간에게 가는 애정의 에고이즘을 나는 요즘 생각해봅니다."

혜인은 속으로 강하게 부정한다.

'천만의 말씀 숙인 언니가 박을 따라간 것은 인간에게 가는 애정의 에고이즘은 아니었습니다.'

"마찬가지예요."

혜인은 깍지 낀 손을 내려다보며 전혀 무의미한 말을 하고 있는 자신을 의식한다. 혜인은 병구가 숙인에 대한 애정을 부정하는 것이 조금도 즐겁지가 않았다. 숙인은 애정을 부정하거나 말거나 또는 경쟁의식을 갖거나 말거나 이미 그러한 영역 밖으로 가버린

사람이다. 혜인은 이 승리가 조금도 화려하지 못함을 느꼈다. 아니 도리어 비겁함을 느끼는 것이었다.

다음 날부터 혜인은 도불(渡佛) 준비에 착수했다. 혜화동에 있는 집이 세든 사람에게 팔리고 이럭저럭 경제적인 정리를 끝내면서 도불에 필요한 수속이 진행되었다. 거진 일이 끝났을 때는 이미 가을이었다.

비자가 나온 날 밤이었다. 혜인은 영화에게 보내는 편지 속에 다음과 같은 말을 적어 넣는 것이었다.

나를 둘러싸고 있는 모든 것으로부터 나는 놓이는 것이다.

이곳의 하늘과 햇빛까지도 나는 버리고 간다. 그리고 내 몸에 밴 체취, 그것도 여기에 버리고 갈 것을 원한다. 나에게 있어서 파리는 새로운 벽지(僻地)일 것이다. 그러나 그 새로움에서 나는 내 마음의 벽지를 개간할는지도 모르겠다.

다음 날 아침. 혜인은 은행나무 잎이 굴러가는 중앙청 앞의 조용한 거리에서 자동차를 기다리고 서 있었다. 가을 하늘은 차갑게 맑았다. 인도(人道) 위에 반듯반듯 깔린 돌 위에 화사한 햇빛이 비치고 있었다.

지나는 자동차마다 손을 들었다. 사람이 실려간다. 혜인은 속으로 만일 이번에 오는 자동차에 사람이 실렸으면 나는 영영 그이를 잃게 될 것이고 그렇지 않고 빈 자동차가 와서 나를 실어준다면 나는 그를 잃지 않는다. 혜인은 그러한 점(占)을 치고 있다가 갑자기 소스라치게 놀란다.

"취소야. 그런 점은 왜 쳐."

소리를 내며 친 점을 부정해버린다. 혜인은 두려웠다. 사람이 실려서 오는 자동차를 보는 것이. 혜인 앞에 자동차가 미끄러졌다. 빈 자동차였다. 혜인은 얼굴이 타는 것을 느꼈다. 자동차에 몸을 던진 혜인은 눈을 감았다. 조금 전의 어리석은 흥분이 기가 막히도록 우스웠다. 그러면서도 눈에는 눈물이 고였다. 이미 떠나기로 결정한 비자가 지금 핸드백 속에 있다. 마지막으로 병구를 만나러 가는 길이 아닌가. 그를 피하기 위하여 수만 리 밖의 이역으로 간다. 생각하면 마음과 상반된 끊임없는 행동의 연속이었다. 두 줄기 레일처럼 병구에 대하여는 영원히 행동과 마음이 합쳐지는 일은 없을 것이다.

노란 낙엽이 차창 밖에 날아내린다.

병구는 복잡한 표정으로 혜인을 맞이한다.

레지가 차를 날라오기 전에 혜인은 극히 사무적이므로,

"비자가 나왔어요."

병구의 눈에 표정이 일었다. 그러나 이내 잠잠하게 사그라지는 것을 혜인은 보았다.

"얼마 동안 가 있겠습니까?"

영원히 가 있겠노라고 혜인은 속으로 대답하면서,

"글쎄 어떻게 될는지……"

병구는 한동안 말이 없다가,

"묘한 위치 때문에 나를 모르게 하고 혜인 씨를 너무 잘 알게 하고……”

병구는 감정을 죽이는 목소리로 커다란 불안 속에서 조그마한 자기를 내세워보는 것이다.

“운명이겠지요.”

통속적인 표현을 혜인은 의식적으로 한다.

‘운명은 해후(解逅)만이었어요. 그 밖에는 나의 의지입니다.’

마음속으로 하는 말이었다.

레지가 차를 날라왔다.

“역시 디자인 공붑니까?”

병구는 동그라미를 만들고 올라가는 담배 연기를 바라보며 물었다.

“아니 학교에 가고 싶습니다.”

병구는 의아스럽게 혜인을 내려다본다. 혜인은 그 눈을 가만히 쳐다보았다. 인간에 대한 향수를 전신으로 누른다.

“공부를 하겠어요. 내 속에 있었던 무엇에 설명을 주기 위하여…… 공부 말입니다.”

비자는 이미 새로운 ‘벽지’를 설정해두고 있었다.

다방 안에 고요한 음악이 흐르고 있었다.

환상의 시기

제1장 편지

끔찍스럽고, 이제는 마지막이 왔으니 죽을 수밖에 없구나 하며 절망과 두려움에 떨었던 일들, 미칠 듯 기쁘고 뼈가 으스러지게 슬프고, 핏줄이 터질 것만 같이 노여웠던 지난날의 기억들은 이상하게도 오늘에 있어서 마음속에 그 감정을 재현(再現)할 수가 없다. 그만한 일에 어째서 그리 좋고 슬프고 무섭고 노여웠는지 이해할 수 없을 뿐만 아니라, 그때의 감정 자체가 안개처럼 흐려져 잡히지 않는 것은 얼마나 서글픈 노릇인가. 그렇게 민이(民怡)는 아주 조그마한 일들을 뚜렷하게 기억해내곤 했다. 뚜렷할 뿐만 아니라 조그마한 일들은 많은 이야기와 장면을 끝없이 물고 나와 민이를 혼미(昏迷) 속에 빠뜨리곤 했다.

어떤 분위기에서, 혹은 빛깔이나 소리, 그 밖의 그럴 실마리도 아무것도 없는 곳에서, 또는 감당하기 어려운 일이 눈앞에 닿았을 때 꿈속에서처럼 희미해진 세월을 넘어 뜻밖의 곳으로 민이는 가는 것이었다. 그곳은 지금보다 명확하지만 그러나 황당하기도 했다. 그곳에서 민이는 옛날로 옛날로 밟아 올라가기도 하고 뒷날로 되돌아오기도 했다. 그러나 앞뒤를 마구 뛰어 아득한 미래의 찬란한 자기 모습을 만나러 가는 일도 드물지 않았다.

그런 공상과 추억 때문에 안경에 김이 서릴 만큼 손짓 발짓 해가며 열심히 떠들어대던 수학 선생으로부터 백묵의 세례를 받기 한두 번이 아니었고, 어이없이 지나쳐온 길을 되돌아서는 일도 여러 번이었다.

지금은 선생님의 목소리가 아득한 곳에서 울리는 교실 창가에 있는 것도 아니다. 휑하게 넓게만 보이던 거리를 거닐고 있는 것도 아니다. 장지문 밖의 달빛이 스며들어 아슴푸레한 공간을 만들어주고 있는 방 안인데 민이는 눈을 부릅뜨고 분명치 않은 꽃무늬의 천장을 올려다보고 있었다. 그의 모든 지각(知覺)은 낡고 허물어지려는 창문, 그 창문 유리창에 비치는 것만 같은 그리고 그림만 같은, 세계를 향해 쏠리고 움직이고 있는 것이다.

삶아놓은 문어같이 얼굴은 빨갰지만 머리 한가운데가 삐죽하여 내 머리는 다이아몬드라고 자랑하던 수학 선생이 안경을 희번덕거리며 떠들어대던 그 목소리와 마찬가지로 지금 제1료(第一寮) 구호실 방 안에는 코 고는 소리, 잠꼬대, 이빨을 갈고 몸부림을 치고…… 이 소리들이 아주, 아주 멀리서, 마치 어두운 방 안에 스며든 한 줄기 광선 속에 미친 듯이 먼지가 날고 있을 때의 들리지 않는 시각(視覺)만의 소음과도 같이. 그러나 시시로 장지문의 문풍지가 바람을 타고 파르르 떨리는 소리와 바람이 몰고 가다가 나무숲에 부딪치는 소리만은 똑똑히 들을 수 있었다.

늦봄인데 아니 이른 여름인데 바깥바람은 몹시 거친가 보다.

들물 때는 바다가 막 달려오는 것을 볼 수 있었다. 금세 발목이 물에 잠기고, 하마하마 하는 동안 종아리까지 물은 밀려온다. 잔잔했던 바다는 방천에 물거품을 일으키며 한 번 칠 때마다 만조(滿潮) 때 그어놓은 방천의 꺼무끄름한 선으로 물은 부풀어 올라가는 것이다. 그 물거품이 이는 방천길을 바닷빛과 같은 치마를 입은 여자가 하얀 파라솔을 쓰고 걸어갔다. 이쪽 방천에서 바라보고 있는 민이 눈에 파라솔은 나비 같기도 하고 물새 같기도 했다.

동백기름을 바른 어머니의 머리는 반들반들 윤이 났다. 금비녀에 말뚝잠을 꽂은 어머니의 쪽머리도 반들반들 윤이 났다. 어머니 말대로 밀꽃같이 윤이 났다.

"우리 민이를 네가 그리 좋아한다며?"

술 달린 주머니에서 장도(粧刀)를 끌러 사과 껍질을 벗기며 어머니는 말했다.

"고맙다. 우리 민이는 형제도 없고 외로운 아이니 동생처럼 생각하고 앞으로도 친하게 지내라."

옥순자(玉順子)는 얄팍한 입술을 오므리며 웃지 않고 가만히 있었다.

코는 칼날같이 날카로웠다. 눈은 가늘게 찢어져서 사나웠고, 긴 얼굴은 광대뼈 부분만이 불거졌을 뿐 턱은 삐죽하고 이마는 좁았다. 손가락은 길고 가늘었으며 몸도 가늘었다. 게다가 성글게 난 노랑머리. 순자는 얌전을 빼느라고 턱을 위로 쳐들고 눈은 내리깔며 상 위의 비스킷 하나를 집었다.

옥순자는 민이가 다니는 소학교 교감의 딸이다. 학교래야 모두 여섯 학급, 교장을 합해서 선생님은 여섯 명, 반마다 여자아이들이 조금씩 끼어 있는 촌학교였다. 옥순자는 5학년이었고 민이는 4학년이었다.

가난뱅이 이 촌학교에는 어울리지 않게 호사스러운 두 물건이 있었는데 교무실 바로 앞에 약식이긴 해도 조그마한 신사(神社)가 그 하나였다. 일본인 교장은 옛날에 신관(神官)을 지냈는지 어쩐지 알 수 없는 일이지만, 신사 앞에서 두 팔을 쫙 벌리고 독특한 소리를 내며 손뼉을 칠 때 그 모습은 엄숙했고, 비록 신관복을 입고 있지는 않았지만 읍내 신사에서 의례를 관장하는 진짜 신관보다 몸에 밴 훌륭함을 느낄 수 있었다.

다른 하나는 교문 앞의 나뭇짐 지고 책을 읽는 소년의 동상인데 전교생 앞에서 특별한 훈시가 있을 때마다 교장이 끄집어내는 독농자(篤農者)이자 학자인 니노미야긴지로(二宮金次郎), 바로 그 양반의 어릴 때 모습인 것이다. 빈농들의 자식들이 많이 다니는 곳인 만큼 교장은 가난 속에서 그만한 위인이 된 역사적인 인물을 생도들 머릿속에 새겨 넣는 것을 교육의 목표로 삼았던 모양이다. 생도들도 아침저녁, 교문을 드나들 때마다 모자를 벗고 인사를 했다.

교장은 잘 다듬어진 향나무 울타리 속에 있는 기와집에 살고 있었다. 그의 두 아들은 읍내 일본인 학교에 다녔으며 숙직실에 자취를 하고 있는 일본인 총각 선생—민이의 담임—에게 아름다운 교장 부인이 반찬을 들고 가는 것을 아이들은 간혹 볼 수 있었다. 교장 사택과 반대 방향의 조금 벼랑진 곳, 실개천에 걸려 있는 징검다리 너머 울타리도 없이 뽕나무 몇 그루가 듬성듬성 서 있고 닭 두 마리가 왔다 갔다 하는 흙벽의 초가가 교감 옥 선생의 집이었다. 학교 주변에는 이 두 집 말고는 인가라곤 단 한 집도 없었다. 양편에서 무성하게 가지를 뻗어 벚나무의 터널을 이룬 것 같은 내리막길을 한참 내려가야만 등잔 기름과 사탕과 그리고 빈약한 학용품을 파는 마을의 가게가 한 채 있었고 여물을 씹는 소리가 서걱서걱 들려오는 외양간 붙은 농가 몇 채가 있었다.

교감 옥 선생은 순자와 비슷한 약질의 남자였다. 가는 은테 안경을 쓴 그의 얼굴은 한여름에도 창백하였고 여윈 두 어깨를 꾸부정하게 꾸부리고, 순자 역시 그런 걸음걸이였는데 옥 선생도 게다를 신은 일본 여자처럼 발끝을 안으로 한 반대 팔자 걸음으로 불안스레 교정을 왔다 갔다 했다. 그가 입은 양복에는 언제나 군때가 묻어 있었는데 그것은 그의 아내가 항상 병상의 사람인 탓이다. 얄팍하고 날카로운 외모와 달리 옥 선생은 말이 없고 순한 사람이었다. 집안의 주부가 병상에 있으니 이제 겨우 5학년이었지만 맏딸인 순자는 가사를 돌보고 동생을 거두지 않으면 안 되었다. 민이는 부엌 바닥에 쭈그리고 앉아서 부지깽이로 갈빗불[1]을 헤치며 저녁을 짓던 순자의 옆모습을 여러 번 구경했다. 부엌 문턱에 걸터앉아서. 그리고 끓어오른 밥이 뜸 들 동안 순자는 하얀 조랑바가지를 들고 나가서 민이를 위해 까맣게 익은 오디를 따오곤 했다. 민이는 그 오디가 얼마나 좋았는지 모른다. 어떤 때는 아이들의 머리다발 만큼이나 굵게 엮어놓은 불란서 수실에서 예쁜 빛깔만 골라내어 풀각시(草人形)의 머리다발만큼 곱게 땋아 민이에게 주기도 했다. 순자는 민이를 좋아했지만 착한 아이는 아니었다. 병이 든 어머니를 군말 없이 돌보고 어린 동생들을 거두어주는 집 안에서의 그의 행동이 이해되지 않을 만큼 학교에서는 망나니였다. 어느 날치고 싸움 안 하는 날이 없었고 가늘고 긴 손가락을 까딱거리며 실컷 상대방의 약을 올려주다가 드디어는 팔을 휘두르게 되고 얇은 입술이 정말 비행기 프로펠러보다 더 빠르게 회전하면은 갖은 욕설이 쏟아져 나오는데 상대방은 말 한마디 응수할 겨를도 없거니와, 얼굴에 침이 마구 튀는 바람에 그만 울음보를 터뜨리고 마는 것이었다. 기껏 울면서 한다는 소리가,

"음, 니 아버지 서, 선생이라고 세도 부리나? 울 아버지도 면서기다! 선생이면 제일이야?"

"뭐! 뭐! 뭐! 면서기라구! 면서기라구! 면서기라구! 그까짓 면서기 울 아버지 발도 못 씻는다! 못 씻는다! 못 씻는다! 못 씻어!"

"발도 못 씻는다고? 음, 아무리 까, 까불어도 너이네 집은 초가 거렁뱅이다! 우린 기, 기와집이야! 내가 다 안다! 알어!"

"뭘 알어! 뭘 알어! 달밤에 도깨비 봤나!"

"어디서 돈이 나서 수실을 샀지? 너 엄마 돈 훔쳐서 샀지 뭐야!"

"뭐? 뭐? 뭐? 언제 봤니! 내 돈 훔치는 것 언제 봤니? 캐라! 캐내라!"

순자는 거품을 물고 달려들어 상대를 쥐어뜯는 것이었다. 이렇게 순자는 어느 모로 보나 싸움대장에 틀림이 없다. 그러나 순자는 돌림뱅이[2]였고, 언제나 싸움에 있어 역성꾼이 없는 고군분투였다. 진짜 보스는 6학년에 있는 원이, 그는 나이도 많았고 담임인 남자 선생한테 영향을 줄 만큼 정치 역량이 있어 결코 옥순자와 맞붙어 싸우는 일은 없었다. 6학년에는 원이 말고 여생도가 한 명 있었지만, 그의 집은 너무 가난하여 나오는 날보다 결석하는 날이 더 많았다. 민이 반의 여자애들은 모두 여섯 명이었다. 이들 중에서 제일 언니 격인 남수는 읍내 시장에서 과실 도매상을 펴고 있는 키다리 영감의 막내딸이었다. 아버지를 닮아서인지 나란히 서면 민이는 그의 겨드랑쯤 머리가 닿았다. 키만이 아니라 남수는 나이도 민이보다 세 살 위였으며 아주머니와 같은 목소리로 말을 했다. 순자와의 입씨름에서 어슷비슷한 실력을 가지고 있는 것은 여자애들 중에 그 혼자뿐이었는데 파르르 떨면서 신경질적인 쇳소리를 지르는 순자에 비해 뚝배기 깨지는 듯 투박한 목청으로 생글생글 웃으며 응수하는 그 싸움이야말로 일대 합창곡이 아닐 수 없었다. 공부 못하기로는 민이보다 더했지만 그 밖의 일이라면 남수는 무엇이든지 다 잘했다. 특히 방석처럼 너부죽하게 생긴 손이 오자미놀이[3]를 할 적에 그를 따를 사람은 아무도 없었다.

"오히도쯔, 오히도쯔, 오잇샤라! 오후다쯔, 오후다쯔, 오잇샤라!"

하고 시작하여,

"지이사나 하시 와다래! 오오기나 하시 와다래!"

사방에 흩어진 오자미를 너부죽한 손이 아쉬움도 없이 쓸어 모으는, 여유 만만한 재주였었다.

자줏빛 목메린스 치마에 검정과 오렌지빛 저고리를 번갈아 입고 다니는 과실가게 딸 남수, 이 밖에 높이 쌓아올린 돌담 안에 고래 등 같은 기와집이 몇 채나 들앉은 그 집의 딸 상희, 그리고 민이, 이 세 아이는 읍내에 사는 식구였으므로 늘 함께, 서로 기다려주며 촌학교에 가는 것이었다. 민이는 그 고래 등같이 큰 기와집에 사는 상희를 한 번도 부잣집 딸이라 생각해본 적이 없었다. 민이는 곧잘 마루 끝에 걸터앉아 그를 기다리며 식사하는 광경을 바라보는데 여남은 명이나 되는 그의 조카 동생들이 모여앉아 먹는 조반이란 냉수에 만 보리밥과 양념도 없이 소금에 절인 무김치 두 쪽이었다. 그리고 상희는 오래 묵은 그의 집 기왓골처럼 자봉침[4]에 누빈 검정 무명 저고리 하나로 겨울을 나는데 머리가 닿는 쪽의 동정[5]은 까막 바탕의 저고리 빛깔하고 구별이 되지 않을 만큼 머릿기름에 찌들어 있었다. 검은 얼굴빛과 긴 눈시울, 그는 항상 졸고 있는 것 같기도 했고 굴뚝에서 빠져나온 아이 같기도 했다.

남수와 상희, 민이는 읍내의 넓은 신작로를 타박타박 걸어서, 발소리가 윙윙 메아리치는 바다 밑의 터널을 지나 일요일 말고는 매일 그 촌학교에 다녔다. 읍내의 넓은 신작로는 아침이면 읍내 학교에 가는 생도들로 가득 차 있었다. 읍내의 훌륭한 두 소학교에 가는 아이들, 변두리 일인촌(日人村)에서 그네들 소학교로 가는 일본 아이들, 수산학교(水産學校)로 가는 아버지 같은 남자 학생들, 아침 거리는 이들로 하여 붐비는데 모두 자랑스러운 그들 학교의 상징인 교복들을 입고 있었다. 특히 그들 중에는 붉은 리본을 나풀거리는 제일소학교 여학생도들의 깃발이 세었고, 마주치게 되는 초라한 세 아이들이 가슴에 안은 책보를 볼 때 그들은 우월의 기쁨과 멸시의 통쾌함을 나타내는 것이었다.

민이는 아침의 그 신작로가 싫었다.

얼마 전까지만 해도 민이는 이곳 제일소학교보다 더 훌륭한 큰 도회학교에 다녔던 것이다. 운동장도 넓고 학교도 크고 피아노도 있었고 무엇보다 아름다운 여선생님이 많은 학교였었다. 쇼윈도를 꾸민 초콜릿의 양옥집 같은 예쁜 집에 사는 고수머리의 아름다운 여선생님이 그의 담임이었었다. 그리고 그는 음악으로는 으뜸가는 선생님이었었다. 민이는 그 여자 선생님을 얼마나 좋아했는지 모른다. 언젠가 한번은 무슨 식이 있었는데 여선생님은 단위에 올라가서 지휘를 했다. 살짝 붉어진 그 얼굴은 이 세상에 없는 선녀만 같아서 자랑스러움에 민이 마음은 부풀어 가슴이 아플 지경이었다. 그런데 지금은 어떠한가. 선생님이라곤 남자 선생이 여섯 명, 일주일에 한 번 나오는 여자 선생은 4학년 이상의 여생도들에게 재봉을 가르쳐주었지만 기미 슨 얼굴에 수박처럼 부른 배를 안고 어깨로 숨을 쉬는 모양은 딱하기만 했다. 민이의 담임은 까만 쓰메에리[6] 학생복을 입은 일본인 노총각이었다. 너무 살이 쪄서 팽팽해진 그 옷은 찢어질 것만 같았고, 그러지 않아도 굵은 목이 잘 돌아가지 않는데 공교롭게 목덜미에 부스럼이 나서 고개를 돌려야 할 경우에도 그는 몸 전체를 돌려야만 했다. 그는 숙직실에서 자취를 했으며 아랫마을 술집의 딸인 연옥이 공부 시간 중에 곧잘 선생에게 눈을 흘기곤 했는데 이 외로운 총각 선생은 밤이면 그 집의 색시를 찾아온다는 것이다. 소문이야 어쨌든 선생님은 홀어머니 바느질 솜씨 탓인지 언제나 깔끔하고 단정한 옷차림인 정애를 좋아하는 것 같았다. 눈매가 고운 정애에게 어쩌다가 책을 읽히거나 눈이라도 마주치면 선생님의 굵은 목덜미는 붉다 못해 푸르렀고 아래로 처진 눈썹은 더욱 아래로, 가는 눈은 더욱 가늘게 돼지처럼 나온 입술에 덧니를 내놓으며 웃었다. 그러나 그는 열심히 아이들을 가르쳤고 나무라거나 때리는 일은 거의 없었다. 반의 여자아이들은 모두 민이보다 두세 살 위였으며 대개 조숙하였다. 그중에서 민이보다 한 살 위인 서두리만은 키가 작고 어리광스러웠으나 얼굴은 못생긴 편이며, 좁은 이마 위에 솔처럼 거센 머리가 다붙어 있었다. 그는 이빨을 잘 닦지 않았는데 항상 껌을 짹짹 씹었다. 몇 번인가 교장선생님한테 들켜 목덜미와 머리카락 사이에 껌을 붙여놓고 벌을 세웠지만 그러나 껌을 씹는 버릇은 결코 잡히지 않았다. 그는 바다 건너편, 방천 위 마을에 사는 부농의 딸이었다.

신작로를 지나오는 고통 말고도 민이에게 괴로움이 있었다. 전학한 처음부터 그는 남자애들의 놀림감이었다. 양복을 입고 구두를 신고 갔기 때문이다. 할 수 없이 구두를 벗고, 하얀 운동화를 신고 갔으나 마찬가지였다. 단순한 놀림에서 나중에는 직접 피해가 왔다. 집으로 돌아가려 했을 때 신발장에는 민이의 신발이 없었다. 어두어둑해지는 복도에서 그는 울었다. 순자가 열심히 싸돌아다니다가 겨우 꽃밭 속에 진흙을 담아 숨겨놓은 운동화를 찾아서 씻어주었다. 화장실에 민이의 이름과 절에서 다니는 상좌[7] 아이의 이름이 나란히 씌어진 일도 한두 번이 아니었다. 사내아이들은, 학생복을 단정히 입은 그리고 얼굴이 여자같이 예쁜 절의 상좌 아이를 빼놓으면, 거의가 전부 한복 바짓말을 추켜올리며, 이미 코가 묻은 소매로 슬쩍슬쩍 코를 닦는 개구쟁이들이며, 낡은 고무신에 더러는 짚신을 신은 산골 아이도 있었다. 민이의 꼴도 운동화에서 고무신으로, 양복에서 한복으로 아주 시골 아이가 되어갔지만,

"애애애 모양쟁이! 애애애 모양쟁이!"

하며 빙 둘러싸고 함성을 지르며 놀려대는 그 짓을 머슴애들은 그만두지 않았다. 이럴 때마다 민이를 감싸고 사내애들에게 대항해서 싸우는 것은 옥순자였었다.

민이가 이 촌학교에 전학하게 된 것은 깊이 생각지 못한 어머니의 잘못 탓이었다. 처음 어머니는 그의 동생네 집이 있는 시골에 이삿짐을 풀었던 것이다. 어머니로서는 동생네 근처에서 외롭지 않게 살아볼 심산이었던 모양으로, 민이를 촌학교에 전학을 시켰고 살 집을 물색했었는데 결국 아버지와 할머니의 권고로 다시 읍내에 자리를 옮겼던 것이다.

"순자라 했지?"

어머니는 사과를 다 깎아놓고 물었다.

"예에."

순자는 말꼬리를 길게 늘어뜨렸다.

"많이 먹고 놀다 가거라."

"예에."

순자는 좁은 콧잔등에 주름을 모으며 가는 손가락으로 사과 쪽을 집었다.

엄마는 밖으로 나갔다. 순간 민이는 왜 그리 순자가 미워졌는지 알 수 없었다. 날카로운 콧날은 갑자기 비틀어진 것 같았고, 해가 지고 있는 서쪽 창문에서 비쳐 들어오는 밝음 속에 그 성글고 노란 머리칼은 옥수수털 같기도 했고 마귀할멈의 흐트러진 머리칼 같기도 했다. 그리고 목덜미 쪽의 머리가 너무 위로 치붙어서 가늘고 밋밋한 목은 언젠가 먹고 배탈이 나서 몹시 괴로워한 그 가래떡같이 생각되어 민이의 기분은 아주 상하고 말았다. 어머니가 나간 뒤 순자는 나불나불 이야기를 시작했다.

"원이 그 계집애, 선생님하고 그렇고 그렇다 하더라. 그저께 저녁에도 내가 봤지. 쌀을 팔아 오는데 선생님하고 원이가 오지 않아? 나란히 바닷가를 걸어오더란 말이야."

민이가 아무 말 없이 가만히 있자 순자는 이것저것 상 위의 음식을 집어 먹으면서,

"지가 뭐 얌전하게 뽐내고 다닌다고 별수 있는 줄 알아? 원이 아버진 장터의 생선장수야, 생선장수. 그래 생선 바지게를 짊어

지고 가는 아버질 길에서 만나면 고 계집애 어쩌는 줄 알어? 원이야, 원이야 하고 부르는데 얼굴이 빨개가지고 달아나면서 일가친척도 아니라 한단 말이야."

민이는 순자의 코가 비뚤어졌다고만 생각한다. 먹고 배탈이 났던 가래떡 같은 목덜미라고만 생각한다. 그리고 가슴이 우리우리 아프고, 그때 배탈이 났을 때처럼 메스꺼움이 치밀었다. 찡그려진 민이의 얼굴을 본 순자는,

"내일 너 학교 오면 예쁜 조랑박 하나 줄게."

그래도 아무 대꾸가 없자,

"나한테 구슬 가락지가 있어. 그거 너 줄게."

여전히 달가워하지 않는 민이 태도에 초조해진 순자는 다시 외삼촌이 사다 준 빨간 지갑을 주겠다 했다.

이튿날 학교 운동장에서 순자가 자기를 향해 뛰어오는 것을 본 민이는 그만 달아나버렸다. 달아나면서 어디에 숨을까 망설이다가 그는 빈 교실로 들어갔다. 운동장 쪽에서 와! 하고 아이들이 떠들어대는 소리가 들려왔다. 아무도 없는 교실 자기 좌석에 웅크리고 앉았을 때 민이는 가슴이 두근두근 뛰고 있는 소리를 들을 수 있었다. 창밖의 버드나무도 너울너울 춤을 추고 있었다.

수업이 끝난 뒤 민이는 언덕 너머 바닷가에 있는 분교를 향해 서두리하고 함께 갔다. 고구마 순이 싱싱하게 자란 실습지 밭을 지나가며 서두리는,

"너 오늘은 왜 날 따라오지?"

하고 물었다.

"뭐를……"

민이는 우물쩍거리며 신통한 대답을 하지 않았다.

"옥순자네 집에 안 가니?"

"몰라!"

민이는 까닭 없이 도리질을 했다.

"쌈했니?"

"아냐."

그들은 우묵한 숲으로 싸여 햇빛 한 줄기 찾아볼 수 없는 면소(面所) 빈터를 지나 소나무숲 언덕으로 기어 올라간다. 기어 올라가면서 민이와 두리는 소나무 밑동, 땅바닥을 살살 살펴본다. 두리는 이따금 무엇을 주워 입에 넣곤 했다. 그러나 민이는 두리가 무엇을 입에 넣을 때마다 부러운 듯 힐끗 쳐다볼 뿐 두리처럼 입에 넣을 것을 발견하지는 못했다. 차츰 민이와 두리의 거리는 멀어지고, 키가 작은 옻나무 사이로 얼룩이 진 듯한 햇빛을 흔들어 주며 두 꼬마들은 열심히 땅바닥을 찾아 헤맨다. 한참 후,

"이민이!"

하고 두리가 불렀다.

"으음, 나 여 있어!"

아래쪽에서 민이의 목소리가 울리고 메아리가 뒤쫓아 왔다.

"어서 가자!"

"그래에."

민이는 두리 있는 곳으로 왔다. 두리는 껌을 짹짹 씹으며 묻는다.

"주웠니?"

"아니."

민이는 송진이 묻은 손바닥을 펴 보인다. 누르스름하게 결정(結晶)된 송진이 몇 개 있었다.

"그건 못 써! 버려."

입에 넣으면 부스러지고 냄새가 고약하다는 것쯤은 민이도 알고 있었으나 너무 아쉬워서 주웠던 것이다. 민이가 그것을 버리자 두리는 손을 폈다. 하얗게 얼음사탕처럼 혹은 진주같이 결정된 녹두알만 한 알이 여남은 개는 실히 된다. 그뿐만 아니라 두리는 짹짹 소리를 내며 하얀 껌 대용품인 송진을 씹고 있었다. 그는 민이에게 씹을 만치 나누어 주었다. 그리고 책보를 끄른 두리는 필통 속에서 빨간빛 크레용 한 토막을 꺼내어 민이에게 성냥꼭지만큼 떼어 주고 자기 몫으로 역시 성냥꼭지만큼 떼어낸다. 두 꼬마는 그것을 송진껌과 함께하여 씹는다. 껌은 보기 좋은 분홍빛으로 변하면서 입속에서 누글누글하게 부드러워졌다.

분교는 언덕 아래 해변길 옆에 우두커니 한 채 서 있는 목조 건물이었다. 6학년 한 반이 사용하고 있는 교실이었다.

"살짝 들여다보자, 살짝."

그들은 발소리를 죽이며 창문가에 가서 발돋움을 하고 자라처럼 목을 뽑는다. 아버지처럼 몸집이 큰 생도들이 많았다. 짝이 결석했기에 비어버린 옆자리에 앉아서 원이는 열심히 책을 보고 있었다. 연둣빛 저고리, 남자만인 속에서 단 하나의 아름다운 빛깔.

아직 6학년은 수업이 끝나지 않았다.

"누구야!"

책상이 줄지은 사이를 왔다 갔다 하며 억양을 근사하게 붙이면서 책을 읽던 선생님이 화난 소리를 질렀다.

민이와 두리는 바닷가, 방파제로 달아난다.

"우리 조개 잡자. 저 봐! 얼마나 물이 많이 나갔니?"

두리는 방파제 위에 책보를 놓아두고 파래 낀 돌을 밟으며 바닷가 모래밭으로 내려간다. 민이도 도시락을 싼 손수건을 끌러놓고 빈 도시락을 들고 두리를 따라 내려간다.

얼마 안 되어 언덕에서는 책보를 든 여자애들이 뛰어 내려왔다. 5학년 반의 수업은 끝났는가 보다. 물론 옥순자는 오지 않았다. 교실 소제를 끝낸 남수와 정애도 내려오는데, 순자는 저녁을 짓기 위해 집으로 돌아갔을 것이다. 그리고 오늘은 민이가 왜 오지 않을까 하고 이상하게 생각하며 실개천에 앉아 걸레를 씻다가 운동장을 바라보고 있을지도 모른다.

"나는 굴을 깨 먹을 테야."

두리는 저만큼 바닷물에 잠긴 바위 쪽으로 건너갔다. 그러나 민이는 장소를 옮길 생각도 않고 조개껍데기로 땅만 파고 있었다.

방파제 위에서는 여자애들이 고무줄뛰기를 하고 있었다. 더러는 오자미놀이 땅따기도 하고 있었다. 어느새 6학년의 수업도 끝나고 소제도 끝나고, 이 빈 바닷가의 거리와 방파제를 여자애들만이 노는 곳으로 생각하는지 남학생과 선생님은 모두 언덕을 넘어 본교 쪽으로 가버리고 말았다.

아무도 지나는 이 없는 쓸쓸한 거리, 외로이 한 채 있는 분교,

비어버린 교실, 그 창문에 햇빛이 노닐고 있었다. 다만 수로(水路)처럼 좁다란 바다 건너편 산기슭에 박넝쿨이 올라간 초가집과 돌담이 있고 사람들도 오가는 것을 볼 수 있었다.

민이는 알루미늄 도시락을 들고 이리저리 살피며 열심히 땅을 팠으나 그의 도시락 안에는 밥풀만 한 작은 조개가 몇 개 담겨 있을 뿐이다. 새끼 소라도 더러 있기는 했지만.

"……!"

민이는 오래간만에 큰 놈을 만났다. 그의 가슴은 몹시 뛴다. 그러나 알맹이 없이 뻘만 소복이 들앉은, 이미 죽은 지 오랜 조개는 힘없이 입을 벌렸다. 실망한 민이는 쭈그리고 앉은 채 바다를 바라본다. 등대 가에 하얀 물거품이 일고 있었다. 모질게 바닷물이 부딪고 있을 테지만 멀리서 바라보는 눈에는 맥주 거품처럼 부드럽게만 느껴지는 물거품이었다. 작은 배 한 척이 지나간 뒤 등대 가의 물거품은 잠들었다.

"민이야!"

돌아보았을 때 살결은 희었지만 주근깨가 많은 원이의 얼굴, 민이 눈에는 아무래도 아주머니같이만 보이는 원이가 미소 짓고 있었다.

"여 있다."

내민 그의 손바닥에는 지우개만큼이나 큰 조개 두 알이 놓여 있었다. 조개껍데기의 무늬는 크고 아름다웠다.

"가져."

너무 기뻐서 민이는 얼른 도시락을 내민다.

"에게게, 이게 뭐냐?"

원이는 깔깔대며 웃었다. 하얗고 가지런한 이가 참 예쁘다.

"작은 거는 보이는데 네 눈에 큰 거는 안 보이니?"

"없는걸."

도시락 속에 담겨진 큰 조개 두 알을 신기스럽게 민이는 내려다보며 하는 말에는 정성을 들이지 않았다.

"넌 조개 구멍을 몰라서 그래."

"조개 구멍을 보고 팠는데도?"

"빈 조개 구멍도 있거든. 이 봐, 이러면 물이 올라오지?"

원이는 어디서 주웠는지 전복 껍데기로 조개 구멍을 두드렸다. 과연 물이 올라왔다. 구멍 속에서 조개가 놀란 것처럼. 원이는 큰 놈을 서너 개 파 주고 가버렸다. 민이는 원이가 한 대로 했으나 여전히 그는 큰 놈을 만날 수 없었다.

'어째서 그럴까? 난 정말 재수가 없나 봐.'

원이뿐만 아니라 다른 애들도 민이처럼 조개를 못 잡지는 않았다. 옷도 버리지 않고 굴 껍데기에 베지 않고 그들은 된장찌개에 넣을 만한 분량은 파려고 마음만 먹으면 팔 수 있었다. 그러나 민이는 누구보다 열심이었는데 바다에 내려가기만 하면 옷은 물에 젖고 뻘에 더럽혀지고, 그리고 발은 굴 껍데기에 베기 마련이었다. 언젠가 이모 집에서 사촌동생들과 밤을 주우러 산에 갔을 때도 가시나무에 온통 발이 찔려 그것이 덧나서 몹시 욕을 보았지만, 그래도 민이는 산이나 바다에 가서 열매를 따고 조개 잡는 일을 정신이 없을 만큼 좋아했다. 엄마는 먹지도 못할 걸 잡아 오면서 옷을 버리고 발을 베고 한다고 야단을 쳤으나 여전히 민이는 도시락에 조개 아니면 나물이나 그 밖에 철 따라 무엇이든지 넣어서 집에 돌아가는 일이 많았다. 그는 학교 말고는, 정말로 도시보다 시골을 좋아했지만, 그러나 그의 사촌이나 동무 들에게는 경원을 당하는 일이 슬펐다. 그리고 무엇이든지 잘하는 것 같은 사촌들이나 동무들이 부러웠다. 고무줄뛰기, 공놀이, 줄뛰기, 오자미놀이, 공기받기, 모두들 잘했다. 특히 고무줄놀이에 있어서 일어선 키에 다시 손바닥을 세우고 잡은 고무줄 높이를 향해 멀리서 뛰어와 가지고,

"에이!"

하고 소리 지르며 발목에 휘어 감는 아이들을 볼 때 민이는 너무 신기하여 입만 헤 벌린 채 서 있는 것이다. 그러나 막상 같이 하자고 권하면 민이는 겁먹은 눈으로 뒷걸음질 치는 것이었다. 하지는 못하면서, 그러나 민이는 고무줄을 모아 엮어서 소중히 지니고 있었다. 민이는 다 별난 재주를 가지고 있다고 생각했다. 운동회 때면 운동장을 뒤흔들어주는 음악과 펄럭이는 깃발과 가을 하늘 가득히 솟아오르는 함성 속에 노란 테이프를 끊고 골인하는 마라톤 선수, 그 찬란한 영웅, 그리고 학예회 때면 노래 잘 부르고 가련한 공주가 되는 여자아이, 민이는 얼마나 애타는 그리움을 그들에게 가졌는지 모른다. 그런 뛰어난 재능에 있어서는 그렇다 치고 민이는 다른 모든 아이에게 자기는 미칠 수 없는, 어쩌면 그것이 민이의 깊은 고독을 자아내게 한 것인지도 모르지만, 하여간 민이는 신비함과 동경과 외톨이의 슬픔을 느꼈다. 민이는 그

모든 아이들에게 가까워지고자, 안타까운 애정을 느끼면서 겉돌고 왜 정을 숨겨왔는지.

"민이야!"

언제 왔을까, 원이 또 불렀다. 방파제 위에서는 아이들이 모여 노래를 부르고 있었다. 두리도 어느새 갔는지 그들 속에 어울려 있었다.

"너 순자하고 쌈했니?"

두리와 꼭 같은 말을 물었다. 민이는 잠자코 고개를 젓는다.

"고 계집애, 지 아버지가 선생질한다고 되게 까불지?"

"……"

"고 계집애 따라다니면 민이 너도 싸움대장 된다. 알겠니?"

"……"

"순자하고 놀지 말어. 넌 우리 패가 되는 거야."

원이는 아까 했던 것처럼 손을 내밀고 손바닥을 펴 보였다. 송진껌이 아닌 진짜, 기름종이가 반쯤 벗겨진 분홍빛 껌이 살며시 내다보인다.

"싫어."

"받아, 자아."

원이는 뒤로 돌린 민이의 손을 잡아 손바닥에 껌을 놓아준 뒤 안심이 되지 않는 듯 손가락을 눌러서 꼭 쥐게 했다. 민이는 몹시 당황하며,

"싫어!"

했으나 주먹을 펴지 않았다.

들물 때는 바다가 막 달려오는 것을 볼 수 있다. 금세 발목이 물에 잠기고, 하마하마[8] 하는 동안 종아리까지 물은 밀려온다. 잔잔했던 바다는 방천에 물거품을 일으키며 한 번 칠 때마다 만조(滿潮) 때 방천에 그어놓은 꺼무끄름한 선을 향해 급한 속도로 물은 부풀어 올라가는 것이다. 그 물거품이 일고 있는 방천길을 바닷빛과 같은 치마를 입은 여자가 하얀 파라솔을 쓰고 걸어간다. 이쪽 방천에서 바라보고 있는 민이 눈에는 그 파라솔이 나비 같기도 하고 물새 같기도 했다. 민이는 씹고 있던 송진껌을 바다에 버리고 기름종이를 살그머니 벗긴 뒤 껌을 입속에 밀어 넣었다. 집앞에 가면 엄마에게 들키지 않게 종이에 싸서 필통 속에 감추리라 생각하면서. 엄마는 껌 씹는 것을 못된 짓이라 생각하고 있었으니…… 이리하여 민이는 옥순자를 배반하였던 것이다.

민이의 여행은 일단 끝이 났다. 슬리퍼를 끌고 복도를 지나가는 소리가 들려왔기 때문이다. 아마도 선잠을 깬 노처녀 사감이 불을 켜놓고 이불 밑에서 책을 읽는 학생이 없나 싶어 기숙사 안을 순시하는 모양이다. 발소리는 멀어져갔지만 수군거리는 목소리가 밤공기를 뒤흔든다. 그리고 벽과 벽에 부딪쳐 응응응— 하는 소리로만 울려온다. 잠도 자지 않고 대기했던가. 요장[9]과 사감이 주고받는 목소리가 틀림이 없다. 요장실 부근이었으니까.

민이는 자꾸만 가슴이 떨려왔다. 무슨 일이 일어날 것만은 확실하다. 무슨 일, 아니 벌써 일어나고 있는 것이다. 날이 밝고—민이는 그 햇빛 속에서 어디로 달아나야 좋을지, 그는 치욕에 몸을 움츠린다. 말소리는 그치고 기숙사 안은 괴괴한 곳으로 돌아갔다.

"다마야마! 뭘 하는 거야!"

"예에."

화가 나서 선생님은 빡빡 깎은 머리를 흔드는데 다마야마 준코(玉山順子)는 길게 늘어뜨린 대답을 했다.

"일어섯!"

"예에."

다마야마 준코는 일어섰다. 일어섰어도 몸은 곧지 못하고 흐느적거린다. 노랗고 성근 머리가 목덜미 위쪽에 다붙어서 머숙해 보이는데 그래도 모양을 내느라고 느직하게 갈라서 여민 머리꼴이 칠칠치 못하다. 그는 턱을 쳐들며 눈은 내리깔았다.

"뭐 하고 있었어!"

"책 보고 있었습니다."

"거짓말 마라! 이 도깨비 같은 것아!"

"정말입니다."

"입 닥쳐! 그 책 밑의 것 가지고 와라!"

다마야마 준코는 교과서 밑에 숨겨놓고 읽던 소설을 들고 한들한들 교단 앞으로 걸어간다. 너무 말라서 몸은 몸대로 교복은 교복대로 논다.

"멍텅구리 같으니라구!"

화학 선생은 소설책으로 다마야마의 머리를 세 번 때렸다.

"자리에 가라! 이 도깨비야!"

다마야마는 부끄러워하지도 않고 혀끝을 물면서 여전히 한들한들 자리로 돌아온다. 다마야마 준코에게 있어서 이만한 일쯤은 약과였다. 심심찮게 겪는 일이었으니까. 그러나 그도 기막히게 혼이 난 일이 한 번 있었다. 다마야마 준코만큼이나 여윈 선생이었다. 다만 눈이 댕그라니 알사탕 같았고 얼굴이 짧았을 정도의 차이. 그 역사 선생은 학교에서도 둘째가라면 서러울 대일본제국주의(大日本 帝國主義)의 광신자였었다. 그의 충성심은 항상 눈물겨웠었는데 그날도 역사 시간에 대일본제국의 국체(國體)를 논하다가 그만 감격한 나머지, 텐노사마(天皇樣), 텐노사마! 오오, 하고 흐느꼈던 것이다. 이때 다마야마 준코가 그만 실수를 했다. 킬킬거리는 소리가 입 밖에 나와버린 것이다. 벌떡 일어선 선생은 눈물을 닦던 손수건을 버리고 다마야마에게 달려갔다. 댕강 교단 옆으로 끌어낸 선생은 마치 야차 같은 형상이 되어 다마야마 준코의 머리를 나무벽에 짓찧고 발길로 차고 그래도 노여움이 풀리지 않는 그는 머리칼을 잡아끌며,

"이 불충자! 이 반역자!"

하고 소리소리 질렀다. 일본 아이들은 그 선생과 같은 노여움의 눈으로, 조선 아이들은 그와 다른 노여움의 눈으로, 무시무시한 폭행을 지켜보았던 것이다. 그 선생으로서는 처음 여학생에 대한 매질이었고, 망나니로서 유명한 다마야마였었지만 그렇게 혹독한 폭행은 처음이었을 것이다. 얼굴에 피멍이 든 다마야마는 사흘 동안 학교에 나오지 않았다. 이상스럽게도 퇴학이니 정학이니

하는 따위의 말은 나오지 않았던 것 같다.

교감 옥 선생은 섬학교로 전근되어 갔기 때문에 옥순자의 싸움 하는 광경을 볼 수 없게 되었다.

5학년이 된 어느 날 민이는 실습지인 고구마밭에서 고구마 순을 자르다가 낫으로 손가락을 베었다. 피 흐르는 손가락을 고구마 잎으로 싸가지고 집으로 돌아갔을 때 어머니는,

"손을 왜 그랬니? 피가!" 하고 놀랐다.

"베었어."

"어쩌다가!"

"낫에."

"낫에?"

"실습 시간에 고구마 넝쿨……"

"음."

어머니는 민이 손에 약을 발라주고 붕대를 감아준 뒤 밤나무골 할아버지 댁에 간다고 하며 집을 나갔다. 저녁 늦게 돌아온 어머니는 말했다.

"너를 여기 보통학교에 전학시키기로 했다."

"엄마!"

민이는 소리를 질렀다.

"아저씨하고 의논했는데 기부금을 내면 될 거라고, 아저씨가 5학년 담임 선생님을 만나보기로 했다."

돈에 무서운 엄마로서는 여간한 용단이 아닐 수 없었다. 민이의

전학 문제를 내내 아버지에게 미뤄온 그였던 만큼. 민이에게는 오빠처럼 젊은 아버지였고 어머니에게는 동생같이 젊은 남편이던 민이 아버지는 그 당시 다른 여자와 결혼하여 딸을 둘이나 낳고 딴살림을 하고 있었다.

이튿날 저녁 민이는 엄마를 따라 할아버지댁으로 갔다. 수염을 길게 기른 할아버지는 장죽을 물고 마루에 앉아 있었고 늙었어도 얼굴이 예쁜 할머니는 초저녁부터 졸고 있었다. 어머니의 육촌 동생인 아저씨는 방금 돌아왔는가 줄이 빳빳한 흰 세루 즈봉[10]에 까만 사지[11] 학생복을 그냥 입고 있었다. 테가 굵은 안경 밑의 눈이 웃고 있었다. 일은 순조롭게 된 눈치다.

"막 다녀왔죠."

아저씨는 사랑에서 윗마루로 건너왔다.

"허 참, 뭐 살 게 있어야죠. 거 여자한테 선물하는 건 내 생전 처음이니 할 수 있습니까, 고급 조오리(일본신발)를 사 갔죠. 좋아하더구먼요."

"그래 된다 하던가?"

"기부금은 좀 내야 할 게고, 문제없다더구먼요."

할아버지는 섬돌 위에 장죽을 떨면서 진작 서두르지 않고 아일 병신 만들었다 했고 할머니는 졸다가 잘되었다고 했다.

"아닌 게 아니라 누님은 좀 무관심했어요. 상급학교에 보낼 아이를 시골 구석에 처박아놨으니, 벌써 5학년 아닙니까?"

아저씨는 힐난조로 말하였다.

"뭐, 저 아버지가 있는데 내가……"

하다가 어머니는 울기 시작했다. 할아버지는 안방으로 들어가버렸다.

"거 죽일 놈이지 죽일 놈. 본가 박대하고 지 신상이 뭐 좋을꼬?"

졸음을 다 쫓아버린 할머니는 어머니를 위로하기 위해 아버지에게 욕설을 퍼부었다. 그러나 아저씨는 어머니의 울음이 멎자 오늘 민이를 위해 만나보고 온 일본 처녀의 이야기를 시작했다. 호기심과 우쭐해진 기분으로. 그는 대학시험에 세 번이나 떨어진 경험자였다. 중학교는 아주 우수한 성적으로 졸업했음에도 불구하고, 할머니 말에 의하면 학마(學魔)가 들어서 그런 거라는 것이다. 그는 수건으로 머리를 동여매고 시험 준비를 하는 한편 밤에는 사설 협성학교에서 교편을 잡고 있었는데, 키가 좀 작은 것이 흠일 뿐 얼굴도 잘생기고 할아버지를 닮아 멋쟁이였으며, 그 존대한 제스처나 걸음걸이에 다소 말썽이 있기는 했지만 처녀들에게는 어쨌든 유명한 것 같았다.

"우리 민이는 여학교 마치거든 약전에 보내세요. 여자 직업치고는 약제사가 제일입니다."

아저씨는 꼴찌를 겨우 면하고 있는 민이 실력을 아는지 모르는지 그런 말도 했다.

어쨌든 민이는 오랜 소망이던 전학을 했다. 민이가 전학한 후 자극을 받았던지 서두리도 기부금을 내고 제일국민학교로 전학을 했다. 두 꼬마는 오랫동안 선망의 눈으로 볼 수밖에 없었던 교복을 입고 오도카니 한 채 바닷가에 서 있는 분교를 바라볼 수 있는 이편 바닷가에 갔다. 그곳에 두리네 집이 있었고, 또 두리네의 많은 농토가 있었다. 그들은 점심을 해 나르는 두리의 언니를 따라 산 중턱의 층층으로 된 밭으로 올라갔다. 찬란하게 푸른 바다가 내려다보이는, 햇빛이 황금같이 눈부신 꿈처럼 잠든 백조와도 같이 머물러 있는 돛단배, 이 아름다운 그림의 풍경에서 얼마나 초라하고 가엾은 그 분교의 모습이었던가. 오늘도 방파제 위에서 고무줄뛰기를 하는 아이들은 또 얼마나 촌스러운 모습이었던가. 며칠 전까지만 해도 그들 속에서 그들과 같이 있었던 민이요 두리였지만 그것은 아주 먼 추억이며, 바다에서 항구로 올라온 나그네와도 같이 의미는 쉽사리 갔고 망각은 쉽사리 오는 것인가.

짙붉은 황혼이 바다에 깔리고 조수를 따라온 고기 떼를 쫓아 물새들이 무리를 지어 날아내리는 한때, 민이와 두리는 밭둑에 저절로 난 꽈리를 따 먹으며 새 학교에서 배운 노래를 부르며 밀밭을 휩쓰는 바람결을 따라 아래로 내려왔다. 바다 건너편 오도카니 서 있는 분교는 더욱 초라하고 가련해 보였다. 언젠가 그쪽에서 물빛 치마와 하얀 파라솔을 본 일이 있었는데 이제는 이쪽에 서서 아이들마저 다 돌아가고 비어버린 바닷가의 외로운 분교를 바라본다. 두리는 그새 사귄 아이들 이야기를 했다. 그러나 민이는 갑자기 풀이 죽었다. 낯선 얼굴들이 갑자기 자기 주변을 둘러싼 듯. 이제는 조개를 잡고 냉이를 캐고 하던 그 도망칠 곳도 없으니, 수백의 낯선 얼굴, 그보다 더 많은 눈이 모이고 흩어지고, 정말은 민이로서 몸 둘 곳이 없었던 것이다. 이곳에 왔기 때문에 비로소 그는 기뻤는지도 모른다.

새로 간 학교, 5학년 앵조(櫻組)의 담임 선생은 크게 꺼풀진 눈과 짙고 가는 눈썹이 그린 듯 아름다운 일본 여자였다. 성미가 급하고 만사에 셈이 많은 하라키(平城) 선생은 여선생 중에서 가장 아름답고 우수했으며 다부지고 살림꾼이며 센 기질의 그는 무엇이든지 전교에서 제일이 아니면 용서하지 않겠다는 식으로 자기 반을 이끌어나갔다. 우아한 말씨의 철저한 훈련에서부터 먼지 한 톨 없게 교실 미화, 겨울철에도 양말 안 신기 운동, 학예회 때나 운동회에 있어서도 기발한 생각을 짜내는 대단한 선생이었다.

처음 민이가 그 반에 편입되었을 때(두리는 남녀혼합반인 매조에 편입되었다) 선생님은 몇 번인가 아저씨는 잘 있는가 하고 물었다. 아저씨가 은근히 비친 대로 선생님은 아저씨에게 관심이 있어 그랬는지 혹은 민이를 귀엽게 보아주었기 때문에 그랬는지 하여간 선생님은 모범생에게 시키게 마련인 차 심부름을 신래자(新來者)인 민이에게 시킨 일이 몇 번 있었다. 민이는 기쁨보다 남 위에 나타나게 된 자기 자신에 공포를 느꼈다. 모여든 선망의 눈이나 선생님의 선택은 너무 부당하고 자기로서 누릴 수 없는 일이었기 때문이다. 그는 무슨 기적을 바라듯 공부 잘하는 아이가 되기를 간절히 소망하였지만 성적은 언제나 뒤에서 세는 편이 빨랐고 똑똑하게 활발하게 말하는 아이가 되려고 무진히 노력하였지만 그는 언제나 입속으로 중얼거리거나 더듬거나 아니면 마음과는 엉뚱한 횡설수설이었다. 그는 선생님이나 동무 들에게 활짝 펴진 웃음을 보내고 싶었으나 그보다 먼저 얼굴은 붉어지고 결국 울상이 되고 말았다. 그의 유일한 영광은 한 반에서 둘씩 뽑아 미술 특별 지도를 하는데 거기에 한 번 뽑힌 것과 작문이 한 번 뽑힌 그것뿐이었을 것이다. 어쨌든 민이는 특히 눈여겨주는 선생님의 태도가 무겁고 답답하였다. 어느 때인가 선생님은 자기를 미워하리라는 두려움. 아닌 게 아니라 얼마 후 선생님은 민이에게 관심을 안 갖게 되었다. 그러던 어느 날 수업 종이 울리고 선생님이 교실에 막 들어서는 순간이었다. 민이는 자기 책상 바로 옆에 떨어져 있는 과자 하나를 발견하였다. 물론 민이가 떨어뜨린 과자는 아니었다. 그러나 민이는 선생님이 보면 야단칠 것이라는 단지 그 일념에서 저도 모르게 그것을 주워 열려 있는 유리창 밖으로 내던졌던 것이다. 이 날따라 기분이 안 좋았던 선생님은,

"민이! 그게 뭐야!"

하고 성난 얼굴로 다가왔다.

민이는 벌벌 떨면서,

"과, 과자예요."

한마디 말도 없이 선생님은 민이의 뺨을 후려쳤다. 노여움에 홍당무가 된 선생님의 얼굴. 민이는 심장 한복판에 벌겋게 단 인두로 지져놓은 듯 그 수치스러운 상처를 오랫동안 잊지 못하였다.

민이의 긴 여행이 여기서 멎었다. 수치스러운 상처, 밤은 깊고 이제는 바람도 잠든 모양인데 오직 민이만이 잠들지 못하고 있다. 인두에 지져진 상처에서 피가 흐르는 것 같았다.

'날이 샌다면?'

민이는 이제 오직 바라는 것은 이 밤이 새어주지 말았으면 하는 그 염원뿐이었다. 그것은 죽을 수밖에 없다는 마음이었을 것이다. 희망도 회의도 아무것도 바랄 것이 없고 오직 어둠만이, 햇빛

이 스며들지 않는 어둠만이 지금은 소망이다.

기숙사에는 자습 둘째 시간이었다. 사방으로 빙 둘러진 기숙사 건물의 안마당 난초 위의 물방울이 전깃불에 반짝였다. 부드럽게 펼쳐진 클로버 사이에서도 물방울이 반짝였다. 저녁 식사 전에 소나기 한줄기가 퍼부었던 것이다. 지금은 하늘에 달이 떠 있었지만. 조심스러운 발소리가 들려왔다.

"리노이에(李家) 상, 마지마(間島) 선생님이 찾어."

요장이 와서 말했다. 민이의 얼굴이 변했다.

"뭐?"

"빨리 가봐요 마지마 선생님이 찾으신다니까."

"어디서? 사감실에 갈까?"

"아니, 현관에서 기다리고 계셔."

일어서는 민이의 다리가 후들후들한다. 마지마 선생님은 민이의 담임이었지만 한편 훈육 주임이다. 그 선생님이 찾는다면 열의 아홉은 좋은 소식이 아니다. 그것은 한방 하급생이나 실장에게도 이내 전달이 되었다.

'무슨 일일까?'

하는 눈빛으로 모두 민이의 기색을 살폈다. 민이는 그 눈길에 쫓기듯 방에서 나갔다.

마지마 선생은 현관 밖에 기다리고 서 있었다. 한편 유리창에 모자를 깊숙이 쓴 그의 옆얼굴이 있었다.

민이는 신발장 속에서 신발을 꺼내어 신고 나갔다. 가등은 저

멀리 기숙사 정문 앞에 있었고 그나마도 점들이 운집하고 있는 듯 스산스러운 포플러 잎에 가려져서 마지마 선생 얼굴을 비춰준 것은 달빛이었다. 둥근 얼굴, 꾹 다문 입모습, 숙여진 모자 챙, 그 모자 챙의 그늘로 하여 마지마 선생의 평소 작은 눈은 잘 볼 수 없었다.

"리노이에."

굵은 목소리가 낮게 퍼졌다.

"네."

"너 오늘 낮에 2학년 3반의 오가와 나오코(小川直子)에게 편지를 주었느냐?"

"……"

"말하라! 주었느냐?"

"네."

마지마 선생은 잠시 침묵을 지켰다. 전투모의 챙이 앞으로 쑥 내려온 것 같았다. 그는 잠시 발밑을 내려다본 모양이다.

"너 다른 애한테 부탁받고 대신 써준 것 아니냐?"

"아닙니다."

"음……"

마지마 선생의 모자 챙은 다시 한번 밑으로 수그러졌다.

"교칙에 어긋난 짓인 걸 알고 하였느냐?"

"……"

"알고 했느냐! 모르고 했느냐!"

"알고 있었습니다."

"들어가라!"

마지마 선생은 몸을 휙 돌렸다. 나무의 그림자가 너울너울 땅바닥에서 춤을 추고 있는데 그 사이로 마지마 선생은 성큼성큼 걸어갔다. 각반을 찬 마지마 선생의 굵은 다리가 민이 눈에는 공중에서 올라갔다 내려왔다 하는 것처럼 느껴졌다.

자습이 끝난 종이 민이의 머리를 부숴버리듯 울려왔다. 방방에서 아이들이 쏟아져 나오는 시끄러운 발소리, 떠드는 소리. 민이는 도망을 치듯 식모 거처로 뛰어가서 마루에 펄썩 주저앉았다.

제2장 별

지쳐버린 민이는 새벽이 가까워질 무렵 겨우 잠들 수 있었다. 얕은 잠속에서 헤매던 민이는 머리를 난타하는 듯 요란한 기상 종소리에 잠이 깨었다. 어느 날 밤 화재에 떨었던 기억과 더불어 종소리는 신음하는 바람과 같이 민이 심장을 뒤덮었다.

잡나무숲 사이에서 깜박거리던 별이 지는, 그와 같은 짧은 시간에 어쩌면 그리 숱한 꿈을 꾸었을까. 그러나 어느 하나도 기억할 수 없었고 오늘을 암시해줄 만한 그런 꿈을 생각해낼 수 없었다. 다만 허약한 목을 가누기 어려울 만큼 민이의 머리는 무거웠다. 눈은 깊이 파이고 붉게 충혈되고 이상하게 강한 빛을 내고 있었다.

아침 기차가 떠나는 정거장처럼 기숙사 안은 설레고 있었다. 온갖 소리와 움직임에 가득 차 있었다. 멀리서 누군가가 부르는 소리, 세면장으로 몰려가는 발소리, 사감에게 인원 보고 하는 소리, 정다운 아침 인사, 활기찬 웃음, 그리고 식당에서는 여느 때와 다름없이 식모와 취사반의 말다툼이 들려왔다. 모든 소리는 모여서 합성같이 높게 울려오고 중얼거림같이 낮게 들려오며 마치 조수가 밀려오고 밀려가듯 하루는 이미 시작되어 있었다. 그리고 민이가 무서워하던 그 햇빛도 얼마 가지 않아 창문에 기어들 것이다.

간신히 이불만 개켜놓은 민이는 방바닥에 무릎을 꿇고 앉아 있었다. 언제부터 이 설레는 아침에서 자신이 떠밀려 나왔는지 민이는 알 수 없었다. 소리와 움직임이 원을 이룬 한가운데 오도카니 혼자 앉은 이유를 알 수 없었다. 이미 오래전에 종소리는 멎었건만 그의 머릿속에서는 여전히 종을 치고 있었다.

팔에 수건을 걸치고 방에서 나가려던 실장 아오키 슈쿠코(青未淑子)가 돌아보았다.

"리노이에 상"

하고 그는 불렀다.

민이가 학교를 그만두기 전에는 동급생이었고 동무였었지만 1년 후 다시 학교로 돌아온 민이에게는 이제 4학년 상급생이며 실장인 그, 둥글넓적한 얼굴이 민이를 내려다본다. 올려다보는 민이의 눈은 전등빛을 받아 더욱 붉고 반짝반짝 빛이 났다.

"너 어디 아픈 것 아냐?" 했으나 민이에게는 실장의 말이 어젯밤 마지마 선생에게 무슨 말을 들었는가 그것을 묻고 있는 것만 같았다.

"아파서 일어나지 않았다고 보고할 테니 학교 쉬는 게 어때?"

친근한 목소리였다. 그러나 민이는 여전히 그 창피스럽고 가슴 떨리는 일을 고백하라 고백하라! 하며 실장이 자기 앞으로 다가서는 것 같은 압박감을 느낀다. 궁금한 사람이 어디 실장뿐이겠는가, 한방의 하급생들도 다 알고 있었다. 필시 좋지 못한 무슨 일이 일어났을 것이라는 것을, 그리고 어젯밤 소등(消燈) 직전에 파랗게 질려서 돌아온 민이의 얼굴을. 지금 하급생들은 벽장 문을 열어 빗자루를 꺼내고 쓰레받기를 달그락거리며 민이 입에서 무슨 말이 나올 것을 기대하고 있는 것이다.

'짐을 싸가지고 그만 달아날까 부다! 집으로!'

'도대체 어찌 되었단 말이냐? 편지가, 그 편지가!'

"어쩔래? 얼굴이 창백한데……"

"나 학교에 가겠어."

"그래?"

좀 맥빠진 얼굴이 된 실장은 하급생에게 눈길을 돌리며,

"방 소제 빨리 해치워"

하고 나갔다. 하급생들은 민이의 눈치를 슬금슬금 살피며 소제를 시작하였다. 민이는 무릎을 꿇고 앉은 자리에서 겨우 창가로 몸을 옮겼다. 옥색빛 아침 안개는 서서히 사방에 흩어져 퍼졌다. 이슬에 흠씬 젖은 푸른 클로버의 뜰 너머 즐빗이 열어젖혀 놓은 방마다 전등빛이 내비치고 맨발의 여학생들이 복도를 오간다. 전등빛은 차츰 희미하게 그 광도를 잃어가고 있었다.

"언니, 아프면 쉬세요. 눈이 새빨개요."

그 말에 쫓기듯 민이는 수건을 들고 밖으로 나간다. 사감실 앞에 사감인 미우라(三浦) 선생이 서성거리고 있었다. 무턱이라는 별명과 같이 턱의 선이 목을 향해 그냥 흘러버린 그는 몸집이 크고 다소 심술이 있는 노처녀였다. 그는 요장을 향해 무슨 말을 하더니 사감실로 들어가고 방문을 닫아버렸다. 민이는 사감실 앞을 급히 지나갔다. 학생들이 뜸해진 세면장에 막 들어서려 하는데,

"리노이에 상."

얼굴을 닦으며 나오던 실장이 불러 세웠다.

"잠시 이야기 좀 하자."

그는 화장실 옆에 있는 골방으로 민이를 끌고 갔다. 기숙사에 있게 된 간호부에게 오락실을 내어주었기 때문에 골방에는 오르간, 미싱, 그 밖의 자질구레한 허드레 세간이 쌓여 있어 방 안은 어두컴컴했고 곰팡이 냄새가 났다.

"너 어젯밤에 무슨 일 있었니?"

얼굴에 남은 물기를 수건으로 닦아내며 실장은 낮은 소리로 물었다.

"혼자 걱정하지 말고 말 좀 해보려무나."

"편지 준 것 들켰나 봐."

상대방에 대한 염오의 감정을 씹으며 민이는 털어놓았다.

"편지?"

그 이상의 일을 상상하고 있었는지 둥글넓적한 얼굴에서 관심은 사라졌다.

"뉘한테 주었니?"

"오가와 나오코."

"뭐라구? 2학년에 있는 그 일본 애 말이냐?"

이번에는 몹시 놀란다.

"왜? 일본 애면 안 되니?"

적의를 품고 쏘아준다.

"에이잉! 하필이면 일본 애한테, 일본 애하고 S한 조선 애는 전교에서 한 명도 없다. 넌 정말 엉뚱한 짓을 했구나. 그래 마지마 선생이 뭐래든?"

"네가 쓴 거냐고 묻더군. 편지엔 이름도 안 썼는데."

"그야 글씨를 보면 당장 알지. 그 능구랭이가 모를라구? 그런데 어쩌다 들켰니? 그놈의 계집애가 갖다 바쳤을까?"

적대 의식에서 대꾸를 해오던 민이 얼굴에 쓰라림이 떠오른다.

"모르겠어."

외면을 한다.

'편지…… 편지가……'

민이 눈에 눈물이 글썽 돌았다.

민이는 예쁜 소녀의 얼굴이 있는 바다 빛깔의 작은 노트 생각을 했다. 그는 온갖 꿈과 마음이 들어 있는 그 바다 빛깔의 노트가 정말 모멸을 받아 옳은 것인가, 그 신성한 것에 때묻은 손이 닿아 옳은 것인가를 생각했다.

소위 대동아전쟁이 막바지에 이르렀을 무렵, 비옥한 농토의 중심지이며, 농산물의 집산지이며, 교육 기관이 모여 있고 소비성이 강하며 자연이 아름다운 조용한 이 고도(古都)에도 물자 기근이 휘몰아왔다. 상점마다 물건은 동이 나고 하다못해 잉크가 번지는 조잡한 노트 한 권도 구하기 힘들었으며 세숫비누 한 장도 귀한 물건이 되었다. 기숙사의 대부분 여학생은 좋은 혼처를 위해 여학교에 입학하게 된 시골 양가의 딸들이었으며 3, 4학년 상급반이 되면 그들은 장차 필요해질 물건들을 사 모으는 습성에 따라 많은 송금을 요구하게 되는데 전세와 더불어 물자가 귀해짐에 따라 그런 습성은 더 심해지는 모양으로 일요일만 되면 헐거워진 상점일 망정 여학생들로 가득 차게 되어 있었다. 화장품 같은 것은 말할 것도 없고 조선 사람과는 인연이 먼 일본 오복점(吳服店)에까지 밀려가서 날이 헐렁헐렁한 인조 기모노(着物) 피륙에서—사는 학생의 말로는 이불감이 된다는 것이었다—과히 흠이 없는 것이라면 접시고 찻잔이고 손에 잡히는 대로 그릇점을 쓸었고, 심지어 그들 중에서도 악바리 같은 치들은 전구(電球)에서 보릿짚으로 엮은 슬리퍼까지 거둬들였으니. 이러한 유행 속에서 민이는 그들만치 돈을 안 쓰는 것도 아니었는데 그의 고리 바닥에는 단 한 가지의 물건도 저축돼 있지 않았다. 다만 지금은 구할 길이 없는 대학 노트가 몇 권 책상 서랍 속에 간수되어 있을 뿐이었다. 때때로 남 몰래 시를 쓰며 즐거워하고 학교에 내지 않는 자기만의 일기를 마음 내키는 대로 써오던 민이에게 소중한 것이라면 역시 노트였을 것이다. 그중에서도 바다 빛깔의 소녀가 있는 그 작은 노트 한 권을 얼마나 귀하게 여겼던가. 민이는 몇 번인가 써 모아 놓은 시를 그 노트에 정리하려고 마음먹었었다. 그러나 단 한 권이었기에 결단을 내리지 못하고 두어 둔 것을, 그 첫장에다 사연을 적어 보낸 그것을 정말 오가와 나오코는 선생님한테 바쳤던 것일까.

민이는 아랫입술을 깨물었다.

"그래 네가 오가와한테 직접 편지를 주었니?"

실장의 목소리가 멀리서 들려왔다.

"아니."

"그럼?"

"다마야마 상이."

"뭐? 그 유령미인 말이냐?"

실장의 얼굴은 조소로 변했다.

"이애, 너 정말 넋 빠졌구나. 그 유령미인이 가져갔다면 당연한 얘기 아니니?"

"……"

"누구든지 선생님한테 갖다 바쳤을 거야. 오가와 아니래두."

"설마 내 이름을 말 안 했을라구?"

골방에서 놓여난 민이는 세면장에 가서 오래 얼굴을 씻었다. 눈물이 자꾸 흘렀기 때문이다.

식당에는 나가지 않고 아침은 굶은 채 민이는 학교에 갔다. 교문에 들어섰을 때 강당 모퉁이 향나무 옆에 그림자처럼 서 있는 다마야마 준코의 모습을 보았다. 그는 민이에게 손짓을 했다. 좁은 콧등에 잔주름을 잡으며. 그러나 민이는 그를 보는 순간 모든 굴욕감이 한꺼번에 치밀었다. 얼굴이 빨갛게 상기된 민이는 그를 외면하며 급히 교실 쪽으로 걸어갔다.

교실에는 강 건넛마을에서 다니는 일본 애들 한 패거리가 진을 치고 있었다. 입 모양이 헤죽하고 눈 언저리가 풀쑥한 교장의 딸 모리 가즈코(森和子), 남자가 이 세상에 잘못 태어난 것이 아닌지 의심스러울 만큼 코도 크고 입도 크고 몸집도 뼈마디도 큰, 목소리마저 굵은 사카모도 아키코(坂本明子), 그들 패거리들 중에서 사까모도 류마(坂本龍馬)라는 무사의 이름으로 불려져 있었지만, 그리고 집이 하숙업인 스즈키 대루(鈴木輝), 그는 살결이 희고 입술이 붉은 미인이었으나 비위를 살살 맞추고 다니는 이 클럽에 있어서는 시녀 같은 존재였었다. 그 밖의 몇 명이 모여 앉아 수군거리고 있었다. 그들은 공부도 잘하지만 장난도 심한 축이었다. 교장 딸이어서 선생들은 모두 너그럽게 보아주고 조심성 있게 다루었지만 조숙하고 우월감에 사로잡혀 거만했으며 심술꾸러기들이었다. 고급 관리, 교직자 들이 살고 있는 강 건너 일본인 마을에서 다니는 아이들은 좋든 싫든 이들 지배 밑에 있는 듯싶었다. 오가와 나오코도 그 마을에 살고 있었으니 어쩌면 이들 중의 누구하고 S의 사이가 되어 있는지도 모를 일이었다. 지금 그들은 오가와 나오코가 받은 편지 때문에 쑥덕공론을 하고 있는지도 모를 일이다. 그러나 민이가 교실에 들어갔을 때 그들 중의 아무도 민이에게 관심을 표시하지 않았다. 아직은 민이가 그 장본인인 것을 모르고 있는 모양이다.

책가방을 놓은 민이는 흙탕길에 발이 빠진 것처럼 걸음의 부자유를 느끼고 교실에서 빠져나왔다. 교사 뒤뜰로 돌아나간 그는 작업 도구를 넣어 놓는 창고 옆으로 갔다. 항상 그늘이 져서 습기가 도는 곳, 늙은 무화과 한 그루가 햇볕을 향해 학교 울타리 밖 거리 쪽으로 가지를 뻗고 있었다. 민이는 그 나무에 혼자 기대어 서서 푸른 하늘을 올려다본다.

'비가 쫙쫙 쏟아졌으면……'

비가 온다면 운동장의 조회는 중지될 것이다. 그리고 민이는 오가와 나오코를 보지 않을 것이다. 그러나 늦봄의 하늘은 아지랑이가 끼어 거울처럼 흔들리고 있는 것 같았다. 그 느낌만의 흔들림은 조롱의 흔들림으로 민이 마음속에 번져갔다. 조롱, 흔들림은 아침의 그 종소리같이 민이의 가슴을 치고 온 전신을 난타했다. 미칠 것 같은 흥분의 회오리바람이 민이를 몰아대었다. 강 건넛마을의 거만한 패거리들의 킬킬거리는 웃음소리, 깔깔대며 크게 웃어젖히는 소리, 아주 가까운 곳에서 그 소리들은 들려왔다. 민이는 주먹을 쥐고 늙은 무화과나무를 내리쳤다. 그러나 딱딱한 나무의 표피(表皮)처럼 민이 마음에는 절망이 돌아왔을 뿐이다.

"리노이에 상!"

그것은 마귀의 소리만 같았다.

"리노이에 상!"

저만치 소사실과 본관을 이은 회랑(回廊)의 디딤나무 판을 건너뛰며 다마야마 준코가 달려온다. 성근 머리칼이 휘날렸다. 바람에 불려 날아오는 낙엽 같기도 한 모습이었다.

"널 얼마나 찾았는지 알아?"

말라 빠졌기 때문에 바람의 저항도 없었는지 그는 숨이 차 하지도 않고 느린 투로 말했다.

"뭣 땜에!"

성난 눈이 다마야마 준코를 쏘아본다.

"뭣 땜에라니? 큰일 나지 않았느냐 말이야"

하고 말을 끝낸 엷은 입술은 벌어진 채다.

"네 일 아니니 걱정 말어!"

"이애, 성내지 말구."

"학교 그만두면 될 거 아냐?"

"또 학교 그만두어?"

이 철딱서니 없는 애 좀 봐라는 듯 픽 웃는다.

"그만한 일 약과 아냐? 그보다 더한 일 해도 학교만 잘 다니더라."

"너 같으면 말이지?"

"치이, 그래 어젯밤에 그 능구렁이가 널 불러냈다면서?"

"누가 그런 소릴 해!"

"너네 방 하급생이 그러더라."

"그래서 네가 무슨 상관이야!"

"나한테도 책임은 있잖어? 내가 실수를 했어, 너무 서둘렀단 말이야."

"……?"

"누가 그게 그런 줄 알았나? 그 키다리 숯장사가 말이야."

"……"

"아 글쎄 아무리 기다려도 오가와가 나와야 말이지. 그래 기다리다 기다리다 못해 그놈의 키다리 숯장사한테 주었잖어? 오가와한테 좀 전하라고. 뭐 편지도 아니구 노트니까 괜찮겠거니 생각했거든. 그런데 그게 실수였어."

민이는 다마야마 준코를 여전히 쏘아보고 있었다.

"나는 안심하고 하숙에 돌아갔는데 마침 이웃의 하급생이 놀러 왔거든. 내가 왜 진작 그 생각을 못 했는지 가슴을 치고 싶어."

그는 자기 가슴을 치는 시늉을 했다.

"그만 그 애한테 전했더라면 아무 사고도 없었을 텐데. 그래 이런저런 이야기를 하다가 그놈의 키다리가, 숯장사가 우에다(上田) 선생한테 노트 바친 이야길 하잖어? 가슴이 덜렁 내려앉더구먼. 그 애 말로는 그놈의 키다리 숯장사, 고게 여간내기가 아니라는 거야. 심술궂기로 유명하고 반의 일본 애들 중에서 제일 못됐다는 거야. 일본 애들도 그걸 미워하면서도 그 앞에서는 꼼짝 못 한다는 거야. 그게 얼굴이 못생겨서 오가와를 유독 못살게 군다는구먼. 그랬으니 그 노트가 바로 호랑이 굴에 들어간 거지 뭐니?"

"키다리 숯장사가 누구야?"

민이의 감정은 한결 가라앉은 것 같았다.

"그렇게 못생긴 일본 계집애가 있어. 눈까리가 올빼미같이 커다랗고 거무튀튀하게 생긴 것이 호리(堀)라고."

"그럼, 오가와상은 그것 받아보지도 못했단 말이지?"

"그럼. 호리가 종회 때 저이네 담임에게 냈으니, 내가 그것 주고 얼마 안 돼서 종회가 시작됐거든."

이제 민이의 얼굴에는 노여운 빛이 다 사라지고 없었다.

민이와 다마야마 준코의 인연이란 참 이상한 것이었다.

옥 선생의 전근 때문에 섬으로 가버린 옥순자를 다시 만난 것은 3년 전의 일이었다. 그날 학교 뜰에는 수험생으로 메워져 있었다. 각 지방에서 모여든 학생들은 봄이 멀어 아직은 매운 바람을 마시며 그들 일행들과 초조한 표정으로 여기저기 서 있었다. 얼마 있으면 2학년이 되는 민이와 그의 반 아이들은 벌써부터 상급생이 된 기분에 취하며 그들 무리 사이를 누비며 지나갔다. 그때 학교 안에 있는 제2료(第二寮)에 놀러 갔었다가 제일료로 돌아가는 길이었던 것이다. 거의 교문 가까이까지 왔을 때 민이는 수험표를 단 옥순자를 발견했다. 순자는 검정 치마저고리를 입고 있었다. 같이 온 동무도 없는 것 같았는데 그는 어설픈 기색도 없이, 그러나 그의 옆에는 여전히 어깨가 꾸부정한 옥 선생이 서 있었다. 그는 마음이 놓이지 않는 듯 흰 손수건을 꺼내어 코를 닦곤 했다. 민이는 저도 모르게 피해 가려 했으나 멋모르는 동무는 민이의 팔을 잡아 끌고 그들 옆으로 빠져나가려 했다. 하기는 교문 가까이 서 있었으니.

"아이고오, 이게 누구야?"

결국 민이는 순자에게 발견되고 말았다.

"이민이 아냐?"

순자는 다듬은 목소리를 내며 민이의 옷자락을 잡았다. 매우 난처하게 된 민이는 엉겁결에 옥 선생을 향해 절을 꾸벅했으나 옥 선생은 민이를 기억하지 못했다. 어리둥절해하자,

"○○면 학교에 있을 때 4학년의 이민이예요. 우리 집에도 자주 놀러 왔었어요, 아버지."

옥 선생은 고개를 끄덕였지만 생각난 얼굴은 아니었다. 그는 많이 늙은 것 같았고 순자의 시험 때문에 초조해 있는 것 같았다.

옥순자 말에 의하면 한 해는 어머니 병환 때문에 집에 남아 있어야 했고 이듬해는 서울의 S고녀에 응시하였으나 미끄러졌다는 것이다. 옥순자는 옛날과 달리 매우 예의 바르게 말을 했고 조심스럽게 민이를 쳐다보았다. 민이는 당황하고 놀란 마음을 가라앉힐 수 있었지만 다음 오는 것은 심한 착각과 기이하다는 느낌이었다. 그가 합격되어 이 학교에 나타난다면 옛날의 상급생은 자기 하급생이 된다는 일이, 그것을 사실로서 인정하기 어설프고 납득하기가 어려웠다. 그동안 몇 해가 흘러갔을까? 세월이 지닌 마술에 걸려 몽롱한데 또 다른 마술이 얽혀 꿈길과 생시길 사이에 끼여버린 듯한 의식, 그 의식 속에서 다시 세월은 토막토막이 나서 앞의 분간도 모르는 채 잗다랗게 굴러 있는 듯 그저 막연하고 난처해진 상태가 멀어지는가 하면 가까이 오고 빙글빙글 도는가 하면 멈추곤 한다. 멈추었을 때마다 민이는 시큼한 아픔의 망울을 느낀다.

민이는 옥순자의 느릿느릿한 말투에서도 착각과 혼란에 빠졌다. 비행기 프로펠러보다 빠르게 돌아가던 얄팍한 입술의 그 옥순자는 과연 지금 여기 있는 옥순자였을까 하고. 머리 구석에 남아 있는 여러 가지 모양과 빛깔과 움직이는 그 그림들과 지금 마주한 얼굴은 무슨 연관이 있을까? 이어볼 수도 없고 떼어볼 수도 없었다. 다만 추억이나, 지금은 다 함께 생소한 것이며 외면해버려야 할 것이라는 생각에 미쳤을 때 민이 마음에는 아무도 모르는 죄의식이 심어졌던 것이다. 위기(危機)를 몰고 오듯 자꾸 물이 불어나던 그 방천가에서 송진껌을 버리고 기름종이에 싼 검을 남 몰래 꺼내어 입속으로 밀어 넣었을 때의 그 괴로움 같은 죄의식이. 하지만 지금이나 그때나 싫다는 본능은 죄의식 속에 더욱 선명히 자리하였고 그럴수록 죄의식은 깊어만 지고, 어쩌면 죄의식과 본능은 끝없는 경주(競走)였으며 공존(共存)의 것이나 아니었는지.

느릿느릿한 옥순자 말에 내키지 않는 대답을 하고 있는 민이 눈에 흰 손수건을 꺼내어 코밑을 닦고, 너무 심하게 문질렀기 때문에 코밑이 빨개진 은테 안경의 옥 선생 모습이 비쳤다. 민이 안에 있는 심상(心像)에 동요 없는 안정을 느끼게 한 모습, 과거의 그림과 오늘을 정확하게 이어볼 수 있는 것은 민이를 기억하지 못하는 옥 선생 편에 있었다.

하여간 옥순자는 합격이 되었다. 그리고 그 특이한 모습으로 하여 그는 매우 인상적인 인물로서 등장하였다. 이제는 길거리에서 민이를 만나도 절은 하지 않았지만 옥순자는 민이의 하급생이 될 수밖에 없었던 것이다. 그렇게 될 수밖에 없었다는 점에서 그들은 서로 만나는 것을 좋아하지 않았다.

2학년 1학기를 끝낸 민이는 고향에서 여름방학을 보내고 학교로 돌아왔다. 1학기 때부터 꼬리를 물고 일어났던 사건, 그것은 학교에서 가정에서 동시에 벌어진 일이었다. 사건의 내용은 달랐지만 그 사건은 2학기가 시작되면서 동시에 폭발했던 것이다. 그 내용은 다음 장에 미루기로 하고 본시 어리석고 겁쟁이면서도 고집이 세고 노여움이 컸던 민이는 스스로 학교를 포기하고 말았다. 하지만 사건이 동기가 되기는 했어도 학교생활에 적응해나가는 데 힘이 드는 그의 성격으로 하여 학교를 그만두게 되기까지 몇 번인가 퇴학의 충동을 느꼈고 학교라는 곳의 규칙을 염오해왔던 것이다. 그러나 고향에서의 1년도 그에게 마음 편한 세월은 못 되었다. 그즈음 밤나무골 아저씨는 학마가 들어서 자꾸 떨어진다던 대학에 들어가 어느덧 졸업하게 되어 있었다. 아저씨는 민이에게 자기가 지망한 K시 여학교에 부임하게 된다면 널 데리고 가마 하고 약속을 해주었다. 그러나 졸업한 아저씨는 어느 제약회사에 취직이 결정되어 부득이 그 약속을 이행할 수 없게 된 것이다.

"어때? 그만 도로 가지. 다니던 학교에 도로 간다면 수속도 간단할 게고."

아저씨는 민이를 달래었다.

학교에 돌아온 민이는 그 다정했던 친구들이 상급생이라는 위치에서 자기를 건너다보는 눈초리를 발견하였다. 그리고 전의 하급생이던 동급생의 생소한 눈초리를 느꼈다. 다만 옥순자만은 달랐다. 서로 하급생도 되어보고 상급생도 되어보고 결국 동급생으로 낙찰이 되어 그들 사이에 흐르는 간격은 메워진 셈이다. 2학년 2, 3학기에는 옥순자와의 접촉이 전혀 없이 지냈다. 반이 달랐기 때문이다. 그러나 3학년에 올라가서 반 이동이 되면서부터 옥순자는 민이 뒤편에 좌석을 차지하고 그들은 싫으나 좋으나 얼굴을 보게 되었던 것이다.

옥순자는 요주의(要注意) 학생으로 입학 당시부터 꼬리표가 달린 처지였다. 가장 위험한 선(線)인 남녀 교제 문제, 여학생 간에는 아주 희귀한 일이기는 했지만 전혀 없는 일도 아닌 그 위험선에 저촉된 일도 없는 옥순자가 그 이상의 위험 인물로서 학교 당국의 감시를 받는 이유를 민이는 이해할 수 없었다. 학교 선생들은 가장 불량한 학생으로 소홀히 다루었고 도깨비라는 욕설로써 그를 대하였다. 학생은 학생대로 말라깽이인 그를 조롱하여 앞에서는 버들미인(柳美人)이라 불렀고 돌아서서는 유령미인(幽靈美人)이라 하며 경계하고 그를 멀리하려 했다. 하기는 그의 주변에 경계할 만한 뜬소문이 없었던 것은 아니다. 그 스스로가 남녀 교제의 위험선을 넘은 일은 없었지만 소위 경멸할 만한 사랑의 심부름꾼이었다는 바로 그 점이다. 남녀 교제뿐만 아니라 교내에서 버젓이 자행되고 있는, 공인된 비밀인 S의 인연을 맺어주는 것도 대부분 옥순자의 역할에 속해 있었다. 그리고 배고픈 기숙사 학생들을 상대로 비밀히 음식을 파는 옥순자, 하숙에 단골 손님들을 끌어들이는 것도 그였었다. 학생들은 옥순자를 멀리하면서도 하급생들 중에서 눈여겨본 귀여운 아이가 있으면 옥순자에게 의논하였고 일요일이면 기숙사 몇몇 아이들은 그를 방문하여 비밀히 파는 음식으로 배를 채워 기숙사로 돌아오곤 했다. 민이도 한번 동무들과 어울려 그곳을 찾은 일이 있었지만 두 번 다시 가지 않았다. 이렇게 남의 편의를 봐주는 옥순자를 멀리하는 이유가 무엇인지. 그는 학교에서 언제나 외로웠다. 그런 의논이 아니면 그와 이야기를 나눌 친절한 동무는 아무도 없었다. 그는 결코 싸움을 하지 않았고 남의 흉을 보지 않았고 비밀은 잘 지켜졌다. 그런데 그는 결석을 잘 하였고 교실에서는 물론 학교 운동장에서까지 꿇어앉아야 하는 벌을 항상 받아왔다. 그의 동작은 지극히 느렸고 나태해 보였으며 움직임은 모두 어릿광대, 털어놓고 웃을 수 없는 연민과 모멸의 미소만을 자아내게 하였다. 그는 일기를 낸 일이 없고 수예나 재봉을 낸 일이 없고 숙제를 해온 일이 없었다. 그러나 아이들은 모두 그에게 소설을 빌려 읽었고 어떤 때는 수학 문제를 물어보기도 했다. 그는 용하게도 중간쯤의 성적을 유지해 나가고 있었다.

그러니까 이번 편지 사건은 그저께 토요일 오후에 꾸며진 일이었다. 그 계획의 동기는…… 우연이라고나 할까. 점심이 끝났을 때 학생들은 거의 교정으로 다 나가고 교실 안에는 서너 명이 남아서 잡담을 하고 있었다. 민이는 교실 창가에 기대어 서서 푸른 칸나 잎이 너울너울 흔들리는 사이로 바깥을 내다보고 있었다. 창밖으로 내민 민이 얼굴에 바람따라 흔들리는 칸나 잎이 스치곤 했다. 상급생들은 대개 교정 구석에 모여 잡담을 하고 있었고 하급생들은 교정 복판에서 뛰어놀고 있었다. 줄뛰기도 하고 발리볼도 하고 술래잡기도 하고 있었다. 햇빛은 운동장 가득히 들어차서 강당과 강당 옆에 몇 그루 서 있는 향나무의 그늘이 하얗게 튀는 듯한 운동장에 짙은 경계선을 그어놓고 있었다.

민이의 눈이 무엇을 발견하였는지 가만히 멎었다. 그의 눈이 멎은 곳에 물방울 무늬가 있는 가스리 몸뻬가 있었다. 감색 바탕에 흰 물방울 무늬—다음 시간은 체육일까 몸뻬 위에는 하얀 운동 셔츠였었다. 소녀의 얼굴은 활짝 웃고 있었다. 가려진 앞머리를 더워서 걷어 넘겼는지 둥그스름한 이마가 나와 있었다. 그 웃음의 얼굴을 바람따라 움직이던 칸나 잎이 가려버렸다. 민이가 그 잎을 밀어내었을 때 그 귀여운 얼굴은 다시 나타났다. 오가와 나오코(小川直子), 민이네 교실과 붙어 있는 2학년 3반의 아이. 그 애는 한 떨기 오랑캐꽃이었다. 민이 시 속에 언제나 나오는 오랑캐꽃, 자그마한 몸집에 자그마한 머리, 윤이 나서 반들거리는 그 머리칼은 뛸 때마다 몹시 흔들렸다.

민이의 눈이 움직였다. 나오코는 술래잡기를 하는지 갑자기 몸을 돌리더니 획 뛰었다. 향나무 옆에까지 뛰어간 그는 뛰는 것을 멈추고 되돌아서며 다시 활짝 웃었다. 그늘 속의 그의 이마는 몹시나 희었다. 누군가가 쫓아가자 그는 향나무를 누비며 달아난다.

민이는 항상 멀리서 나오코를 찾았다. 그는 나오코 가까이 가는 것을 두려워하고 항상 멀리서 그 물방울 무늬의 몸뻬만을 찾았다. 학교에 들어와서 구두 수선을 하는 할아버지 뒤에 서서 그 물방울 무늬의 몸뻬를 찾았고 전교 교련 시간에 견학을 하면서 그 물방울 무늬의 몸뻬를 찾았고 어디 어떤 곳에서나 그 모습은 눈에 띄었다. 항상 멀리서, 그래서 민이는 오가와 나오코의 목소리를 들어본 적이 없었다.

창가에 서 있는 민이 눈에서 사라진 오가와 나오코는 다시 돌아왔다. 그는 마치 여러 개 모인 당구가 서로 부딪쳐 사방에 흩어졌다 다시 부딪쳐 모여드는 것처럼, 아니 하늘의 별들이 그렇게 흩어지고 모여지는 것처럼 민이 눈앞에서 사라지고 나타나고……

물방울 몸뻬를 보지 않고 돌아가는 저녁은 민이에게 덧없고 슬픈 시간이었다. 그 시간은 끝없이 넓은 허공이었으며 평범한 얼굴들을 염오하는 마음과 가치가 없는 대화를 모멸하는 자기만의 세계를 아무에게도 열어주고 싶지 않은 고집과 고독의 시간이었다.

"오가와 나오코, 저 애 참 예쁘지?"

민이는 느릿느릿한 그 목소리에 놀라며 창가에 기대었던 몸을 일으켰다. 민이 마음을 뚫어보듯 다마야마 준코는 웃고 있었다.

"예쁘지 않어?"

그는 다시 말했다.

"예뻐!"

얼굴을 돌려 다시 교정을 내다보며 민이는 성난 소리로 대꾸했다.

"너 오가와 나오코를 좋아하지?"

민이는 다시 얼굴을 돌렸다. 그리고 다마야마 준코를 미워하는 눈초리로 쳐다본다.

"좋아하면 나쁘니?"

"누가 나쁘다 했니?"

민이는 허리를 좀 구부리고 창가에 팔을 세우며 두 손으로 턱을 감싼다.

"너 편지 쓸 용기 있니?"

민이는 아무 대꾸도 하지 않았다.

"편지 쓸 용기 없니?"

다마야마 준코는 다시 물었다.

'편지? 편지라구? 난 그런 생각 해본 일 없어.'

그러나 민이는 끌려가고 있었다. 다마야마 준코의 마술에 걸려든 것처럼. 정말 그것은 물리치기 힘든 유혹이었다.

"너 같으면 반드시 답장이 올 거야."

민이의 눈이 흔들렸다.

"너도 예쁘니까 말이야."

'정말일까? 답장을 줄까?'

민이의 숨결은 가빠졌다.

"넌 여태 아무하고도 S를 안 했잖어? 어차피 누군가하고 해야지."

물방울 무늬의 몸뻬는 아이들의 무리 속에서 보일 듯 말 듯, 다마야마 준코의 혓바닥은 악마처럼 달콤하게 속삭여주고 있었다. 그것은 마법사의 신비한 피리 소리 같았다. 그 피리 소리는 점점 가까이 와서 민이의 심장을 흔들어주고, 두려움에 가득 찼던 아름다운 동경은 욕망으로 변해가고 있었다.

'그 애는 답장을 줄 것이다. 틀림없이 답장을 줄 것이다.'

운동장의 소음은 멎고 신비스러운 피리 소리만 들려오고 있었다. 운동장의 모든 움직임은 멎고 물방울 무늬의 몸뻬만 남아 있었다. 그것은 아름다운 음악, 민이의 마음속에는 무엇이 가득 차 있었다.

"그 애 아버지는 농업 학교 선생님이야."

피리 소리 사이에서 이따금 사람의 목소리가 들려왔다.

"그 애한테는 동생이 있지만 언니는 없단 말이야, 만이거든."

'뭐라구? 동생이 있다구? 남들처럼 동생이 있다구?'

갑자기 그림의 빛깔이 엷어졌다. 음악은 멀어져갔다. 운동장의 소음이 크게 울리고 아이들은 어지럽게 뛰놀고 있었다. 오가와 나오코에 대한 환상은 상처를 입었던 것이다. 그에게도 남들과 다름없이 동생이 있었다는 것은 확실히 좋지 않은 기분에서 이상했던 것이다. 그는 홀로 핀 오랑캐꽃이었으며, 그는 옹기종기 모여 있는 바위 옆의 조그마한 버섯일 수 없다.

"어쨌든 네가 편지만 쓰면 어떻게 해서라도 내가 전해주겠어."

"네가?"

민이는 다시 몸을 일으켰다.

"음, 내가."

"어떻게?"

"나한테만 맡겨. 편지만 써가지고 오란 말야."

기숙사의 토요일 밤은 즐거운 축제날같이 득실거린다. 자습 시간은 있지만 자습하는 아이는 한 명도 없었다. 일본 아이들만 있는 제3료(第三寮)에 사감들이 모여 목욕도 하고 음식도 장만해 먹는 것은 여태까지의 습관이었으므로 사감이 없는 기숙사에서 자습 시간의 규율을 지키는 바보는 없었던 것이다. 상급생들은 화장을 했고 침의(寢衣)로밖에 허용되지 않았던 한복을 입고 이 방 저 방 몰려다니며 소란을 피우는 밤, 토요일. 일주일의 새장 속에서 밤이 밝아오면 자유는 그들을 맞이하게 될 것이다. 바로 그 전야. 민이는 그들에게 합류하지 않고 사이죠오 야소(四條八十)의 시집을 읽고 있었다. 그러나 그것을 읽고 있었던 것은 아니었다. 생각하고 있었던 것이다.

소란스러웠던 기숙사에 소등 종이 울리고 전등은 전후하여 하나둘씩 꺼져갔다. 배불리 먹는 꿈, 친척집을 방문하는 꿈, 눈여겨 놓은 물건을 사는 꿈, 가지가지 꿈을 안고 모두 잠이 들었는데 민이는 잠을 이룰 수 없었다.

이튿날 민이는 그 즐거운 외출을 단념하고 혼자 기숙사에 남았다. 휑하니 비어버린 기숙사의 오후는 죽음만큼이나 고요했다. 민이는 혼자 되었다는 희열과 공포를 목덜미에 오싹오싹 느끼며 편지를 쓰고 또 썼다. 그것은 말할 수 없이 어려운 작업이었다. 몇 번이나 지우고 다시 쓴 것을 그는 소중히 아끼던 바닷빛 노트 첫장에 꼬박꼬박 옮겨 썼다. 그리고 그 노트를 흰 종이에 싸서 놓고 아무도 없는 죽음만큼이나 고요한 기숙사 복도를 퉁탕퉁탕 소리를 내며 세면장까지 가서 세수를 하고 거울에다 얼굴을 비춰본 뒤 그는 방으로 돌아왔다. 책가방을 챙겨놓고 그 책 사이에 흰 종이에 싼 노트를 집어넣은 민이는 뜰로 내려왔다. 눈부시게 푸른 클로버의 안뜰, 그는 다리를 뻗고 드러누웠다. 맨발에 닿는 클로버의 감촉은 시원하고 간지러웠다. 식당과 사감실 세면장이 마주 보고 있었고 학생들 방이 마주 보고 있는 장방형의 건물은 어느 궁전의 돌담같이 민이에게는 생각되었다. 그리고 클로버의 안뜰은 장려한 궁전의 거실같이 생각되었다. 민이 얼굴 위에는 구름이 지나갔다. 그늘은 드리우며 이따금 멀리 뒤뜰 쪽에서 식모의 목소리가 들려오곤 했지만 민이는 어느새 잠이 들고 말았다.

밤에도 그는 깊이 잠들 수 있었다.

오가와 나오코가 그 편지를 선생님에게 갖다 바치지 않았다는 사실을 안 민이는 많이 진정을 했다. 교칙을 위반한 그에게 무슨 형벌이 있을 것이라는 공포에서 놓여나지는 않았지만 아픔은 훨씬 가라앉았던 것이다. 벌을 받을 것이라는 공포만 하더라도 그것은 오가와 나오코가를 떠난 것은 아니었다. 벌받는 꼴을 오가와 나오코가가 목격하게 될지도 모른다는 근심, 그 소문이 조롱의 투로서 오가와 나오코가 귀에 들어갈지도 모른다는 두려움—

조회는 무사히 끝났다. 다마야마 준코와 한방의 실장 이외 민이가 크나큰 괴로움을 가지고 있는 것을 눈치챈 학생은 없는 것 같았다. 장본인인 오가와 나오코도 모르고 있는 것 같았다. 그는 다마야마 준코의 소행으로만 생각하고 있는지도 모른다.

조용히 첫째 시간은 시작되었다. 언제나 따분하기만 했던 공민(公民) 시간이 어쩌면 그렇게도 빨리 달아났던지. 언제나 짧기만 했던 휴게 시간은 여름 오후같이 길어서 종소리는 좀처럼 울려오지 않았다.

"리노이에 상, 선생님이 교무실로 오래."

도어를 밀고 얼굴을 들이밀며 누군가가 말하는 것을 민이는 여러 번 들은 것 같았다. 휴게 시간은 참혹한 고문이었고, 이 세상에 태어난 고통을 저주하는 시간이었다. 그는 수업이 끝나는 종소리를 들을 때마다 전율하고 얼굴에 배어나는 땀을 씻었다. 그러나 수업이 다 끝나고 종회(終會)가 있을 때까지 아무런 일도 일어나지 않았다.

종회 때 마지마 선생은 그의 평소 버릇대로 얼굴을 숙이고 눈을 치뜨며 교실에 들어왔다.

"기립!"

당번 열장(列長) 호령에 따라 모두 일어섰다. 민이는 앞에 선 아이의 머리가 자기 얼굴을 가려줄 것을 간절히 원하였으나 교단과 사선(斜線)을 이룬 그의 좌석에서는 가능한 일이 못 되었다. 그는 눈길 하나 피할 곳을 발견 못 했다.

"경례!"

고개를 숙일 때 민이는 비로소 숨을 쉴 수 있었다.

"착석!"

모두 자리에 앉았다.

"오늘 다른 반에서 야간 외출한 자가 있었다!"

앉기가 무섭게 마지마 선생의 굵은 목소리가 울려 나왔다.

"3학년 1반에는 그런 자가 없느냐?"

날카로운 눈이 다마야마 준코에게 쏠렸다. 선생님의 작은 눈은 무서운 빛을 뿜고 있는 것 같았다. 다마야마 준코는 그 눈길에 위축됨이 없이 천연스럽게 앉아 있었다. 그러나 그 앞에 앉아 있는 민이의 얼굴은 종잇장처럼 하얗게 변했다. 기숙사에 있는 그가 야간 외출을 할 리가 없었다. 그는 다만 선생님의 눈이 자기 얼굴 위에 박혔다고 생각하는 것이다.

"특히 하숙을 하는 자들한테 그런 사고가 빈번히 생기는 모양이다! 부모나 선생 들의 감독이 없다고 부엉이같이 밤길을 쏘다니는 자가 있다면 그건 언어도단이다! 앞으로 그런 자가 적발되기만 한다면 학교 당국에서는 엄중 처벌할 방침이다! 알겠느냐!"

"네."

"요즘 너희들은 정신 상태가 이완된 것 같다. 이 국가 위기에 있어서 조금이라도 불건전한 정신, 퇴폐적인 마음을 가진 자는 용서하지 않겠다! 전선에서는 지금 이 시간에도 우리의 용사들이 장렬한 죽음을 당하고 있다! 지금 우리들의 공중에는 적기가 날고 있다! 비록 전선에 나갈 수 없어도 항상 전시 태세의 긴장을 잊어서는 안 된다! 그것을 잊는 날에는 적이 우리를 먹을 것이다! 알겠느냐!"

"네."

명확한 어조의 마지마 선생은 눈썹 바로 밑에 다붙은 작은 눈을 굴렸다. 그리고 역시 코 밑에 다붙은 입술을 꾹 다물었다. 말이 끝났는가 했는데 그는 그런 자세로 한참 동안 서 있다가 다시,

"요즘에는 일기를 안 내는 게으름뱅이가 많아졌다! 일기는 그날그날 반드시 내도록 하라! 오늘은 이만."

"기립!"

"경례!"

"착석!"

마지마 선생의 뚱뚱한 몸은 교실 밖으로 사라졌다. 그는 민이에게 교무실로 오라는 말을 하지 않았다.

"이애 리노이에 상, 웬일이지?"

다마야마 준코가 나직이 속삭였다. 교장 딸 모리 가즈코가 힐끗 그들을 쳐다보았다. 오가와 나오코가 보낸 편지의 건은 다마야마 준코라는 선(線)에서 그들을 궁금하게 하고 있다는 것을 그의 눈길에서 짐작할 수 있었다. 그다음 날도 아무 일 없이 지냈다. 민이는 벌을 받아야 한다면 차라리 빨리 결판이라도 났으면 싶었다. 왜 이런 상태가 계속되는지 이해할 수 없었다. 그러나 사흘째 되는 오후 점심이 끝났을 때 드디어 올 것은 왔다.

"리노이에 상, 선생님이 교무실로 오래."

당번 열장이 말했다. 일본 아이들의 입을 통하여 꽤 넓게 퍼졌던 편지 사건이 이제 표면으로 드러난 것이다. 조용히 일어나서 나가는 민이 뒷모습을 향해 일본 아이들은 멸시의 눈을 던졌고 조선 아이들은 뜻밖이라는 눈을 보냈다.

민이는 복도를 지나가면서 어머니가 수술을 받던 병원의 음산한 복도를 생각했다. 두려움은 가고 다만 막막했을 뿐이다. 교무실에 들어갔을 때 오가와 나오코의 담임 우에다 선생은 멋쩍은 미소를 띠며 급히 악보를 들고 밖으로 나가는 것이었다.

민이는 마지마 선생 책상 옆으로 갔다. 그러나 마지마 선생은 얼굴을 들지 않고 무엇을 열심히 쓰고 있었다. 그의 목덜미는 이미 탄력을 잃고 있었으며 짧게 깎은 모발 사이에 흰 빛깔을 띠운 것도 적지 않았다. 창밖에 악보를 들고 음악실로 걸어가는 작달막한 우에다 선생의 모습이 스쳤다. 한참 만에 마지마 선생은 글을 쓰는 그 자세로 얼굴도 들지 않고 다만 펜만을 멈추고 말했다.

"너는 반성을 하고 있지 않다!"

민이는 고개를 떨어뜨렸다.

"너는 사흘 동안 일기를 내지 않았다! 반성을 했다면 너는 일기에 반성문을 썼을 것 아니냐!"

노한 목소리였다.

"거기 꿇어앉어!"

마지마 선생은 여전히 얼굴을 들지 않고 자기 의자 옆을 손가락으로 가리켰다. 민이는 꿇어앉았다. 최초의 일이었다. 민이가 학교를 그만두기 전에 그때 담임이었던, 지금은 전근해 가버린 음악 선생에게 지독한 반항을 했지만 꿇어앉는 벌을 받아본 일은 없었다. 최초의 벌이었지만 민이의 마음은 한결 가라앉았다. 사진을 찍었다는 것만으로도 붉은 잉크로 X를 그린 사진을 들고 학생들이 오가는 복도나 교무실 한복판에서 벌을 서는데, 드나드는 선생들이 볼 수 있는 장소가 아닌 것만도 얼마나 다행한 일인지 모른다. 민이는 마음속으로 마지마 선생님에게 감사했다.

민이는 수업이 끝나고 종회 때 교실로 돌아갔다. 그러나 이날은 종회에 선생님은 나타나지 않았다. 민이는 선생님에게 감사하면서도 벌이 가지고 온 상처가 얼마나 크고 깊은 것인가를 사무치게 느꼈다. 불붙는 듯한 노여움에서, 불안과 공포의 시간에서 지금은 놓여났건만, 모든 것은 잿더미같이 황량하고 빈 도시 같은 잿빛으로 채색된 곳을, 짓밟히고 더럽혀진 자기가 가고 있다는 것을 그는 피부 구석구석에서, 뼈 마디마디에서 절감하였다.

장지문에는 실제 아무것도 비치지 않았지만 많은 머리가 잇달아 지나가고 있는 것을 볼 수 있었다. 민이 누워 있는 방 앞의 복도를 무수한 발소리, 혼합되어 둥글고 높은 돔(圓天井) 같은 느낌의 소리들이 지나가고 있었다.

그 모습들은 전혀 딴판이다.

열어젖혀 놓은 유리 덧문의 레일이 차갑게 빛나는 복도, 젓가락통을 들고 방석을 들고 식당으로 가는 행렬은 아니다. 지난밤 요 밑에 깔아서 종이를 접은 듯 주름이 빳빳하게 누운 치마를 입은 모습이다. 축제일에만 매게 되어 있는 하얀 리본을 한 모습이다. 여학생들은 자색(紫色) 포장을 둘러놓고 강당 중앙에 신성불가침의 일장기가 걸려 있는 식장으로 조용히 들어가고 있었다.

"미즈하라 상, 숙제 했니?"

"아이 참! 난 몰라. 어떡하니? 그 여우가 또 지랄할 게야."

민이와 한 반인 마쓰야마 사다코(松山貞子), 미즈하라 후쿠키(水原福姬)의 음성이다. 사다코의 홀딱 벗어진 앞이마와 후쿠키의 고수머리가 얼려져 민이 눈앞에 잠시 스쳤으나 이내 단절되고 여전히 회랑(回廊)의 디딤판을 타둑타둑 밟으며 얌전한 얼굴로 줄을 지어 식장으로 들어가는 광경만이 선했다.

아직은 햇빛을 기숙사 지붕이 가리고 있을, 그래서 이슬에 듬뿍 젖은 채 짙푸른빛을 띄우고 있을 클로버의 안뜰 너머 저쪽 복도에서도 발소리, 이야기 소리가 울리고 있었다.

소리는 소리대로 가슴을 투닥투닥 두드리며 짓밟으며 지나가고, 영상(影像)은 영상대로 엄숙한 침묵을 지키며 지나가고 있는 것이다.

"빨강 망토! 파랑 망토!"

와아! 와아! 소리 지르며 아이들이 교실에서 몰려나온다. 맨발로 운동장에 쫓아 나온다. 수천의 발이 복도를, 층계를 난타하며 쏟아져 나온다.

"빨강 망토! 파랑 망토!"

요괴스러운 말은 무서운 속도로 번져나간다. 그보다 더 빠르게 함성은 메아리에 메아리를 낳아 영문도 모르는 소리 속에 휩쓸려 와아! 와아아아아…… 그 틈바구니에서 빨강 망토! 파랑 망토! 빨강, 파랑! 망토 망토! 얼어붙는 심장, 교실의 창문이 흔들리고 천장이 회전하고 책상 걸상이 난무하고 햇빛이 튀는 하얀 초여름 날 운동장에 거미알처럼 까만 머리가 흩어진다.

선생들이 모조리 뛰어나왔다. 소사도 나오고 6학년 애들도 달려 나왔다. 검정 치마에 흰 모시 적삼을 입은 1학년 담임의 민 선생은 희끗희끗한 말똥 머리를 흩뜨리고 큰 눈을 부릅뜨며 그러지 않아도 붉은 얼굴이 앵둣빛이 되어 아이들의 엉덩이를 때리며 소리를 질렀다. 살짝 곰보인 멋쟁이 일본 여선생은 흰 바탕에 연둣빛 줄무늬가 있는 새틴 블라우스, 그것은 흡사 과자 포장지와도 같았는데 그 블라우스의 보우를 나풀거리며 성급하게 호각을 불어댔다. 금니가 아주 환하게 드러나서 호각은 자꾸만 울렸다. 남자 선생들은 기가 막히는지 쓴웃음을 띄웠다.

"와아! 와아아아아—"

메아리는 지구에 종말이 온 듯 정오를 흔들었다.

이 어처구니 없는 백주의 도깨비 소동은 얼마 후 진압되었다.

그러나 빨강 망토 파랑 망토가 변소에 들앉아서 아이를 잡아먹는다는 말을 도시 누가 발설하였을까. 마치 화인을 모르는 화재처럼. 회오리바람이 일으킨 소동만 같았다.

생도들은 다 교실로 돌아갔다. 텅 비어버린 공허한 운동장에 부서진 유리 조각 같은 광선이 튀고 있었다. 흑인의 눈자위처럼 콜타르를 칠한 목조 건물에 흰 페인트칠을 한 창문들과 창살이 꿈같이 괴이한 느낌으로 가만히 정지하고 있었다.

"나비야 나비야 이리 날아오너라! 파랑 나비 흰 나비!"

1학년 교실에서 억양이 붙은 조선어 읽는 소리가 들려왔다. 풍금을 붕붕 타는 소리도 흘러나왔다. 빈자리와 가득 찬 차리, 소리 나는 곳과 침묵에 싸인 곳—시간이 지나면 회전무대처럼 그것은 바뀌어질 것이다.

학교를 파하고 집으로 혼자 돌아가는 민이는 돌다리를 건넜다. 우묵한 아카시아 숲, 그 밑을 지날 때 민이는 달음박질을 쳤다. 개천물 근처의 나무 밑동에는 이끼가 끼었던지 파아랗게, 물빛도 파아랗게 느껴졌다. 그 숲을 지나 관리들이 사는 호젓한 뒷거리, 관사촌으로 들어섰을 때 길은 넓어졌고 그만큼 햇빛의 폭도 넓어져서 길섶에 핀 잡초 위에는 뿌연 흙먼지가 앉아 있었다.

민이는 그늘을 찾아 담벽에 바싹 다가서며 걸어간다. 흰 회칠을 한 일본식 토장(土藏)이 있고 자그마한 화원에는 새끼로 뿌리를 싼 향나무가 모로 누워 있기도 했고 오랜 세월에 잿빛으로 바래진 목조의 일본집들도 즐비했다. 울타리도 없는, 길 쪽에 바싹 다가선 집 옆을 지나칠 때 책 읽는 소리가 들려왔다. 발을 말아 올려놓은 창문 안에 민이 또래의 일본 아이가 책상 앞에 앉아 책을 읽고 있었다. 접시에는 빨간 사탕이 들어 있었는데 계집아이는 책을 읽다 말고 민이에게 눈을 까뒤집었다.

"조오센진 가라!"

민이는 움찔하다가

"바까! 아호오(바보)."

하고는 달음박질을 쳤다. 민이는 일본 아이가, 아니 긴 칼을 찬 순사가 뒤쫓아 올 것만 같아서 겁이 덜컥 났다. 돌아보았을 때 거리에는 태양빛만 눈에 부셨다. 그는 어서 집으로 돌아가서 엄마한테 돈 1전을 얻어 상투과자를 사 먹을 생각을 했다. 보솔보솔 입 안에서 녹는 상투과자의 맛, 까맣게 탄 꼭지의 씁스름한 맛,

'아냐. 솜과자를 사 먹을 테야.'

할아버지가 페달을 탈각탈각 밟으면 꼬챙이에 분홍빛 안개 같은 솜과자는 자꾸만 부풀어 올랐다. 푸른 하늘에 날아갈 듯 가볍게 둥실 떠오른 솜과자.

'내가 어디서 저고리를 잃었을까?'

민이는 고개를 갸웃거렸다. 작년 봄에, 그러니까 1학년에 입학하고 얼마 되지 않았을 때 엄마가 이름표, 손수건을 핀으로 꽂아 준 미색 세루 저고리를 잃어버려 엄마한테 종아리를 맞은 생각을

했던 것이다. 그날 엄마는 돈 1전을 주지 않았다. 그래서 뒤뜰 사철나무 밑에서 훌쩍훌쩍 울었던 일, 장화홍련의 계모처럼 우리 엄마도 계모가 아닌가고 생각했던 일.

'어디서 저고리를 잃었을까? 이상도 하지.'

민이는 아무리 골똘히 생각해보아도 어디에다 저고리를 벗어놨는지 짚이는 곳이 없었다. 정말 저고리를 벗었는지 그리고 저고리를 벗은 채 집으로 돌아갔는지 그것조차 뚜렷하지 않았다. 다만 종아리를 회초리로 때리면서

"이놈의 계집애 혼을 빼서 나무에 걸어놓고 다녔나? 저고리를 잃어버리다니, 응? 내일부터 웃통 벗고 학교에 가란 말이야!"

하던 어머니의 말만 똑똑히 기억할 수 있었다. 그리고 돈 한 닢을 얻을 수 없었던 일과, 솜과자를 살 수 없었던 일.

책가방을 들고 민이가 한참 걸어 내려갔을 때 무슨 사무소라는 먹글씨의 낡은 간판이 붙어 있는 곳이 있었다. 반쯤 열린 철문 사이로 수목에 깊숙이 감추어진 붉은 벽돌집이 아련아련 하게 보였다. 그 창문의 문살도 하얀 페인트칠을 한 것이었다. 울창한 수목은 모두 오래된 벚나무, 푸르기보다 검정에 가까운 이파리 사이의 가지는 매끄러운 잿빛 윤이 났다. 민이는 빨간 열매가 달려 있는 것을 볼 수 있었다. 얼마나 매혹적인 열매인가. 씁쓰름한 그 맛을 알면서도 끌려가지 않을 수 없는 열매의 신비스러운 매력, 민이는 집에 빨리 돌아가서 엄마한테 돈 한 닢을 얻어 상투과자를 사 먹겠다는 것도 잊고 넋 빠진 것처럼 그 열매를 올려다보고 서 있었다. 빨강에서 자줏빛으로 옮겨가는 열매, 작은 열매는 차

츰 다른 큰 열매로 변하여갔다. 민이 마음 속에서. 그것은 말랑말랑한 오렌지빛의 꽈리였다. 빨갛고 끝이 푸릇푸릇한 바깥 주머니를 찢으면 나타나는 꽈리. 타나바타 마츠리(칠월칠석)날 일본인들이 종이배를 만들어 바다에 띄울 때 여러 가지 작은 과실과 함께 꽈리도 종이배에 실었다. 그날밤의 바닷가는 온통 꽃불이 튀고 화약 냄새 바다 냄새가 감도는 속에 등불과 게다 소리가 붐볐다. 담배 과자만큼 가늘고 작은 촛불을 켠 종이배는 얼마 안 가서 물속에 가라앉고, 그러나 밤이 새도록 오색찬란한 꽃불과 등불과 웃음소리와 새로이, 새로이 띄워지는 종이배는 끊어지지 않았다. 그 종이배 속에는 꽈리가 있었다. 민이는 바닷가에서 뒷짐을 지고 황홀한 밤을 구경하며 떠내려가는 종이배 속의 꽈리 생각만 했다. 물고기가 먹을까? 문어가 먹을까? 가끔 민이 의식 속에는 다른 풍경이 흘러들어 오기도 했다.

사월초파일 밤에 화려하게 수놓은 가사 입은 승려들과 수천의 신도가 등을 들고 시내 행렬을 했었는데 염주를 손에 감은 엄마는 옥색 간사치마를 입고 있었다. 기를 쓰며 따라가던 민이가 치마꼬리를 잡으면 엄마는 치마에 때 묻는다고 손을 잡아주곤 했다. 간사치마가 사각사각 소리를 냈다. 용왕제(龍王祭)를 하던 날에는 바리바리 실어온 조밥을 바다에 뿌리고 자라, 거북이를 바다에 놓아주었다. 부처님은 언제나 연꽃 위에 앉아 계셨다. 지옥의 벽화를 보면서 미소 지으신 부처님이 무서웠던 일도 생각났다. 고소한 곰피자반[12]의 맛, 그리고 사람이 가득 들어앉은 법당에서 높아지고 낮아지며 울려오던 독경, 목탁 소리, 그 소리는 비약한다.

"와이숏! 와이숏! 왓쇼!"[13]

오미코시(御神輿)[14]를 어깨에 멘 일본 머시매들이 거리를 누비고 나왔다. 모두 하얀 옷에 노랑 머리띠을 두르고 있었다. 오미코시는 하늘 높이 올라가고 내려오고 빙글빙글 돌았다. 함성! 또 함성. 그 사이로 시뻘건 불 같은 입을 쩍쩍 벌리며 오니(鬼)는 군중을 향해 달려왔다. 사람이 탈을 뒤집어 쓴 곡마단의 가짜 말과 같이 가짜 오니인 줄 뻔히 알면서도 아이들은 소리를 지르며 달아났다. 민이도 울면서 달아났다. 와이숏! 와이숏! 와이쇼— 오미코시는 올라가고 내려오고 빙글빙글 돌았다.

그들의 고향, 그들의 무대, 그들의 천지에서 뜨내기 같은 조선 아이들은 초대받지 못한 땅에서 떠밀리고 쫓기며 구경을 하는 것이다.

민이는 타박타박 집으로 돌아간다. 벚나무의 열매도 꽈리 생각도 다 내버리고 어맘한테 돈 한 닢을 얻어서 푸른 하늘에 둥실 떠오르는 안개 같은 분홍빛 솜과자 생각을 하며.

'빨강 망토! 파랑 망토!'

와아— 솜과자와 빨강 망토 파랑 망토가 한데 얼려진다.

"빨강 망토! 파랑 망토!"

민이는 소리 지르며 사람 없는 뒷거리를 뛰어간다. 책가방 속에서 필통이 달각달각 소리를 냈다.

복도를 울리는 무수한 발소리가 식당을 향해 지나간다. 떠들썩한 이야기 소리도 지나가고 있었다. 이편 복도의 소음은 굵은 솜뭉치 같은 구름, 안뜰 저켠 복도의 소리는 얇은 면사포 같은 구름.

"왜 이리 시끄러우냐? 조용히들 못 하겠니?"

무턱이 미우라 선생의 갈라져서 흩어지는 고함이 구름 바다를 뚫고 날아왔다. 그 미우라 선생도 몬츠키(紋附)[15]에 하까마(치마)를 입고 표정을 거룩하게 다듬으며 식장으로 들어가는 모습으로 상상되었다.

무슨 축제(祝祭)가 있을 때마다 식복(式服)을 제일 맵시 있게 입기로는 나카야마 후미(中山文) 선생이다. 나카야마 선생은 납작코에다 머리가 큰 과분수인데 누구나가 다 맵시 있다고 생각하는 것은 이상한 일이었다. 그는 현재 공립인 H고녀가 사립일 때 소위 국어선생으로 초빙된 단 한 사람의 일본 여자였던 것이다. 그 당시만 해도 교양과 견식이 높고 민족의식이 강렬하였던 조선인 여선생들 틈에서 그러지 않아도 구박을 받았을 터인데 일본 여자대학을 갓 졸업한 아오모리(青森) 산골 출신의 촌티를 벗지 못했던 그가 얼마만 한 모멸의 대상이었던가 가히 짐작할 수 있는 일이다.

"용 됐지 용 됐어. 때가 쏙 빠졌다니까."

그의 옛날을 아는 졸업생들은 그런 말을 했다. 그러니만큼 현재 연조[16]로 봐서도 그는 고참자요 급수도 여자 중에서는 높았고 세력도 당당하였다. 그러나 고참자라든가 급수만으로 그의 영향력이 컸던 것은 결코 아니다. 그것은 성격이나 실력에서 오는, 더 정확히 말하자면 그의 눈동자가 지배한다는 편이 옳을 것이다.

푸른 기가 도는 그 눈으로 가만히 응시하면 아이들은 모두 벌벌 떨었다. 그의 머리는 유달리 컸고 코는 낮았으며 입술은 엷고 작았다. 이마는 일본 무사처럼 양편이 치올라 U자 모양, 그래서 항상 그는 양쪽 이마를 덮듯 앞머리를 빗어 내리고 있었다. 기왕에 키는 땅땅하게 작다고 치지만 각기(脚氣)[17]에 걸린 종아리는 민망하리만큼 부어서 어쩌다가 교단 모서리에 다리가 부딪치는 일이 있으면 푹 들어간 자리가 좀처럼 나오질 않았다. 그러나 그의 노리끼하면서도 투명한 살빛은 아름다웠다. 흑판에 초서(草書)를 슬슬 써 내려가는 손은 예술품이었고 그 손만은 황후(皇后)의 기품을 지니고 있었다. 아무튼 그 눈과 깨끗한 피부와 손을 뺀다면 나카야마 선생은 추녀에 가깝다. 그런데도 불구하고 눈은 전부의 결함을 감추고도 남음이 있었다. 결코 어떤 수작에도 넘어가지 않는 눈, 용서가 없는 눈, 항상 명령하는 눈, 당황해본 일이 없는 눈이었다. 옛날에는 촌뜨기였다지만 민이가 H고녀에 입학할 무렵의 나카야마 선생을 본 사람이면 좀 상상키 어려운 일일 거다. 그는 자기의 못생긴 체격을 신비할 만큼 개조해버리는 뛰어난 색채감의 마력을 지니고 있었다. 각기에 걸린 그 무다리를 감추기 위해선지 평소에도 와후쿠(和服)[18]를 즐겨 입었는데 그 옷의 선은 허공에 떠서 뚜렷하였고 품위와 요염함이 적당하여 독특한 분위기를 자아내게 하였다. 언젠가 국화가 흐드러지게 피었던 명치절(明治節)이었다. 주름이 빳빳한 검정빛 하카마에 까만 몬츠키(紋附)를 입고 그 위에 짙은 코발트빛 하오리[19]를 걸쳤는데 그 선명한 모습은 미인도 있고 체격이 날씬한 여선생도 많은 속에서 단연

군계일학이었다. 그는 단순한 국어 교사로 썩을 생각은 아니었던 모양으로 희곡을 쓴다는 소문이 있었으나 싸늘하게 가라앉아서 빈틈이 없는 기질에 예술적 감각의 혜택을 받았을 리 만무하다. 학생들뿐만 아니라 그의 동료 동족에게도 체온을 베풀 줄 모르는 나카야마 선생이었지만 키가 모자라서 그랬던지 응소(應召)의 영광을 얻지 못한 신출내기 국어 선생을 동생같이 몹시 사랑한다는 것이다. 이유인즉 문재(文才)가 있었기 때문이요, 젊은 나이에 장가도 못 가고 소집장만 기다리는 울적한 심정의 그를 가엾게 생각한 때문이라는 것이다.

여름, 전교생 교련 시간이면 버드나무 그늘 밑에 나카야마 선생의 친정 아버지인 염소 같은 노인이 유모차를 세워놓고 딸을 기다리는 풍경을 볼 수 있었다. 양자였던 형부에게 시집 간—언니가 사망했기 때문에—그는 아이를 하나 낳으면서부터 고왔던 피부에는 기미가 슬고 머리털도 뿌옇게 낡아버렸다. 그리고 광목 국민복을 솔선하여 입는 그 모습에서도 멋은 사라졌다. 30을 훨씬 넘은 나이였으니. 그러나 그는 여전히 학생들에게는 무서운 존재였고 선생들마저 그를 두렵게 생각하는 데 변함이 없었다. 다만 그것은 외경(畏敬)이 아니었을 뿐이다. 그에게서 이상한 매력이 없어짐으로써 눈으로 좌우할 수 없다는 것을 스스로 자각하였던지 차츰 입이 부지런하게 심술을 피우게 되었던 것이다. 눈동자만큼 그의 입은 맵고 그 이상으로 악의적이었다. 특히 조선 학생들에게는. 그래서 학생들은 그에게 여우라는 별명을 선사하였다.

복도의 발소리는 끊어졌다. 이미 식당에서는 식사 준비가 끝난 모양으로 싱! 하니 조용했다. 이윽고

해 돋는 나라에 태어나
거룩한 성은에 젖으며
오늘도 땀의 곡식으로
우리에게 식선을 베푸시니
……

식전의 말 낭송이 주문처럼 들려왔다. 민이는 이불 속의 두 팔을 뽑아 이불 위에 얹었다. 숨구멍을 뚫어놓은 듯 그의 얼굴에는 안심과 평화가 있었다. 얼마 후 식사는 끝날 것이다. 그리고 한동안 슬렁거리다가 등교 종이 울리면 80명 가까운 제1료의 사생들은 모두 기숙사를 떠날 것이다. 텅 비어버릴 기숙사, 얼마나 오붓할까. 조금씩 조금씩 갉아먹을 수 있는 과자 덩어리 같은 시간, 아니 시간이라기보다 잉크 자국 하나 없는 팔팔한 새 노트가 열 권쯤 쌓인 것 같은 풍요한 공간.

민이는 행복하여 손 하나를 쳐들어본다. 피가 아래로 내려가는 것을 느낄 수 있었다. 손은 새하얗게, 푸르게 되었다. 다른 한 손도 나란히 올려본다. 피가 내려가고, 두 손은 똑같은 빛깔이 된다. 민이는 손을 올렸다 내렸다 하며 그런 장난을 몇 번이나 되풀이한다. 밖에서는 폭풍이 불어도 집 속에 들어앉은 소라처럼, 아주 작은 소라였었는데 난공불락(難攻不落)의 요새처럼 민이는 민

고 있다.

책상 위에는 작문 교과서가 있었다. 무궁무진한 공상의 한 티끝을 그 작문책의 어느 구절에서 끌어낸다. 미우라 다마키(三浦環)가 오색 테이프를 감고 해외로 떠나는 여객선 위에서 손수건을 흔드는 이야기가 씌어져 있었다.

미우라 다마키의 찬란한 모습은 민이 자신의 모습으로, 다이아몬드의 반지는 하나에서 열 개로 불어가고 선물할 사람도 엄마에서 이모로 아주머니, 동무들 민이는 그 명단을 줄이느라고 애를 쓴다.

무한히 넓은 천지를 헤매고 있을 때 시간은 너무나 빨리 지나갔다. 벌써 식당에서는 식후의 말을 낭송하고 있었다. 민이는 이불을 끌어당겨 얼굴을 가렸다. 다시 소음, 소음.

"언니, 밥 잡수세요."

을씨년스럽게 밥그릇을 들고 온 하급생이 말했다.

"뭐, 그깟 일에 속 썩일 것 있니? 너 그러다가 정말 병난다."

실장이 책가방을 챙기며 말했다.

"꿇어앉았으면 그만이지. 그것으로 끝난 건데 뭘 그래?"

말채찍이 지나간 뒤 붉은 자국이 쫙 그어지듯 잊었던 굴욕을 환기시켜놓고 실장은 주번이라 하며 일찍 나갔다.

"이봐 아침에 몽키 하는 소리 들었어?"

"네쓰가 다가이와네? 교와 각그오 야순다 호오가 이이와. (열이 높구먼. 오늘은 학교 쉬는 게 낫겠어.)"

하급생들은 몹시 미움을 받는 대식가(大食家) 간호부의 흉내를 내며 까르르 웃었다.

"고게 글쎄 시미즈(清水) 선생 말투를 그대로 흉내 낸단 말이야."

"호호호…… 서시가 얼굴을 찡그렸더니 못생긴 아낙이 그 흉을 내어 더욱 못나게 됐다는 말을 못 들은 모양이지?"

노닥거리다가 등교종이 울리자 그들 하급생들도 책가방을 들고 나갔다.

학교에서 종이 울린다.

꾸물거리고 있던 마지막 패거리들이 현관의 디딤판을 탕탕 굴리며 뛰어나가는 소리가 있은 후 기숙사는 무인지경이 되었다. 뒤편 취사장에서 반편이 같은 젊은 식모가 밥통을 두드리며 노래하고 늙은 식모는 무엇이 늘 그리 불편인지 젊은 식모를 들볶고 있었다.

어제—이렬소대(二列小隊)가 마주 보고 서 있다가 뒤로 돌앗! 앞으로 갓! 버드나무 그늘 밑에 견학을 하고 있는 민이로부터 일렬은 멀어지고 일렬은 그에게 다가온다. 뒤로 돌앗! 앞으로 갓! 멀어졌던 일렬은 다가오고 가까이 오던 일렬은 등을 보이며 멀어져간다. 교련하는 학생이 아니고 그것은 그림에서 본 근위병이다. 아니 철갑을 입은 무사다. 눈빛도 없는 로봇이다! 선생들의 얼굴이다. 민이를 향해 자꾸만 다가오는, 솜덩이만큼, 배를 삼키는 파도만큼, 민이를 덮쳐 씌우려고, 일본 계집애들의 얼굴이다. 동무들의 눈빛이다. 다마야마 준코의 웃는 입술이다. 음악 선생의 웃는 입술이다. 실장이 나가면서 하던 말도 울리어 울려서 모양과 소리는 한 덩어리가 되어 민이에게 달려온다.

어제 교무실에서 꿇어앉았다가 일어섰을 때 쥐가 오른 민이 발은 허공에 있었다. 허공을 짚으며 그는 걸어 나왔다. 종회가 없는 교실에서 가방을 들고 신발장에서 신발을 찾았을 때 민이는 발이 아프다는 것을 느꼈다.

'발이 아프다.'

교문을 나섰을 때 맞은편 자그마한 도랑을 끼고 즐비한 건물의 창문은 그늘 아래 바보같이 입을 벌리고 있었다. 오른편 길을 50미터쯤 걸어가서 십자로(十字路), 교문 앞에서 곧장 뻗은 아득한 저편의 나무숲이 컴컴했다. 낙조의 시각이 가까워지는, 황금빛 해를 등진 나무숲 둘레에 마을이 모여 있었다. 그 곧장 나간 길을 가로질러서 십자로, 한쪽 모퉁이는 붉은 벽돌의 학교 담벽이요 그 맞은편은 병원, 병원의 맞은편은 약방, 약방의 맞은편은 기계상회, 그리고 기계상회와 마주 보는 곳이 학교의 담벽이다. 병원에서 낯익은 의사와 왕진용 가방을 든 간호부가 나왔다. 약방에는 민이의 칠촌 숙모뻘 되는, 그러니까 밤나무골 아저씨의 둘째 형님의 부인이 앉아 있었다. 민이는 재빨리 학교 담벽의 모퉁이를 돌았다. 등에 눈길을 아프게 느낀다.

시험 칠 때와 입학할 때 어머니하고 함께 와서 그 약방 아저씨댁을 방문한 이래 3년, 아니 한 해 놀았으니까 4년이 지나는 동안 민이는 한 번도 그 집을 찾아간 일이 없다. 아침저녁으로 그 모퉁이를 돌아가면서. 그뿐인가. 길에서 우연히 그 집 식구들과 마주치게 될 경우에도 어떻게 해서든 눈길을 피하고 못 본 척했다. 민이의 고집은 결국 그 편의 고집도 되었다. 그럴 만한 아무런 이유도 없었다. 굳이 따져본다면 어머니하고 두 번 방문했을 때 분위기가 삭막했다는 것과 밤나무골 할머니하고 며느님 사이가 좋지 않아서 시가 식구들을 환영하지 않는다는 사전 지식이 있긴 있었다. 민이가 그만두었던 학교로 다시 돌아올 때 밤나무골 아저씨가 함께 와서 수속을 끝내주었는데 그때도 민이는 기숙사로 곧장 입사하고는 그 집에 가지 않았다. 처음에는 영 내키지 않아 차일피일 방문을 연기했었고 그러다 보니 죄를 진 것 같아서 피하게 되었다. 피하면 피할수록 더 그 길모퉁이의 약방은 의식되어, 그 의식이 강해질수록 소원(疎遠)의 벽은 뚫을 수 없게 되었던 것이다. 약방 아주머니는 대단한 미인이었다. 억세리만큼 눈썹은 짙었고 눈시울이 길어서 민이는 그의 눈동자를 기억할 수 없었다. 쌀쌀한 바람 같은 분위기에 남자같이 굵고 낮은 목소리였다. 언젠가 학교에서 방첩 연습이 있었는데 그때 약방 아저씨는 경계망을 뚫고 들어온 스파이 역할을 하여 멀리서 그 광경을 본 민이를 당황하게 하였다. 아저씨는 체격이 당당하고 안경을 쓴 얼굴은 우락부락해 보였지만 밤나무골 할머니 말씀을 미루어 공처가인 듯했다.

높이 솟은 포플라 잎새들이 광선처럼 희번덕거리고 있는 기숙사 문 앞에까지 왔을 때 배낭을 짊어진 중학생들이 그 큰 키를 곧게 다스리며 걸어 내려왔다. 연일 군사훈련에 깜둥이가 된 그들은 문 앞에 서성거리고 있는 여학생들에게 가자미처럼 곁눈질을 하며 지나갔다. 그 등 뒤에 연파(軟派)[20] 여학생들의 웃음소리가 흩어진다.

방으로 돌아온 민이는 자리에 쓰러졌다. 몸이 펄펄 끓었던 것이다.

교정에서는 교장의 훈시가 바람을 타고 어렴풋이 들려오곤 했다. 들으나마나 대본영발표(大本營發表)라 하여 대일본제국 군대의 혁혁한 전과를 인용할 것이다. 천황께서는 황공하옵게도 동인일시(同仁一視)하시어서 영광스러운 폐하의 새끼시(赤子)가 된 조선인은 팔굉일우(八紘一宇)[21]의 대성업을 완수하기 위한 이 전쟁의 마지막 승리를 기약하며 국민총력전선에 뒤짐이 없을 것을 당부할 것이다.

민이는 일어나서 책상 위에 얼굴을 엎었다. 창문에서 파아란 하늘이 방 안을 들여다보고 있었다.

'집으로 갈까. 학교 그만두고 집으로 갈까.'

'넌 이번에 가면 두번째란 말이야. 두 번이나 학필 그만두어? 앞으로 1년 반만 참으면 되는 거야.'

'죽어도 다니기 싫어. 미쳐버릴 것 같아.'

'이번에 돌아가면 엄마는 함께 죽자 할 거야. 넌 거리를 나다닐 수도 없을 거야.'

'멀리 도망을 가지.'

'어디로? 아버지한테 갈 테냐?'

'천만에, 천만에, 스쳐가도 외면을 한 내가 거길 가아?'

'그럼 어쩌겠다는 거지?'

'일본에나 갈까 부다.'

'대체 뭘 할 테냐, 거기서.'

'양재 학원에 갈 테야. 그리고 그림을 그리지.'

'미친 소리는 그만해. 거기 있던 사람들도 나오는 판인데 폭격에 죽으려고 그래?'

'아저씨도…… 찬물에 미숫가루 타 먹으면서 공부했다던데……'

'공부하기 싫으면서 그런 소릴 해?'

'그러니까 그림만 그린다잖아.'

'그것도 여학교는 끝내야, 미술 학교에 가는 거지.'

'흐음…… 그렇지만 난 못 견디겠어.'

'전쟁 때문에 모두 일본서 나오는 판인데 정신 나간 소리 하지 마. 이번에 가면 넌 두 번이나 학교 그만두는 거야. 두 번이야 두 번, 두 번이란 말이야. 그리구 엄마는 함께 죽어버리자 할 거야. 거리를 나다닐 수 있을 것 같애? 두 번이야.'

끝 없는 독백의 밑바닥을 깔고 가는 것은 오가와 나오코의 얼굴이었다. 그 이름을 피하노라고 민이는 도망을 친다.

학교에서 내려오는 길은 적적했다. 내리막길, 자갈이 많아서 쫓아가다 신발이 벗겨지면 삐죽한 돌이 발을 찌르는 내리막길, 항구에 배가 드나드는 것을 볼 수 있는 이 길 양편은 모두 일본인들의 동리다. 이 일본인 마을에 없애지 않고 남아 있는 것은 조선의 대장군, 이곳 사람들은 그 대장군을 '벅수'라 했다. 그리고 바보처럼 멍하니 서 있는 사람을 보면

"벅수같이 왜 그리 우두커니 서 있어?"

했다. 동리 이름은 일본말로는 요시노초(吉野町), 조선말로는 여전히 벽수골이다.

민이는 이 일본인 마을의 외로운 대장을 바라보며 학교 길을 오르내렸다. 아주 어릴 때는 돌다리를 지나 학교에 다녔고 그다음에는 바다 밑의 터널을 지나 학교를 다녔고 그다음에는 이 외로운 벅수를 바라보며 세 군데 소학교를 거쳤다.

돌로 쫀 대장군은 말이 없다. 머리털을 깎여 버린 '삼손'은 힘을 잃었지만 조선의 대장군은 마음을 잃고 밤 깊은 일본인 마을을 지켜주는 것일까.

그곳에서 한참 내려오면 사진관이 있었다. 양복점이 있고 과자점이 있고 책방이 있었다. 마지막 시계포에 이르러 넓은 신작로와 합류되는 묵은 길이었다. 신작로를 질러서 왼편으로 빠져나간 길로 가면 바다. 모든 배를 졸방졸방 엮어두는 부두가 있었다. 그 부두에 이르는 길 양편이 소위 고급 상가다. 일본인들이 점령한 이 고급 상가에 의젓하게 솟은 이층집 화신연쇄점은 이 땅 안에 있는 이방지역(異邦地域) 속의 이 땅 사람의 상점이다. 이 지방의 신사 숙녀의 열등감을 무마해주는 화신연쇄점, 그곳에는 양풍과 교접한 조선 문명이 진열되어 있다. 신기롭게도 그것은 무슨 묵약인가 일본의 빛깔, 일본의 형태라고는 찾을 수 없는 곳이다. 짧은 치마에 구두를 신고 양머리를 한 품위 있는 여성이 그 찬란한 문명을 등지고 신사 숙녀인 고객들을 맞이하는 곳이다.

엄마는 민이를 데리고 백화점으로 들어갔다.

"어서 오십시오."

품위 있는 여성이 손을 맞잡으며 인사했다.

"우리 아이가 공부 갈 텐데…… 조선옷은 가지고 오지 마라는 구먼요. 그래서 양복을…… 기숙사에 들어갈 건데 말이지요."

어머니는 약간 자랑스럽게 말했다.

"아아, 그러세요? 합격이 돼서 얼마나 기쁘시겠습니까. 어느 학교에?"

품위 있는 여성은 민이에게 물었다. 민이는 엄마 뒤에 숨어버리고 대신

"서울에 가서 시험을 쳤는데 그만 미끄러지고 H고녀에 붙었지요."

하며 어머니가 대답했다.

"아아, 그러세요. 서울은 너무 멀고 가까운 곳이 낫죠."

민이의 얼굴은 홍당무가 되었다. 소위 내선공학(內鮮共學)이라는 슬로건을 내걸고 오랜 전통과 한복을 고집해온 미션 계통을 공립으로 반죽하여 지난해부터 세 학급으로 늘렸던 H여고의 경쟁률이 가장 낮았던 것을 알 만한 사람은 다 알고 있었다. 하기는 누워서 들어갈 만한 그 학교에도 시험 과목 중 산수가 폐지되지 않았던들 과연 민이는 합격이 되었을는지 의문이다.

"여름에 간단후쿠(원피스)를 사서 부쳐줄게, 우선 봄옷이나 준비해가지고."

어머니는 노르스름한 모직 원피스와 춘추용 스웨터와 스커트를 골라내놓고 장롱 깊숙이 감추어두었던 아주 팔팔한 새 지전 10원짜리를 꺼내놓았다.

"또 뭘 사야 하니?"

어머니는 민이를 돌아보며 물었다.

"재봉……"

민이는 조그맣게 대답했다.

"재봉 도구를 사시려면 2층으로 가세요."

여점원이 말했다.

엄마하고 민이는 노란 쇠가 닳아서 반들반들 빛나는 층계를 밟고 올라간다. 민이는 에스컬레이터를 타고 올라간 서울의 화신백화점을 생각했다. 시험 치러 서울에 갔을 때 그 찬란한 물건과 푸른 유니폼을 입은 수백 명의 여자 점원들의 그림 같은 얼굴, 그러나 그보다 불란서 인형이 즐비하게 진열된 앞에서 떠나지 못하고 서 있었던 생각이 났다. 아니 동무와 둘이서 길을 잃고 시험 치러 지방서 올라온 학생이 미아가 되었다는 신문기사가 났던 일, 10여 명의 수험생을 따라 올라온 두 선생님이 각 학교로 이리 뛰고 저리 뛰다 보니 데리러 갈 시간이 늦어 민이하고 그의 동무하고 둘이서 거리를 새어 나왔는데 평소 그렇게 무서웠던 두 선생님은 꾸중은커녕 눈물까지 글썽이며 돌아온 아이를 보고 기뻐했다. 거리를 헤매기는 서너 시간뿐이었는데 신문사로 어디로 그 소동이 벌어졌던 모양이다. 구두 심문 때 떨었던 일, 불합격 통지서를 받았던 일, 그보다는 행복했던 서울의 5일간이 민이에게 훨씬 인상적이었다.

2층으로 올라간 민이는 소원인 분홍빛 얼굴 무늬가 낀 셀룰로이드 재봉 상자를 샀다. 빨간 명주에 하얀 꽃무늬가 있는 바늘꽂

이, 조그마한 인두, 빠진 것 없이 재봉 도구는 다 샀다.

종소리…… 기숙사의 첫날밤이 지나간 방에는 일제히 전등불이 켜지고, 1호실부터

"오하요오 고자이마수(아침 인사)"

"오하요오."

그 소리는 열한 번 되풀이되었다. 12호실 앞에 사감이 나타났다.

"오하요오 고자이마수."

"오하요오."

슬리퍼를 끌며 사감은 식당을 질러서 건너편으로 갔다. 꼭 같은 소리가 되풀이되었다. 자꾸만 되풀이되었다. 그리고 종소리, 작업종 소리였다. 광! 광! 광! 낯선 방, 낯선 얼굴, 이상한, 처음 듣는 소음, 민이는 파자마의 중국식으로 맺은 단추를 내려다보았다.

'양복점에서 마름만 해주면 내가 만들어보지요.'

아주머니의 목소리.

'동생 입혀 놓으니까 병아리 우장 씌워 놓은 것 같네.'

어머니의 목소리.

'커나는 아이니까 크게 했더니만…… 소매하고 바짓가랑이만 접어서 안으로 꿰매죠. 커나는 아이들은 잠시, 호박순같이 자란다니까요.'

'하기는 그래. 세월이 빨라서, 세상도 달라지고, 파자만가 뭔가 남자 입는 옷을 계집애가 다 입으니……'

중국식으로 맺은 파자마 단추, 민이는 울음을 터뜨렸다.

제4장 행렬

도금한 것이 다 망가져 청동빛 녹물이 얼룩져 있는 수도꼭지가 여남은 개, 엉덩이를 맞대고 이편저편으로 장소를 갈라놓은 세수장(洗手場)은 그 넓이에 비해 천장이 높았다. 온갖 음향들은 흡사 증기처럼, 위로, 위로만 떠올라 가서 그 천장의 장애물 없는 공간에서 다시 부딪치고 회전하고 혼합하여 생판 다른 음향이 되어 이 세상과는 무연(無緣)한 음산하고 몽롱한 음률을 자아내며 망령들의 독백처럼 울리고 있었다. 빗물이 누르스름한 무늬를 놓은 벽 너머는 화덕이랑, 오븐, 그릇, 계량기, 그 밖의 여러 가지 가사 도구가 전시장처럼 진열되어 있는 가사 실습실이었고 그 가사 실습실 벽과 마주 보이는 편의 열려 있는 창밖에는 검푸른 향나무 몇 그루가 먼지를 쓴 채, 물 흐르는 소리가 좔좔 나는 세수장을 들여다보고 있었다. 향나무 뒤 이끼 낀 벽돌담 밖에는 학교 쪽에서 나가는 구지레한 물이 괴어 있는 개천에 먼지 실은 바람이 불고 있을 게다. 그 개천 옆에 오가는 사람이 별로 없는 뒷거리에도 먼지 실은 바람이 불고 있을 게다. 과수원에서 불어오는 바람일지도 모른다. 과수원 배나무에는 언제나 뿌연 먼지가 앉아 있었으니까. 그 뒷거리, 담배라 씌어진 쇠양철 간판이 나붙은, 그러나 담배가 없는 담배 가게에는 노안경을 코에 걸친 일인 노파가 가슴을 다다미 위에 붙이듯 구부리고 앉아 있을 거고 방울을 단 검정 고양이는 하루 해가 지겨워 기지개를 켜고 있을지. 썩어가는 판자의 그 독특한 냄새가 떠도는 가난뱅이 1인마을의 나가야(長屋),

"나무묘호오랭객교오, 나무묘호오랭객교!"

삿갓 쓰고 검은 승복 입은 니치렌슈(日蓮宗)[22]의 왜중이 중얼거리며 오늘도 그 앞을 지나가고 있을지도 모른다. 민이는 그 중을 볼 때마다 다람쥐 가족이라도 살 것 같은 동굴이 파여 있던 음산한 고목이, 언제나 햇빛을 막아, 습기를 뿜던 재판소 앞에서 만난 죄수 생각을 했다. 잿빛 같기도 하고 남빛 같기도 한 아니 그 어느 빛깔도 아닌 것 같기도 한 수의를 입은 허약한 사나이, 그의 죄목이 무엇인지 알 수 없고 용수에 가려진 얼굴이 어떠한지 알 수 없었지만 오랏줄에 묶여 큰 칼을 차고 구두가 큰 순사에게 끌려가던 모습, 가늘고 창백한 손목에는 수갑이었던가, 아니면 오랏줄이었던가, 민이는 이 세상에 저보다 더 무서운 일이 있을까 하고 담벼락길을 뛰어가며 땀을 흘렸다. 해거름에 바다가 울고 파도가 몰려 와도 저보다는 덜 무서웠다고 생각했다.

"나무묘호오랭객교오, 나무묘호오랭객교!"

일본역사에 신풍(神風)의 기적과 더불어 기록된 괴승(怪僧) 니치렌(日蓮)은 국난 내습(來襲)을 경고하며 전쟁 준비를 미친 듯 외쳤다는데 담배 없는 담배 가게 옆을 지나가는 그의 후예들은 무슨 심정으로 염불을 하는 것일까. 중얼거리며 중이 지나갈 때 아마도 검정 고양이는 기지개를 켜고 있을지도 모른다.

세수장에는 학생들이 빽빽이 들어서서 물을 마시고 있었다. 출발 전에 물은 마셔두는 게 좋고 화장실에도 다녀오는 것이 좋다.

민이는 손을 씻고 두 손을 모아 물을 받는다. 찌그러진 알루미늄 컵의 차례를 언제 기다려. 수도꼭지마다 틀어놓아 약하게 흘러내리는 물은 눅눅하게 녹은 엿같이 생각되었다. 오무린 손바닥의 물을 마시는데,

"이거."

건너편에서 알루미늄 컵이 나왔다. 민이는 눈을 치켜떴다. 자그마한 입술이 질린 듯 푸르스름했다. 온통 까맣게 느껴지는 눈이, 그리고 땀에 젖은 앞머리가 위쪽으로 젖혀져 양볼보다 더 흰 이마,

"이거."

오가와 나오코는 다시 말했다. 그리고 그는 학생들 틈을 비집고 다람쥐처럼 사라졌다. 민이는 나오코가 두고 간 컵을 들었다. 그의 입술도 푸르스름하게 빛을 잃고 있었다. 컵에서 심장을 타고 흘러내리는 물은 깊은 겨울날의 눈물〔雲水〕처럼 민이 전신에다 전율을 가지고 왔다.

"이거."

작은 목소리는 활판소에서 납으로 찍어낸 두 개의 활자처럼 뚜렷하고 확실하며 움직이지 않았다.

"어쨌든 공부 안 하니까 신난다!"

"소나기나 한줄기 퍼부어라! 그럼 비행기 올 염려도 없고 방공연습하지 않아도 되고 하루는 공짜로 먹는다."

"내사 싫어. 비 맞는 건 질색이야. 온몸을 검정빛으로 염색하게?"

"그건 너나 할 걱정이지, 내 두건은 염색한 것 아니니까."

민이는 재잘거리는 소리와 물 흐르는 소리와 천장에서 울리는 소리를 헤치고 밖으로 나왔다. 구름도 없는 하늘이 나뭇잎 사이에 찢기어 흩어져 있었다. 나뭇잎은 가만히 숨을 죽이고 있는 것 같기도 하고 몸부림치듯 마구 흔들리고 있는 것 같기도 했다. 민이는 가슴을 무엇이 예리하게 찌르는 듯한 아픔을 느꼈다. 그리고 가슴속에서 무엇이 부딪치고 맴돌며 이 세상과 아무런 관계도 없는 음향이 울리고 있는 것 같은 생각이 들었다.

며칠 전 오가와 나오코는 학교 뒤뜰에서 민이와 마주쳤을 때 걸음을 멈추었다. 그때도 그의 입술은 질린 듯 푸르스름했다. 민이는 푸른 노트의 사건과는 아무 관련도 없는 듯 낯선 사람처럼 그의 옆을 스쳐갔던 것이다.

세수장에서 나온 민이는 신발장에 신발을 넣고 복도로 올라가는 돌층계 두 단을 하나아, 두울 세어보는 것처럼 천천히 올라갔다. 복도 창밖에도 파아란 하늘이 숙직실 지붕에 반쯤 가려져 선명한 조각보를 펼쳐놓고 있었다.

교실로 들어간 민이는 남들처럼 검은 무명 두건을 머리에 쓰고 손등을 역시 검은 무명 '대코(手子)'로 싼 뒤 끈을 손목 둘레에 돌려 단단하게 묶는다. 교실 안은 비 오는 날, 논물이 넘치는 둑길을 지날 때 들을 수 있던 개구리들의 합창처럼 시끄러웠다. 그러나 민이는 그 둑길을 홀로 가고 있는 듯한 희열에 그 소음들은 다만 자기와는 아무런 교섭도 없는 개구리들의 울음으로밖에 들리지 않았다. 그는 초칠을 하여 반들반들하게 돌로 밀어놓은 백단과 같은 교단 위에 연갈색 교탁의 그림자가 비스듬히 떨어져 있는 것을 바라본다. 방과 후 그림을 그리다가 혼자 나올 때 넓고 아득한 복도에 양말 신은 발이 미끄러지던 감촉, 미끄럼을 타던 쾌감이 살아났다. 창문이 바람에 흔들리고 잎 떨어진 가을 나무가 유리창에서 떨고 있었다. 오싹오싹 한기가 들면서, 뜨거운 액체가 전신을 맴돌고 자유와 고독의 공간은 발바닥을 간지러주는 미끄러운 마룻바닥의 감각과 더불어 충만된 행복을. 민이는 교탁 그림자가 떨어져 있는 백단처럼 반들반들 빛이 나는 곳을 그냥 바라보고 서 있었다.

방공 연습장으로 출발할 수 있는 복장 준비를 다 끝낸 교실 안은 더욱 소란스러웠고 새로운 질서를 대기하는 불안과 자포적인 찰나의 기분 속에 학생들은 덩어리, 덩어리로 뭉쳐져 우스울 것도 없는데 웃음을 터뜨리고 놀라울 것도 없는데 심한 몸짓을 하고 말다툼을 하고 선생들의 욕을 하고 온통 검정빛의 덩어리는 갑충들이 모여 꼬물거리는 것 같기도 하고 비인간적인 냉엄함을 발산하기도 하고 더러는 광대들이 모인 백주의 가장극 같기도 했다. 하얀 벽에 반듯반듯하게 걸려 있는 액자의 그 숭고한 글씨 뒤에서는 웃음소리가 나오는 것 같았고 전신이 미션 스쿨이던 이 여학교에서는 벌써 오래전부터 유물의 가치밖에 없이 되어버린 페치카[23]는 마치 우편물의 포스트처럼 교실 귀퉁이에 붙어 서서 누구보다 바보 같은 구경꾼이 되어 있었다. 철사로 가려진 입을 헤벌린 채, 민이는 무한히 뻗어가는 활주로, 나뭇잎을 떨어버린 마른 가지들이 바람에 부르릉 떨고 있는 유리창 가의 백단 같이 윤이 나는 복도에서 미끄럼을 타고 있었다. 뒤풀이 되풀이 그 의식은 마음속에서 회전하고 펼쳐지고 희열이 솟고 가라앉곤 하였다.

"리노이에 상, 그 손을 왜 그랬습니까?"

응고되지 않는 두부처럼 흐물흐물한 목소리였다. 키 큰 남자는 분홍빛 입술을 초생달 같은 모양을 하고서 웃고 서 있을 것이다. 새끼손가락에 붕대를 감은 손이 창문을 밀어 올리다 말고 아래로 떨어졌다. 소름이 송송 나돋은 얼굴의 단발머리를 흔들며 민이는 복도에서 교실로 뛰어간다. 도망친 민이를 따라 교실 문턱에 와서 선 음악 선생(담임)은 싱긋이 웃고 있었다. 공포와 증오가 본능적으로 뭉쳐져 민이의 눈은 번쩍번쩍 빛났다. 사람을 보지 못하고 짐승과 함께 자라난, 그래서 짐승과 같이 되어버린 계집아이가 사람을 처음 보는 바로 그런 눈이다.

교실 안의 마룻바닥에는 즐빗이 늘어앉은 학생들이 동그스름한 돌로 열심히 바닥을 밀려 광을 내고 있었다. 돌과 나무 바닥이 부딪는 소리는 제재소의 나무를 켜는 기계 소리만큼 시끄러웠다. 두 어깨들은 앞으로 뒤로 왔다 갔다 하며 앞으로 쏟아진 머리칼이 너풀거렸고 그것들을 따라 창밖의 칸나잎도 바람에 왔다 갔다 하며 흔들리고 있는 것 같았다. 그러나 분명히 모든 것은 침묵이 흐르는 속에 있었다.

"곤란한 아이군."

흐물흐물한 목소리가 다시 나왔다. 엎드린 채 열심히 마룻바닥을 미는 척하고 있던 학생들은 서로의 옆구리를 팔꿈치로 쿡 찌르며 킬킬거렸다.

"묻는 말에 대답은 않고 왜 달아나아?"

6척이 넘는, 막대기같이 여윈 몸이 돌아섰다. 돌아서는 순간 학생들의 웃는 웃음이 그의 등을 때렸다. 슬그머니 돌아본다. 그리고 음악 선생은 활짝 웃었다. 송충이 같은 눈썹 밑의 피부가 어린애처럼 빨갛게 물들고 귀밑까지 찢어진 것 같은 엷은 입술 사이에 하얗고 작은, 그리고 쪽 고른 이빨이 다 드러난다. 그 얼굴을 서서히 돌리며 꿀렁꿀렁한 국민복 속의 막대기가 들어 있는 듯한, 그 허리에다 두 팔을 돌려 깍지를 끼고 그는 걸어가버렸다.

민이는 새끼손가락에 감은 붕대를 헤헤 풀어 쓰레기통에 집어던진다. 정맥이 이마빼기에 쭉 그어져 있었다. 그는 붕대를 풀어버리는 것만으로 혐오를 달랠 수 없었던지 결이 일어난 나무에 찔린 새끼손가락을 자근자근 문다. 따끔따끔한 아픔은 새로운 혐오와 공포를 몰고 왔다.

"오늘 술래잡기는 예상 밖으로 일찍 끝났습니다."

누군가가 벌떡 일어서며 말했다. 와! 웃음이 다시 터졌다.

"리노이에 상, 그 손을 왜 그랬습니까?"

흉내를 낸다.

"곤란한 아이군."

또,

"묻는 말에 대답은 않고 왜 달아나아?"

안경을 밀어 올리는 시늉과 목소리를 흉내 내었으나 그 흐물흐물한 목소리와 막대기 같은 모습 근처에 가는 것은 아니었다. 그래도 학생들은 모두 손뼉을 치며 웃었다. 감독이 없어진 자리에 일손을 멈춘 아이들은 장난기에 들떠서 떠들기 시작했다. 엄중한 책임이 있는 모범생들까지 적당히 합세하는 분위기 속에는 민이를 성원하는 노골적인 기색이 무슨 축제 같은 것으로까지 번지는 것 같았다.

'미워해라! 더 반항해라! 망신을 주어라! 그러면 우리는 너를 공중에 치올리며 만세를 부르겠다! 무덤에서 기어 나온 그 해골바가지를 우리는 거부한다!'

민이는 그런 환성 속에 몸을 흔들며 힘껏 힘껏! 음악 선생이 싫은 의사를 표현하는 것이었으나 사냥꾼의 집을 찾아간 어부처럼 낯이 설고 풍경도 설고 언어마저 통하지 않는 그런 난처함에 스스로가 무너져 자기를 찾아볼 수 없는 혼란에 빠져들어 가는 것이었다.

민이는 학생들의 영웅이 되기 위해 음악 선생에게 반항했던 것은 아니다. 그는 자기 머리 위에 무슨 횡액이 떨어질 것 같은 공포감에서 정신이 없었고 방어 본능이 병적으로 강렬했을 뿐이다. 그것에는 8할이 환상이 자아낸 것, 그러니만큼 상상의 날개는 끝이 없고 빛깔은 암담하고 괴이하였다. 귀뿌리까지 찢어지는 듯 얇은 입술이 웃는다든가 흐물흐물한 목소리가 새어 나온다는 것은 일반적인 면에서 그렇게 독특할 것도 없을 것이다. 그러나 현(絃)을 건드리는 강도보다 현 자체의 울림이 그 강도를 넘어설 경우는 있을 수 있다.

"아이 징그러워라. 에도가와 란포(江戶川亂步)의 그 소설에 나오지 않어? 초생달처럼 입을 쩍 벌리고 웃는 그 악마의 웃음 말이야. 아이 소름 끼친다! 바로 그 얼굴이라니까, 정말 너 조심해."

탐정소설을 탐독하던 동무의 말이었다. 너의 입술은 배우 아무개의 입술처럼 정열적이야, 하며 아주 어른스럽게 육감적으로 말했을 때 민이는 그 말이 지닌 대담성을 선망하면서도 일종의 혐오를 느끼지 않을 수 없었는데 역시 혐오 없이 들을 수 없었던, 너 조심하라는 말을 들었을 때 민이는 자신의 몸이 반쯤은 구정물 속에 빠진 듯한 착각에서 그는 몸을 떨었다. 그리고 웃음의 홍수는 민이를 더욱더 깊은 착각 속으로 떠내려가게 하였다.

'미워해라! 더 반항해라! 망신을 주어라! 그러면 우리는 너를 공중에 치올리며 만세를 부르겠다! 무덤에서 기어나온 그 해골바가지를 우리는 거부한다!'

그런 말을 울부짖는 듯, 축제의 함성인 듯, 깃발을 흔들며 응원가를 부르는 듯, 웃음과 웃음이 넘어가는 파도 속에 웅변대회 단상 높이 올라간 벙어리처럼.

'몰라! 몰라! 난 땅 밑에 숨고 싶어. 해골바가지도 싫고 웃음소리도 싫어! 싫단 말이야. 난 가만히 있고 싶어, 가만히 내버려두었음 좋겠어.'

학교의 규율은 바둑판처럼 정연했다. 그리고 모든 것은 시간 속에 구분되어 있었다. 국어 시간도 시간 속에 있었기 때문에 민이의 답안지는 백지가 될 수밖에 없었고 가사 실습도 재봉도 그가 좋아하는 미술도 시간 속에 갇혀 있었다.

반들반들하게 닦은 오븐에는 검은 나무를 끼운 손잡이가 있었다. 푸딩을 굳혀내는 꽃모양의 알루미늄 형(型), 딸랑딸랑 소리가 나는 한 꾸러미의 계량용 스푼, 숯불 냄새, 마요네즈소스의 빛깔, 그런 것은 모두 시간 속에 갇혀 있는 가사실 안의 도구였다. 실습 시간 두 시간, 긴 것과 짧은 것의 시곗바늘은 아무런 요술도 꿈도 허용치는 않았다. 빨간 바늘쌈에는 가지각색의 가봉 바늘이 꽂혀 있었다. 동물의 뼈로 만든 금 긋기 주걱, 조그마한 곡선을 이룬 인두, 실패에 감긴 붉은빛 푸른빛의 실, 하늘하늘 흔들리는 오색찬란한 천들, 재봉 시간은 두 시간 계속하여—

"오늘은 재봉 도구 검사를 하겠어요. 재봉 도구가 완비되지 못한 사람은 재봉 점수를 깎는 거예요."

"오늘은 일선에 보낼 위문화를 그려라. 되도록 예쁘게, 여자를 그리는 거다."

코 높이보다 더 높이 솟은 입술, 누우렇게 담뱃진이 앉은 이를 드러내고 야비하게 웃으며 미술 선생은 말했었다.

"선생님 점수는 매워요."

장난 치는 패거리들이 사담할 수 있는 기회에 그런 말을 하면 미술 선생은,

"설탕 가져오면 달게 해주지."

"설탕이 어딨어요? 야미[24] 설탕 사 갈까요?"

기계적인 성실이 아니면 야비한 모습이 조금은 보이는 대화, 아무튼 시간은 정확하게 군림하게 마련, 민이는 그 시간에 끌려가는 데만도 혼신의 힘을 뻗친다. 그 힘이 끊어질 때 그는 결석이라

는 모험을 감행하며 다가오는 시간을 두려움에 차서 기다린다. 그것만으로, 그것만으로도 힘에 겨운 그에게 웃음과 웃음이 넘어가는 파도를 헤쳐야 하고 초생달처럼 입을 쩍 벌리고 웃는 그 새하얗고 쪽 고른 이빨에 주먹질을 해야 하고

'싫다! 싫어! 난 학교 안 다닐 테야! 난 학교라는 데가 싫어! 딱 질색이란 말이야! 종소리가 듣기 싫단 말이야!'

교장은 비대하고 혈색이 좋았다. 코밑의 수염은 짙고 눈썹도 짙었다. 그는 다른 선생님보다 조금 더 푸른 기가 도는 국방색 국민복을 입고 있어서 어디서나 표가 났다. 그는 수완 좋은 사업가처럼 내선공학의 슬로건을 높이 쳐들고 특색 있는 학교를 만들겠다고 기염을 토했다. 사실 그가 오고부터 교내는 많이 혁신된 모양이었다. 물론 왜색 짙게 혁신되었을 것이다. 사립 시대의 선생들은 다 쫓겨나고 일본 선생들이 자리를 채웠을 것이고 모두 기부금을 내게 하여 내선공학의 모델케이스인 이 학교를 명실공히 그 특색을 살리기 위해 새로운 교사 준공을 서둘러 대지를 마련하고 해마다 학생들을 동원하여 근로 봉사시킴으로써 교사 자리의 정지를 서두르고 있었다. 한편 내선공학에 대한 책자를 발간하여 널리 선전함으로써 당국의 협조와 찬사도 받았던 눈치였었다. 시찰하러 오는 고위층 사람들을 위해 학생들은 번번이 대소제를 해야 했으니까, 형틀에 박힌 교육자라기보다 불가능을 가능케 하는 어느 나라의 독재자처럼 쥐꼬리만큼 영웅 기질이 있던 그 교장은 전교에서 제일 미인인 어느 학생이 한복을 입고 영화관에 잠입한 사건이 벌어졌을 때 그 학생의 아버지가 도의원이었었다는 점도 크

게 작용하였겠지만,

"후지모토는 얼굴이 예쁘니까 할 수 없어."

하며 싱긋이 웃고 며칠간의 근신이란 가벼운 벌을 내렸다는 사실은 꽤 호감적인 반향을 일으켰다. 이를테면 틀에 박힌 교육자가 아니었다는 면에서, 그는 음악 선생이 처음 부임했을 때,

"우에하라(上原) 선생은 고노에 수상보다 키가 크다. 그리고 배우 우에하라 캥만큼 미남이다"

그의 짙은 수염 밑에 독특한 미소를 띄우며 소개했을 때 빽빽이 들어선 강당 안에 폭소가 터졌다. 아마도 음악 선생은 고노에 수상(近衛首相)보다 키가 컸을 것이다. 그러나 우에하라 캥(上原謙)만큼 미남이라는 것은 생판 아첨이었다. 피아니스트인 그의 손가락이 길었다는 것은 고마운 하나님의 배려였겠지만 보기에는 매우 언짢았고 홀랑 깎아버린 그의 중머리는 너무 작아서 독사 대가리를 연상케 하였고 가늘게 찢어진 눈매 날카로운 콧날, 빛깔이 선명한 얇은 입술, 웃을 때 그 입술은 탐정소설 애독자인 소녀의 표현대로 초생달처럼 가늘고 길게 관골 쪽으로 찢어져 올라가는 것이었다. 창백한 얼굴은 화가 나거나 기쁘거나 혹은 무안스러울 경우 새빨갛게 변하기를 잘했지만 특히 그의 송충이 같은 눈썹 밑의 피부는 신경질적인 어린아이가 놀라거나 낯가림할 때처럼 빨개지곤 했다.

"가네야마! 뭘 햇!"

과히 얼굴이 예쁘지 않은 학생을 대할 때의 그의 표정은 쌀쌀했고 조그마한 잘못에도 눈썹이 치올라가며 노기를 띄웠고 말소리

도 거칠었다.

"후지모토상 조금만 이리, 이쪽으로 서볼까요?"

합창단의 줄을 골라 세울 적에 음악 선생은 영화관 출입으로 근신당했던 아름다운 불량 학생에게 하인처럼 굽신거렸다. 마음에 들지 않는 학생에게는 그 투명하게 푸른 얼굴이 서릿발같이 냉혹하지만 눈에 띄는 학생들에게는 봄눈 녹듯한 표정이 되며 전체를 다스릴 때는 물렁죽이 되는 음악 선생은 어쩌면 철없는 탐미주의였을 뿐이었는지도 모른다. 그러나 그가 학생들에게 경멸의 대상이 되는 것은 그 용모에서 오는 기분 나쁜 느낌보다 그의 철없는 탐미주의 때문이었을 것이다. 학생들과 가까워질 수 있고 암암리에 지지를 받게 되는 조선인 선생이라는 조건을 지니고서도 그는 학생들의 가장 심한 저주의 대상이 되었던 것이다.

"파파아 파파파아 파—"

긴 손가락을 부채살처럼 펴서 박자를 맞추는 음악 시간, 악보를 보고 제대로 발성을 해주는 바보 같은 학생은 별로 없었다. 웃음의 바다, 야유, 의자 흔들리는 소리, 그리하여 음악 시간은 소란의 시간이었는데 그러다가 그의 심미안에 벗어나는 학생이 하나 걸려들기만 하면 용서는 없다. 눈썹을 송충이처럼 곤두세우고

"야수모도! 수업 끝나면 교무실에 와라!"

학생들에게 휘둘리면서도 그는 어느 선생보다 많은 학생을 교무실로 끌고 가서 꿇어앉히는 벌을 세우는 것이었다.

민이는 음악 선생의 그 길다란 손에 뺨을 맞은 일이 있었다. 민이 쥐고 있던 돌을 던졌을 때 그 돌이 교실 바닥에 대굴대굴 구르

고 있을 때 손이 민이 뺨으로 날아왔다.

백단처럼 빛이 미끄러지고 있는 교단 위에 교탁의 그림자는 여전히 희미하게 떨어져 있었다.

누구하고 어울려졌는지 민이는 운동장으로 나왔다. 까마귀 떼들! 햇볕 아래 까마귀 떼들이 모여들어 모이를 쪼아먹고 있는 것 같았다. 운동장에서 바라다보이는 납작한 2료(二寮)와 우뚝 솟은 이층집 3료(三寮)의 창문들은 굳게 닫혀 있었다. 민이는 살짝 빠져서 그 빈 기숙사로 도망쳐 가고 싶은 강한 유혹을 느낀다. 그것은 어떤 마약과도 같은 매력이었다.

종이 울렸다. 각반을 맨 남자 선생—항상 각반은 매고 있었다—들이 현관에서 나왔다. 전투모를 깊숙이 쓰고, 여선생들은 두건을 쓴 모습이었다.

'폭탄은 여자들한테만 떨어지나 뭐' 민이는 생각했다. 그리고 줄사닥다리를 기어 올라가던 진짜 소방부의 그 거추장스러운 모습을 눈앞에 그려본다. 자기 소대(小隊) 대열로 쫓아가면서. 민이 제2중대 제일 소대 3열 자기 위치에 섰다. 소대장의 대열 정리의 구령이 철물전처럼 시끄러웠다. 제2중대의 중대장은 전교에서 제일 키가 컸다. 두건까지 썼으니 더욱 크게 보였다. 그는 남자 선생들보다 키가 컸다. 키다리 음악 선생이 있을 무렵 그는 1학년, 즉 제4중대 중대장이었고 민이는 2학년이었다. 그러나 지금은 민이도 그도 3학년, 음악 선생이 없으니 그의 키를 넘을 남자 선생이 없어진 것이다.

교장이 단상 위에 올라섰다. 옛날 교장과 달리 키가 작고 몸집도 홀쭉하여 그의 체격은 빈약했다. 그러나 조금씩 돋아난 턱 밑의 수염과 머리털이 은빛으로 변해가고 있어 한세상을 교육에 몸 바쳐온 선비의 풍모만은 역력하였다.

단상에 오른 그는 억양 없고 몸짓 없는 일장의 훈시를 하였다. 물론 최후의 승리를 다짐하고 믿어 마지않는 내용이며 영미(英美) 몰락의 예언이었다. 그러나 인간 소모의 극을 달리고 있는 전국에서 노후한 그만은 살아남을 것이다. 확실히, 40을 넘은 잔류파 교직원이나, 꼬마라는 별명의 총각 국어 선생이 매일매일 붉은 종이의 환상에서 전전긍긍하고 있을지라도.

오가는 사람 없는 빈 거리, 특히 젊은 남자를 찾아 볼 수 없는 중앙 시가를 흑색의 긴 행렬이 가고 있었다. 서양 나라의 승려들이 무기를 들었었는지 알 길이 없으나 일본전국시대 겐 페이 양가(源, 平)가 각축전을 벌였을 무렵,[25] 긴 나기나다[26]—무기의 일종—든 승려들의 행렬이 아마 그러했는지도 모른다.

전쟁은 상식이 아니며 미치광이였다. 싸우는 병사나 후방의 국민들, 아이들까지, 조선인과 같은 구경꾼 심리의 사람들까지 미치광이가 되어야 하고 미치광이 짓도 아무 이상할 것 없이 보아 넘긴다. 이를테면 「고오고구신민노 지카이—황국신민(皇國臣民)의 맹세(盟誓)」를 외워야만 양곡 배급을 한다는 팻말을 붙인 어느 시골에서 일본말 모르는 시골 아낙이

"치가다비가 여섯 켤레."[27]

라고 궁한 나머지 주워섬기는 소극(笑劇)이 벌어졌어도 아낙의 무식이 웃음거리일 뿐 「황국신민의 맹세」를 욀 줄 알아야 양곡 배

극을 준다는 팻말을 붙인 행위를 미치광이 짓으로 생각지는 않는다.

괴상망측한 흑색의 행렬은 시가지를 빠져나와 흙먼지가 푹석푹석 이는 길을 가고 있었다. 가지런히 발목까지 내려온 검은 몸뻬 밑에 양말 없는 맨발이 게다짝을 끌고 있는가 하면, 낡은 운동화, 헤어지고 찌그러진 구두를 신은 형형색색의 발이 걸어가고 있었다. 형형색색의 발은 보조를 맞추며 당당하게 걸어가고 있었다. 소대마다 앞장선 키 큰 학생들은 화재가 일어났을 때 집을 허무는 긴 갈고리와 넝마를 찢어서 만든 털이개 같은 장대를 둘러메고 유유히 걸어가고 있었다. 눈이 작고 코도 작고 입도 작은, 두부같이 물렁물렁 살이 찐 얼굴에 땀띠 같은 여드름이 솟은 여학생은 어깨에 멘 장대 무게로 아랫입술이 절로 불거져 나와 성이 나서 부르튼 것같이 보였다. 앞장선 키 큰 아이들은 성큼성큼 걸어가고 돛배로 만든 방공용(防空用) 양동이를 든 뒤편의 키 작은 아이들은 좀 뛰다시피 따라간다. 맨 나중에 적십자 마크가 붙은 국방색 가방을 멘 아이들은 아주 뛰며 따라가고 있었다. 네 개의 중대에 열두 개의 소대, 맨 선두에는 교기를 든 기수를 옹호하는 선발된 다섯 명이 대열을 고수하며 가고 있었다. 바로 그 뒤에는 들것을 든 한 분대가 따랐다.

민이는 오가와 나오코가 아마 뛰다시피하며 따라올 것이라 생각하였다.

“이봐, 리노이에 상.”

미즈하라 후쿠키의 곱슬머리가 앞으로 숙여지며 속삭이듯 불렀다.

"너 에모도 상이 왜 학괄 그만두었는지 아니?"

"몰라. 왜 그만두었니?"

"저번 때 병원에 가서 신체검사했잖어."

"그래서?"

"그 병이었어."

"그 병이라니?"

"넌 그 애를 볼 때 이상한 생각 안 했니?"

"글세…… 마음씨 좋은 사람 같았는데."

"그러니까 불쌍하지 불쌍해. 정말 몹쓸 일이었어."

"……?"

후쿠키는 더욱 가까이, 민이 귀 가까이 입을 가져왔다.

"그 애는 그 병이야. 문둥병 말이야."

악마의 속삭임 같았다.

"병원에서 신체검사 할 때 발견됐지 뭐야."

"정말이야?"

민이는 자기 몸에도 그런 균이 있는 것 같은 공포 때문에 목소리가 제대로 돼 나오질 않았다.

"정말이야. 그 애 S읍의 애잖어? 거긴 물이 좋아서 그런 병자가 많다고 하더라."

"지껄이지 말고 걸엇!"

체육 선생이 옆을 지나가며 고함을 질렀다. 후쿠키는 목을 움츠리며 혀를 날름 내밀었다.

흙먼지가 푹석푹석 이는 길을 흑색의 대열은 끝없이 가고 있는 것 같았다. 민이는 「소도의 봄」이라는 나병 환자의 영화 장면을 생각하였다. 그 비참한 장면들이 하나하나 유령과 같은, 아니 그보다 더 짙은 아픔과 두려움으로 밀려오고 밀려왔다.

'S읍…… 거긴 물이 좋아서 그런 병자가 많다 하더라.'

기숙사에 입사한 첫날 민이는 반달 모양의 파아란 줄과 빨간 줄이 그어져 있는 가마보코[28]와 감자, 소고기, 수제비가 든 맑은장국과 저녁밥을 먹었다. 상급생들의 말에 의하면 신입사생들을 위한 특별 메뉴라는 것이었다. 민이가 든 방은 식당이 가까운 곳, 한 방에는 모두 여섯 명의 학생들이 들어 있었다. 실장은 민이의 고향과 가까운 K도 출신이었다. 머리를 서너 번 땋아 내린 모습에 세라복은 어울리지 않았다. 몸은 뚱뚱한 편이었고 입술의 빛깔이 짙어서 예뻤지만 주근깨가 많고 눈이 작았다. 그는 사근사근하게 낮은 목소리로 말했으므로 때론 말뜻을 못 알아듣는 일도 있었다. 그리고 3학년이면서도 1학년보다 어리게 보이고 천사처럼 무심하게 웃는 하영(河榮) 언니—이때는 창씨개명을 하지 않았다—은테 안경을 쓴 여드름투성이의 김혜자(金惠子) 언니도 3학년이었다.

나머지 셋은 신입사생, 1학년 둘은 산골에서 온 아이였고 민이는 바다 쪽에서 온 아이였었다. H읍에서 온 임성희(任成姬)는 보기에 수재형, 짙은 눈썹은 그린 듯 가늘고 모양이 좋았다. 가무잡잡하고 탄력 있는 피부, 그러나 촌티는 가셔지지 않았고 덩치가 큰 그는 검정 무명 치마저고리를 몸에 맞게 입고 있었다. S읍에서

온 안두임(安斗任)은,

“내 아버지는 미쳤어. 그래서 할아버지가 살림을 쥐고 계셔. 어머니가 살짝 나를 보내주셨어. 우리 불쌍한 어머니, 동생들도 많은데 내 아버지는……”

하며 첫날부터 그런 말을 하며 훌쩍거리고 울었다. 그런가 하면 두둑하나 허옇게 빛이 좋지 않은 입술을 활짝 피며 웃는데 푸른 기가 돌 만큼 흰 이빨이 괴이한 느낌을 주었고 웃을 때나 울 때나 그의 눈동자는 흐릿하여 초점을 잃고 있는 듯 보였다. 정말 그는 웃을 때도 우는 것같이 보였다. 얼굴빛도 푸른 기가 도는, 어딘지 색소가 가라앉은 듯한 거무죽죽한 것이었고 불건강하게 기름이 흐르고 있는 것 같았다. 짤막하게 잘라서 고무줄로 동여맨 머리는 단정치 못하며 몇 가닥이 흘러나와 얼굴을 덮었고 그 머리는 윤기가 없어 잿빛처럼 보이기조차 했다. 그리고 손등 위에까지 내려온 저고리 소매, 히죽히죽 풀기 없는 검정빛 저고리는 모조리 아래로 흩어져 내려와 선이 없는 유령 같은 인상을 주었다. 그의 말소리도 맺힌 곳이 없어, 말을 하지 않을 때 늘 중얼중얼 우는 소리를 하고 있는 것 같았다. 그리고 그는 항상 갈 곳을 몰라 헤매는 것 같았고 빨리 걷고 있을 때도 헤매는 것 같았다.

“네, 언니, 네, 언니.”

“잘못했습니다. 언니.”

중얼중얼하며 상급생의 꾸지람을 들을 때 그의 분위기는 아편굴 속의 중국인이 수없이 읍을 하고 있는 것 같기도 했다. 학교에서 나온 교복을 갈아입었을 적에도 안두임의 모습은 별로 달라지지 않았다. 우는 것 같은 웃음, 항상 헤매는 것 같은 걸음, 그것은 끝없는 암흑 속에서 꿈틀거리고 있는 영원한 형벌과 저주를 받은 존재 같았다. 민이는 그가 두려웠다. 임성희의 쌀쌀하고 나이배기가 가지고 있는 자신보다 안두임의 공허한 눈이 이리저리 더듬고 있는 모습이 더 두려웠다.

"내 아버지는 미쳤어. 할아버지가 살림을 틀어쥐고 계셔. 그 많은 재산을 말이야. 어머니가 어떻게 학비를 부쳐주실는지……"

그러나 이상하게 그는 아버지가 미쳐버린 사실에 대하여 고민하는 티가 없었다. 오히려 미친 사실을 누구에게나 털어놓고 중얼중얼 혼자 중얼거리며 푸념하는 모습이 괴이했을 뿐이다. 언젠가 다른 방 아이한테서 고추장을 도시락 뚜껑에 얻어 오다가 사감에게 들킨 일이 있었다. 집에서 가져온 음식이 허용되지 않는 사칙에 의해 사감으로부터 단단히 훈시를 당하였는데 그때도 그는 훌쩍거리며 아버지가 미쳤다는 푸념을 했던 모양이다. 어떻게 그 이야기가 나왔는지 사감은 동정을 한 눈치였다.

'S읍…… 거긴 물이 좋아서 그런 병자가 많다 하더라.'

민이는 S읍이 고향인 안두임 생각을 했다. 그는 지금도 건재하여 민이의 상급생으로 오늘도 선두 대열에 끼어 행진을 하고 있을 것이라고 생각했다. 한때 학생들 간에 머리가 돌았다는 말이 퍼지기는 했으나 교칙을 위반한 일이 없고 성적도 중간을 유지하며 사고 없이 지냈으므로 그 분위기 탓으로 희생당할 수는 없는 일, 그보다는 이상하다 돌았나 봐 하며 은밀히 돌아가는 말이 학교 당국에는 아직 들어가지 않았던 모양이고 있어도 있는 것 같지 않고 없어도 없는 것 같지 않은 희미한 그의 존재에 주목하는 선생이 없었기 때문에 문제가 되지 않았는지도 모른다.

푸석푸석 흙먼지가 이는 길이 끝났다. 잔디가 말라비틀어진 둑을 넘고 행렬이 강변에 이르렀을 때 국방색의 행렬이 여러 곳에서 나타나 합류하였다. 중학교, 사범학교, 청춘(青春)과 사춘(思春)의 샛길 같은 미묘한 바람이 여학생들을 향해 우스꽝스럽고 거북하고 찌그러진 것 같기도 한 분위기를 싣고 한순간 불어오는 것 같았다. 그러나 그것은 대오를 재정비하는 시끄러운 구령에 중단되었다. 인간의 자원이 아직은 풍부함을 군신(軍神)에게 고하듯 진(陳)을 친 집단에 침묵이 흘렀다. 대방공 연습을 앞두고 의식에 참여하듯 무겁고 조금은 엄숙해지는 침묵이. 그래도 멀리 강기슭에 밀생한 대숲에서는 엷은 강바람에 대나무들이 소용돌이치고 있는 것을 민이는 느낄 수 있었다. 햇볕에 하얗게 퇴색한 강과 연한 녹빛 강기슭에는 물에 번진 수채화처럼 희미한 선이 그어져 있었다. 상오의 햇볕은 두텁지 않고 뿌옜을 뿐이었고 강바람도 다소는 흔들리고 있었지만 머리에 쓴 두건, 손을 감싼 대 꼬, 방공(防空)을 위한 무기로 무장한 연약한 몸에서는 지근지근한[29] 땀이 배어나고 있었다. 얼마 안 있어 경계경보가 울릴 것이다. 그리고 공습경보가 울릴 것이다. 가상 건물 위에 소이탄이 투하되었다고 소리칠 것이다. 그러면 재빨리 강 옆에서 종렬을 지운 부대들은 돛배 양동이로 물을 퍼서 다음 사람에게 넘기고, 넘기고 기계적인 동작이 되풀이될 것이다. 갈고리 든 치들은 불붙는 가상 건물을 허물 것이고, 대본대로 쓰러진 부상자를 들것에 실어 날라

가면 위생반은 응급법을 시행할 것이다. 그리고 유지폭탄이 떨어졌다고 외치면 물 양동이 대신 모래주머니가 이 손에서 저 손으로 재빨리 이동될 것이다. 그리고 이 대규모의 군중 활극이 끝나면 가장 우수한 시범 대대의 표창식이 있을란가.

드디어 대방공 연습은 개시되었다. 비행기 한 대 없는 맹송맹송하고 고요하기만 한 하늘 아래서 음폐물이라곤 없는 넓은 사장 위에서, 민이는 물 양동이를 다음 사람에게 넘겨주면서, 수없이 넘겨주면서 알루미늄의 컵 생각을 하고 있었다.

나오코는 위생반에서 지혈법을 실습하고 있을지도 모른다. 민이는 물 양동이를 넘겨주면서 생각했다. 그러다가 먼 강기슭에 묻어오는 검은 구름처럼 그의 마음에도 급히 검은 구름이 몰려왔다. 상처받은 자존심에 통증을 느낀 것이다. 마주보는 행렬 속에서 상체를 한들한들 흔들며 물 양동이를 넘겨주는 다마야마 준코의 모습이 눈에 띄었기 때문이다.

'그때 나는 전보를 쳐주지 않았다.'

그것은 제2의 배신이었다.

애기를 밴 언니는 하이힐을 신고 있었다. 배가 불렀기 때문에 하이힐의 굽은 몹시 가늘어 보였다. 그의 남편은 특징 없는 얼굴, 코가 뭉실하였다. 하이힐을 신은 언니의 키와 비슷하였다. 남편은 보통 키였었지만 언니는 여자치고 키가 큰 편이었으니까, 그들은 다 같이 부스스하게 촌티가 났고 선량해 보였으나 민이는 자기에게서인지 아니면 그쪽에게서인지 냉혹한 바람을 느꼈다. 그것은 사정없이 맵고 쌀쌀한 것 같았다.

"발표되거든 곧 전보하라고."

언니는 그의 남편을 닮은 시누이 옆에 서서 말했다. 단발머리의 조그마한 아이는 수험표를 가슴에 달고 있었으나 시험을 치른 뒤의 긴장감을 찾아볼 수 없었다. 합격이 되거나 불합격이 되거나 그 결과에 대하여 아무런 관심도 없는 듯 한눈만 팔고 있었다.

언니는 백 장씩 하얀 종이로 테를 둘러놓은 김 두 꾸러미를 민이에게 주고 떠났다. 그간 편지 연락도 없이 그가 졸업한 후 2년 만에 처음 만난 기분이 어째서 그렇게 서먹하였던지. 한 가닥의 애상도 없이 민이는 언니와 헤어질 수 있었다. 어쩌면 그것은 지극히 사무적인 것이었는지도 모른다.

임신한 그 배 탓이었을까, 배가 무거워서 그 하이힐의 굽이 몹시 가늘게 보였던 탓이었을까, 아니면 그의 옆에 코가 뭉실한 남편이 서 있었던 탓이었을까, 아니 미래의 꿈이 상처를 받았기 때문인지도 모른다. 민이는 교문을 나서는 그날부터 찬란하고 아름다운 하늘과 땅과 온갖 풍경이 자기를 맞이해줄 것을 의심치 않았다. 결코 애기를 배고 기미가 슨 그 언니의 모습을 상상한 일이 없다.

민이가 기숙사에 입사하여 며칠이 지났을 때 민이 고향에 가까운 K섬에서 온 실장 언니가 웃으며 편지 한 장을 주었다.

"답장을 쓰는 거야."

그해 신입생 중에서 제일 예쁘다고 점찍힌 아이가 선생님 말씀에 순종한 나머지 4학년 학생으로부터 받은 편지를 선생님에게 갖다 바쳤기 때문에 운동장에 집합한 4학년 학생들로부터 무서운 박해를 당한 사건이 있은 직후였었다. 사립 시대의 강한 자주 의식이 남아 있었던 4학년 학생들은 수에 있어서 한 학급밖에 안 되는 점에서 단결심이 가능하였고 한편 설명될 수 없는 저력 때문에 조선인 선생들을 다 축출하고 그 빈자리에 들어앉은 일본인들도 다소는 두려움을 가졌던 모양으로 3, 4학년만은 매우 인격적으로 대우해준 터였으니까 하급생에게 편지를 주었다고 해서 꿇어앉히는 벌을 준다거나 단체가 되어 한 아이를 박해했다 하더라도 학교 당국에서는 모르는 척해주었다. 그때만 해도 일본은 다급한 시절이 아니었고 학생들에게 전시 태세니 마음의 무장이니 하는 따위의 용어는 쓰질 않았다. 아무튼 민이는 상대가 누구인지 이름만 듣고 편지 답장을 썼다. 기숙사 안에서 상급생에게 복종하여야 한다는 것은 밤마다 '유우레이(夕禮)' 시간에 귀가 아프도록 들어온 말이었으니까. 민이는 답장을 보낸 그 상대가 머리를 땋아 내린 실장 언니하고는 달리 길게 단발을 하고 긴 눈시울이 흔들리는 큰 눈을 가진 멋있는 사람이라는 것을 알게 되었다. 그는 우등생이며 마음씨가 착한 사람이라는 말도 들었다. 그는 소등한 뒤 민이 방을 찾아와 달빛이 스며드는 유리창 가에 앉아서 실장과 밤늦게까지 이야기를 하다 돌아가곤 했는데 민이는 그들의 이야기 소리를 들으며 이불 밑에서 얼마나 숨이 가빠했는지 모른다. 민이는 부끄러웠지만 그보다 겁이 났다. 언니는 실장을 통해 운동복과 여름 교복을 지어 보내주었고 자줏빛 책가방도 사서 보내주었다. 그리고 그는 기숙사 복도에서 마주치면 싱긋이 웃었다. 강당조회(講堂朝會)가 있는 월요일에는 먼저 강당으로 들어간

4학년 중에서 맨 나중에 입장하는 1학년 속의 민이를 눈으로 찾곤 했다. 민이는 그 눈과 부딪치면 얼른 고개를 돌렸다. 방학에 집으로 돌아간 민이는 엄마에게 자세한 설명은 못 하고 옷을 지어주고 책가방을 사 주었다는 말을 했다. 그리고 나도 선물을 해야지 않겠느냐고 했다. 방학이 끝나고 기숙사로 돌아왔을 때 민이는 언니에게 인형을 선사하였다.

그것은 가을이었을 것이다. 도내 중학교의 합동 운동회가 P시에서 개최되었을 때의 일이었다. 조선인 중학교가 명백하게 이겼음에도 불구하고 일본인 심판이 일본인 중학교의 승리로 판정했을 때 소동이 벌어졌다는 것이다. 그날 밤 조선인 학생들이 몰려가 심판의 집을 때려 부수는 것까지 사건은 확대되어 경찰 당국은 긴장하고 광주학생사건의 전철을 밟지 않기 위해 산회하고 선수들이 각각 지방으로 돌아간 후에도 삼엄한 경계와 내사를 게을리하지 않았다. 이때 육상 선수로 출전한 언니는 여러 번 경찰서로 불려 가곤 했었는데 이때 민이는 처음으로 그를 위해 가슴 아픔을 느꼈고 꿈같은 동경과 자랑스러움을 느꼈던 것이다. 그는 학교에서는 열장이었고 기숙사에서는 2학기 때부터 요장이었었다. 민이는 거기 대해서도 다소는 자랑스러움을 느끼고 있었지만 그 선량하고 성실한 인품은 하급생들에게 두려움을 갖게 하지 않아 어떤 신비스러움이나 개성은 없었다.

언니의 시누이는 합격되지 않았다. 따라서 민이는 전보를 치지 않았다. 그러나 민이는 때때로 전보를 치라는 그 약속을 이행하지 못한 것이 어떤 마음의 자책으로 떠오르곤 했다. 그것은 전보를 치지 않았다는 그것보다 마음의 부실이 모여서 그것에 응결된 때문이었을 것이다.

'그때 나는 전보를 쳐주지 않았다.'

소나기가 쏟아졌음 좋겠다던 누군가의 소원은 공교롭게도 이루어졌다. 강기슭에 모였던 검은 구름은 빠른 속도로, 나는 것같이 달려오더니 굵은 빗방울이 떨어지기 시작했다. 아무리 감투[30] 정신을 외쳐본들 빗줄기는 굵어지고 실전이 아닌 바에야 중지할 수 밖에 없다.

비에 함빡 젖은 후방의 예비군들은 그러나 비를 뚜들겨 맞으며 대오를 정비하고 질서를 유지하며 그 방공 연습 대회장을 떠났다.

비를 맞고 파아랗게 되살아 난 과수원 옆을 지날 때 빗줄기는 가늘어졌다. 하늘은 여전히 낮게 내려앉았지만

'죽어도 나는 아무 짓도 하지 않는다!'

민이는 두건 자락에 감추어져 한층 더 좁게 보이는 다마야마 준코의 히죽히죽[31] 걸어가는 모습을 바라보며 마음속으로 외쳤다. 그는 오가와 나오코가 복잡한 심정을 표시하는 태도를 낙관하려 하지 않았다. 단순한 동정일 것이라고 믿으려 했고 짓밟힌 자존심을 위해 눈을 감으려 했다. 마음의 눈이 감겨지지 않을지라도 그는 자기가 어떠한 관심도 그에게 표시하지 않을 자신은 있었다. 이 세상에서 이룰 수 없는 것에의 집착을 갖는 것, 행동한다는 것이 얼마나 불쌍하고 추악한 것인지를 민이는 어느 무엇에 관한 일보다 잘 알고 있었다. 그것은 어머니와 아버지의 관계에서, 그리고 어머니를 미워하는 이유도 그것 때문이다. 아버지를 미워

하는 것은 어머니가 불쌍했기 때문이며 미웠기 때문이다.

—사랑을 받지 못하는 것보다 사랑할 수 없는 것이 더욱 불행하다.—

민이는 어디선가 들은 말을 그 나름으로 생각하고 있었다. 사랑에다 우정이나 호의까지 포함시킨다면 민이는 그것을 받아들이지 못했던 고통을 알고 있는 셈이다. 본능적인 혐오는 불행할 뿐만 아니라 얼마나 고독한 분노였을까.

"어머! 저것 봐! 요시노 상 아냐?"

"아 요시노 상이다!"

"그래 맞았어!"

갑자기 행렬에 동요가 일었다. 모두 한 마디씩 소리치며 행진을 멈추었다.

"뭣 하는 거야!"

알면서 일부러 선생이 소리치며 앞으로 휘몰듯 손을 흔들었다.

논두렁 너머 마을이 있었다. 석축을 높이 쌓아 올린 기와집들이 있었다. 그 석축에 기대어 선 남치마 입은 여자, 우산으로 얼굴을 가리고 꼼짝없이 서 있었다. 남치마의 여자는 울고 있을 것이다. 아마 행렬이 다 지나가고 거리가 텅 비어도 울고 서 있을 것이다. 높이 쌓아올린 석축에 기대어 선 채, 그 석축 위에 큰 기와집은 권번(券番)이었고 여학교에서 급사노릇을 하던 요시노(吉野)상은 권번의 기생이 되었다는 소식을 모르는 학생은 없다.

비에 젖은 남치맛자락, 학생들은 모두 빗길을 가며 그의 신세에 무한한 동정을 보내며 선생들 몰래 끝없이 소곤거렸다.

약으로도 못 고치는 병

모깃불 연기가 자욱한 마당에 쭈그리고 앉아서 용이는 담배를 피운다. 성그런 삼베 등지개[1] 구멍으로 스며드는 밤바람은 시원하기는커녕 습기를 머금고, 후덥지근한 열기만 몰고 왔다. 모깃불에서 번져오는 매캐한 연기가 목구멍에 감겨들어 기침을 하며, 그러나 연신 곰방대는 빨아댄다. 종일을 논바닥에 엎드려 김을 매었으니 허리가 뻐근하고 팔다리가 쑤신다. 용이는 그러나 피곤함보다 읍내장터로 들어가는 삼거리, 그 모퉁이 주막집으로 달려가려는 마음을 억제하는 일이 더 견디기 어려웠다.

'마음이 변할지 누가 아노. 뭇 사내들이 들락거리는 주막인데, 나보다 잘난 놈도 있을 거고 돈냥이나 있는 장돌뱅이도 있을 거고 계집이 없는 놈도 있을 거 아니가. 내가 월선이한테 멀 해준다고…… 월선이한테 눈독 디리며 다니는 놈은 없을라고.'

가슴이 메는 것 같고 불안하여 용이는 벌떡 일어섰다가 도로 주질러 앉는다. 다 탄 재를 털어버리고 다시 곰방대에 담배를 담아 붙여 문다. 아무리 답답하고 견딜 수 없어도 용이에게는 달리 도리가 없다. 쥐도 새도 모르게 월선이를 데리고 깊은 산중으로 달아나 화전(火田)을 일구어 산다면 모르되 그 밖에는 어떻게 해볼 방법이 없다.

광대 구경을 하던 날 밤 이래 용이는 몇 번인가 오밤중에 월선이를 찾아가곤 했었다. 이제 그는 월선이 없이는 못 살 것 같은 생각이 들었다. 여자의 부드러운 살결과 짙은 체취는 항상 그의 곁에서 타는 듯 맴돌고, 그것은 용이 자신이 살고 있다는 확신 같은 것이었다. 10여 년 전 타관의 남자를 따라 월선이 마을을 떠날 때 용이는 보리 짚단 뒤에 숨어서 떠나는 계집아이의 뒷모습을 지켜보았다. 뜨거운 것이 눈에 왈칵 솟았으나 월선이와 맺어지리라는 희망은 이미 버린 뒤였었고,

'어디든 가서 잘살아.'

돌아서며 혼자 뇌인 말이었다. 그러던 월선이 마을로 돌아와, 읍내 장터로 가는 삼거리에 주막을 차린 지 1년 남짓, 장날에 가며 오며 얼굴이나 쳐다보고 그것으로 만족해하던 용이는 월선이 없이 못 살리라는 생각을 해본 일이 없었다. 옛날에는 모친에 대한 효성 때문에 무당 어미를 둔 계집아이가 타관 사내를 따라가는 것을 막지 못했다. 월선이 돌아온 후에는 이미 육례[2]를 갖추고 만난 죽림댁이 있어, 가며 보며 바라만 볼 수밖에 없었다. 그것은 모두 먼발치로만 바라보고 사랑한 여자에 대한 그런 마음은 헛것이었는지도 모를 일이다. 광대놀음을 하던 날 밤, 구경꾼 속에서

빠져나와 월선과 잠자리를 같이 한 후, 지금 용이의 관능은 무한히 신비롭고 힘찬 곳으로 이끌려가고 있는 것이다. 게으르고 무기력했던 그는 부지런해졌다. 겉돌면서 만사에 구경꾼처럼 맥없이 히죽히죽 웃기만 하던 그의 얼굴도 달라졌다. 기쁜 마음 괴로운 마음이 모두 그에게 달라붙어 구경이 아닌, 제 자신이 살고 있는 것을 그는 때때로 느낀다.

"용이!"

박꽃이 하얗게 핀 울타리 밖에서 부르는 소리부터 났고 다음 칠성이 마당으로 들어섰다. 등 뒤에 내리는 달빛에 칠성이 상투머리는 시꺼멓고 크게 보였다.

"영팔이 집에 안 갈란가?"

"개 잡았나?"

"응."

"오랫간만에 숫정[3] 풀겄다."

용이는 곰방대를 털고 허리춤에 찌르며 일어섰다.

"우리 집 여편네도 여태 안 왔는데 자네 마누라도 안 왔구만."

칠성이 방쪽을 기웃거려본다.

"오거나 말거나……"

"일은 끝났을 긴데……"

"모여들 앉아서 조둥이나 까고 있겠지."

"요새도 강짜 부리나?"

"……"

"남정네가 외입 좀 했기로, 거 너무 심하더라."

가래침을 콱 뱉는다. 며칠 전에 식칼을 들고 나 죽여라면서 덤비는 죽림댁을 뜯어말린 일이 있어 하는 말이다.

"자넨 물이 눅어서[4] 안 그렇나. 복날의 개 패듯, 나 같으믄, 버르장머리를 싹 고쳐놓을 긴데, 계집이란 사흘 안 맞으믄 여시(여우)가 된다니까."

"조막만 한 것, 때릴 구석이 어디 있노. 그래 개를 잡았으믄 술도 있겠구나."

용이는 덩달아 마누라의 험담을 하려 하지는 않았다.

"설마 술 없이 개 잡았다고 오라 할가 바."

껑충하게 큰 용이와 땅땅하게 바라진 칠성이, 두 사내는 사립문을 나섰다. 앞에서 떠오르는 달빛에 그림자 두 개가 뒤로 길게 뻗는다. 그들은 밭뚝길을 밟아 가고 물이 찬 논에서는 개구리들이 운다.

두만네 집에서는 풋고추에 된장국, 간고기조림 등 짭짤하게 차린 저녁을 배불리 먹고 따끈한 숭늉으로 입가심한 마을 아낙들이 더러는 집으로 돌아가고 몇 명은 마당에 깔아놓은 멍석에서 땀을 식히며 잡담을 하고 있었다. 종일 강가 삼막(麻幕)에서 두만네의 품앗이 일을 한 아낙들은 점심 저녁을 모두 두만네 집에서 했다.

이야기는 최진사댁 며느리, 별당아씨가 머슴 구천이를 따라 도망간 데서부터 죽림댁이 남편과 싸우고 친정 갔다 오는 길에 그들을 만났다는 것에서 맴돈다. 여러 번 되풀이하여 입에 오르내렸음에도 아낙들 뇌리에서 쉽사리 사라질 수 없는 사건이었기에 잡담은 그 줄기를 타고 그칠 줄 모른다.

"다 팔자라니까. 그렇게라도 했으니, 누가 아나? 어느 쪽이든 죽어서 상사가 붙었다믄, 그거는 정말 골병이제."

무슨 일이든 팔자소관으로 돌리는 거북이네 말이었다.

"그러커니께 그렇기도 하겄소. 옛날에 내가 어릴 적에 상사바위에서 상사풀이하는 걸 보았구만."

땀을 흘려 머리가 가려운지 긁적거리며 임이네가 말했다.

"무당이 굿을 해도, 해도 안 되믄 상사 붙은 사내나 계집을 바위 밑에 차던져버린다믄서?"

죽림댁이 묻는 말에 다른 아낙이,

"그래가지고 살아 머 하겠노. 죽는 편이 낫제. 그런다더구만, 나 머리 빗을란다 하믄 턱 밑에 감겨 붙은 상사뱀이 떨어지고, 머리단장 하고 나믄 다시 감겨들고, 아이고 생각만 해도 소름이 돋는다."

"그래도 각씨 곱게 하는 것은 좋은가 보제."

달빛이 이리저리 흔들리는 감나무 그림자 사이로 실뱀이라도 기어 나올 것처럼 아낙들은 무섬증을 하며 바싹 모여들 앉는다.

"피 묻은 속곳이 귀신을 쫒는다 하드만. 복숭아나무는 귀신을 부르고, 그래서 울안에는 안 심는다는데 옛적에 어느 고을에 안범식이라는 사람이"

하자,

"그것 다 무당 넋 드리는 얘기 아니가, 복숭아나무가 귀신 부른다는 건 옛적부터 얘기고."

말허리를 꺾는다. 무당의 얘기가 나오면서부터 잡담은 읍내서 주막을 차린 월선에게로 옮겨 간다.

"죽림댁, 너무 서슬 푸르게 날뛰는 것 아니가? 남정네들이란 다 바람끼가 있기 마련인데, 그렇다고 너 몰라라 하는 이 서방도 아니구."

몇 대 전부터 사류(士類)[5]에서 탈락되어 양반인지 상민인지 애매한 데다 찢어지게 가난하여 품드는 일도 마다할 수 없게 된 거북이네, 그러나 자존심은 남아서 점잖게 나무란다.

"성님은 마음이 대천지한 바다 같아서 얼매나 좋겠소. 술값에다 노름 밑천까지 대노라고 혼자 골이 빠져도 하늘 같은 가장이라, 나는 못 그러요."

발끈해져서 죽림댁이 쏘아부친다.

"그러니께 하는 말 아닌가. 나한테 비하믄 죽림댁은 대금산일세. 이녁 할 일 다 하고 바람이 났다고 해서 자네 구박하든가? 되레 요새 이 서방은 전보다 더 부지런하기만 하더라."

"그리 안 하믄 어쩌겄소. 개뿔이나 있어야 말이제. 지닌 거라고는 그 잘나빠진 ×× 하나 밖에 더 있소? 꼴에 꼴방망이 차고 남해 노량 간다 카더니 성님네캉 다른 상놈의 집구석에서 작첩이 될 말인가요?"

상말을 하며 거북이네한테 화를 내는 죽림댁이, 증오에 눈이 불붙는다.

"앗따, 시끄럽다. 그만해두어라. 그러다가 누구 하나 죽어서 상사라도 붙으믄 어짤라노. 죽는 것보담 낫다 생각하게."

"원은 풀어야제. 못 풀믄 병이 되고 명대로 못 산다."

영악스럽고 다구진[6] 죽림댁의 품을 밉게 보았던지 누군가가 거북이네 말에 맞장구를 쳤다.

"그런 소리는 와 하노! 원이 있고 한이 있으믄 내 편에 있지, 그 두 년놈들한테 무슨 한이 있을꼬!"

"저 말버르장머리 보게나."

거북이네는 쓰게 웃는다.

"죽는다믄 내가 죽지. 피가 말라서 내가 죽을 긴데, 그, 그래! 천년, 만년 그, 그래 상사 붙을란다!"

하는데 죽림댁 눈에 눈물이 글썽 돈다.

"아아니 이 사람이? 아직 철이 덜 들었구만. 속아지가온, 노래미 창자같이 그렇게 좁아서 어데다 쓰노. 남정네란 그러다가 바람 잡으믄 고만인데, 육례를 갖추고 만나서 멀 죽네 사네…… 살림에나 정붙이고 있으믄 그런 것 생각할 새나 있던가? 죽림댁 자네 목화밭에 풀이 우묵장성이더만. 김이나 매고 아무 말 말게. 누가 이 서방 심성을 몰라서? 가숙 박대할 사람은 아닐세."

죽림댁은 대꾸 없이 짚신을 찾아 신는다.

"나 가요."

하고 휭하니 사립문 밖으로 나간다.

논둑길을 지나간다. 논물에 잠긴 달이 죽림댁을 따라온다. 며칠 전에 비는 흡족히 내렸는데 다시 비를 청하는가 개구리들이 목청 좋게 울어대고 있었다.

'이름이 좋아 불로초다! 빛 좋은 개살구지. 육례를 갖추고 만났으믄 고만인가? 마음은 온통 그년한테 가 있고 껍데기만 내 차지,

자식도 없는 내가 무슨 낙으로 밭매고 길삼할꼬? 서럽고 불쌍한 것은 나다!'

죽림댁은 눈앞에 용이가 있기만 하다면 달겨들어 할키고 주먹질해주고 싶은 충동을 느낀다. 가만히 앉아 있다가도 시시로 그런 발작이 일어나는데 그것을 건드렸으니 거북이네의 달래는 말이 고깝고 노여워, 새겨서 들을 만한 여유가 없다.

열려 있는 사립문을 들어섰을 때 집 안은 텅 비어 있었다. 모깃불은 다 잦아지고. 죽림댁은 부리나케 방문을 열고 달빛이 비치는 데 손으로 더듬더듬 더듬어본다. 없다. 그는 뒷간으로 쫓아간다. 역시 없었다.

"보소!"

마당귀에서 벌레만 운다.

"오냐, 또 갔구나! 끝판 보자. 누가 하나 죽든지 살든지."

헛간으로 쫓아간 죽림댁은 낫을 들었다. 달빛에 낫은 번득 빛났다.

"내가 와 죽어? 죽더라도 나 혼자는 안 죽는다!"

낫을 팽개치고 삼베 치마를 추켜서 치마끈을 실하게 여민 뒤 나르듯 그는 밖으로 쫓아 나간다. 읍내까지 10리 길, 끝없이 펼쳐진 최진사댁의 들판을 따라 죽림댁은 달려간다. 논물에 잠긴 달은 아까보다 빠르게 죽림댁을 뒤쫓아가고 있었으며 개구리들은 아우성치듯 울어대었다.

삼거리 주막 앞에 당도했을 때 거리에는 강아지 한 마리 얼씬거리지 않았고 불꺼진 야트막한 주막 지붕이 작으마한 몸집의 죽림댁을 압도해왔다. 그는 한참 동안 가쁜 숨을 다듬으려 애썼으나 소용없고 방망이질 하는 가슴이 터질 것처럼, 입안이 바싹 타서 입술이 불룩불룩 떨리는 것이었다.

"여보시요."

목구멍에서 목소리가 꺼진다.

"여보시요!"

소리를 지르려고 대문을 주먹으로 쾅 친다.

"여보시요!"

연달아 대문에 주먹질을 한다.

"이 문 못 열겠나!"

"뉘시요? 오밤중에."

월선의 목소리였다.

"문 좀 열어라! 이년아!"

"아니……"

하는 소리와 함께 등불 빛이 문틈 사이로 새어 나왔다.

"어디서 오시었소?"

대문 가까이 온 목소리는 떨리고 있었다.

"송화리에서 왔다!"

"……"

"이 문 못 열겠나!"

"왜 그러시요. 새는 날에 오시지요."

"뭐라꼬? 문 때리 부숫기 전에 잔소리 말고 열어라! 그냥 물러갈 사람이 오밤중에 여길 와?"

빗장 빼는 소리가 났다. 대문 한 짝이 열리자 죽림댁은 뛰어든다. 마루로 올라서면서 방을 향해,

"너 죽고 나 죽자! 사람이 어디 한 분 죽지 두 분 죽나!"

방문을 두르르 열었다.

"……?"

용이는 없었다.

"어디 갔노!"

넋 빠진 것처럼 초롱을 들고 우두커니 서 있던 월선이,

"누가요?"

"이년이 능청을 떠네? 우리 집 남정네말이다! 누구긴 누구!"

"여기 안 왔어요."

"안 와?"

맥빠진 소리로 뇌이다가 그는 집에서처럼 방 안을 더듬어보더니 뒷간에 달려가보고 부엌도 들여다본다.

"정말 안 왔나?"

"안 왔어요."

죽림댁은 푸서석 주저앉는다. 월선이는 다음 일을 예감한 듯 마루 끝에 초롱을 놓고 하얀 속적삼 안의 앞가슴이 뛰는지 바른손으로 가슴을 누른다. 희뿌연 초롱불을 받은 월선은 울 듯 얼굴을 찌푸렸다가 긴장한 나머지 탈을 쓴 것처럼 무표정해지곤 한다.

얼마 후 죽림댁은 정신이 든 듯 일어섰다. 정신이 들었다는 것은 월선에 대한 증오심에 불이 당겨졌다는 것이겠다.

"이년!"

달려들어 월선의 속적삼을 쫙 찢었다.

"왜, 왜이러시요."

"몰라서 묻나? 이년아!"

속적삼이 찢어진 데다 그 서슬에 치마말이 아래로 내려가는 것을 미처 감당할 겨를을 주지 않고 다시 돌진해 간 죽림댁은 머리채를 나꾸쳐서 휘감았다.

"이, 이거 놓구 얘기하시요."

"못 놓겠다! 간을 내어 묵어도 분이 안 풀릴 긴데 내가 네년을 곱게 두고 갈 상 싶었더냐. 네년이 나보다 잘났음 얼매나 잘났고 사내 애간장을 녹히는 게 먼가 어디 보자!"

월선을 쓰러뜨리고 주먹질을 하고 옷을 발기발기 찢고 발광을 한다. 맞서서 싸운다면 그토록 당하지는 않았을 것을 겨우 몸을 막을 정도로 월선이는 울기만 한다.

"이년! 이년! 이래도 동곳 안 뺄 것가. 니 같은 년은 만나는 쪽쪽 사내를 잡아묵을 년이다! 죽여야, 직여버리야 한다."

그러나 죽림댁은 이미 맥이 풀려 있었다. 아무리 쳐도 울리는 것이 없으니 싸움은 싱겁고 되려 무안쩍게 되어간다. 주먹질에 힘이 빠지면서,

'이 남정네가 그라믄 어디 갔을꼬?'

생각하는 한편 은근히 자신이 지금 저지르고 있는 광태를 수습할 계기를 찾고 있었다.

"이, 이제는 다시 안 만나겠어요, 다시 다, 다시는."

아까부터 월선이는 되풀이 그 말만하며 몸을 뽑으려고 애쓰고

있었는데 맥이 풀어지면서 그 말이 죽림댁 귀에 겨우 들어왔다.

"오냐, 내가 이 귀로 똑똑히 들었겠다? 네 이년! 이러고서도 다시 내 남정네를 불러디렸다가는 너 명대로 못 살 줄 알아라."

죽림댁은 월선이를 놓아주고 흩어진 옷매무새를 고친다. 그런 뒤 건성으로 몇 번인가 울림장을 놓고 밤길에 나섰다. 저만큼 횡하니 빈 장터가 보였다. 여전히 거리에는 강아지 한 마리 얼씬하지 않았다. 열기가 다 식은 들판에서 설렁한 바람이, 마을로 향한 길을 바삐 가는 죽림댁 땀 배인 목덜미를 식혀준다. 그러나 그의 마음은 시원해지질 않았다. 때린 쪽은 이편이건만 분풀이는 커녕 오히려 싸움에 지고 돌아가는 듯 비참한 기분만 든다.

"빌어묵을 놈의 팔자야! 자식 새끼만 하나 있어도 내 꼴이 요 모양은 안 됐을 긴데 아이고, 아이고."

모두 최진사댁 소유인 넓고 넓은 들판길을 가면서 엉엉 소리 내어 울다가 넋두리를 하다가.

장날이면 읍내로 나가는 용이, 그때마다 죽림댁은 애가 달아서 어쩔 줄 모르긴 했으나 광태를 부리기까지는 하지 않았다. 분주한 장날의 주막, 그리고 동행이 있는데 어쩌랴 했던 것이다. 용이가 밤에 집을 비우고부터 죽림댁은 광태를 부리기 시작했다. 월선의 눈동자까지 다소 노르스름한 것을 두고 개눈깔 같으니, 남자 몇은 잡아먹을 눈이라느니 말로는 그렇게 했으나 월선의 용모, 그 나긋나긋한 살결, 욕심 없고 어질은 마음씨를 아무리 죽림댁이 비틀어진 눈으로 보려 해도 아주 비틀어지게 보여지는 것은 아니었다. 울면서, 넋두리하면서 밤길을 허둥지둥 걸어가는 것도 자기보다 월선이 월등 낫다는, 비록 무당의 딸이기는 하지만, 그것에서 오는 절망 때문이다.

여름밤은 짧다. 죽림댁이 집으로 돌아왔을 적에 첫닭이 울었다.

"……?"

사립문은 나갈 때와 마찬가지로 열려진 채였다.

"어떻게 된 일고?"

뒷간에도 광에도 부엌에도 용이는 없었다. 없었을 뿐만 아니라 자기가 나간 뒤 돌아온 흔적마저 없었다. 속았다는 생각에 전신이 훌훌 달았으나 가고 오고 20리 길을 미친 듯 달렸고 월선을 두들겨주느라고 힘을 쓰고 악을 썼으니, 그뿐인가 낮에는 삼막에서 삼베 속곳이 젖도록 땀 흘려 일을 했으니 전신은 풀어진 솜처럼 옴짝달싹할 수가 없다. 올 때까지는 몰랐는데 월선이를 때리면서 삐었는지 왼쪽 팔꿈치가 쑤신다.

날이 휘뿌옇게 밝아왔을 때 용이는 성큼 집 안으로 들어섰다. 그는 마루에 도사리고 앉은 죽림댁을 보자,

"쇠죽 쑤었나?"

하고 물었다. 눈알이 불거지리만큼 죽림댁은 용이를 노려본다.

"아니 와그러노."

"……"

"또 미친병이 도지는가배."

외양간 쪽으로 돌아가려 하는데 죽림댁은 뒤에서 달려들어 용이의 허리끈을 움켜쥔다.

"날 죽이고 가서 월선이 그년하고 같이 사소!"

"또 와이러노. 꼭두새벽부터."

귀찮아서 떠밀어버린다.

"앗, 아이구 아얏!"

삐인 팔을 다른 한 손으로 감싸며 죽림댁은 땅바닥에 주질러 앉는다.

"아. 아얏!"

"엄살 고만 피고, 내가 머 읍내 간 줄 아나?"

"아, 아얏! 아이구 팔이야!"

소리 지르는 품이 엄살만도 아닌 것 같아 용이는,

"팔이 어찌 됐다는 것고?"

"팔, 팔만 가지고는 안 될 기요. 내 다리 뿌질러 앉혀놓고, 그라믄 마음 놓고 읍내……"

하다가 다시 아프다고 소리 지른다. 용이 엎드려 죽림댁의 팔을 주물러주려고 하는데,

"약 주고 병 주는 거요! 아, 아얏!"

"새벽부터 어디 상막 차릿나? 계집이 웬 곡성인고, 이리 내봐. 삐었는 갑다."

죽림댁은 생각한다. 용이 월선이한테서 왔다면 그 소동을 모를 리 없다. 그런데 아는 기색을 도무지 느낄 수 없다.

"보소."

"와."

팔을 주무르다가 대꾸한다. 걷혀가는 아침 안개 속에 용이의 눈은 싯벌겋게 핏발이 서 있었다. 죽림댁의 눈 역시 그러했다.

"아 아얏…… 어젯밤 어디 갔습니까. 내 죽는 꼴 볼라요?"

"이제 그만, 그만해라."

짜증난 투로, 떠밀듯 하며 일어섰다.

"어디 갔더냐고 묻지 않소!"

외양간 쪽으로 가다가 돌아보며,

"영팔이 집에 갔다 와."

다음 다소 어세를 누그리며,

"개를 잡았다기에 가서 한 잔씩 했지."

"그래 한 잔씩 하는데 밤을 새웠단 말이요?"

"더워서 칠성이하고 누각에 가서 잤지."

죽림댁은 그만 입을 다물고 말았다.

나무 그늘이 진 별당 뜰이다. 평상에 걸터앉은 유모 봉순네는 씨를 발라가며 최진사댁 손녀 서희에게 수박을 먹여주고 있었다. 시원하게 곤지머리를 한 서희는 제비 새끼같이 떠넣어주는 수박을 받아 먹는다. 조금 까진듯한 이마에 땀띠가 돋아나 있었다.

"이제 그만 잡수셔야겠어요. 배앓이하면 큰일 나지요."

봉순네는 수박이 남은 그릇을 옆에 밀쳐놓고 땀에 젖어 살에 달라붙은 안동포 적삼 뒷도련을 쳐들고 부채 바람을 넣는다.

"날씨도 웬, 푹푹 찌는구나."

남들은 여름이 되면 살이 빠지게 마련인데 반대로 봉순네는 여름이 오면 오히려 몸이 붓는 편이다.

"허연 살이 박속 같소. 과부 마른 데 없다더니 참말 어쩌자고 삼복더위에 살이 찌는 거요?"

깡마른 김 서방댁이 부러워서 말하곤 했었다.

봉순네는 팔을 뒤로 돌려 부치던 부채를 되돌려서 서희에게 바람을 보내다가 뜰에 물을 뿌리고 있는 길상을 본다.

"길상아."

"예!"

기세 좋게 대답하고 물바가지를 손에 든 채 쫓아온다.

"뭐가 좋아서 그리 싱글벙글 웃노."

대답은 못 하면서 길상은 연신 웃는 낯이다.

"너 마을에 가서 이 서방한테 일러라. 틈 나는 대로 잠시 다녀가라고."

"용이 아저씨 말이지요."

"응…… 장날이 언제더라?"

"모레지요."

"모레? 그렇구나. 오늘이 초닷새니까 그럼 가서 이르고 오너라."

"예."

길상이 대문 밖으로 나섰을 때.

"어디 가노."

유모의 딸 봉순이 쫓아왔다.

"용이 아저씨한테 간다."

"거긴 와 가노."

"니 엄마 심부름하로."

"나도 갈란다."

봉순이도 시원히 곤지머리를 하고서, 짧아진 치마 밑의 종아리는 가늘고 맨발에 맷들이 신은 꼴은 클려고 그런지 껑충해 보였다.

두 아이는 마을을 향해 내려간다. 무더운 한낮, 나무 밑에 매어 둔 소는 풀을 뜯다가 지나가는 아이들을 보고 음매— 하며 한 가락 뽑았다. 하늘은 샛파랗다. 들판 끝간 데서부터 아이들 머리 위에까지. 길상은 줄을 끊고 떠가는 연이라도 있는 것처럼 발뿌리 생각은 않고 마냥 턱을 쳐들고 걸어간다.

"길상아."

"와."

"귀녀한테 구신이 붙었나 부다 하더라."

"머?"

"전에 구천이가 밤만 되믄 산에 갔다믄서?"

"……"

"그것도 구신이 붙어서 그런다 하네. 이분에는 귀녀가 자꾸 산엘 간다 안 하나."

"매욕하러 간다 카든데?"

"맨날? 머 맨날 매욕하나?"

"더우니께."

"아니다. 구신이 붙어서 그렇다더라. 내가 들었다카이. 갓난할멈이 날 보고 그러든데. 구신이 불러서 산에 간다고."

봉순이는 한집에 있는 계집종 귀녀가 미워 그랬든지 우겼다.

아이들이 용이 집에 갔을 때 밤에는 잠만 잤든지, 죽림댁은 한

낮인데 땀을 흘려가며 보리방아를 찧고 있었다.

"머 하로 왔노."

옳곧지 않게 물었다. 눈이 퀑하고 머리는 쑤시가 되어 꼴이 엉성하기 짝이 없다.

"아저씨 안 계시요?"

길상이 물었다.

"와? 논에 갔다 와!"

신경질을 부리는 통에 영문을 모르기는 하지만 길상이 주춤한다.

"틈 나는대로 오시라고요."

"누가?"

"우리 엄마가요."

길상을 거들어서 봉순이 말한다. 봉순네와 월선이 각별한 사이라는 것을 알고 있는 죽림댁은,

"머할라꼬, 상 줄라꼬? 무당년, 그 딸년 기둥서방 됐다고 치사할라카드나."

아이 어른 가릴 것 없이 앙칼을 피운다.

'광대놀음하던 날 밤 요놈우 새끼들이 와서 읍내에 갔지, 갔어.'

생각하니 아이들이 눈에 가시처럼 밉다.

"흥! 초록은 동색이라고 머 속닥거릴라꼬 오라 가라 하는고?"

찧은 보리를 모우고 나서 주걱으로 절구통 가를 탁 친다. 마침 점심을 먹으러 왔든지 용이 돌아왔다.

"너희들 머하러 왔노."

아이들은 겨우 큰 숨을 토해낸다.

"무슨 일고?"

"틈 나는대로 한 분 오시라 하대요."

"누가?"

"봉순이 어매가요."

"그래? 무슨 일인고?"

죽림댁은 점심 마련할 생각을 안 하는지, 보리가 물을 먹었으니 망정이지 그렇잖으면 바스라졌을 것이다. 그만큼 절구공이를 욱박지르고 있었다.

"점심 묵고 갈 기니."

용이는 허리를 굽혀 걷어 올린 바짓가랑이를 풀어버린다.

얼마 후 용이는 봉순네를 찾아왔다.

"무슨 일로?"

"이번 장날 읍내에 가시요?"

"글쎄올시다."

우울하게 생각 속을 헤매듯 말했다.

"나가면 월선이한테 뭘 좀 전하려고 했는데."

용이 얼굴에 순간 생기가 돋아나는 듯 싶었다.

"머길래요."

"모시적삼 두 개 해놨는데, 그걸 좀 갖다주었음 싶어서."

"가지요."

이번에는 얼굴이 활짝 피었다.

이튿날 논에 넣을 풀을 베러 나갔던 용이는 낫이 잘 먹어 들어가지 않는 것을 깨닫고 쳐들어본다. 낫은 온통 망가져 있었다.

"베러 와야것다."

중얼거리는데 월선이 생각이 와락 치밀었다. 그동안 월선이는 무슨 까닭에선지 찾아가기만 하면 아프다느니, 볼일이 있어 나간다느니, 구실임이 뻔한 말을 하며 용이를 피해왔다. 그러는 월선이에게 우격다짐으로 덤빌 만치 뱃심 좋은 위인은 아니었고 월선이를 위해 어떻게도 할 수 없는 자기 처지를 괴로워하고 있는 만큼, 그럴 때마다 눈앞의 햇빛이 싹 가셔지는 절망을 씹으며 휘청휘청 되돌아섰던 것이다. 용이는 말이 없어지고 종일을 들판에서, 밤이면 누각에서, 죽림댁의 앙탈도 전혀 신경에 와 닿지 않는 듯.

"사람이 이러다가는 미쳐나것다. 미쳐나것어!"

어느덧 그 말은 죽림댁의 입버릇이 되었다.

"차라리 죽어 없어지믄 그러커니 하고 살제. 사람을 말리서 직일라고."

전에는 속을 뒤집는 말이나마 했었고 때론 측은해하는 눈으로 바라보기도 하고 달래주기도 했었는데 잠자리마저 갈라서, 흙냄새를 풍겨주는 남편의 체취마저 맡을 수 없게 되었다.

'내일은 장날이니, 시끄러운 내일보다 오늘 가는 편이 낫것다.'

불현듯 가고 싶은 마음에 걸려드는 것은,

'혹시 다른 사내라도 생겼단 말인가.'

정답고 외곬로만 쏟아져오던 월선이, 그럴 리가 없고, 믿을 수 없고 믿으려 하지 않았으나 혹시 하는 생각이 때때로 그를 괴롭혔다. 죽림댁이 가서 월선에게 행패를 부린 사실만 알았더라도. 마을 아낙들은 대개 그 일을 죽림댁한테 들어서 알고 있었다. 여자들의 심리는 남의 남편 일일지라도 바람난 일에 관한 이야기는 제 남편에게 하기를 꺼려 한다. 남편의 마음을 달뜨게 하고 싶지 않기 때문이다. 그러나 임이네는 남편에게 정이 없고 용이에게 관심이 있었으므로 어떤 겨를에선가 그 얘기를 했었다. 용이에게 귀띔을 해줄 수 있는 칠성이는 그간 농삿일에 바빴었고 한편 용이는 그와 어울리지 않았으므로 그 일에 대해서는 잊어진 채 지나가 버렸다.

빈 바지게를 헛간에 팽개치고 용이는 읍내로 갈 차비를 차렸다. 죽림댁은 집 안을 어질러놓은 채 마을을 갔는지 없었다. 세수를 하고 옷을 갈아입고 낫과 다른 연장도 함께 챙겨서 그는 밖으로 나왔다.

"아니 장날은 내일이라면서요?"

제방에서 바느질을 하고 있던 봉순네가 찾아간 용이를 보고 말했다.

"연장이 시원찮아서 대장간에 베리러 가는 길에."

"그래요?"

봉순네는 더 이상 묻지 않고 보자기에 싼 것을 장농에서 끄내어 주며 말했다.

"한번 다녀가라고 하시오. 참외랑 수박이 한창인데, 와서 시원하게 매욕도 하고, 제 살기가 바빠서 그럴 테지만 어찌 그리 통 안 오는지."

"신세질가 바서 그러는 게지요."

"신세는 무슨 신세? 먹을 거야 지천으로 있고 잠은 나하고 자면 될 거고 마님께서도 한 번인가 물어보시던데요. 월선 어미가 살았을 적에는 무시로 드나들어 마님께서도 더러 생각이 나시는 모양이니."

최진사댁에서 나온 용이는 곧장 읍내로 향했다. 읍내가 가까워질수록 그는 차츰 불안해져서 발을 되돌리고 싶은 마음과 쫓기듯 급히 서둘러지는 마음을 갈피 잡지 못한다.

'사람의 한평생이 잠깐인데……'

별안간 마음속에 어떤 생각이 불쑥 솟았다. 월선이를 잡아채어 도망을 쳐야겠다는 생각이었다.

'구천이는 상전 아씨를 데리고 도망가지 않았던가. 설마한들 나 없다고 여편네가 못 살까.'

그러나 목의 가시처럼 걸리는 것은 돌아간 모친의 말이었다.

'내가 죽었음 죽었지 무당하고는 사돈 안 맺을란다. 누구 망하는 꼴 볼라고, 니 혼자 끝나는 기 아니다. 자자손손 골병이니라. 백정이 집에 가서도 할매야 할배야 하고 굿하는 무당집하고 혼사를 해?'

죽림댁한테 장가들어 정을 못 붙였을 때,

'예로 만난 처를 박대하믄 못쓰니라. 여자란 남자 하기 탓이다. 모르는 것은 가르쳐가며.'

주막에 못 미쳐 외딴 길목에 대장간이 있었다. 대장간은 장날이 아니어서 한산했다.

"오래간만이네."

대장간 주인 박 서방이 인사했다.

"일꺼리가 많소?"

"뭐 별로."

"그럼 연장 좀 손봐주시요."

"그러지. 금년에는 어떤가."

"뭐 말이요"

"아 시절 말이지."

"낫을 들고 논에 들어가바야 장담 안 하것소."

"하긴 그렇지. 하나님이 무슨 변덕을 부릴지 모르니께."

엉성한 수염 사이로 담배 연기를 뿜으며 실죽 웃는다.

"나 다녀올 데가 있어 나가는데 그새 손봐주시요."

용이는 보자기를 들고 월선의 주막으로 갔다.

"……?"

주막의 문이 꼭 잠겨져 있었다.

"몸이라도 아픈가?"

잠겨진 문을 진득진득 흔들어본다. 빗장만 찔렀으면 그럴 리가 없겠는데 문은 고정되어 옴짝하지 않았다. 허리를 굽히고 살펴보니 못질까지 해두었다. 용이는 섬찍한 생각에서,

"월선이, 월선이!"

하고 불러본다. 못질까지 한 집 안에 사람이 있을 리 없고 대답이 들려올 리도 없다.

"월선이!"

신음과 절규를 반반으로 한 소리를 내질렀으나 장이 없는 조용

한 거리에는 오가는 사람조차 눈에 띄질 않았다. 눈앞을 무엇이 덮쳐 씌우는 것 같은 절망, 흐려진 눈을 거리 쪽으로 돌린다. 용이의 의식은 오무라졌다가 늘어나곤 한다.

"어디 나들이 갔을까, 절에 갔을까."

중얼거린다.

방물장수 노파가 방물이 든 작은 고리를 이고 저편에서 걸어온다. 장날이면 나타나는 낯익은 얼굴, 평일에는 여염집을 돌아다니며 장사하는 노파였다.

"할매."

지푸라기를 거머잡는 심정으로 용이 불렀다.

"왜 그러우."

"여기 주막 임자, 워, 월선이라는 여자 아시요?"

"안면이야 있지."

"그, 그럼 어디 갔는지 혹시 모르시오?"

"으음, 내가 듣기로는 강원도 삼장수 따라갔다던가?"

"예?"

"강원도 삼장수하고 눈이 맞아 달아났다던가?"

"삼장수하고."

눈까풀이 축 처진 노파는 초지장[7]같이 변해가는 용이 얼굴을 유심히 쳐다본다.

"정말이지요."

"글쎄, 정말인지 거짓말인지 모두들 그러니께, 받을 돈이라도 있단 말인가?"

말로는 그렇게 했으나 세정에 빠른 방물장수 노파의 눈에는 얼빠진 놈아 싫어서 간 계집 잊어라 잊어, 하는 투의 냉소가 있었다. 질금질금 눈물이 흐르는 늙은 눈에.

"아, 아니요. 받을 돈, 머 그런 일 없소."

억지웃음을 띄우는데 얼굴은 일그러진다. 노파는 아예 방물고리를 내려놓고 굴러 있는 바위에 걸터앉으며,

"그 계집이 임자를 버렸구만."

했다.

"아, 아니요. 그, 그것도 아니요."

하는데 용이는 눈시울이 뜨거워지는 것을 참노라 목이 메인다.

"내가 다 알지러. 사내대장부 눈에 눈물이 고이는데도 아니라고 해?"

노파는 남의 슬픔을 쪼아 헤치는 까마귀같이 잔인하게 또 웃는다. 자기 자신의 늙음과 불행의 보상은 남의 슬픔을 바라보는 데 있는 것처럼.

"정이란 더러운 거지. 잊어버리는 게 상수다. 또 세월이 가믄 잊어지는 거고, 그러구러 한 세상을 살다 보믄 눈앞에 보이는 거는 북망산천, 죽네 사네하는 것도 다 젊었을 적의 얘기지. 나도 한때는 인물값 하느라고 노루장에서 한 세월 보내며 울기도 많이 울었고 그 더러운 정 때매 내 신세가 이리 됐다니까. 어디 마음을 끈으로 매어둘 수 있던가? 잊어부리는 기 약이고 늙으믄 다 소용없네. 고생 안 할라 카믄 재물이 있어야제 계집 그것 무슨 소용고."

노파의 사설은 이제 시작인 모양이다. 담배 한 대 피울 심산이

니. 물끄러미 노파를 바라보던 용이는 다시 제정신을 찾는다.

"아닙니다. 할매 아, 아니요."

하고 그는 급히 발길을 돌려놓는다. 걷는데 휘청휘청 다리가 접혀 땅바닥에 꼬꾸라질 것만 같다.

'몹쓸년, 몹쓸 계집!'

간신히 대장간까지 간 용이는

"다 되었소."

쇠붙이를 두드리고 있던 박 서방은 다시 그것을 불간 속에 집어넣고,

"한 번 더 뚜디려야겠네."

쇠붙이가 불에서 달 동안 박 서방은 담배 쌈지를 꺼낸다.

"자네 얼굴이 와 그렇노? 토사곽란 만난 사람같이 초지장이네. 어디 아픈가? 아니믄 돈이라도 날치기당했나."

"날치기당했소."

흙바닥에 쭈그리고 앉아 길을 내다보며 용이 되는대로 주워섬긴다. 방물고리를 인 노파가 산 밑 마을을 향해 가고 있는 모습이 보였다. 길에는 뿌연 흙먼지가 일고 있었다.

"얼마나."

"백 량."

"실성한 소리 하네. 백 량이 뉘집 애 이름인가?"

"값으로 따지믄 천 냥 만 냥도 더 돼요."

다음은 박 서방이 무슨 말을 하건 귀에 들어오지도 않는 듯 흙먼지 이는 길켠에 움직이지 않는 시선을 박고 있다.

대장간에서 다 된 연장을 새끼에 엮어서 들고 나온 용이는 장터에 좀더 가까운 주막을 찾아 들어갔다. 장이 없는 날은 주막도 한산하여 놈팽이 둘이 마루에 늘어져 누워 있었다. 갈증난 사람같이 주모가 따루어주는 술을 단숨에 마시고 다시 한 잔을 청했을 때 주모는 누워 있는 놈팽이 하나하고 이야기를 주고받는다.

"낯짝은 반반한 편이지. 흔히 있는 인물이지만, 이번에는 나이 지긋한 사람을 따라갔으니께 어쩔란고. 계집이 데면데면하고 감칠맛이 없어서…… 우리 단골 뺏길 정도는 아니었지만 좀 시원섭섭하구만."

월선이 얘긴 모양이다.

"거, 내가 눈독을 들였는데 뛰는 놈 위에 나는 놈 있었던 갑다."

놈팽이는 누운 채 눈을 치뜨고 웃었다.

"술이나 어서 주소!"

두번째 술도 단숨에 마셔버린 용이는 술판 위에 돈을 던져놓고 밖으로 나왔다. 마을로 가는 길목까지 왔을 때 최진사댁 하인 둘이, 말고삐를 잡고 가다가 말을 걸었다.

"연장 고치로 나왔습니까?"

"아."

하고 얼굴을 쳐들어보는 용이에게 수염이 긴 노인이 나귀 위에서 미소 지어 보인다.

"어르신네 안녕하시었습니까."

엉겁결에 용이는 고개를 꾸벅 숙인다. 읍에 있는 문 의원이었다.

"그간 별고 없었는가."

"예."

어릴 적에 용이 모친이 최진사댁을 드나들었을 때 배앓이를 하거나 언덕에서 떨어져 머리를 깼을 때도 문 의원은 용이를 사랑하여 약을 지어주곤 했었다. 노인은 나귀 등 위에서 들판을 바라보며,

"금년 농사는 어떻겠나."

"하나님 하시기 탓이지요."

"하나님 하시기 탓이라."

"내리 고만고만했으니 한 해쯤 잘못되어도 할 수 없습지요."

용이는 저도 모르게 될 대로 되라는 투로 말했다.

"흉년은 되지 말아야지. 백성들이 입에 풀칠이나 해얄 것 아닌가."

문 의원의 투는 나무라는 것 같았다. 돌이 받아서,

"그렇습지요. 입에 풀칠은 해야지요. 우리네야 무식하니께 날씨 걱정이나 하고 배고픈 생각이나 하믄 그만이지만 나랏님은 밤잠 못 주무시겠습니다."

잠자코 있는데 돌이는 어디서 귀동냥을 했든지,

"세상이 아무래도 꺼꾸러 돌아가고 있는 게 아니겠읍니까. 대궐 안이 어디라고 국모님을 끌어내어 죽입니까요."

가느러진 문 의원의 눈이 크게 한 번 벌어졌다가 다시 가늘어진다.

"그렇건만 왜놈들 씨도 못 말리고, 서울에서는 지금 더 기승해

날뛴다지 않습니까, 하 참 모두 한사코 대적하믄 그놈들도 발붙일 수 없을 텐데 말입니다."

"옆구리에 구데기 실는 건 모르고."

들릴락말락한 거의 문 의원 혼잣말이었다.

"죽일놈 들, 천벌을 받을 놈들, 온 세상에 그런 법도 있는가."

혼자 흥분하여 돌이는 주먹을 불끈불끈 쥐곤 한다.

"지세 탓이지."

"예? 지세 탓이라니요?"

"조선땅 앉은 자리 말이지. 영악한 백성인데…… 허기는 영악하니까 어지간히 지켜온 셈이지."

문 의원은 긴 수염을 흙바람에 훗날리며 하늘을 올려다본다. 동행이 없는 혼잣길을 가듯 용이는 묵묵히 걷고 있었다.

마을에 들어섰다.

"돌이."

돌이는 용이를 쳐다보았다.

"나 봉순 어매한테서 부탁받은 건데 이거 못 전했다고."

보자기에 싼 것을 내어밀었다.

"먼데요."

"가져가믄 알 기다. 가서 일러라. 문 잠가놓고 나들이 갔는지 없더라고."

용이는,

"어르씬 그러믄 살펴 다녀가십시요."

정중하게 인사하고 자기 집 방향으로 걸음을 옮긴다. 집에 돌아온 용이는 연장을 헛간에 두고 방으로 들어간다. 죽림댁의 쉿된 소리가 쩡쩡 울렸으나 옷을 벗어 건 용이는 자리에 쓰러지듯 눕는다.

자고 일어나서 빗질을 안 했는지 부시시한 머리에, 댕강하게 짧은 삼베 치마는 꾸겨지고 말려올라 죽림댁의 행색은 뒤숭숭하다. 두만네의 사립문을 들어선 그는

"두만이 아배 계시요."

했다.

"복받게 밥도 묵는다. 턱이 없나. 어찌 그리 밥을 칠칠 흘리노."

마루에서 아침을 먹으며 아이들을 나무라던 두만네는,

"어서 오게. 아침부터 웬, 일고."

여느 때와 다름없이 상냥하게 굴었다.

"벌써 아침이네요."

"서느름[8]에서 묵을라고, 아침이 늦으믄 하루 일이 매착[9]이 없어서."

밥그릇에 주둥이를 처박고 누룽지를 먹던 복실이 우우하고 한 번 짖다가 다시 주둥이를 밥그릇에 처박는다. 마당은 깨끗하게 쓸어져 있었으며 외양간에서는 여물 씹는 소리가 났다. 저만큼 떨어져서 따로 밥상을 받고 있던 두만 아배가 뒤늦게,

"웬일이시요."

하고 물었다.

"오늘 장에 가실란가 싶어서요."

"가야지요. 아침은 잡사습니까."

"아침이 다 멉니까, 부아가 나서 죽겄습니다."

두만네,

"또 쌈했는가배, 선아, 부석에 가서 숟가락 하나 가져오너라."

딸아이는 먹던 밥술을 그만두고 부엌으로 간다. 죽림댁은,

"아. 아니요. 가야지요."

"한술 같이 뜨자. 밥이 꼬곱하게 잘됐구만."

"그럴 정신도 없고, 가서 묵든 안 묵든 아침은 해얄 기고."

숟가락을 가져온 선이는.

"아지매 밥 좀 잡수이소."

"아니다. 아침이사 가서 해 묵어야지."

"장에 무신 볼일이라도 있나."

두만네는 더 이상 권하지 않고 물었다.

"약 좀 지어와야겠는데……"

"약은 와."

"서방인가 남방인가 며칠째 누어서 꼼작을 안 하네요."

"……"

"어디가 어찌 아프다는 말도 안 하고 식음을 전폐하니 온 사람이 답답해서 우찌 살것소."

"건장한 사람이 어디가 아플고?"

두만 아배가 말했다.

"그러기 답답하다 안 합니까. 드러눕는 일이라고는 좀체 없는데, 들일이랑 집일이랑 얼상[10]같이 해놓고 참말 죽을 지경이네요."

"여름이니 이질이나 아닌가?"

두만 아배의 말이다.

"아니요. 그것도 아니고, 어디가 아픈지 온, 죽물이라도 묵었음 좋겠는데…… 그래서 문 약국한테 가서 연유를 애기하고 약첩이나 지어 왔으믄 싶어서…… 두만 아배, 미안스럽지만 장 가는 길에 수고 좀 안 해주실랍니까."

"그거야 어렵잖은 일이지만 아픈 사람이 가서 진맥을 하고 약을 지어도 지어얄 긴데."

"누가 아니랍디까. 한분 읍에 가보라고 실이 노이 되도록[11] 말해도 코대답이나 해야지요. 당초 말을 안 하니께 사람이 기가 넘어서, 참노라고 참말 오장육부가 뒤집혀지는 것 같소. 보고 싶은 년을 못 보아서 병이 났는가, 내 꼴이 보기 싫어서 병이 났는가, 세상 사는 기이 이제 딱 귀찮아서 그만 죽고 싶네요."

두 내외는 거기 대해서 아무 말 하지 않았다.

"혼자서 쇠죽 끓이랴, 밭매랴, 살림 사랴, 속이 부굴부굴 끓어서 일인들 손에 잡힙니까."

역시 두 내외는 말이 없다가,

"밥이나 한술 떠보지."

두만네가 말머리를 돌려놓듯 다시 권한다.

"아 아니요."

죽림댁은 애기를 더 계속할 양으로 사양한다. 상을 물린 두만 아배는 숭늉을 마시며 죽림댁을 마땅치 않게 힐끔힐끔 쳐다본다. 워낙 내외가 다같이 남 싫어하는 말을 안 하는 성미여서 겉으로는 흔연스러웠으나[12] 속으로는 죽림댁을 별로 달가와하지 않았다. 그 눈치를 모르고 지껄이다가, 그러나 여니 때와 달리 더 눌러붙어 있지는 않고 창호지에 싼 엽전 몇 닢을 마루 끝에 놓는다.

"그라믄 두만 아배 수고스럽지만."

집에 돌아온 죽림댁은 이그럭치그럭 소리를 내며 겨우 밥을 앉혀놓고 불을 지핀다.

"성한 꼴을 보아도 부아가 나서 죽겠는데 일은 얼상 같고, 장골이 해장작같이 방구석에서 나자빠져 있으니 어디 사람이 견딜 수가 있나. 내가 머시 좋아서 논 매고 밭 매고 길삼할꼬? 낙이 있어야 일을 해도 신이 나제. 품에 기어드는 자식새끼 하나 있단 말가, 남정네가 날 불쌍하게 생각해준단 말가, 주야로 다른 계집 생각에 병까지 나고."

부지깽이로 불을 헤집으며 중얼거린다.

"흥, 그년을 못 보아서 병이 나아?"

밥이 끓는다. 그와 함께 죽림댁의 마음도 끓는다. 그동안 앓는 바람에 죽림댁은 신경질을 많이 억제해온 셈인데 월선이 땜에 병이 났을 거라는데 생각이 미치자 아프고 자시고 사정 볼 마음은 싹 가셔진다.

"에그! 내 정신 좀 바라. 된장도 안 얹고 밥을 앉혔네."

뚝배기를 들고 부리나케 장독으로 쫓아간다. 된장 항아리 뚜껑을 열다 말고,

"아니 보소."

용이 마루에 나와 앉아 있었던 것이다.

"이제 좀 괜찮소?"

빛 잃은 눈이 죽림댁을 쳐다볼 뿐 대답을 안 한다.

"이제 좀 나앉을 만하요."

"……"

"죽이라도 좀 잡술라요."

"아니 머라고 말을 좀 해야지. 말 안 하는 세상 못 살겠구만."

"……"

"두만 아배한테 약 지어 오라고 돈 주고 왔소. 두만 아배도 병자가 가서 맥짚어보고 약 짓는 기 좋을 거라 하드만요. 아 머라고 말 좀 하소."

"약 묵는다고 나을 병인가."

처음으로 대꾸했다. 터지지 못해서 몸살이 날 지경이던 죽림댁의 신경을 그 말은 거슬러놓았다.

"그라믄, 어떻게 하믄 나을 병이요."

"……"

"무당 불러 굿하믄 낫겄소."

"……"

"절에 가서 치성 드리믄 나을 병이요?"

"……"

"상사바우에 가서 상사굿 하믄 쓰겄소?"

용이는 그냥 말이 없다.

"음, 그라믄 보고 싶은 년 못 보아서 난 병이로구만. 읍내에 가서 그년 데려오믄 병이 낫겠다 그 말이구만."

"씨끄럽다! 더 시부리믄 기둥뿌릴 파버릴 기다!"

그동안 햇볕을 안 보아 창백했던 용이 얼굴에 붉은 기가 돌고 이마에는 굵은 맥줄이 부풀어서 돋아났다.

"흥, 그년 말이라도 하니께 입이 떨어지누만. 데려올 것도 없이 가지, 가아, 가란 말이요! 가서 영 오지 마소. 나 잡지는 않을 거니."

부엌의 밥이 숯덩이가 되건 말건, 된장을 가지러 장독까지 온 것도 잊고 악을 쓴다.

"그 계집의 얘기 더 입 밖에 내었다만 보아라! 집구석에다 불을 싸질러버릴 기다!"

죽림댁은 뚝배기를 항아리 뚜껑 위에 내동댕이치고 삿대질을 하며 용이 앞으로 달려간다.

"머 어쩌구 어째요! 그년 말을 와 내가 못 할 기요! 옥황상제 딸이라서 말 못 할 기요! 나랏님의 딸이라서 말 못 할 기요! 수챗구멍의 꾸중물같이 더러운 년을 똥파리같이 아무나 붙어묵는 더러운 년을, 잡신이 붙어서 사내들 간을 내어 묵는 그년의 말을 와 내가 못 할 기요!"

아귀들린 사람같이 입에 거품을 물고 아픈 남편에게 달려들어 쥐어뜯을 기세를 보이던 죽림댁은 그만 땅바닥에 펄쩍 앉아 두 다리를 뻗더니 울음을 터뜨린다.

"아이고 아이고! 내팔자야!"

핏줄 하나하나 낱낱이 다 부풀어서 터질 것만 같은 붉다 못해 검푸른 낯색이 되어 용이는 부들부들 떨고 있었다.

"내가 그만 그년을 죽이고 나도 죽는 건데, 아이고 아이고 분하고 원통해라! 기왕지사 거기까지 갔으믄 와 요절을 못 내고 내가 돌아왔을꼬! 이 천치 덩신 같은 년아! 박복하고 주변머리 없는 년아! 이년이 죽어야지 이년이."

죽림댁은 제가슴에 주먹질을 한다.

"아이고 그년의 입술 끝에 붙은 말을 믿고 내가 속았네. 밤길을 터덕터덕 그냥 돌아오다니, 슬개 빠진 이년아! 소나무 죽은 구신이라도 유만부득[13]이지. 아이고 분해라, 원통해라! 하다 못해 그년의 다리몽댕이라도 뿌질러놓고 왔음 이렇게 원통할까."

부들부들 떨고 있던 용이 벌떡 일어났다.

"니, 니, 거기 갔제!"

"갔소! 와! 내가 못 갈 데로 갔나! 그년 머리끄댕이 잡고 복날 개패듯이 패주었소! 불쌍하요? 아깝소! 응, 그래 불쌍하고 아깝소! 제 계집 생각은 눈꼽만치도 안 하믄서 아까울 기요! 불쌍할 기요!"

용이 얼굴에서 핏기가 걷혔다. 백지장처럼 하얗게 변했다. 그는 마루에서 내려갔다. 그리고 죽림댁 가까이 걸어갔다. 그 기색에 죽림댁 입에서 나오는 악다구니가 멎었다. 용이는 죽림댁의 머리채를 덥석 잡았다.

"아이구우—"

처음 당하는 일이어서 죽림댁은 질겁을 한다. 그러나 용이는 차마 때리지는 못하고 죽림댁을 저만큼 냅다 던진다.

"아이구우— 나 죽네!"

"불가사리 같은 계집."

한마디 내뱉고 짚신을 찾아 신은 그는 사립문 밖으로 횡하니 나간다.

햇빛은 물방울처럼 공중에서 번득이고 있었다. 바라다 보이는 읍내 길에는 장을 보러 가는 장꾼들의 모습이 드문드문 보였다. 강가에는 뚝에 소를 두고 목동들이 물장구를 치며 여름을 즐기고 있었다.

'그랬구나, 그랬구나!'

휘청휘청 어디 갈 길을 정한 바도 없이 걸어간다.

"아프시다니, 얼굴이 영 못쓰게 됐네요."

물동이를 이고 오던 임이네가 반색을 한다. 한더위 땀을 많이 흘린 여자의 얼굴은 오히려 씻긴 듯 뽀얗고 싱싱했다. 용이는 그 모습, 목소리가 보이지 않고 들리지 않았든지 엇갈릴쯤 됐어도 좁은 길을 비켜서지 않고, 결국 물동이를 인 임이네를 떠받았다.

"아이구머니!"

휘청하다가 재빨리 몸을 바로잡았기 때문에 쓰러지지는 않았으나 동이의 물이 넘쳐서 옷을 버리고 얼굴을 적셨다.

"아아니, 사람을 헛것으로 보았나?"

화가 나서 말했으나 용이는 이미 저만큼, 돌아보지 않고 간다.

"참 사람 별나게 변했구만. 아주 홈쪽 빠진 모양이네. 죽림댁이 지랄할 만도 하다."

임이네는 가슴이 좀 아릿했다. 임자 있는 몸인데다 남의 남편을 두고 공연한 망상을 하던 임이네는 죽림댁한테 느낀 우월감 대신 월선에 대한 시기심을 억누를 수 없었던 것이다. 그렇게 되고 보면 평소 비쭉거리던 죽림댁 편이 될 수밖에 없다.

발길 가는대로, 당산으로 올라간 용이는 더욱더 깊이 숲속을 찾아 들어간다. 삼신당 쪽으로 꺾이는 길을 그냥 지나쳐서 골짜기로 올라간다. 물소리, 새소리, 그것들을 가로지르는 새소리가 간간이 들려온다. 나뭇잎에 찢긴 조각난 하늘은 희뿌옇다.

깊은 골짜기로 들어간 용이는 펑퍼짐한 곳을 보고 그 자리에 드러눕는다. 나뭇잎이 썩은 향긋한 흙냄새가 물기를 머금고 콧가에 와 닿는다. 그리고 전신에서 맥이 빠져 흙 속에 묻혀 들어가는 것 같다. 아픔, 어둠, 그런데 어떤 광명 한 줄기가 어둠을 타고 명멸한다. 그것은 또한 비애이기도 했다.

'불쌍한 것!'

두 번이나 고향을 등지고 떠나야만 했던 월선이, 누구를 따라갔건, 강원도 삼장수를 따라갔건 돈 많은 늙은이를 따라갔건, 그것은 이미 따져볼 성질의 것이 아니다.

'어딜 갔을고. 어딜 갔노. 천리 밖이라도 있는 곳만 알믄 찾아갈란다. 불쌍한 것.'

헤죽히 웃던 얼굴, 나긋나긋하게 감겨오던 그 손길, 바로 지척에 월선이 있는 것 같은 환각에 쇠약해진 용이 몸은 떨려오는 것이었다.

'몹쓸 계집! 와 한마디 나한테 말을 못 했단 말고. 몹쓸 것, 지가 가믄 나를 잊을 건가?'

그러나 고향을 두 번이나 등지고 떠나면서 흘렸을 월선의 눈물은 모두 용이 탓이요 그 까닭은 용이 편에 있었다.

'용이, 난 죽어도 무당은 안 될 기다. 용이가 장가 가서 살아도 난 무당은 안 될 기다.'

해죽이, 그러나 서글프게 월선이는 웃었다. 신이 오르면 넉살 좋게 목을 뽑고 구슬프게, 자즈러지게 초혼가를 부르던 그의 어미, 천대에 대항하여 사내처럼 억세게 굴던 그의 어미와는 달리 말이 적고 또 말재주라곤 없었던 월선이로서는 힘껏 한 의사 표시였다. 그러나 삼신당 뒤뜰에서 끝내 도망가서 함께 살자는 말을 못 한 용이었다.

'나 시집간다. 신랑은 봇짐장수래. 나보다 수무 살이나 위라카든가? 곰보딱지구.'

물방앗간 옆, 싸놓은 보리 짚단에 기대어 용이는 잠자코 그 말을 들었다.

'아무데 가믄 어때? 난 아무렇지도 않다.'

어둠에 보이지 않았으나 그 말을 했을 적에 월선이 눈에 눈물이 가득 고였을 것이다.

'어매가 그러두만. 젊은 남자한테 가서 무당 딸이라고 지천[14]받는 것보다 곰보딱지에 늙었으니 버리지는 않을 거라구. 아무 데 가믄 어때? 난 아무렇지도 않다.'

아마 월선이,

'잘생기고 돈도 많고 호강시켜줄 남자라카더라.'

했더라면 그때 용이 마음은 어떠했을까. 도망가자고 했을지도 모른다. 홀어머니를 버리고 끝내 도망 못 가는 한이 있더라도 그 순간만은.

이번에 따라간 강원도 삼장수는 어떤 사내인지 물론 알 턱이 없다. 나이 많고 곰보인지 애꾸눈인지 절름발인지. '아무 데 가믄 어때? 난 아무렇지도 않다.'

10년 전에 들었던 월선의 말이 용이 귓가에 맴돈다. 자꾸만 맴돈다.

'불쌍한 것, 어쩌다가 그렇게 잘못 태어났누. 너 죄는 아니다! 너 죄는 아니다.'

용이하고 맺어질 수 없다면 월선에게는 애꾸눈이 건 절름발이 건 상관이 없었을 것이다. 인종[15]은 그 여자의 숙명이었으니까.

한나절이 훨씬 지난 뒤 용이는 골짜기에서 내려왔다. 삼신당으로 꺾어지는 길을 좀더 지났을 때 기진한 용이는 오리나무 밑에 쓰러졌다. 산개미들이 무리를 지어 기어올라 왔으나 그것조차 털어낼 기운을 잃은 용이는 간신히 오리나무 밑둥에 기대어 앉았는데,

"봉순네! 저기에 딸기가 있어, 따주어."

또랑또랑하게 맑은 아이 목소리가 들려왔다.

"예, 따드리지요. 하지만 애기씨는 거기 가만히 계셔야 해요. 이끼가 끼어 미끄러워요. 미끄러지면 큰일납니다. 봉순아, 너 애기씨 손목 꼭 잡고 있어라."

봉순네의 목소리였다. 용이는 그 소리를 들으면서도 일어설 수가 없었다. 내려가야지 내려가야지, 이러고 있어서는 안 된다 하면서도 나뭇잎에 찢긴 하늘은 아까와는 달리 새파랗다고 생각했

고 자신을 둘러싸고 있는 나무숲이랑 바위랑 개울물 소리 매미 소리가 다 함께 들려오는가 하면 멀어지고 또 다가오고 멀어지고.

"아니, 이 서방이 여기 웬일이요?"

개울물에 아이들 목욕을 시키고 자기도 머리를 감고 내려오던 봉순네는 용이를 발견하자 적지않게 놀란다.

"몸이 좀 아파서…… 바람 쏘이러 나왔지요."

"그래서 영 얼굴이 못쓰게 되었구먼. 어디가 아파서?"

"……"

"문 의원한테 가서 약을 지어 오지 그랬어요?"

"있으믄 차차 괜찮아지겠지요."

"얼굴이 영 말이 아니구먼."

"……"

"참 일전에 돌이가 적삼을 가져왔던데 월선이를 못 만났다구요."

"예."

서희는 나뭇잎에 담은 산딸기를 냉큼냉큼 맛나게 먹고 있었다. 봉순이도 산딸기를 먹으며 용이와 제 어미가 주고받는 이야기에 귀를 기울이고 있었다. 머리 감고 목욕한 아이들은 시원하게, 희맑아 보였다.

"어디 갔던고?"

"아, 아주 갔소."

"아주라니."

"종적도 없이……"

봉순네 눈이 휘둥그래진다.

"주막에는 못질을 해놓고 영 가버렸지요."

용이의 목이 메인다. 봉순네는 느낀 바가 있어 입을 다물었다. 그리고 용이가 왜 혼자 골짜기에 찾아들었는가 왜 몸이 아팠는가를 깨닫는다. 현재의 관계까지는 모르지만 봉순네는 그들의 과거사를 알고 있었다. 그들의 과거사는 마을 사람도 다 알고 죽림댁도 물론 안다. 그러나 봉순네는 한편 괘씸한 생각이 들어,

"그래 온다 간다 말 한마디 없이 월선이가 갔어요? 지 죽은 어미와의 정분을 생각해서 마님께서 주막 차릴 돈까지 주셨는데 인사 한마디 없이 가다니."

"인사할 처지라면 가겠습니까."

"처지라니."

"……"

"어디로 갔다 하던가요"

"강원도 삼장수 따라갔다 합디다만 그걸 누가 압니까."

"그럴 계집은 아닌데……"

"다 내 죄지요."

용이 눈에 눈물이 번득인다.

"엄마 누구 얘기고? 월선이 아지매 얘기가."

월선이를 몹시 따르던 봉순이 귀가 쫑긋해서 물었다.

"아니다."

얼버무리고 용이의 꼴을 외면하며,

"참 박복하기두 하지. 태일 곳에 태어났으면…… 어지가지할

곳 없는, 허기사 오죽하믄 인사 한마디 없이 갔을고. 그 염치 바르고 심성 고운 계집이, 팔자소관이겠지만…… 그건 그렇고 이 서방은 여기서 이러고 있음 어쩌겠수."

불안을 느끼듯 말했다.

"일어서 가볼라고 하는데…… 영 발이 떨어지질 않아서."

"세상일 뜻대로 안 되는구먼. 간 사람은 간 사람이고 이 서방이 이러면 안 되지요. 다 인연이 없어 그런 건데…… 정 못 걷겠으면 나 내려가서 누구 올려보내리다."

봉순네는 아이들을 앞세우고 내려갔다.

얼마 후 돌이 봉순네가 시키는 대로 올라왔을 때 용이는 나무 밑에 정신을 잃고 있었다. 여러 날을 굶었는 데다가 그만큼 충격이 크게 왔던 것이다.

"이거 야단났네. 이 서방! 이 서방!"

죽은 줄 알고 겁을 먹은 돌이, 용이를 마구 흔들어대니까 겨우 눈을 뜨고

"그리, 그리 흔들지 말게. 기력이 없을 뿐이다."

"온, 사람이 어찌나 놀랬는지. 여기는 멋 하러 왔소. 자아 나한테 업히시요."

돌이는 용이의 팔 하나를 끌어당겨 자기 어깨에 걸치며 팡팡하게 힘차 보이는 등으로 끌어당겼다. 용이는 키가 크고 돌이는 키가 작았다. 그러나 기운이 좋은 돌이는 그리 힘들어하지 않고 마을까지 내려온다.

"의원을 불러와야지요. 이 오뉴월에 성한 사람도 맥이 빠지는데

산에는 머 할라고 갔습디까."

"걱정말게. 오장육부는 성하니 밥 묵으믄 낫겠지."

눈에 빛을 잃은 채 용이는 그런 말을 했다. 집 앞이 가까워졌을 때,

"내가 여기를 왜 돌아오누. 천지에 내 갈 곳은 여기뿐인가."

나직이 중얼거리는데 돌이,

"머라 했소" 한다.

"계집 치고 나가서 업혀 들어가는 사내 꼴이 우습다 했지."

가까스로 평소의 그의 말투로 돌아가긴 했으나 입술에 경련이 일고, 그것은 깊은 비애의 미소 같은 것이었을까.

방문을 활짝 열어젖혀놓고 풀어진 머리채를 그냥 흐트려놓은 채 죽림댁은 누워 있었다. 빈 뚝배기는 항아리 뚜껑 위에 그대로 놓여 있었다.

"아지마씨!"

듣고도 못 들은 척 죽림댁은 일어나 앉으려 하지도 안 했다.

"아지마씨 큰일 났소!"

"큰일 났음 났지. 나보고 그런 소리 하지 마소."

돌아눕는 시늉을 하며 힐끗 밖을 쳐다본다. 업혀서 돌아오는 용이 모습을 보고 당황해하는 눈빛이 되었으나 그냥 누워 있다.

"어서 일어나시요. 이 서방이 산에서 기절했단 말입니다. 어서 자리 깔고 눕힐 자리 만드소."

돌이는 용이 말에서 부부싸움이 있었던 것을 짐작하고 일부러 호들갑을 떤다. 죽림댁은 못 이긴 채 일어나 앉아 풀어진 머리채를 모아서 걷어 올린다.

"거릿구신이 되게 내버리두지. 머 할라고 업고 왔소."

"거, 거 너무 안 합니까. 사람이 이 지경 됐는데 그러고 있을 때가 아니라요" 돌이는,

"으응!" 하고 용이를 마루에 내려놓은 뒤 소매 끝을 끌어당겨 이마에 밴 땀을 닦는다.

아무튼 용이의 육신은 집으로 돌아왔다.

| 주 |

계산

* 『현대문학』 1955년 8월호.

1 주체스럽다 처리하기 어려울 만큼 짐스럽고 귀찮은 데가 있다.

2 생광스럽다 아쉬운 때에 요긴하게 쓰게 되어 보람이 있다.

3 심로 마음을 수고스럽게 씀.

4 캄프라치camouflage 위장, 보호. 일본식으로 변형된 외래어.

5 더펄거리다 더부룩한 물건 따위가 조금 길게 늘어져 자꾸 바람에 흔들리다.

6 비리쩍하다 냄새나 맛이 개운하지 못하고 조금 비린 듯하다는 뜻이나, 행동에 있어 개운한 느낌이 없고 치사하고 불쾌하다는 뜻으로 쓰임.

7 야미꾼 몰래 뒷거래를 주로 하는 장사꾼.

흑흑백백

* 『현대문학』 1956년 8월호.

1 게적지근하다 조금 너절하고 지저분하다.

2 공소(空疎)하다 글이나 말이 내용이 없고 짜이지 아니하여 허술함.

3 복안 겉으로 드러내지 아니하고 마음속으로만 생각함.

4 초미 눈썹에 불이 붙었다는 뜻으로, 매우 급함을 이르는 말.

암흑시대

*『현대문학』 1958년 6~7월호.

1 쓰봉 양복바지.

2 복마전 마귀가 숨어 있는 전각이라는 뜻으로, 나쁜 일이나 음모가 끊임없이 행해지고 있는 악의 근거지라는 말.

3 수부(受付) 접수.

4 와이로 뇌물.

5 딱따기꾼 딱따기를 치며 야경 도는 사람을 낮잡아 이르는 말.

불신시대

*『현대문학』 1957년 8월호.

1 소롯이 조금도 축나거나 상함이 없이 그대로 온전하게.

2 헤살꾼 남의 일에 짓궂게 훼방을 놓는 사람.

3 뭉뭉하다 연기나 안개 따위가 자욱하고 답답한 느낌이 있다.

4 멍멍히 정신이 빠진 것같이 어리벙벙하게.

벽지

*『현대문학』 1958년 3월호.

1 서출(庶出) 첩이 낳은 자식.

환상의 시기

*『현대문학』 1966년 춘 · 하 · 추 · 동. 박경리 전집본(지식산업사)에는 제2장 '벌'까지만 수록되어 있어, 최초 발표본을 지본으로 삼되 『환상의 시기』(솔,1996)을 참조하여 확정했다.

1 갈빗불 '갈비'와 '불'의 합성어로, 여기서 '갈비'는 주로 땔감으로 쓰이는 소나무의 가지를 지칭하는 '솔가리'의 비표준어다.

2 돌림뱅이 '도붓장사'의 방언(경북). 이리저리 떠돌아다니며 물건을 팔던 장사.

3 오자미놀이 콩이나 팥, 모래 등을 헝겊 조각에 넣어 만든 간편한 놀이 도구. '오자미'는 일본어 오테다마(お手玉)의 서일본 방언인 '오자미(おじゃみ)'에서

온 용어다.

4 자봉침 '재봉틀'의 방언. 주로 김제, 남원, 무주, 완주, 진안 등지에서 사용.

5 동정 한복의 저고리 깃 위에 조붓하게 덧대어 꾸미는 하얀 헝겊 오리.

6 쓰메에리(詰襟, つめえり) 깃의 높이가 4센티미터쯤 되게 하여, 목을 둘러 바싹 여미게 지은 양복이자 일본의 근대적 학생복을 말한다. 일제강점기 후반에 근검절약을 주장하며 남성들, 특히 공무원과 교사에게 착용을 강요한 전시(戰時)용 복식인 '국민복'을 지칭하는 용어로도 통용되었다.

7 상좌 불도를 닦는 사람.

8 하마하마 어떤 기회가 자꾸 닥쳐오거나 어떤 기회를 마음 졸이며 기다리는 모양을 나타내는 말.

9 요장 요사(학교나 공공 단체의 기숙사)의 관리나 사무를 책임지는 사람.

10 세루 즈봉 프랑스어로 '양복 바지'를 말함.

11 사지 'serge'의 일본어 음차로 원래 견모 교직을 가리켰으나 주로 소모사를 써서 능직으로 짠 천.

12 곰피자반 다시마목 미역과의 다년생 대형 갈조류에 양념을 발라 말린 것을 굽거나 기름에 튀겨서 만든 반찬.

13 와이숏! 왓쇼! "오이쇼 오이쇼(よいしょ, 영차영차)"로 추정됨.

14 오미코시(御神輿) 제례나 축제 때 신을 모시는 일본의 가마로, 작은 신전(神殿) 모양을 하고 있음.

15 몬츠키(紋附) 가문(家紋)을 넣은 일본 예복.

16 연조 어떠한 일에 종사한 햇수.

17 각기(脚氣) 비타민(B1)이 부족하여 일어나는 영양실조 증상. 말초 신경에 장애가 생겨 다리가 붓고 마비되며 전신 권태의 증상이 나타나기도 한다.

18 와후쿠(和服) 일본의 전통 의상을 통틀어 이르는 말. 주로 기모노를 지칭함.

19 하오리 외출할 때 위에 걸쳐 입는, 골반이나 넓적다리까지 내려오는 일본의 전통 겉옷.

20 연파(軟派) 주장이나 요구 따위를 강하게 내세우지 못하는 소극적인 파.

21 팔굉일우(八紘一宇) 온 천하가 한집안이라는 뜻으로, 일제가 침략 전쟁을 합리화하기 위하여 내건 구호.

22 니치렌슈(日蓮宗) 가마쿠라(鎌倉) 시대에, 일연(日蓮) 대사가 창시한 일본 불교 종파의 하나. '법화경(法華経)'을 종지(宗旨)로 함.

23 페치카 벽에 만들어진 러시아식 난방 기구. 돌, 찰흙, 벽돌 등으로 방의 구석 등에 만들어 벽 자체를 가열하여 난방함.

24 야미 뒷거래.

25 겐페이 전쟁(源平合戦, 겐페이 캇센) 1180년부터 1185년까지 헤이안 시대 말기에 벌어졌던 내전이다. 이 전쟁에서 조정을 장악하고 있던 헤이지(平氏)와 지방 세력인 겐지(源氏)는 일본의 각 지역에서 전투를 벌였다. 결국 헤이지는 패배하고 겐지가 전국을 장악하여 가마쿠라 막부가 수립되었다. 전쟁 당시 겐지는 흰색, 헤이지는 붉은색 깃발을 사용했기에, 지금도 일본에서 팀을 둘로 나눠 대결을 펼치면 거의 홍팀과 백팀으로 나눈다.

26 나기나다 언월도(偃月刀); 왜장도(倭長刀).

27 치가다비가 여섯 켤레 여기서 아낙은 '황국신민의 맹세'에서 '맹세'와 같은 음을 가지고 있는 '노동자용 작업화(ちかたび, 〔地下足袋〕)'의 개수를 센 것으로 보인다.

28 가마보코(蒲鉾, かまぼこ, kamaboko) 생선살을 갈아 만든 일본의 대표 요리. 우리나라에는 어묵으로 알려짐.

29 지근지근하다 성가실 정도로 자주 은근히 귀찮게 굴다.

30 감투(敢鬪) 과감히 싸움.

31 히죽히죽 북한어. 활갯짓을 거볍고 크게 하며 걷는 모양.

약으로도 못 고치는 병

*『월간문학』 1968년 11월호

1 등지개 전라도 사투리. 작업복, 윗옷.

2 육례(六禮) 우리나라에서 전통적으로 내려오는 혼인의 여섯 가지 예법. 납채, 문명(問名), 납길, 납폐, 청기(請期), 친영을 이른다.

3 솟정 소증(素症)의 비표준어. 푸성귀만 먹어서 고기를 몹시 먹고 싶어 하는 증세.

4 눅다 분위기나 기세 따위가 부드러워지다.

5 **사류(士類)** 학문을 연구하고 덕을 닦는 선비의 무리.

6 **다구지다** '다부지다'의 방언. 일을 해내는 태도나 의지 따위가 굳세고 야무지다.

7 **초지장** 초지의 낱장. 매우 얇고 가벼운 종잇장으로, 창백한 얼굴을 비유적으로 이르는 말.

8 **서느름** '서늘할 때'의 방언.

9 **매착** '매듭'의 방언.

10 **얼상** '일이 어질러진 채 잔뜩 쌓여 있는 모양'의 방언.

11 **실이 노이 되도록** '실이 노끈이 되도록', 되풀이 반복해서라는 뜻.

12 **흔연스럽다** 기쁘거나 반가워 기분이 좋은 듯하다.

13 **유만부득** 여러 가지로 많다 하여도 그것을 얻거나 취할 수는 없음.

14 **지천** '지청구'의 방언. 까닭 없이 남을 탓하고 원망함.

15 **인종(忍從)** 묵묵히 참고 따름.

환상 없는 밤의 시간

강지희

1. 전후 여성 작가가 진 무게

박경리의 작품 세계에서 가장 큰 비중으로 자리하고 있는 것은 대하소설 『토지』다. 1969년 8월부터 1994년 8월까지 만 25년에 걸친 집필 기간 동안, 박경리는 『토지』를 통해 1897년 추석부터 1945년 8월 18일 해방 직후에 이르는 한국 근대사를 착실하게 쌓아 올려 거대한 문학의 성벽을 만들어냈다. 하나의 작품을 향해 그 긴 세월을 바칠 수 있었던 저력은 무엇이었을까. 그런 박경리를 만들어낸 힘에 대해서라면 1950년대 전후 시기부터 1960년대까지 꾸준히 축적되어온 그의 작품들을 말하지 않을 수 없다. 이 시기 작가의 삶은 인천에서의 신접살림, 연안에서의 짧은 교직 생활, 전쟁, 남편의 죽음, 용공 혐의, 아들의 돌발적인 사고사 등으로 요약된다. 작가가 회고하는 글에서 반복해서 이야기해온

"인생이 행복했으면 문학은 하지 않았을 것"이라는 말은, 부지불식간에 두 가족을 모두 잃어야만 했던 이 시기의 유독 가혹한 삶의 경험을 향해 있다.

물론 한국전쟁은 모두에게 끔찍한 비극이었기에, 1950년대 한국 소설에는 어둠의 그림자가 드리워져 있다. 그러나 박경리를 거쳐간 경험은 한국전쟁을 전장에서 살육의 피가 난무하는 강렬한 사건으로만 국한하게 만들지 않았다. 많은 이의 죽음을 담보로 한 전쟁은 공포스러운 것이지만, 전후에 끈질기게 이어지는 삶은 더 힘겹고 무거운 것이다. 전쟁 직후 자존심이 강한 한 여성이 가장으로서 생계를 꾸려나가야 할 때, 거머리처럼 붙어 다니는 수치와 모멸을 작가는 놓치지 않는다.

자신의 성정을 "병적으로 예민하며 상처받기 쉬운 성질"이라 설명하기도 했던 박경리에게 한국전쟁은 모세혈관처럼 일상적 삶의 세밀한 지점까지 침투해 들어와 자신의 존재 가치를 저울질하는 경제적인 문제였다. 1950년대 많은 소설이 전쟁을 두고 좌익과 우익의 이념 대립이나 실존적인 사유의 대상으로 삼았다. 그러나 박경리에게 전쟁은 이념이나 관념이기 이전에 척박한 환경 속에서 살아남아야 하는 '생존'의 문제이자 인간이 헤아릴 수 없는 신의 섭리가 개입하는 '운명'의 영역이었다.

생존에 따르는 오욕을 곱씹고 끈덕진 운명에 진저리치는 가운데, 「불신시대」(1957)를 비롯해 서른 편이 넘는 단편과 『김약국의 딸들』(1962), 『파시(波市)』(1964), 『시장과 전장』(1964) 등을 어우르는 스물다섯 편의 장편이 나왔다. 이 전후 시기에 단편과 장편이 만들어낸 박경리의 소설 세계는 『토지』 만큼이나 중요하고 무겁게 다루어질 필요가 있다. 박경리가 전후 여성 작가로서 그려간 궤적 속에서는 유장한 역사와 민중의 세계로 넘어가기 이전에 통화할 수밖에 없었던 보다 서늘하고 개인적인 면면들이 감각된다. 단편선에 수록된 소설들은 식민지 시기를 거쳐 한국전쟁에 이르기까지 한국 사회의 가장 격렬한 변동기를 여성의 시각에서 날카롭게 천착해 들어갔다는 점에서 드물고도 귀한 기록이다. 기존의 전쟁 서사들이 전해주던 전장의 참혹함과 무너지는 인간의 무력함이 아니라, 전쟁 후에도 살아남은 이들의 끈덕지고 참혹한 삶을 그리기에 박경리의 전후소설은 더욱 복합적이다. 자전적 체험에 바탕한 그의 단편들에는 한결같이 여성 인물들의 결벽한 성정과 이로 인해 분열하는 자의식이 스며 있다. 인물들을 둘러싼 세태의 속물성이 더 크게 진동할수록 이들은 더 깊은 고독으로 침잠해 들어간다. 속악한 세계의 물질성에 어떻게든 타협하지 않으려는 이들이 내면에서 겪는 갈등과 소외의 깊이는 곧 작가가 감당해낸 묵직한 역사의 무게였다. 그러나 또 한편에서 박경리의 소설은 사랑에 압도되고 파토스를 불태우며 대책 없이 흔들리는 인물들의 세계이기도 했다. 『토지』가 '한(恨)의 세계와 유구하게 이어지는 생명'을 유장하게 담아내고 있다면, 전후 시기의 소설들에는 '속물적인 세태에 대한 날선 정념과 의지'가 드러난다. 어떤 제도나 규범으로도 구획될 수 없는 삶의 낭만성에 천착하던 그의 소설은 서서히 생래적인 욕망이 마음껏 발현될 자유를 찾는 쪽으로 나아갔다.

2. 오연한 고독의 얼굴

박경리는 1955년 『현대문학』에 단편 「계산」, 1956년 「흑흑백백」이 추천 완료되며 등단한다. 그의 첫번째 등단작 「계산」은 주인공 '회인'이 자신의 약혼 파기 문제를 설득하러 온 친구 '정아'를 배웅하러 서울역에 나와 벌어지는 일을 그리고 있다. 하지만 소설의 중핵에 자리해 있는 것은 약혼자 '경구'에 대한 회인의 깊은 배신감과 분노다. 어머니가 앓고 있다는 소식이나 자신의 부족한 생활력에서 오는 괴로움에도 불구하고, 다른 이들 앞에서 가볍게 약혼에 대한 후회를 내뱉은 경구의 박약함과 무책임은 회인에게 화해 불가능한 것이다. 경구의 입장을 대신 설득하러 온 친구 정아는 이런 회인을 향해 "실현성 없는 이상주의론"이라 가볍게 질책하며, '정신적'인 것이 아니라 '생활적'인 것을 생각할 것을 권한다. 하지만 회인은 인간 사회에서 허위와 이기가 본질이라면 연애란 자연적으로 소멸될 거라 말하며, 현실이 고작 그것뿐이라면 자신은 "무위(無爲)의 생존자"라 자조하듯 말한다. 이런 정신적 이상주의를 추구하는 것은 박경리의 많은 소설에서 반복되는 주제이다. 전후라는 혹독한 시기에 여성이 결혼을 하지 않고 생계를 이어나가거나 파혼 이후의 추문을 감당하는 상황이 그리 녹록지 않으리라는 것은 충분히 짐작 가능하다. 그럼에도 불구하고 결혼이 그저 현실적 손익을 따지는 실리적 수단이라면 이를 기꺼이 거부하겠다는 결단에는 연애를 순수한 사랑의 결정체로 보고자 하는 낭만적 시선이 내재되어 있다. 등단작에서부터 드러나 있는 이런 낭만성은 이후 박경리의 많은 장편소설이 멜로드라마적 형식을 따르고, 제도와 갈등하는 순수한 사랑에 늘 호의적이었던 세계관과 긴밀하게 연결된다.

그런데 소설은 "이제 난 위태롭지는 않다"(p. 20)는 말과 함께 파혼을 선언한 회인의 숭고한 이상주의를 지켜주는 대신, 현실의 공고한 벽 앞에서 그 이상주의가 깨지는 지점까지 나아간다. 회인은 소설 내내 자신에게 작은 호의를 베푸는 남성들에 대해 신경을 곤두세우고 이를 '계산'하며 빠르게 갚아야 한다는 강박에 쫓긴다. 여기에는 빚을 지는 것을 괴로워하는 결벽한 성정과 함께, 여성으로서 이 빚이 상대 남성들에게 예기치 못한 방식으로 해석되고 작동하게 될지 모른다는 불안도 함께 자리하고 있다. 자신의 전차표 값을 치러준 학생에게 보답하기 위해 기차표를 구해주려 했던 회인의 호의는, 거스름돈 70환을 돌려받지 못한 데다 봉투에 넣어둔 큰돈까지 통째로 도둑맞은 채 '야미꾼'이라는 멸칭을 듣는 것으로 귀결된다. 회인의 결벽한 성정과 자존심, 슬픔으로 세운 이상주의는 사적인 술수가 개입되는 냉혹한 세태 앞에서 증발하고 흩어져버린다. 회인의 모든 '계산'이 무산되어버린 채 창백한 얼굴로 맞이하는 결말 앞에서 절대적인 사랑을 꿈꾸며 파혼을 결단한 이상주의의 미래를 낙관하기는 쉽지 않다.

그럼에도 이 결말을 절망 자체로 받아들이기보다는, 이상주의에 매몰되지 않으려는 작가의 균형 감각으로 파악해볼 수도 있다. 소설의 중핵에 자리한 대화 속에서 회인과 친구 정아는 마치 한 사람의 분열된 자아처럼 보이기도 한다. 정아가 회인을 언니처럼 껴안아주고 싶어 하는 충동이나, 회인에 대한 외양 묘사에서 '의연한 여왕'이자 '측은한 패잔자'가 동시에 겹쳐져 보이는 순간의 애틋함에는 타협할 줄 모르는 이상주의에 대한 짙은 연민이 자리하고 있다. 소설은 약하고 추한 것을 받아들여야 하는 유물론적인 생활의 무게와 삶의 어떤 허위와도 타협하지 않으려는 정신적 이상주의 사이에서 첨예한 갈등 가운데 깊어진다.

「계산」이 약혼자를 떠나려는 여성의 결단을 그리면서도 속악한 세태의 벽에 가로막히는 데서 끝났다면, 「벽지」는 한때 사랑했던 남자를 홀연히 떠나 광활한 곳에서의 새 출발을 예비하는 작품이다. 「벽지」에서 명동 미모사 양장점 주인으로 일하는 주인공 '강혜인'은 어느 늦은 밤 창문에 부딪친 주정꾼 김병구와 오랜만에 재회하게 된다. 병구는 혜인의 이복 자매였던 '숙인'의 애인이었던 남자다. 이복 자매인 숙인과 혜인은 마치 분열된 자아처럼 보인다. 의과대학에 다녔던 숙인이 투철하게 논리적인 기질을 가지고 있다면, 가사과에 다니던 혜인은 문학소녀로서 상반된 감성적인 기질을 지니고 있다. 병구에 대한 호감에도 혜인은 "한 남자를 두고 서로가 불행했던 부모들의 운명을 그대로 물려받은 것"(p. 131)이라는 생각과 죄책감 속에서 감정을 억제하지만, 철저한 코뮤니스트였던 이복 언니 숙인은 애인 병구를 버리고 이북에서 왔다는 남자를 따라 떠난다. 혜인은 숙인이 사랑보다 이념을 선택했다고 바라보는 대신, 콜론타이의 『삼대의 사랑』에 나오는 딸의 자리에 숙인을 대입해 이해하고자 한다. 식민지 조선에서 사회주의 운동과 자유연애의 결합을 둘러싸고 뜨거운 논쟁거리를 촉발

했던 콜론타이의 저서는 1950년대 발표된 「벽지」에 와서 숙인을 좀더 인간적인 존재로 유연하게 받아들이게 하는 기준점이 된다. 이후 『시장과 전장』에서 이데올로기의 허상을 벗어나 인간적인 생에 대한 갈구를 보여주는 공산주의자 기훈이라는 인간형의 단초는 이미 이 소설 속 숙인에게서 마련되어 있다.

전후 소설에서 대개 이데올로기를 표상하는 존재가 남성 인물인데 반해, 이 소설에서 여성 인물이 이데올로기에 경도되어 있는 것은 흥미롭다. 숙인이 사랑을 느끼면서도 이념을 선택하고 떠난 것과 달리, 남겨진 병구는 숙인에 대한 회한 속에서 자기를 방기하며 무기력한 방황을 거듭할 뿐이다. 혜인은 이런 병구를 보며 운명처럼 거듭되는 재회에도 불구하고 그와의 사랑이 어렵다고 느낀다. 이 소설을 다룬 연구자들이 대개 가장 중점적으로 언급하는 장면은 혜인이 정육점의 동물들의 사체 앞에서 사회 풍습의 끔찍한 인위성을 깨닫는 순간이다. 이 장면에서 압도적으로 다가오는 붉은색은 전쟁을 통해 끔찍한 살육까지도 합리화시키는 사회 풍습을 상징하는 것으로 압축된다. 그리고 병구는 이 붉은색과 자주 겹쳐진다. 제도 속에서라면 연애 감정 역시 기계화될 것이라는 혜인의 막연한 두려움은 방탕한 음주가무와 허황한 말과 행동 속에서 허우적거리는 병구를 통해 구체화된다. 2주일 뒤 혜인이 양장점에서 새빨간 천을 다루고 있을 때 찾아온 병구는 백화점 지하실의 댄스홀로 데려가 무의미한 환락을 목격하게 한다. 그리고 이날 혜인은 자신이 병구에게 '강숙인의 대용품'임을 선명하게 자각하며 그로부터 돌아선다. 전후의 상처로 불신과 방황을 벗어나지 못하는 병구와의 관계를 포기하는 순간, 푸른 하늘과 부르고뉴 숲이 있는 파리에의 유학길이 열리는 것이다. 소설 내내 병구가 주로 밤에 출몰하고 지하실의 댄스홀처럼 어두운 시공간을 배회한다면, 혜인은 홀연히 떠나는 '벽지'에서 무한한 미래의 가능성을 부여받는다.

그러나 무엇보다 중요한 것은 주인공 혜인이 운명이라고 생각해온 굴레를 벗어나 새로운 길을 찾아나서는 의지를 발현하고 있다는 것이다. "운명은 해후만이었어요. 그 밖에는 나의 의지입니다"(p. 151)라는 말은 이루어지지 않은 사랑에 대한 번민과 이복자매 숙인에 대한 질시로 이루어진 '숙명'을 '의지'로 바꾸어내는 순간을 드러낸다. 이 과정에서 떠나는 원동력이 되어주는 존재는 바로 공산군에 의해 남편이 처형된 사촌 '영화'다. 혜인과 영화는 모두 이념으로 인해 가족을 상실하는 비극을 경험했지만, 이는 해외 유학이라는 지극히 지적인 방식으로 해소된다. 숙명이라고 믿어왔던 혈연의 굴레는 유사한 비극을 공유하는 다른 여성에 의해 풀리는 것이다.

박경리의 초기 단편에서 결혼하지 않은 여성들은 사랑이 좌절된 세계 속에 있다. 이들은 사랑할 만한 가치가 있는 남성을 만나지 못할뿐더러, 그들이 사는 세상은 너무 속악하거나 전쟁이 남긴 상흔으로 얼룩져 있다. 그러나 이 여성들이 결국 혼자임을 받아들이며 헤어짐의 결단을 내리는 깊은 고독의 순간에, 오히려 그들은 보다 온전해지는 것처럼 보인다. 어디에도 자신을 의탁하지 않으려는 오연한 얼굴이 문득 고개를 돌리면 그 시선이 닿는 곳에 자신의 분열된 자아 같은 여성이 자리해 있다. 서로를 가장 깊이 이해하는 이 여성들은 상대방을 그림자처럼 품은 채, 의연하게 자신의 존엄을 찾아 나선다. 그렇게 박경리는 전후 시기 문학사에 낯설었던 미혼 여성들의 오연한 고독의 얼굴을 새겨 넣었다.

3. 여성의 전쟁 수난사

초기 단편 「흑흑백백」「불신시대」「암흑시대」「영주와 고양이」「하루」 등에는 일관적으로 그려지는 전쟁미망인의 기록이 있다. 전쟁으로 남편을 잃고 (예기치 않은) 사고로 7년 만에 외아들도 잃은 채, 어머니와 딸을 데리고 생활고에 시달리는 여성이 등장하는 것이다. 상당 부분 자전적인 요소가 반영된 인물의 형상화는 박경리의 전후소설이 공허한 관념이 아닌 절실한 구체성의 세계에서 시작되었다는 평가의 기반이 되었다.

「흑흑백백」은 한국전쟁 때 남편이 폭사한 지 5년이 지나, 친정어머니와 딸아이를 홀로 부양해야 하는 '혜숙'에게 벌어지는 일을 다룬다. '장 교장'과 '혜숙'의 교차 서술로 진행되는 이 서사는 타락한 외부 현실이 얼마나 손쉽게 여성을 문란한 존재로 재단하는지 보여주는 데 초점을 맞추고 있지만, 형식적으로도 독자가 추리와 판단을 적극적으로 개입시킬 수 있는 여백을 절묘하게 마련해둔다는 점에서 세련된 기법을 보여준다. 소설은 중국집을 배경으로 한때 제자였던 유부녀 '황금순'과 만나는 장 교장을 보여주며 시작된다. "양돼지처럼 굵고 기름진 목"(p. 27)을 가졌다고 묘사되는 장 교장은 교육자지만 이런 식의 불륜 행각을 수차례 저질러온 데다가, 경리인 '현'을 모사꾼으로 내세워 학교 경영비를 빼돌려온 파렴치한 인간이다. 그가 몰래 만나는 황금순을 기다리는 동안, 옆방에서는 억누르려 애를 쓰는 여자의 울음소리와 결혼할 수 없다며 중절 수술을 종용하는 남자의 목소리가 들려온다.

이런 통속적인 풍경을 배치한 뒤에 혜숙이 처음 등장하는 장면에서 그녀는 기름진 장 교장과 대비되듯 "뼈가 오그라지도록 두 정강이를 모"은 자세로 있다. 혜숙은 남편과 사별한 후 "하루살이처럼 위태롭고 서글픈 생활"(p. 32)을 이어나가면서도 "아니꼽고 더러우면 팩하니 침 뱉고 돌아서"(p. 33)는 기질을 버리지 못하는 여자로 설명된다. 벼랑 같은 생활난 위에 위태롭게 선 혜숙을 차례로 찾아오는 사람은 '영민'과 '현 선생'이다. 경박한 애인을 두고 있는 영민이 죽고 싶다는 말과 함께 울음을 터뜨리는 장면에서 독자들은 중국집에서 장 교장의 옆방에 있던 여자가 영민이었음을 깨닫게 된다. 영민과 서로의 외투를 교환하고 난 이후에 찾아오는 기름진 얼굴의 현 선생은 일자리 주선을 부탁해둔 혜숙에게 은근한 위압감을 행사한다. 수를 쓰듯 불편한 침묵을 고수하는 현 선생 앞에서 혜숙은 자신을 "제단에 오른 망아지"(p. 40)처럼 느낀다. 죽은 남편을 상기시키며 연막전술을 써보지만, 아랑곳없이 빤히 쳐다보는 현 선생의 눈초리와 조소 앞에서 혜숙은 치욕과 패배에 젖는다. 이렇게 집 안팎으로 남성의 시선 앞에 불안하게 노출되어 있는 영민과 혜숙이 서로의 외투를 교환하는 장면은 불길한 미래를 예고하는 복선이다.

다음 날 면접을 보기 위해 집을 나선 혜숙의 그린색 외투가 장 교장의 눈에 띄는 순간부터 서사적 긴장도는 높아지며, 예기되었던 불안은 실현된다. 교장은 스카프 색상만으로 자신이 머물렀던 중국집 옆방에서 아이를 가진 채 애인으로부터 외면당한 여자가 혜숙이라고 오인하며, 힐난하는 눈초리와 경멸의 빛을 서슴없이 던진다. 소설은 가까운 친구에게도 약간의 빚조차 지지 않으려던 혜숙이 그 결벽한 성정과 청렴한 생활에도 불구하고, 정작 유부녀 제자와 불륜 관계를 맺고 있는 장 교장으로부터 문란한 여자로 낙인찍히는 순간의 아이러니를 강렬하게 부조해놓는다. 여성을 오직 성적 잣대 하나로만 바라보는 무능력 속에서도 도덕적 판단 주체를 자임하는 장 교장의 시선은 끝내 영민과 혜숙을 구별하지 못한다. 연유를 알 수 없는 상태에서 일방적으로 수치를 견딜 뿐인 혜숙의 모습은 전쟁미망인이 홀로 자립해 살아가기 위해 이중고를 견뎌야 했던 전후 시기의 현실을 보여준다.

장 교장과 바람난 황금순의 임신과 애인으로부터 외면받은 영민의 임신을 비롯해, 외투 색상 하나만으로 임신했다고 오해받은 혜숙에 이르기까지 전후 시기 여성의 임신은 불운과 타락의 표상으로 작동하여 1950년대가 지닌 불모성을 드러낸다. 소설 마지막 장면에 담기는 아이러니는 여성이 독립된 생활을 꾸리기 위해 진입하려 애쓰는 사회의 구조가 이미 비틀린 채 부패한 기성세대 남성의 손아귀에 들어가 있음을 깨닫게 만든다. 기존의 많은 소설이 전후 시기를 성적으로 타락한 여성이라는 상징으로 전형화했다면, 박경리의 소설은 이를 새롭게 젠더화한다. 그리하여 「흑흑백백」은 전쟁 이후 만연하다는 여성의 성적 타락이 과연 실재하는 현실인지 게으른 고정관념의 확산인지 근본에서 다시 물을 뿐만 아니라, 당대의 불모성을 주조하는 근본 원인이 이기적 개인주의에 골몰해 있던 남성들의 도덕적 타락이었음을 분명하게 짚는다.

실제로 박경리가 아들을 화장터에서 떠나보낸 날부터 집필했다고 알려진 「암흑시대」는 비 내리는 날의 암울한 분위기에서 시작된다. 주인공 순영은 한때 문학을 전공했지만 전쟁으로 남편을 잃은 후에는 혼자 가게를 꾸리며 열 살 여자아이와 여덟 살 남자아이, 그리고 늙은 어머니를 부양하는 빈곤한 생활에 시달리고 있다. 당숙뻘의 할아버지가 산으로 데리고 나간 아들 명수가 넘어지는 사고를 당해 혼수상태가 되면서, 순영은 병원에서 고통스러운 시간을 겪게 된다. 명수가 사경을 헤매는 동안 순영은 아무런 도움이 되지 못한다는 자괴감에 시달리지만, 결국 수술에 필요한 피조차 구하지 못한 채 명수는 세상을 떠나고 만다. 아들의 생사가 갈린 절박한 상황에서도 끊임없이 돈 걱정을 멈추지 않는 어머니에 대한 환멸은, 기실 경제적 무능력으로 아들을 살리지 못한 스스로를 "숨지는 것을 보는 게 무서워서 달아나버"(p. 80)리고 "아이를 갖다 버린"(p. 86) 어머니라고 여기는 순영의 자기혐오가 투영된 것으로, 가족의 생계를 홀로 부양해야 하는 전후 미망인의 비참한 조건과 무력한 빈곤을 드러낸다.

소설에서 그에 못지않게 생생하게 묘사되고 있는 것은 배금주의에 물든 속물들의 장으로 전락해버린 전후의 병원 시스템이다. 명수가 혼수상태에 빠져 있는 동안, 병원에서는 혈액 부족 사태에 제대로 대처하지 않고 엑스레이조차 찍지 않은 채 무성의하게 수술을 감행한다. 전후의 병원은 인간을 살리기 위한 공간이 아니라 "누가 지시를 내리고 있는지 누가 지시를 받고 움직이는지 명령계통조차 확연치 못"(p. 60)한, 불신으로 가득 찬 미로에 가깝다. 명수가 죽어가고 있는 상황에서도 병원 관계자들은 환자에 대한 배려 없이 냉담한 태도를 일관하며 자기들끼리 시시덕거리는 경박함과 방탕함를 보인다. 병원에 피가 없다고 주장하면서도 혈액을 두고 금전적인 거래를 암시하는 신호가 오갈 뿐만 아니라, 피를 사려면 뒷돈을 쓰며 교섭을 해야 한다는 증언이 이어진다. "요새 세상엔 병원이고 의사고 다 못 믿"으며 "그야말로 없는 놈에게는 병원이라기보다는 생지옥"(p. 84)이라는 옆집 아주머니의 전언은 돈에 의해 생명이 가차 없이 경시되는 전후의 국가 의료 시스템이 얼마나 무능하고 부패한지 고발한다.

「암흑시대」가 아들이 병원에서 수술하고 사망한 날을 앞뒤로 처절한 심경을 그리고 있다면, 「불신시대」는 그로부터 한 달여쯤 시간이 지나 죽은 아들을 추모하기 위해 성당과 절에 절박하게 기대는 나날들을 배경으로 삼는다. 9·28 서울 수복 전야에 남편이 죽기 직전에 보았던 인민군 소년병의 죽음 이야기로 시작되는 이 소설에서도 중심적으로 다루어지는 것은 전쟁 이후의 속물적인 사회의 부패상과 공기처럼 떠도는 불신이다. 주사약 분량을 속이고 빈 약병을 파는 병원은 여전히 문제적이지만, 소설이 더 기민하게 포착하는 것은 최소한의 존엄도 신성도 상실해버린 종교의 문제다.

계로 인해서 말썽을 빚은 바 있는 '갈월동 아주머니'를 따라간 성당에서 진영은 경건함도 없이 냉정히 사물을 헤아리는 자신에 대한 부끄러움과 죄의식에 젖지만, "구경꾼 앞으로 돌아가는 풍각쟁이의 낡은 모자"(p.99) 같은 헌금 주머니 앞에서 끝내 충실한 믿음을 갖는 데 실패한다. 그리고 이후에 엄청난 대금을 빌려주었다 떼인 아주머니로부터 그의 종교가 사실상 "신용 보증"(p. 119)으로 이용당했음을 알게 된다. 경제적 이윤 창출을 위해 수단화되어 있는 것은 불교도 마찬가지다. 여승은 아이를 죽음으로 잃어버린 사연 앞에서도 값싼 동정도 접은 채 우선 시주 받은 쌀을 거래하려 들고, 죽은 사람의 시식(施食)을 하는 백중날 방문한 절에서는 철저히 화폐의 액수에 따라 추모의 정이 계산된다. 화가 난 채로 음식도 챙기지 않고 돌아서는 모녀를 배웅하며 건넨 "당신네들 같으면 중이 먹구 살갔수"(p. 112)라는 인사에는 속세보다 더 타산적이 된 종교의 실상이 냉정하게 담겨 있다. 뇌수술 중에 생죽음을 당한 아들 문수의 넋을 종교적으로 추모해보려던 진영의 시도는 모두 무참히 끝난다. 그는 더 이상 외부로부터의 구원을 꿈꾸지 않는다. 진영의 시선 속에서 자신을 비롯한 가족들은 모두 인간의 존엄이 소거된 동물로 비유된다. "도수장의 망아지처럼"(p. 116) 허무하게 죽어버린 아들의 목숨이 무색하게도, "바다에 떠밀려 다니는 해파리"(p. 100)나 "햇빛 아래 늘어진

한 마리의 지렁이"(p. 112)처럼 그저 살겠다고 버둥대는 생명에서 벗어나지 못하는 어머니와 자신에 대한 환멸은 짙다.

그런데 소설의 결말에 이르러, 진영은 죽은 인민군 소년병의 꿈을 꾸고는 별안간 절에 모셨던 아들 문수의 영정 사진을 찾아 불태우면서 다른 방향으로 움직인다. 천주교든, 불교든, 우상에 기대어 아들을 애도하려던 시도를 멈추고 자신을 똑바로 마주하는 것이다.

> 한참 만에 그는 호주머니 속에서 성냥을 꺼내어 사진에다 불을 그어댄다. 위패는 이내 살라졌다. 그러나 사진은 타다 말고 불꽃이 잦아진다. 진영은 호주머니 속에서 휴지를 꺼내어 타다마는 사진 위에 찢어서 놓는다. 다시 불이 붙기 시작한다.
>
> 사진이 말끔히 타버렸다. 노르스름한 연기가 차차 가늘어진다.
>
> 진영은 연기가 바람에 날려 없어지는 것을 언제까지나 쳐다보고 있었다. [……]
>
> "그렇지, 내게는 아직 생명이 남아 있었다. 항거할 수 없는 생명이."
>
> 진영은 중얼거리며 잡나무를 휘어잡고 눈 쌓인 언덕을 내려오는 것이다. (p. 124)

손수 가져간 성냥으로 아들 문수의 영정 사진을 불태우면서 진영은 모든 미혹으로부터 벗어나는 동시에, 지금 여기에서 살아 숨 쉬고 있는 자신의 생명을 기꺼이 받아들인다. 그럼으로써 남편과 아이를 모두 잃은 가련한 전쟁미망인으로 남는 대신, 자연 속의 끈질긴 생명의 피조물로서 스스로를 새롭게 인지한다. 이렇게 「불신시대」에서 가까스로 도달한 차분한 마지막 장면에서 "이 작품보다 먼저 씌어졌지만 1년 뒤에야 발표한" 「암흑시대」를 돌아보면, 「암흑시대」의 읽어 내려가기 어려울 정도의 처참한 서술은 소설이라기보다는 날 선 심경이 고스란히 기록된 현장 고발 보고서에 가까워 보인다. 그러나 「암흑시대」에서 명수의 죽음 이후 창밖에 눈이 가는 곳마다 서 있는 아이가 보이는 장면, 너울대는 나무 그림자를 두고 아이를 천당에 싣고 갈 마차로 공상하는 장면은 희석되지 않는 슬픔 속에서 기묘하게 빛난다. 넘실거리는 슬픔 속에서도 어떻게든 고개를 들어 창밖 너머를 바라보려고 하는 순영의 모습에는 「불신시대」에서 자신의 생명을 새롭게 발견하는 진영의 모습이 예비되어 있다.

박경리 소설 속 미혼 여성들이 마지막에 이르러 선택과 결단으로 미련과 수치를 지우고 자유의 가능성을 찾아 미래로 떠난다면, 전쟁미망인이었던 여성들은 옅어지지 않는 슬픔과 한기 속에서 애도의 시간을 보내고 있다. 「불신시대」에서 아직 자신에게 "항거할 수 없는 생명"이 남아 있다며 잡나무를 휘어잡고 눈 쌓인 언덕을 내려올 때, 화자는 운명 앞에서의 체념과 어떻게든 살아보려는 안간힘 사이에서 여전히 흔들리고 있다. 그럼에도 불구하고 종교를 통해 초월하려는 기대를 버리고 대신 땅에 발을 딛고 견뎌나가보려는 저 묵묵한 발걸음에 발걸음에는 희망이 걸려 있다. 어디에도 의지하지 않고 자신의 육체와 절망을 온전히 감각하고 있는 이 여성들은 결코 나약하지 않다. 1958년 6월과 7월에 걸쳐 「암흑시대」를 연재한 직후, 박경리는 동화 『은하수』를 1958년 6월부터 1959년 4월까지 1년여에 걸쳐 연재한다. 그리고 이 동화에서 아들 경수는 바닷가에서 놀다가 바위에서 미끄러져 뇌진탕을 일으키고 실명하지만, 기적처럼 목숨을 건진다. 동화에서나마 아들의 생명을 붙들고 싶었던 마음을 다 헤아릴 수 없다. 아들의 죽음은 작가에게 끝내 해소되지 않는 비극이었겠으나, 「암흑시대」와 「불신시대」에는 그 슬픔과 어떻게든 거리를 두고 냉정하게 응시하려는 결기가 있다. 참전용사들이 중심이 되는 전쟁 서사들 사이에서, 박경리의 소설들은 종전 이후 가장이 된 여성들이 감내해야 하는 끈덕진 생존의 무게와 애도될 수 없는 서늘한 죽음을 기록해냈다. 그렇게 어두운 시기를 통과한 박경리의 소설은 전후 시대의 가장 생생하고도 격렬한 흔적으로 남았다.

4. 낭만적 사랑의 정치성

박경리는 자신의 유년과 진주여고 시절을 재구성한 「환상의 시기」를 두고 "환상적이지만 의상을 걸치지 않은 채, 자기 미화 없이 벌거숭이의 모습"을 드러냈기에 인생의 본질과 맞닿아 있는 작품이라며, 각별한 마음을 드러낸 바 있다. 이 소설은 주인공 '민이'을 중심으로 우정의 경계를 넘어서는 강렬한 애정의 파토스, 일제 치하의 학교라는 억압적 공간에 억눌려 있는 사춘기 시절의 예민한 감수성을 독특한 형식에 담아낸 작품이다. 박경리의 소설들 중에서는 이례적으로 의식의 흐름 기법으로 쓰여 있으며, 끊임없이 의식의 흐름을 추동하는 이면에는 일본인 여학생 '오가와 나오코'를 향한 특별한 선망과 이를 부인해야 하는 수치심이 겹쳐져 있다.

소설에서 가장 중심이 되는 사건은 주인공인 여학생 민이가 일본인 여학생 오가와 나오코를 보고 반해 S교제를 청하는 메시지를 보내며 시작된다. 식민지 시기부터 등장한 'S언니'는 여성들 사이에서 마치 친자매처럼 우애를 다지는 관계로, 여기에 개입되는 동성애적 욕망은 남학생의 유혹을 막아주는 안전한 것으로 포장되면서 정서적 발달을 위해 한시적으로 허용되곤 했다. 그런데 이 소설에서 민이의 편지는 오가와 나오코가 아니라, 훈육 주임 마지마 선생에게 전달되며 문제가 발생한다. 기숙사의 실장은 민이에게 "일본 애하고 S한 조선 애는 전교에서 한 명도 없다"(p. 187)고 비난하고, "이 국가 위기에 있어서 조금이라도 불건전한 정신, 퇴폐적인 마음을 가진 자는 용서하지 않겠다!"(p. 207)라는 선생의 전체 훈계도 듣게 되지만, 민이는 오직 오가와의 마음만을 궁금해하며 희열과 공포와 수치를 오간다. 이 일본 여학생을 향한 순정과 과잉된 감정에는 선악을 둘러싼 민족의 대립 구조가 무화되어 있다. 이는 4장에서 더욱 확실해진다. 세수장에서 손바닥의 물을 마시다가 건너편에서 알루미늄 컵을 건네준 것이 오가와 나오코라는 사실을 확인했을 때, 그 물은 "깊은 겨울날의 눈물처럼 민이 전신에다 전율"(p. 233)과 충만한 행복을 감각하게 한다. 오가와 나오코를 향한 설렘과 열정은 민이가 1학년이었을 때 조선인 S언니에게 느꼈던 감정과 크게 다르지 않다. 길게 단발을 하고 긴 눈시울이 흔들리는 큰 눈을 가졌던 S언니가 소등한 뒤 유리창 가에 앉아 실장과 밤늦게까지 이야기를 할 때면 민이는 그 소리를 들으며 숨이 가빴다고 회고한다. 민이는 부끄럽고 겁이 난다고 말하면서도 S언니와 많은 선물을 주고받으며, S언니가 육상 선수로 출전한 중학교 합동 운동회에서 일본인 심판의 부정 판정으로 소동이 일어나자 "처음으로 그를 위해 가슴 아픔을 느꼈고 꿈같은 동경과 자랑스러움을 느꼈"(p. 255)다는 것을 숨기지 않는다. 여학생들 사이의 이 동성애적 친밀성이 회고되는 방식은 낭만적 사랑의 규율에 충실하다.

옥순자가 '텐노사마'를 외치던 역사 선생으로부터 구타당한 에피소드를 비롯해 소설 전반에는 분명 일본 제국주의와 식민 통치에 대한 적의가 분명하게 감지된다. 그러나 이 불편한 적대와 공포는 대개 규율과 훈육의 주체인 일본인 남자 선생들을 향해 있다. 일본인 여자 선생들에 있어서는 세련되거나 독특한 미의식에 대한 감상과 선망이 부각되고, 폭력이 발현되는 지점조차 호의를 얻지 못한 자신의 못남에 대한 자책으로 소급한다. 여성들 안에서 민족의 경계는 부각되지 않는다. 민이에게 "경멸할 만한 사랑의 심부름꾼"(p. 198) 노릇을 하는 조선인 옥순자는 싫다는 본능과 죄의식을 느끼는 대상이지만, 일본인 하급생 오가와 나오코는 "한 떨기 오랑캐꽃"(p. 200)으로 비유되며 무한한 애정과 환상의 대상으로 남는다. 소설 속에서 반복되는 환상적 이미지 중 하나는 방천길을 바닷빛 치마에 하얀 파라솔을 쓰고 걸어가는 여자의 모습이다. 그런데 아련한 여자의 이미지로 응축되어 있는 이 환상성은 이성애 정상성에 기반한 가족 제도와 각을 세운 채 작동한다. 민이의 환상이 흔들리며 상처받는 순간들은 다마야마 준코가 동생이 있다는 말을 들었을 때나, 선망의 대상이었던 여선생들이나 S언니가 임신과 출산으로 배가 부르고 얼굴에 기미가 슨 추레한 모습으로 나타날 때, 요시노 상이 기생이 된 채 우산으로 얼굴을 가린 모습을 볼 때다. 소설에는 여성에게 주어진 두 가지 미래가 있다. 여자들은 가부장제에 편입되어 아이를 생산하며 소모되거나, 편입되지 못한 채 기생이 되는 이미지로 양분된다. 이런 상황에서 화자인 민이에게 어른 여성으로 성장하는 것은 공포스러운 일이다. 소설은 여성을 이원화하는 이성애 가족 질서 바깥에 놓인 가능한 선택지로서 S관계를 제시하고 있는 것처럼 보인다. 여학생들 간의 깊은 감정적 교류에는 일본 제국주의의 통치뿐만 아니라 가부장제로부터 벗어나는 정념이 내재되어 있다.

그간 연구자들 사이에서 이 소설은 1965년 한일국교 정상화 국면 이후에 식민지 시기의 기억을 조명했다는 점에서 주목받으면서도, 민족적 경계를 가로지르는 우정을 갈망했지만 근원도 결과도 없이 모호하게 마무리되어, 역사적 의미를 찾기에는 작가의 체험이 압도적인 소설로 설명되기도 했다. 그러나 「환상의 시기」는 여학생들 사이에서 강렬한 밀도의 동성애적 친밀성을 다룬 소설로, 민족의 경계뿐만 아니라 이성애 정상성과 충돌하는 소설로서 새로 읽힐 필요가 있다. 소설에서 주인공 민이는 끊임없이 자신을 부끄러운 존재로 자각하며 괴로워하고 있기에, 민족과 이성애 질서 바깥을 엿보았던 '환상의 시기'는 단순히 유토피아로만 갈음되지 않는다. 그러나 반일의 이데올로기와 배치되는 강력한 개인적 기억은 국가 서사로 통합되지 않는 시공간을 만들어낸다. 이는 낭만적 사랑이 개척하는 새로운 정치의 영역이자, 박경리 소설을 동시대의 감각 속에서 읽게 하는 지점이다.

가장 마지막에 자리한 단편 「약으로도 못 고치는 병」은 『토지』를 연재하기 불과 10개월 전에 발표된 작품으로, 『토지』의 가장 직접적인 이정표가 되는 소설이다. 20세기에 접어들던 시기에 평사리라는 봉건적 질서의 마을을 배경으로 해서 개개인을 넘어서 마을 사람들 전체를 날렵하게 담아내는 시도를 하고 있다는 점에서, 이 단편선 안에서 가장 색채가 다른 작품이기도 하다. 전지적 시점과 1인칭 화자의 시점을 자유롭게 오가는 시점의 변화에는 구술성이 강화되어 있다.

소설은 무당의 딸 '월선'과 처를 둔 '용이'의 이루어지지 못한 사랑 이야기를 다룬다. 유교적 질서가 지배하는 엄격한 신분사회이자 가부장제의 아래서 이들의 사랑은 관습과 금기의 벽을 넘어서지 못하고 어긋날 수밖에 없는 운명에 놓여 있다. 용이는 부모가 맺어준 아내 '죽림댁'에 '도리'라는 봉건적인 가치로 묶여 있지만, 그의 삶은 '월선'에 대한 자발적이고 낭만적인 '사랑'에 온통 기울어져 있다. 작가 역시 죽림댁의 질시를 억척스럽게 그리는 것과 달리, 월선에 대해서는 나긋나긋한 살결이나 욕심 없고 어질은 마음씨를 부각시키며 그 사랑의 당위성에 손을 들어준다.

월선의 나약한 아름다움과 순종적인 면모는 전통적인 여인의 덕성을 체현하고 있지만, 용이의 사랑 자체는 엄격한 유교적 질서를 거스르는 개인의 자유의 영역에 자리하고 있다는 점에서 소설이 사랑을 다루는 방식은 전근대와 근대를 가로지른다. 그러니 이 사랑은 전근대적인 수단(무당의 굿)이나 근대적인 수단(약)으로도 해결이 안 되는 '병'으로 남을 수밖에 없다. 월선과 용이의 사랑은 격렬한 시대 변화 속에 남겨진 균열이기도 하지만, 운명적인 정열에 사로잡혀 세속적 삶을 부정하고 죽음 가까이에 이른다는 점에서 사랑에 대한 극한의 낭만성을 보여준다. 그러나 결국 월선이 떠난 자리에서 용이가 이별을 받아들이는 과정에는 운명에의 순응과 정한이 읽힌다.

발표 시기상으로 뒤쪽에 놓이는 중편 「환상의 시기」(1966)와 「약으로도 못 고치는 병」(1968)은 대하소설 『토지』와 긴밀한 영향 관계하에 놓인 소설들이다. 「환상의 시기」는 『토지』의 5부 제3편 4장 '적과 흑', 제5편 1장 '대결' 등에서 인물과 사건이 유사하게 반복되며 확장된다. 「약으로도 못 고치는 병」 역시 『토지』 1부의 9회 연재분에 거의 그대로 차용되었다.

박경리는 『토지』를 두고 '6·25사변 이전부터 자신의 마음 언저리에 자리 잡고 있었던 이야기'라고 밝히며, 거제도에 있는 외할머니로부터 들은 일화를 풀어놓은 바 있다. 거제도의 끝도 없는 넓은 땅에 누렇게 익은 벼가 땅으로 떨어져 내리는데, 호열자가 사람들을 모두 죽음으로 몰고 가 딸 하나만이 남아 집을 지키고 있었다. 나중에 한 사내가 나타나 그를 데리고 어디론가 사라졌는데, 훗날 객주집에서 설거지하는 그의 지친 모습을 본 마을 사람이 있었다고 한다. 박경리는 이 이야기가 자신에게 선명한 빛깔로 다가왔으며, 삶과 생명을 나타내는 벼의 노란색과 호열자가 번져오는 죽음의 핏빛이 젊은 시절 내내 자신의 머릿속을 떠나지 않았다고 말한다. 「약으로도 못 고치는 병」에는 현실적 제약을 인지하면서도 죽음을 불사하듯 범람하는 사랑의 낭만성, 운명이라는 말로 갈음되는 불가해한 인연의 엇갈림, 닿을 수 없는 곳으로 사라지는 이들이 남기는 아련함이 두루 그려져 있다. 세속에 대해 필연적인 부정과 파괴를 동반하는 이 사랑의 색에는 작가의 뇌리에 박혀 있던 삶의 노란빛과 죽음의 핏빛이 모두 어우러져 있는 것이다.

박경리는 한 인터뷰에서 어려울 때 쓰러지지 않으려면 환상을 갖지 않아야 했으며, 그 균형에 대한 갈구가 자신의 분신들인 작중인물과의 객관적 거리를 형성시켰다고 말했다. 전쟁이 지나간 자리에서 여성 인물들의 생존에 어떻게 수치와 폭력이 개입하는지에 대한 문제를 박경리만큼 냉정하게 그려낸 작가는 없을 것이다. 그래서 그의 소설은 환상 없는 밤의 시간 속에 있다. 모든 것이 한눈에 파악되지 않는 혼몽하고 어두운 시대에서, 그 어둠이 헤아릴 수 없는 고독과 절망의 깊이를 만들어냈다. 그럼에도 불구하고 현실과 타협하지 못하는 결벽성과 인간의 존엄에 대한 추구, 운명과 제도를 넘어서는 낭만적 사랑에 대한 매혹 역시 숨길 수 없는 박경리의 것이다. 한국 문학사에 거대하게 자리매김한 박경리가 사적인 비극에서 민중을 어우르는 자리로 나아가기까지, 그 넓어지고 깊어지는 면면들을 이 중단편선을 통해 확인하게 되기를 바란다.

| 작가 연보 |

1926년 10월 28일(음력) 경남 충무시(현 통영시 문화동 328번지)에서 박수영과 김영수 씨 장녀로 출생. 본명 박금이(朴今伊).

1941년 통영초등학교 졸업

1945년 '진주공립고등여학교' 졸업 (현 진주여고)

1946년 1월 30일 김행도 씨와 결혼. 딸 김영주 출생.

1948년 남편 김행도가 인천 전매국 취직으로 이사. 인천에서 작은 책방 운영. 아들 김철수 출생.

1950년 서울가정보육사범학교 가정과(현 세종대학교) 졸업. 황해도 연안여중 교사로 재직 중 6개월 만에 한국전쟁 발발해 서울 흑석동 집으로 돌아옴.

남편 김행도가 좌익으로 몰려 서대문형무소에 투옥 중 사망. 고향 통영으로 내려가 수예점 하며 생활.

1954년 1월부터 이듬해 2월까지 한국상업은행(현 우리은행) 서울 용산 지점에 근무하며 습작. 6월 한국상업은행 사보 『천일』 9호에 박금이라는 본명으로 장시 「바다와 하늘」 발표.

1955년 8월 『현대문학』에 단편 「계산」이 김동리에 의해 초회 추천. 10월 『천일』 11호에 소설 「전생록」 게재.

1956년 8월 『현대문학』에 단편 「흑흑백백」이 김동리에 의해 추천 완료. 단편 「군식구」(『현대문학』 11월호) 발표. 아들 김철수가 사고로 병원 치료 중 숨짐.

1957년 중편 「호수」(숙명여고 학보), 단편 「전도」(『현대문학』 3월호), 단편 「불신시대」(『현대문학』 8월호), 단편 「영주와 고양이」(『현대문학』 10월호), 단편 「반딧불」(『신태양』 10월호) 발표.

단편 「불신시대」로 제3회 현대문학 신인문학상 수상.

1958년 첫 장편 『애가(연가)』를 『민주신보』에 연재. 단편 「벽지」(『현대문학』 3월호), 「도표없는 길」(『여원』 5월호), 「훈향」(『한국평론』 6월호), 「암흑시대」(『현대문학』 6~7월호) 발표.

1959년 이해부터 3년여 동안 『서울신문』 문화부 기자로 활동하며, 필명으로 해설의 성격을 지닌 기사들 주로 씀.

장편 『표류도』를 『현대문학』(2~11월호)에 연재하고 대한교과서에서 간행. 이 작품으로 제3회 내성문학상 수상.

동화 「은하수」, 「돌아온 아이」(『새벗』), 중편 「재귀열」(『주부생활』), 「새벽의 합창」(중앙여고 학보), 「어느 정오의 결정」(『자유공론』 1월호), 「비는 내린다」(『여원』 10월호), 「해동여관의 미나」(『사상계』 12월호) 등을 발표.

1960년 장편 『내 마음은 호수』(『조선일보』), 『성녀와 마녀』(『여원』), 『은하』(『대구일보』), 『푸른 운하』(『국제신보』)를 연재.

1961년 단편 「귀족」(『현대문학』 2월호), 중편 『암흑의 사자』(『가정생활』), 『노을진 들녘』(『경향신문』) 연재.

1962년 전작 장편 『김약국의 딸들』(『을유문화사』) 간행. 장편 『가을에 온 여인』을 『한국일보』(8월~1963년 5월)에 연재. 중편 「재혼의 조건」(『여상』 11월~1963년 4월) 발표.

1963년 단편 「어느 생애」(신작 15인집) 발표. 장편 『그 형제의 연인들』(『대구일보』) 연재. 『가을에 온 여인』과 『노을진 들녘』을 신태양사에서, 『불신시대』를 동민문화사에서 간행.

1964년 장편 『녹지대』(『부산일보』 6월~1965년 4월), 『파시』(『동아일보』 7월~1965년 5월) 연재. 단편 「풍경 B」(『사상계』 12월호) 발표. 장편 『내 마음은 호수』를 신태양사에서, 『시장과 전장』을 현암사에서 간행.

1965년 장편 『시장과 전장』으로 제2회 한국여류문학상 수상

단편 「풍경 A」(『현대문학』 1월호), 「흑백콤비의 구두」(『신동아』 4월호), 「외곽지대」(『현대문학』 8월호), 「하루」(『사상계』 11월호), 중편 「도선장」(『민주신보』)을 발표. 장편 『타인들』(『주부생활』), 『신교수의 부인』(『조선일보』)에 연재. 장편 『파시』를 현암사에서 간행.

1966년 12월 가톨릭에서 영세 받음

단편 「집」(『현대문학』 4월호), 「인간」(『문학』 7월호), 「평면도」(『현대문학』 12월호)를 발표하고, 중편 『환상의 시기』(『한국문학』 춘·하·추·동) 연재. 수필집 『Q씨에게』, 장편 『성녀와 마녀』, 수필집 『기다리는 불안』을 현암사에서 간행.

1967년 단편 「하루」(『사상계』), 「눈먼 실솔」(가톨릭 시보), 「쌍두아」(『현대문학』 5월호), 「옛날이야기」(『신동아』 5월호)를 발표하고, 중편 『뱁새족』(『중앙일보』)과 장편 『겨울비』(『여성동아』)를 연재.

1968년 단편 「우화」(『월간중앙』 4월호), 「약으로도 못 고치는 병」(『월간

문학』 11월호)을 발표.

1969년 『토지』 1부(『현대문학』) 연재. 장편 『죄인들의 숙제』(『경향신문』) 연재.

1970년 단편 「밀고자」(『세대』 6월호) 발표, 장편 『창』(『조선일보』) 연재.

1971년 유방암 수술을 받은 뒤 보름 만에 퇴원하여 붕대를 감은 채로 『토지』 집필.

1972년 『토지』 2부(『문학사상』)에 연재. 『토지』 1부로 제7회 월탄문학상을 수상.

1973년 딸 김영주와 시인 김지하 결혼. 『토지』 1부(5권, 삼성출판사) 간행.

1974년 장편 『단층』(『동아일보』)에 연재. 『토지』 2부(삼성출판사) 간행.

1976년 『박경리 단편선』(서문당) 간행.

1977년 1월부터 『토지』 3부(『독서생활』 『주부생활』) 동시 연재. 수필집 『호수』(수문서관)와 『거리의 악사』(민음사) 간행.

1978년 장편 『나비와 엉겅퀴』(범우사) 간행.

1979년 〈박경리문학전집〉(전 16권, 지식산업사) 간행 시작. 작품집 『영원한 반려』(영서각) 간행.

1980년 김지하 없이 시가에 살고 있는 딸과 손자에게 울타리가 되어주고자 원주로 내려감. 『토지』 3부(삼성출판사) 간행.

1983년 『토지』 4부(『정경문화』) 연재. 『토지』 1부를 8권으로 일본어판 출간(안우식 옮김, 문예선서).

1984년 한국일보 창간 30주년 기념 '한국 전후문학 30년의 최대 문제작' 선정에서 선우휘의 『불꽃』, 황석영의 『장길산』과 함께 『토지』가 선정됨.

1985년 수필집 『원주통신』(지식산업사) 간행.

1986년 장편 『단층』(지식산업사) 간행.

1987년 8월부터 『토지』 4부(『월간경향』) 연재.

1988년 시집 『못 떠나는 배』(지식산업사) 간행.

1990년 제4회 인촌상 수상.

중국 기행문 『만리장성의 나라』와 시집 『도시의 고양이들』(동광출판사) 간행.

1992년 『토지』 5부(『문화일보』) 연재

1994년 『토지』 1~4부, 5부 1권(전 13권, 솔출판사) 완간.

『토지』 1부(3편 11장)를 프랑스 벨퐁출판사에서 출간(민희식, 앙드레 파브르 공동 번역).

8월 27일 이화여대에서 '명예문학박사' 학위 수여.

10월 6일 한국여성단체협의회에서 '올해의 여성상' 수상.

12월 3일 유네스코서울협의회에서 '올해의 인물'로 선정.

1995년 연세대학교 원주캠퍼스 객원 교수로 임용.

『토지』 1권 영국 키건폴출판사에서 출간(홍명희 옮김). 『김약국의 딸들』 불어판 출간(민희식, 지겔 메이어 변 공동 번역).

1996년 제6회 '호암상 예술상' 수상.

칠레 정부로부터 '가브리엘라 미스트랄 문학 기념 메달Gabriela Mistral Commemorative Medal' 수여.

1997년 연세대학교 용재(백낙준) 석좌교수로 임명.

1998년 토지문화관 착공.

1999년 토지문화관 개관, 토지문화관 이사장으로 취임.

2000년 시집 『우리들의 시간』 출간.

2001년 『토지』 총 21권으로 재출간.

2003년 장편 『나비야 청산가자』 『현대문학』 연재, 동화 『은하수』 단행본 출간.

2007년 만화 『토지』(오세영 작) 출간, 산문/소설집 『가설을 위한 망상』 출간, 청소년용 『토지』 완간.

2008년 5월 5일 타계. 고향 통영에 안장. 6월 유고시집 『버리고 갈 것만 남아서 참 홀가분하다』 출간.

1. 중 · 단편, 연재소설

작품명	발표지	발표 연월일	비고
계산	현대문학	1955. 8.	
흑흑백백	현대문학	1956. 8.	
군식구	현대문학	1956. 11.	
전도(剪刀)	현대문학	1957. 3.	
불신시대	현대문학	1957. 8.	
반딧불	신태양	1957. 10.	
영주와 고양이	현대문학	1957. 10.	
호수	숙명여고 학보 숙란	1957.	동화
애가(哀歌)	민주신보	1958.	장편 연재
벽지(僻地)	현대문학	1958. 3.	
도표 없는 길	여원	1958. 5.	
암흑시대	현대문학	1958. 6.~7.	
훈향(薰香)	한국평론	1958. 6.	
은하수	새벗	1958. 6~1959. 6.	
어느 정오의 결정	자유공론	1959. 1.	
돌아온 아이	새벗	1959.	
재귀열	주부생활	1959.	중편

작품명	발표지	발표 연월일	비고
새벽의 합창	중앙여고 학보	1959.	동화 동일작 『언덕 위의 합창』, 지식산업사, 1990
표류도	현대문학	1959. 2.~1959. 11.	장편 연재
비는 내린다	여원	1959. 10.	
해동여관의 미나	사상계	1959. 12.	
은하	대구일보	1960. 4. 1.~1960. 8. 10.	장편 연재
내 마음은 호수	조선일보	1960. 4. 6.~1960. 12. 31.	장편 연재
성녀와 마녀	여원	1960. 4.~1961. 3.	장편 연재
푸른 운하	국제신보	1960. 9. 6.~1961. 4. 9.	장편 연재
귀족	현대문학	1961. 2.	
암흑의 사자	가정생활	1961. 4~1962. 6.	장편 연재
노을 진 들녘	경향신문	1961. 10. 23.~ 1962. 7. 1.	장편 연재
가을에 온 여인	한국일보	1962. 8. 18.~1963. 5. 31.	장편 연재
그 형제의 연인들	대구일보	1962. 10. 2.~1963. 5. 31.	장편 연재
재혼의 조건	여상	1962. 11.~1963. 4.	장편 연재
어느 생애	육민사	1963.	『신작 15인집』
녹지대	부산일보	1964. 6.~1965. 4.	장편 연재
파시	동아일보	1964. 7.~1965. 5.	장편 연재
풍경 B	사상계	1964. 12.	
풍경 A	현대문학	1965. 1.	유고작
흑백 콤비의 구두	신동아	1965. 4.	
타인들	주부생활	1965. 4.~1966. 3.	중편 연재

작품명	발표지	발표 연월일	비고
외곽지대	현대문학	1965. 8.	
도선장	민주신보	1965.	중편
하루	사상계	1965. 11.	
가을의 여인	『지방행정』 14권 142호	1965.	
신교수의 부인	조선일보	1965. 11. 23.~1966. 9. 13.	동일작 『영원의 반려』, 일원서각, 1979
환상의 시기	한국문학	1966. 춘 · 하 · 추 · 동.	중편 연재
집	현대문학	1966. 4.	
인간	문학	1966. 7.	
평면도	현대문학	1966. 12.	
옛날 이야기	신동아	1967. 5.	
쌍두아	현대문학	1967. 5.	
뱁새족	중앙일보	1967. 6. 16.~1967. 9. 11.	중편 연재
눈먼 실솔	카톨릭 시보	1967. 10. 8.~1968. 2. 11.	중편 연재
겨울비	여성동아	1967. 11.~1968. 6.	중편 연재
우화	월간중앙	1968. 4.	
약으로도 못 고치는 병	월간문학	1968. 11.	
죄인들의 숙제	경향신문	1969. 5. 24.~1970. 4. 30.	동일작 『나비와 엉겅퀴』, 범우사, 1978
토지 1부	현대문학	1969. 9.~1972. 9.	
밀고자	세대	1970. 6.	
창	조선일보	1970. 8. 15.~1971. 6. 15.	장편 연재

작품명	발표지	발표 연월일	비고
토지 2부	문학사상	1972. 10.~1975. 10.	
단층	동아일보	1974. 2. 18.~12. 31.	장편 연재
토지 3부	독서생활 / 주부생활		동시 연재
토지 3부	한국문학		
토지 4부	마당		
토지 4부	정경문화		
토지 4부	월간경향	1987. 8.~1988. 5.	
시정소설	불신시대 (지식산업사)	1987.	단편집 수록
회오의 바다	불신시대 (지식산업사)	1987.	단편집 수록
안개 서린 얼굴	불신시대 (지식산업사)	1987.	단편집 수록
사랑섬 어머니	불신시대 (지식산업사)	1987.	단편집 수록
설화	불신시대 (지식산업사)	1987.	단편집 수록
목련 밑	불신시대 (지식산업사)	1987.	단편집 수록
토지 5부	문화일보	1992. 9. 1.~1994. 8. 30.	
나비야 청산가자	현대문학	2003. 4.~2003. 6.	미완 장편

2) 단편집, 중단편집

『불신시대』, 동민문화사, 1963.

『환상의 시기』, 〈한국단편문학전집〉 12, 정음사, 1972.

『박경리 단편선』, 서문당, 1976.

『환상의 시기』, 〈박경리문학전집〉 10, 지식산업사, 1980.

『환상의 시기』, 나남, 1994.

『환상의 시기』, 솔, 1996.

3) 장편소설

『표류도』, 대한교과서, 1959. (예문관, 1965) (나남, 1999)

『김약국의 딸들』, 을유문화사, 1962.

『가을에 온 여인』, 신태양사, 1963.

『노을진 들녘』, 신태양사, 1963.

『내 마음은 호수』, 신태양사, 1964.

『시장과 전장』, 현암사, 1964. (나남, 1993) (동아출판사, 1995)

『파시』, 현암사, 1965. (나남, 1994)

『성녀와 마녀』, 현암사, 1966.

『김약국의 딸들』, 현암사, 1967. (삼중당, 1975) (나남, 1993; 2002)

『토지』 1부, 삼성출판사, 1973.

『토지』 2부, 삼성출판사, 1974.

『단층』(상,하), 세대사, 1975.

『호수』, 수문서관, 1977.

『나비와 엉겅퀴』, 범우사, 1978.

『영원한 반려』, 일원서각, 1979.

『타인들/애가(哀歌)』, 〈박경리문학전집〉 9, 지식산업사, 1980.

『재혼의 조건』, 〈박경리문학전집〉 10, 지식산업사, 1980.

『창』, 〈박경리문학전집〉 15, 지식산업사, 1980.

『토지』 3부, 삼성출판사, 1980.

『푸른 운하』, 〈박경리문학전집〉 20, 지식산업사, 1987.

『영원한 반려』, 박경리문학전전집 21, 지식산업사, 1987.

『토지』(1~12권), 삼성출판사, 1988.

『토지』(1~12권), 지식산업사, 1988.

『나비와 엉겅퀴』, 지식산업사, 1989.

『토지』 1~15권(1~5부), 솔출판사, 1993~1994.

『토지』 16권(완결편), 솔출판사, 1994.

『녹지대』(1, 2권), 현대문학, 2012.

4) 동화, 수필집, 시집

『기다리는 불안』(수필집), 현암사, 1966.

『박경리의 문학적 인생론: Q씨에게』(수필집), 현암사, 1966. (풀빛, 1979)

『호수』(수필집), 수문서관, 1977.

『거리의 악사』(수필집), 민음사, 1977.

『Q씨에게』, 〈박경리문학전집〉 16, 지식산업사, 1981.

『원주통신』(수필집), 지식산업사, 1985.

『못 떠나는 배』(시집), 지식산업사, 1988.

『도시의 고양이들』(시집), 동광출판사, 1990.

『만리장성의 나라』(기행문), 동광출판사, 1990.

『Q씨에게』, 솔, 1993.

『자유』(시집), 솔출판사, 1994.

『문학을 지망하는 젊은이들에게』(수필집), 현대문학사, 1995; 2003

『우리들의 시간』(시집), 나남, 2000. (마로니에북스, 2012)

『꿈꾸는 자가 창조한다: 박경리의 원주통신』(수필집), 나남, 1994.

『생명의 아픔』(수필집), 이룸, 2004.

『돌아온 고양이』(동화), 작은책방, 2006. (단편 「영주와 고양이」 각색)

『박경리의 신원주통신: 가설을 위한 망상』(수필집), 나남, 2007.

『버리고 갈 것만 남아서 홀가분하다』(유고시집), 마로니에북스, 2008.

5) 전집

〈박경리문학전집〉(전 16권), 지식산업사, 1979~88.

| 참고 문헌 |

1. 학위 논문

강지희, 「1960년대 여성장편소설의 증여와 젠더 수행성 연구 : 강신재와 박경리를 중심으로」, 이화여대 박사논문, 2019.

권명아, 「한국전쟁과 주체성의 서사 연구」, 연세대 박사논문, 2002.

고지혜, 「박경리 소설의 낭만적 특성 연구」, 고려대 석사논문, 2008.

김예니, 「박경리 소설의 비극성 연구」, 성신여대 박사논문, 2015.

김은경, 「박경리 문학 연구: '가치'의 문제를 중심으로」, 서울대 박사논문, 2008.

김지예, 「박경리 도시소설 연구」, 이화여대 석사논문, 2014.

김형중, 「정신분석학적 서사론 연구: 한국 전후 소설을 중심으로」, 전남대 박사논문, 2003.

나보령, 「전후 한국문학에 나타난 난민의식 연구: 염상섭, 박경리, 이호철을 중심으로」, 서울대 박사논문, 2021.

박상민, 「박경리 『토지』에 나타난 악의 상징 연구」, 연세대 박사논문, 2009.

박혜원, 「박경리 『토지』의 인물 연구」, 이화여대 박사논문, 2002.
방은주, 「박경리 장편소설에 나타난 사랑의 의미 연구」, 서울대 석사논문, 2003.
백지연, 「박경리 초기 소설 연구 : 가족관계의 양상에 따른 여성인물의 정체성 탐색을 중심으로」, 경희대 석사논문, 1995.
서현주, 「박경리의 「토지」에 나타난 타자의식 연구」, 경희대 박사논문, 2013.
유수연, 「박경리 장편소설 연구: 여성성의 변모과정을 중심으로」, 전북대 박사논문, 2013.
이명귀, 「1960년대 여성 소설에 나타난 몸과 근대성 연구」, 경희대 박사논문, 2005.
이상진, 「박경리의 『토지』 연구: 인물형상화를 중심으로」, 연세대 박사논문, 1998.
장미영, 「박경리 소설 연구: 갈등양상을 중심으로」, 숙명여대 박사논문, 2002.
조지혜, 「박경리 문학에 나타난 상호주관성 연구」, 서울대 석사논문, 2017.
최경희, 「1960년대 소설에 나타난 '여성교양' 담론 연구: 연애·결혼·가족서사를 중심으로」, 경희대 박사논문, 2013.

2. 관련 논문

강인숙, 「박경리론」, 〈한국대표여류문학전집〉 5, 을유문화사, 1977.
강지윤, 「원한과 내면: 탈식민 주체와 젠더 역학의 불안들」, 『상허학보』 50, 2017.

권보드래, 「내 안의 일본: 해방세대 작가의 식민지 기억과 '친일' 문제」, 『상허학보』 60, 2020.

공임순, 「한국전쟁의 파국과 순국자에 반하는 순애자의 무/국적 신체들: 박경리의 『시장과 전장』에 대한 소고」, 『한국학연구』 59, 인하대학교 한국학연구소, 2020.

구재진, 「1960년대 박경리 소설에 나타난 '생활'의 의미: 박경리론」, 민족문학사연구소 현대문학분과, 『1960년대 문학연구』, 깊은샘, 1998.

김미영, 「박경리의 『시장과 전장』에 나타난 낭만성과 숭고」, 『한국문예비평연구』 52, 2016.

김미현, 「1960년대 청년문학의 근대성: 박경리의 『녹지대』를 중심으로」, 『열린정신 인문학연구』 16, 2015.

김병익, 「6·25 콤플렉스와 그 극복」, 『상황과 상상력』, 문학과지성사, 1976.

김상욱, 「박경리 초기 소설 연구: 증오의 수사학」, 『현대소설연구』 4, 1996.

김양선, 「전후 여성문학 장의 형성과 『여원』」, 『여성문학연구』 18, 2007.

———, 「한국전쟁에 대한 젠더화된 비판의식과 낭만성: 박경리의 『시장과 전장』」, 『페미니즘 연구』 8, 2008.

———, 「전후 여성 지식인의 표상과 존재방식: 박경리의 『표류도』론」, 『현대문학이론과 비평』 45, 2009.

———, 「지적 해부와 민감성 사이, 전후 현실에 대한 젠더화된 인식: 박경리의 전후 단편소설을 중심으로」, 『현대문학이론연구』 47, 2011.

———, 「'한국여류문학상'이라는 제도와 1960년대 여성문학의 형성」,

『여성문학연구』 31, 2014.

———, 「195,60년대 여성-문학의 배치: 『사상계』 여성문학 비평과 여성 작가 소설을 중심으로」, 『여성문학연구』 29, 2013.

———, 「박경리 초기 장편소설의 여성/문학사적 위치: 전쟁, 여성, 선정주의는 어떻게 여성문학의 전통이 되었나」, 『여성문학연구』 50, 한국여성문학학회, 2020.

———, 「멜로드라마와 4.19 혁명의 서사적 결합: 박경리의 1960년대 대중연애소설 『푸른 운하』, 『노을 진 들녘』 다시 읽기」, 『현대소설연구』 77, 2020.

김예니, 「박경리의 초기 단편소설의 서사적 거리감에 따른 변화 양상」, 『돈암어문학』 27, 2014.

김윤식, 『박경리와 토지』, 강, 2009.

김은경, 「박경리 소설에 나타난 죄의식의 경제」, 『인문논집』 55, 2006.

———, 「박경리 장편소설에 나타난 인물의 '가치'에 대한 태도와 정체성의 관련 양상」, 『국어국문학』, 2007.

———, 「사랑서사와 박경리 문학」, 『인문논총』 67, 2012,

김은하, 「포스트 한국 전쟁과 여성적 숭고의 글쓰기: 박경리의 초기 단편소설을 중심으로」, 『아시아여성연구』 56(1), 2017.

———, 「젠더화된 국가 재건과 잃어버린 열정: 박경리의 『표류도』 다시 읽기」, 『비교문화연구』 57, 경희대학교 비교문화연구소, 2019.

김치수, 『박경리와 이청준』, 민음사, 1982.

류보선, 「비극성에서 한으로, 운명에서 역사로」, 『작가세계』 1994년 가을호.

서영인, 「박경리 초기 단편 연구: 1950년대 문학 속에서의 의미를 중심으로」, 『어문학』, 1999.

서재원, 「박경리 초기소설의 여성가장 연구」, 『한국문학이론과 비평』 50, 2011.
심진경, 「전쟁과 여성 섹슈얼리티」, 『현대소설연구』 39, 2008.
유종호, 「여류다움의 거절: 박경리의 소설」(1977), 『동시대의 시와 진실』, 1982.
이덕화, 「비극적 세계와 여성의 운명: 『토지』 이전의 박경리론」, 한국문학연구회 편, 『페미니즘과 소설비평』, 한길사, 1997.
이상진, 「식민 체험과 기억의 이면: 박경리의 『토지』, 「환상의 시기」, 「옛날이야기」에 나타난 역사적 무의식」, 『어문학』 94, 2006.
———, 『〈토지〉 연구』, 월인, 1999.
———, 「운명의 패러독스, 박경리 소설의 비극적 인간상」, 『현대소설연구』 56, 2014.
이승윤, 「1950년대 박경리 단편소설 연구」, 『현대문학의 연구』 18, 2002.
장미영, 「박경리 문학의 여성인물 원형 연구: 초기 단편소설을 중심으로」, 『대중서사연구』 24, 2018.
정희모, 「1950년대 박경리 소설과 환멸주의: 주요 단편과 장편 『표류도』를 중심으로」, 『1950년대 한국문학과 서사성』, 깊은샘, 1998.
조남현 편, 『박경리』, 서강대학교출판부, 1996.
조윤아, 『박경리 문학 세계』, 마로니에북스, 2014.
최유찬 편, 『박경리』, 새미, 1998.
최유찬 외, 『〈토지〉와 문화지형학』, 소명출판, 2004.
최유찬 외, 『한국 근대문화와 박경리의 『토지』, 소명출판, 2008.
한국문학연구회 엮음, 『『토지』와 박경리 문학』, 솔, 1996.
허윤, 「한국전쟁과 히스테리의 전유: 전쟁미망인의 섹슈얼리티와 전후 가족질서를 중심으로」, 『여성문학연구』 21, 한국여성문학학회, 2009.

한국문학전집을 펴내며

오늘의 한국 문학은 다양한 경험과 자산에서 비롯된 것이지만, 그 중에서도 우리 앞선 세대의 문학 작품에서 가장 큰 유산을 물려받고 있다. 그럼에도 우리는 가끔 우리의 문학 유산을 잊거나 도외시한다. 마치 그것 없이는 살아갈 수 없는 소중한 물을 쉽게 잊고 사는 것처럼 그동안 우리는 우리가 이루어놓은 자산들을 너무 쉽게 잊어버리고 있었는지도 모르겠다. 인기 있는 외국 작품들이 거의 동시에 번역 출판되고, 새로운 기획과 번역으로 전 세계의 문학 작품들이 짜임새 있게 출판되고 있는 요즈음, 정작 한국 문학 작품들을 체계적으로 정리하지 못하고 있었다는 점을 최근에 우리는 깊이 반성하게 되었다. 그리고 이러한 때늦은 반성을 곧바로 '한국문학전집'을 기획하는 힘으로 전환하였다.

오늘의 시점에서 '한국문학전집'을 기획한다는 것은, 우선 그동안 양적으로나 질적으로 괄목할 만한 수준에 이른 한국 문학 연구 수준을 반영하는 새로운 시각이 전제되어야 할 것이다. 그리고 '우리 것을 지키자'는 순진한 의도에서가 아니라, 한국 문학이 바로 세계 문학이 되는 질적 확장을 위해, 세계 문학 속에서의 한국 문학의 정체성을 찾 는 일을 간과해서는 안 될 것이다.

이번 기획에서 우리가 가장 크게 신경 썼던 점은 크게 두 가지이다. 하나는, 그동안 거의 관습적으로 굳어져왔던 작품에 대한 천편일률적인 평가를 피하고 그동안의 평가에 대한 비판적 평가와 더불어 새로운 평가로 인한 숨은 작품의 발굴이었다. 그리하여 한국 문학사를 시기별로 구분하여 축적된 연구 성과들 위에서 나름대로 중요한 작품들을 선별하는 목록 작업에 가장 큰 공을 들였다. 나머지 하나는, 그동안 여러 상이한 판본의 난립으로 인해 원전 텍스트가 침해되고 있는 심각한 상황을 고려하여 각각의 작가에게 가장 뛰어난 연구자들을 초빙하여 혼신을 다해 원전 텍스트를 확정하였다는 점이다.

장구한 우리 문학사의 주옥같은 작품들을 한자리에 모아, 세대를 넘고 시대를 넘어 그 이름과 위상에 값할 수 있는 대표적인 한국문학 전집을 내놓는다. 이번에 출간되는 한국문학전집은 변화된 상황과 가치를 반영하는 내실 있고 권위를 갖춘 내용으로 꾸며질 것이며, 우리 문학의 정본 전집으로서 자리매김해 한국 문학의 전통을 계승하고 발전시키는 데 기여하고자 한다. 이 기획이 한국 문학의 자산들을 온전하 게 되살려, 끊임없이 현재성을 가지는 살아 있는 작품들로, 항상 독자 들의 옆에 있게 되기를 기대한다.

㈜문학과지성사

01 감자 김동인 단편선

최시한(숙명여대) 책임 편집

수록 작품 약한 자의 슬픔/배따라기/태형/눈을 겨우 뜰 때/감자/광염 소나타/배회/발가락이 닮았다/붉은 산/광화사/김연실전/곰네

극단적인 상황과 비극적 운명에 빠진 인물 군상들을 냉정하게 서술해낸 한국 근대 단편 문학의 선구자 김동인의 대표 단편 12편 수록. 인간과 환경에 대한 근대적 인식을 빼어난 문체와 서술로 형상화한 김동인의 주옥같은 작품들을 만날 수 있다.

02 탈출기 최서해 단편선

곽근(동국대) 책임 편집

수록 작품 고국/탈출기/박돌의 죽음/기아와 살육/큰물 진 뒤/백금/해돋이/그 밤/전아사/홍염/갈등/먼동이 틀 때/무명

식민 치하 빈궁 문학을 대표하는 최서해의 단편 13편 수록. 식민 치하의 참담한 사회적 현실을 사실적으로 전해주는 작품들. 우리 민족의 궁핍한 현실에 맞선 인물들의 저항정신과 민족 감정의 감동과 울림을 전한다.

03 삼대 염상섭 장편소설

정호웅(홍익대) 책임 편집

우리 소설 가운데 서울말을 가장 풍부하게 살려 쓴 작품이자, 복합성·중층성의 세계를 구축하여 한국 근대 장편소설의 대표작으로 꼽히는 염상섭의 『삼대』. 1930년대 서울의 중산층 가족사를 통해 들여다본 우리 근대의 자화상이다.

04 레디메이드 인생 채만식 단편선

한형구(서울시립대) 책임 편집

수록 작품 논 이야기/레디메이드 인생/미스터 방/민족의 죄인/치숙/낙조/쑥국새/당랑의 전설

역설과 반어의 작가 채만식의 대표 단편 8편 수록. 1920~30년대의 자본주의적 현실 원리와 민중의 삶을 풍자적으로 포착하는 데 탁월했던 채만식. 사실주의와 풍자의 절묘한 조합으로 완성한 단편 문학의 묘미를 즐길 수 있다.

05 비 오는 길 최명익 단편선

신형기(연세대) 책임 편집

수록 작품 폐어인/비 오는 길/무성격자/역설/봄과 신작로/심문/장삼이사/맥령

시대를 앞섰던 모더니스트 최명익의 대표 단편 8편 수록. 병과 죽음으로 고통받는 인물 군상들을 통해 자신이 예감한 황폐한 현대의 징후를 소설화한 작가 최명익. 무나 현대적이어서, 당시에는 제대로 평가받을 수 없었던 탁월한 단편소설들을 만난다.

06 사하촌 김정한 단편선

강진호(성신여대) 책임 편집

수록 작품 그물/사하촌/항진기/추산당과 곁사람들/모래톱 이야기/제3병동/수라도/인간단지/위치/오끼나와에서 온 편지/슬픈 해후

리얼리즘 문학과 민족 문학을 대표하는 김정한의 대표 단편 11편 수록. 민중들의 삶을 통해 누구보다 먼저 '근대화의 문제'를 문학적으로 제기하고 예리하게 포착한 작가 김정한의 진면목을 본다.

07 무녀도 김동리 단편선

이동하(서울시립대) 책임 편집

수록 작품 화랑의 후예/산화/바위/무녀도/황토기/찔레꽃/동구 앞길/혼구/혈거부족/달/역마/광풍 속에서

한국적이고 토착적인 전통 세계의 소설화에 앞장선 김동리의 초기 대표작 12편 수록. 민중의 삶 속에 뿌리 내린 토착적 전통의 세계를 정확한 묘사와 풍부한 서정으로 형상화했던 김동리 문학 세계를 엿본다.

08 독 짓는 늙은이 황순원 단편선

박혜경(인하대) 책임 편집

수록 작품 소나기/별/겨울 개나리/산골 아이/목넘이마을의 개/황소들/집/사마귀/소리/닭제/학/묵장수/뿌리/내 고향 사람들/원색오뚝이/곡예사/독 짓는 늙은이/황노인/늪/허수아비

한국 산문 문체의 모범으로 평가되는 황순원의 대표 단편 20편 수록. 엄격한 지적 절제와 미학적 균형으로 함축적인 소설 미학을 완성시킨 작가 황순원. 극적인 사건 전개 대신 정적이고 서정적인 울림의 미학으로 깊은 감동을 전한다.

09 만세전 염상섭 중편선

김경수(서강대) 책임 편집

수록 작품 만세전/해바라기/미해결/두 출발

한국 근대 소설의 기념비적 작품인 「만세전」, 조선 최초의 여류화가인 나혜석의 삶을 소설화한 「해바라기」, 그리고 식민지 조선의 현실을 담아내고 나름의 저항의식을 형상화하기 위한 소설적 수련의 과정을 단적으로 보여주는 「미해결」과 「두 출발」 수록. 장편소설의 작가로만 알려진 염상섭의 독특한 소설 미학의 세계를 감상한다.

10 천변풍경 박태원 장편소설

장수익(한남대) 책임 편집

모더니스트 박태원이 펼쳐 보이는 1930년대 서울의 파노라마식 풍경화. 근대 자본주의 사회의 이데올로기와 일상성에 대한 비판에 몰두하던 박태원 초기 작품의 모더니즘 경향과 리얼리즘 미학의 경계를 넘나드는 역작. 식민지라는 파행적 상황에서 기형적으로 실현되던 근대화의 양상을 기층 민중의 생활에 초점을 맞춰 본격화한 작품이다.

11 태평천하 채만식 장편소설

이주형(경북대) 책임 편집

부정적인 상황들이 난무하는 시대 현실을 독자적인 문학적 기법과 비판의식으로 그려냄으로써 '문학적 미'를 추구했던 채만식의 대표작. 판소리 사설의 반어, 자기 폭로, 비유, 과장, 희화화 등의 표현법에 사투리까지 섞은 요설로, 창을 듣는 듯한 느낌과 재미를 선사하는 작품. 세태풍자소설의 장을 열었던 채만식이 쓴 가족사 소설의 전형에 해당한다.

12 비 오는 날 손창섭 단편선

조현일(홍익대) 책임 편집

수록 작품 공휴일/사연기/비 오는 날/생활적/혈서/피해자/미해결의 장/인간동물원/유실몽/설중행/광야/희생/잉여인간/신의 희작

가장 문제적인 전후 소설가 손창섭의 대표 단편 14작품 수록. 병적이고 불구적인 인간 군상들을 통해 전후 사회 현실에서의 '절망'의 표현에 주력했던 손창섭. 전쟁 그리고 전쟁 이후의 비일상적 사태를 가장 근원적인 차원에서 표현한 빼어난 작품들을 선별했다.

13 등신불 김동리 단편선

이동하(서울시립대) 책임 편집

수록 작품 인간동의/흥남철수/밀다원시대/용/목공 요셉/등신불/송추에서/까치 소리/저승새

「무녀도」의 작가 김동리가 1950년대 이후에 내놓은 단편 9편 수록. 전기 작품에 이어서 탁월한 문체의 매력, 빈틈없는 구성의 묘미, 인상적인 인물상의 창조, 인간에 대한 깊이 있는 통찰이라는 김동리 단편의 미학을 다시 한 번 경험할 수 있는 기회이다.

14 동백꽃 김유정 단편선

유인순(강원대) 책임 편집

수록 작품 심청/산골 나그네/총각과 맹꽁이/소낙비/솥/만무방/노다지/금/금 따는 콩밭/떡/산골/봄·봄/안해/봄과 따라지/따라지/가을/두꺼비/동백꽃/야앵/옥토끼/정조/땡볕/형

고단한 삶을 살아가는 순박한 촌부에서 사기꾼에 이르기까지 다양한 삶의 모습을 문학 속에 그대로 재현한 김유정의 주옥같은 단편 23편 수록. 인물의 토속성과 해학성, 생생한 삶의 언어와 우리 소리, 그 속에 충만한 생명감을 불어넣은 김유정 문학의 정수를 맛본다.

15 소설가 구보씨의 일일 박태원 단편선

천정환(성균관대) 책임 편집

수록 작품 수염/낙조/소설가 구보씨의 일일/애욕/길은 어둡고/거리/방란장 주인/비량/진통/탄제/골목 안/음우/재운

한국 소설사상 가장 두드러진 모더니즘 작품으로 인정받는 「소설가 구보씨의 일일」을 비롯한 박태원의 대표 단편 13편 수록. 한글로 씌어진 가장 파격적이고 실험적인 작품으로 주목 받은 박태원. 서울 주변부 중산층의 삶이라는 자기만의 튼실한 현실 공간을 구축하여 새로운 소설 기법과 예술가소설로서의 보편성을 획득한 작품들이다.

16 날개 이상 단편선

김주현(경북대) 책임 편집

수록 작품 12월 12일/지도의 암실/지팡이 역사/황소와 도깨비/공포의 기록/지주회시/동해/날개/봉별기/실화/종생기

근대와 맞닥뜨린 당대 식민지 조선의 기념비요 자화상 역할을 하는 이상의 대표 단편 11편 수록. '천재'와 '광인'이라는 꼬리표와 함께 전위적이고 해체적인 글쓰기로 한국의 모더니즘 문학사를 개척한 작가 이상. 자유연상, 내적 독백 등의 실험적 구성과 문체로 식민지 근대와 그것에 촉발된 당대인의 내면을 예리하게 포착해낸 이상의 문제작들을 한데 모았다.

17 흙 이광수 장편소설

이경훈(연세대) 책임 편집

한국 최초의 근대 장편소설 『무정』을 발표하면서 한국 소설 문학의 역사를 새롭게 쓴 이광수. 『흙』은 이광수의 계몽 사상이 가장 짙게 깔린 작품으로 심훈의 『상록수』와 함께 한국 농촌계몽소설의 전위에 속한다. 한국 근대 문학사상 가장 많이 연구되고 있는 작가의 대표작답게 『흙』은 민족주의, 계몽주의, 농민문학, 친일문학, 등장인물론, 작가론, 문학사 등의 학문적·비평적 논의의 중심에 있는 작품이다.

18 상록수 심훈 장편소설

박헌호(성균관대) 책임 편집

이광수의 장편 『흙』과 더불어 한국 농촌계몽소설의 쌍벽을 이루는 『상록수』. 심훈의 문명(文名)을 크게 떨치게 한 대표작이다. 1930년대 당시 지식인의 관념적 농촌운동과 일제의 경제 침탈사를 고발·비판함으로써, 문학이 취할 수 있는 현실 정세에 대한 직접적인 대응 그리고 극복의 상상력이란 두 가지 요소를 나름의 한계 속에서 실천해냈고, 대중적으로도 큰 호응을 불러일으킨 작품이다.

19 무정 이광수 장편소설

김철(연세대) 책임 편집

20세기 이래 한국인이 가장 많이 읽고 가장 자주 출간돼온 작품, 그리고 근현대 문학 가운데 가장 많이 연구의 대상이 된 작가 이광수의 대표작 『무정』. 씌어진 지 한 세기가 가까워오도록 여전히 읽히고 있고 또 학문적 논쟁의 중심에 서 있는 『무정』을 책임 편집자의 교정을 충실하게 반영한 최고의 선본(善本)으로 만난다.

20 고향 이기영 장편소설

이상경(KAIST) 책임 편집

'프로문학의 정점'이자 우리 근대 문학사의 리얼리즘의 확립을 결정적으로 보여주는 이기영의 『고향』. 이기영은 1920년대 중반 원터라는 충청도의 한 농촌 마을을 배경으로 봉건 사회의 잔재를 지닌 채 식민지 자본주의화가 진행되어가는 우리 근대 초기를 뛰어난 관찰로 묘파한다. 일제 식민 치하 근대화에 대한 문학적·비판적 성찰과 지식인의 고뇌를 반영한 수작이다.

21 까마귀 이태준 단편선

김윤식(명지대) 책임 편집

수록 작품 불우 선생/달밤/까마귀/장마/복덕방/패강랭/농군/밤길/토끼 이야기/해방 전후

'한국 근대소설의 완성자' '단편문학'의 명수. 이태준은 우리 근대 문학의 전개 과정에서 결코 간과할 수 없는 역할을 담당했던 작가 가운데 한 사람이다. 문학의 자율성과 예술성을 상실하지 않으면서도 현실 문제에 각별한 관심을 보여주었던 그의 단편은 한국소설사에서 1930년대를 대표하는 것으로 인정받고 있다.

22 두 파산 염상섭 단편선

김경수(서강대) 책임 편집

수록 작품 표본실의 청개구리/암야/제야/E선생/윤전기/숙박기/해방의 아들/양과자갑/두 파산/절곡/얼룩진 시대 풍경

한국 근대사를 증언하고 있는 횡보 염상섭의 단편소설 11편 수록. 지식인 망국민으로서의 허무적인 자기 진단, 구체적인 사회 인식, 해방 후와 전후 시기에 대한 사실적 증언과 문제 제기를 포함한 대표작들을 통해 횡보의 단편 미학을 감상한다.

23 카인의 후예 황순원 소설선

김종회(경희대) 책임 편집

수록 작품 카인의 후예/너와 나만의 시간/나무들 비탈에 서다

인간의 정신적 순수성과 고귀한 존엄성을 문학의 제일 원칙으로 삼았던 작가 황순원. 그의 대표작 가운데 독자들의 가장 많은 사랑을 받은 장편소설들을 모았다. 한국 전쟁을 온몸으로 체득하면서 특유의 절제되고 간결한 문장으로 예술적 서사성을 완성한 황순원은 단편에서와 마찬가지로 변함없는 감동의 세계를 열어놓는다.

24 소년의 비애 이광수 단편선

김영민(연세대) 책임 편집

수록 작품 무정/소년의 비애/어린 벗에게/방황/가실/거룩한 죽음/무명/꿈

한국 근대소설사와 이광수 개인의 문학 세계에서 중요한 의미를 갖는 단편 8편 수록. 이광수가 우리말로 쓴 최초의 창작 단편 「무정」, 당시 사회의 인습과 제도를 비판한 「소년의 비애」, 우리나라 최초의 서간체 소설인 「어린 벗에게」, 지식인의 내면적 갈등과 자아 탐구의 과정을 담은 「방황」, 춘원의 옥중 체험을 바탕으로 씌어진 「무명」 등 한국 근대문학의 장르와 소재, 주제 탐구 면에서 꼼꼼히 고찰해야 할 작품들이다.

25 불꽃 선우휘 단편선

이익성(충북대) 책임 편집

수록 작품 테러리스트/불꽃/거울/오리와 계급장/단독강화/깃발 없는 기수/망향

8·15 해방과 분단, 6·25전쟁으로 이어지는 한국 근현대사의 열병을 깊이 있게 고찰한 선우휘의 대표작 7편 수록. 평판작 「불꽃」과 「깃발 없는 기수」를 비롯해 한국 근현대사의 역동성과 이를 바라보는 냉철한 작가의식이 빚어낸 수작들을 한데 모았다.

26 맥 김남천 단편선

채호석(한국외대) 책임 편집

수록 작품 공장 신문/공우회/남편 그의 동지/물/남매/소년행/처를 때리고/무자리/녹성당/길 위에서/경영/맥/등불/꿀

카프와 명맥을 같이하며 창작과 비평에서 두드러진 족적을 남긴 작가 김남천. 1930년대 초, 예술운동의 볼셰비키화론 주장과 궤를 같이하는 「공장 신문」「공우회」, 카프 해산 직후 그의 고발문학론을 담은 「처를 때리고」「소년행」「남매」, 전향문학의 백미로 꼽히는 「경영」「맥」 등 그의 치열했던 문학 세계의 변화를 일별할 수 있는 대표작 14편 수록.

27 인간 문제 강경애 장편소설

최원식(인하대) 책임 편집

한국 근대 여성문학의 제일선에 위치하는 강경애의 대표작. 일제 치하의 1930년대 조선, 자본가와 농민·노동자의 대립 구조 속에서 농민과 도시노동자가 현실의 문제를 해결하고자 하는 주체로 성장하는 과정과 그들의 조직적 투쟁을 현실성 있게 그려낸 작품. 이기영의 『고향』과 더불어 우리 근대 소설사에서 리얼리즘 소설의 수작으로 꼽힌다.

28 민촌 이기영 단편선

조남현(서울대) 책임 편집

수록 작품 농부 정도룡/민촌/아사/호외/해후/종이 뜨는 사람들/부역/김군과 나와 그의 아내/변절자의 아내/서화/맥추/수석/봉황산

카프와 프로문학의 대표 작가 이기영. 그가 발표한 수십 편의 단편소설들 가운데 사회사나 사상운동사로서의 자료적 가치가 높으면서 또 소설 양식으로서의 구조미를 제대로 보여주는 14편을 선별했다.

29 혈의 누 이인직 소설선

권영민(서울대) 책임 편집

수록 작품 혈의 누/귀의 성/은세계

급진적이고 충동적인 한국 근대의 풍경 속에 신소설이라는 새로운 서사 양식을 창조해낸 이인직. 책임 편집자의 꼼꼼한 텍스트 확정과 자세한 비평적 해설을 통해, 신소설의 서사 구조와 그 담론적 특성을 밝히고 당시 개화·계몽 시대를 대표하는 서사 양식에 내재화된 일본적 식민주의 담론을 꼬집는다.

30 추월색 이해조 안국선 최찬식 소설선

권영민(서울대) 책임 편집

수록 작품 금수회의록/자유종/구마검/추월색

개화·계몽시대의 대표적인 신소설 작가 3인의 대표작. 여성과 신교육으로 집약되는 토론의 모습을 서사 방식으로 활용한 「자유종」, 구시대적 인습을 신랄하게 비판한 「구마검」, 가장 대중적인 신소설 가운데 하나로 꼽히는 「추월색」, 그리고 '꿈'이라는 우화적 공간을 설정하여 현실 비판의 풍자적 색채가 강한 「금수회의록」까지 당대의 사회적 풍속과 세태의 변화를 민감하게 반영한 작품들을 수록했다.

31 젊은 느티나무 강신재 소설선

김미현(이화여대) 책임 편집

수록 작품 안개/해방촌 가는 길/절벽/젊은 느티나무/양관/황량한 날의 동화/파도/이브 변신/강물이 있는 풍경/점액질

1950, 60년대를 대표하는 여성 작가 강신재의 중단편 10편을 엄선했다. 특유의 서정적인 문체와 관조적 시선, 지적인 분석력으로 '비누 냄새' 나는 풋풋한 사랑 이야기에서 끈끈한 '점액질'의 어두운 욕망에 이르기까지, 운명의 폭력성과 존재론적 한계를 줄기차게 탐문한 강신재 소설의 여정을 한눈에 볼 수 있는 기회다.

32 오발탄 이범선 단편선

김외곤(서원대) 책임 편집

수록 작품 일요일/학마을 사람들/사망 보류/몸 전체로/갈매기/오발탄/자살당한 개/살모사/천당 간 사나이/청대문집 개/표구된 휴지/고장난 문/두메의 어벙이/미친 녀석

손창섭·장용학 등과 함께 대표적인 전후 작가로 꼽히는 이범선의 대표작 14편 수록. 한국 현대사의 비극에 대한 묘사를 바탕으로 하면서도 잃어버린 고향, 동양적 이상향에 대한 동경을 담았던 초기작들과 전후의 물질적 궁핍상을 전통적 사실주의에 기 해 그리면서 현실 비판적 성격을 강하게 드러낸 문제작들을 고루 수록했다.

33 메밀꽃 필 무렵 이효석 단편선

서준섭(강원대) 책임 편집

수록 작품 도시와 유령/깨뜨려지는 홍등/마작철학/프레류드/돈/계절/산/들/석류/메밀꽃 무렵/삽화/개살구/장미 병들다/공상구락부/해바라기/여수/하얼빈산협/풀잎/낙엽을 태우면서

근대 작가의 문화적 정체성이 끊임없이 흔들렸던 식민지 시대, 경성제대 출신의 지식인 작가로서 그 문화적 혼란기를 소설 언어를 통해 구성하고 지속적으로 모색했던 이효석의 대표작 20편 수록.

34 운수 좋은 날 현진건 중단편선

김동식(인하대) 책임 편집

수록 작품 희생화/빈처/술 권하는 사회/유린/피아노/할머니의 죽음/우편국에서/까막잡기/그리운 흘긴 눈/운수 좋은 날/발/불/B사감과 러브 레터/사립정신병원장/고향/동정/정조와 약가/신문지와 철창/서투른 도적/연애의 청산/타락자

한국 근대 단편소설의 형식적 미학을 구축하고 근대적 사실주의 문학의 머릿돌을 놓은 작가 현진건의 대표작 21편 수록. 서구 중심의 근대성과 조선 사회의 식민성 사이에서 방황하는 지식인의 내면 풍경뿐만 아니라, 식민지 조선의 일상을 예리하게 관찰함으로써 '조선의 얼굴'을 담아낸 작가 현진건의 면모를 두루 살폈다.

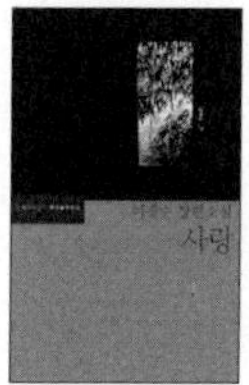

35 사랑 이광수 장편소설

한승옥(숭실대) 책임 편집

춘원의 첫 전작 장편소설. 신문 연재물의 제약에서 벗어나 좀더 자유롭고 솔직한 그의 인생관이 담겨 있다. 이른바 그의 어떤 장편소설보다도 나아간 자유 연애, 사랑에 관한 작가의 생각을 엿볼 수 있는 작품. 작가의 나이 지천명에 이르러 불교와 『주역』 등 동양고전에 심취하여 우주의 철리와 종교적 깨달음에 가닿은 시점에서 집 된, 춘원의 모든 것.

36 화수분 전영택 중단편선

김만수(인하대) 책임 편집

수록 작품 천치? 천재?/운명/생명의 봄/독약을 마시는 여인/화수분/후회/여자도 사람인가/하늘을 바라보는 여인/소/김탄실과 그 아들/금붕어/차돌멩이/크리스마스 전야의 풍경/말 없는 사람

1920년대 초반 자연주의, 사실주의적 색채가 강한 작품 세계로 주목받았던 작가 전영택의 대표작선. 이들 작품에서 작가는, 일제 초기의 만세운동, 일제 강점기하의 극심한 궁핍, 해방 직후의 사회적 혼돈, 산업화 초창기의 사회적 퇴폐상에 대한 자신의 경험을 소박한 형식 속에 담고 있다.

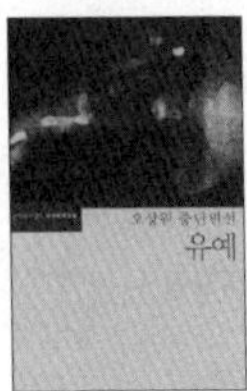

37 유예 오상원 중단편선

한수영(동아대) 책임 편집

수록 작품 황선지대/유예/균열/죽어살이/모반/부동기/보수/현실/훈장/실기

한국 전후 세대 문학의 대표 작가 오상원의 주요작 10편을 묶었다. '실존'과 '행동'에 초점을 맞춘 그의 작품은, 한결같이 극한 상황에 처한 인간 존재의 의미를 묻는 데 천착하면서 효과적인 주제 전달을 위해 낯설고 다양한 소설적 실험을 보여준다.

38 제1과 제1장 이무영 단편선

전영태(중앙대) 책임 편집

수록 작품 제1과 제1장/흙의 노예/문 서방/농부전 초/청개구리/모우지도/유모/용자소전/이단자/B녀의 소묘/O형의 인간/들메/며느리

한국 농민문학의 선구자로 평가받는 이무영의 주요 단편 13편 수록. 이들 작품에서 작가는, 농민을 계몽의 대상이 아닌, 흙을 일구는 그들의 삶을 통해서 진실한 깨달음을 얻는 자족적 대상으로 바라본다. 이무영의 농민소설은 인간을 향한 긍정적 시선과 삶의 부조리한 면을 파헤치는 지식인의 냉엄한 비판 의식이 공존하고 있다.

39 꺼삐딴 리 전광용 단편선

김종욱(세종대) 책임 편집

수록 작품 흑산도/진개권/지층/해도초/GMC/사수/크라운장/충매화/초혼곡/면허장/꺼삐딴 리/곽 서방/남궁 박사/죽음의 자세/세끼미

1950년대 전후 사회와 60년대의 척박한 삶의 리얼리티를 '구도의 치밀성'과 '묘사의 정확성'을 통해 형상화한 작가 전광용의 대표 단편 15편 모음집. 휴머니즘적 주제 의식, 전통적인 서사 형식, 객관적이고 냉철한 묘사 태도, 짧고 건조한 문체 등으로 집약되는 전광용의 작품 세계를 한눈에 살필 수 있는 계기.

40 과도기 한설야 단편선

서경석(한양대) 책임 편집

수록 작품 동경/그릇된 동경/합숙소의 밤/과도기/씨름/사방공사/교차선/추수 후/태양/임금/딸/철로 교차점/부역/산촌/이녕/모자/혈로

식민지 시대 신경향파·카프 계열 작가로서 사회주의 리얼리즘 문학을 추구한 작가 한설야의 문학적 특징을 잘 드러내는 단편 17편을 수록했다. 시대적 대세에 편승하며 작품의 경향을 바꾸었던 다른 카프 작가들과는 달리 한설야는, 주체적인 노동자로서의 삶을 택한 「과도기」의 '창선'이 그러하듯, 이 주제를 자신의 평생 과제로 삼아 창작에 몰두했다.

41 사랑손님과 어머니 주요섭 중단편선

장영우(동국대) 책임 편집

수록 작품 추운 밤/인력거꾼/살인/첫사랑 값/개밥/사랑손님과 어머니/아네모네의 마담/북소리 두둥둥/봉천역 식당/낙랑고분의 비밀

주요섭이 남녀 간의 애정 문제를 주로 다룬 통속 작가로 인식되어온 것은 교정되어야 마땅하다. 그는 빈민 계층의 고단하고 무망(無望)한 삶을 사실적으로 재현하는 데 탁월한 기량을 보였으며, 날카로운 현실인식과 객관적 묘사의 한 전범을 보여주었고 환상성을 수용함으로써 보다 탄력적인 소설미학을 실험하기도 하였다.

42 탁류 채만식 장편소설

우찬제(서강대) 책임 편집

채만식은 시대의 어둠을 문학의 빛으로 밝히며 일제 강점기와 해방기의 우리 소설사를 빛낸 작가다. 그는 작품활동 전반에 걸쳐 열정적인 창작열과 리얼리즘 정신으로 당대의 현실상을 매우 예리하게 형상화했다. 특히 『탁류』는 여주인공 봉의 기구한 운명의 족적을 금강 물이 점점 탁해지는 현상에 비유하면서 타락한 당대의 세계상을 여실하게 드러내주고 있다.

43 벙어리 삼룡이 나도향 중단편선

우찬제(서강대) 책임 편집

수록 작품 젊은이의 시절/별을 안거든 우지나 말걸/옛날 꿈은 창백하더이다/여이발사/행랑자식/벙어리 삼룡이/물레방아/꿈/뽕/지형근/청춘

위험한 시대에 매우 불안하게 살았던 작가. 그러나 나도향은 불안에 강박되기보다 불안한 자유의 상태를 즐기는 방식으로 소설을 택한 작가였다. 낭만적 환멸의 풍경이나 낭만적 동경의 형식 등은 불안에 대한 나도향 식 문학적 향유의 풍경으로 다가온다.

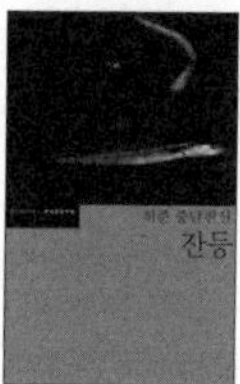

44 잔등 허준 중단편선

권성우(숙명여대) 책임 편집

수록 작품 탁류/습작실에서/잔등/속습작실에서/평대저울

한국 근대소설사에서 허준만큼 진보적 지식인의 진지한 자기 성찰을 깊이 형상화한 작가는 없었다. 혁명의 연성을 기꺼이 인정하면서도 혁명과 해방으로 인해 궁지와 비참에 몰린 사람들에 대해 깊은 연민과 따뜻한 공감의 눈길을 던진 그의 대표작 다섯 편을 한데 모았다.

45 한국 현대희곡선

김우진 김명순 유치진 함세덕 오영진 차범석 이근삼 최인훈 이현화 이강백

이상우(고려대) 책임 편집

수록 작품 토막/산허구리/살아 있는 이중생 각하/불모지/국물 있사옵니다/옛날 옛적에 훠어이 훠이/카덴자/봄날/오구 — 죽음의 형식/심청이는 왜 두 번 인당수에 몸을 던졌는가

한국 현대희곡 100년사를 대표하는 작품 열 편. 1930년대부터 1990년대까지 각 시기의 시대정신과 연극 경향을 대표할 만한 희곡들을 골고루 선별하였고, 사실주의 희곡과 비사실주의희곡의 균형을 맞추어 안배하였다.

46 혼명에서 백신애 중단편선

서영인 책임 편집

수록 작품 나의 어머니/꺼래이/복선이/채색교/적빈/낙오/악부자/정현수/학사/호도/어느 전원의 풍경—일명 · 법률/광인수기/소독부/일여인/혼명에서/아름다운 노을

일제강점기 한국 문학을 대표하는 여성 작가이자 사회운동가인 백신애의 주요 작품 16편. 극심한 가난과 봉건적 인습의 굴레에 갇힌 여성들의 비극, 또는 거기서 벗어나려는 의지를 치열한 문제의식으로 그려냈다. '봉건적 가족제도와 여성의 욕망'이라는 주제가 오늘날 여전히 풀리지 않는 과제로 존재하고 있음을 알게 된다.

47 근대여성작가선 김명순 나혜석 김일엽 이선희 임순득

이상경(KAIST) 책임 편집

수록 작품 의심의 소녀/선례/돌아다볼 때/탄실이와 주영이/경희/현숙/어머니와 딸/청상의 생활—희생된 일생/자각/계산서/매소부/탕자/일요일/이름 짓기/딸과 어머니와

일제강점기 한국 문학을 대표하는 여성 작가들의 주요 작품 15편을 한 권에 묶었다. 근대 여성의 목소리로서 여성문학은 봉건적 가부장제에서 벗어나고자 개인으로서 여성의 자유로운 선택을 가로막는 온갖 질곡에 저항해왔다. 여성이 봉건적 공동체를 벗어나 개성을 찾아 나서는 길은 많은 경우 가출, 자살, 일탈 등으로 귀결되었지만, 그럼에도 여성 자신의 힘을 믿으면서 공동체의 인습에 저항하고 새로운 공동체를 지향하는 노력이 있었다. 여기에 식민지라는 조건 속에서 민족의 해방은 더 큰 과제이기도 했다. 이 책에 실린 여성 작가의 작품들은 신여성의 이러한 꿈과 현실, 한계를 여실히 드러내 보여준다.